LENA JOHANNSON

Die Malerin des Nordlichts

ROMAN

aufbau taschenbuch

ISBN 978-3-7466-3424-1

Aufbau Taschenbuch ist eine Marke
der Aufbau Verlag GmbH & Co. KG

1. Auflage 2019
© Aufbau Verlag GmbH & Co. KG, Berlin 2019
Gesetzt aus der Adobe Devanagari
durch die LVD GmbH, Berlin
Druck und Binden CPI books GmbH, Leck, Germany
Printed in Germany

www.aufbau-verlag.de

Du musst meine Hand führen
und mein Herz,
damit ich dich zeichne,
wie du warst.

Für Signe Munch,
die exakt 22 Jahre vor
meiner Geburt gestorben ist.

PROLOG

Dieses Licht! Wie soll sie es nur einfangen? Nirgendwo sonst auf der Welt hat es eine solche Klarheit wie in Åsgårdstrand. Das fast weiße Gelb im Kontrast zum blendenden Blau, funkelnd, flirrend und gleichzeitig klirrend kalt wie Eis. Nirgendwo, nicht in Paris, nicht in Kopenhagen oder in Tanum, über den Dächern Kristianias, das schon so lange Oslo heißt. Nur hier an diesem speziellen Platz am Fjord gibt es das. Als ob alles in diesem Licht enthalten wäre, der Geruch des Wassers, die Rufe der Seevögel, das Murmeln und Tuscheln der Wellen, die sacht auf die Steine des Strandes rollen. Die Segelschiffchen so schmerzhaft weiß. Sie zuerst. Nur feine Konturen, nicht leicht mit vor Kälte steifen Fingern. Die Masten zarte Striche vor blassem Schleier, die Bootsleiber bloß hohle Umrisse vor den bewegten Linien des Wassers.

Manchmal bedeutet ein Bleistiftstummel das größte Glück. Sie hat nur ihn. Keine Farbe, nur ein kurzer Bleistift. Mehr als genug. Für kräftige Farben war sie nie zu haben. Je nachdem, wie sie schraffiert, wie stark sie aufdrückt, kann sie die Flächen hell andeuten, wie einen kaum wahrnehmbaren Hauch. Oder dunkel und kraftvoll setzen, wie hier bei den Hügeln am Horizont. Die bunten Häuschen, die sich an den Hang krallen, senkrecht gestrichelte Holzverschalung. Für den Schatten in jeder Nut die Mine mit Druck über das Papier führen, nur nicht zu stark, dass die Spitze nicht abbricht. Sie hat nichts zu verschwenden. Ihre Hand eilt mit dem Stift über die Rückseite eines Zettels, der in irgendeiner Lebensmittelkiste gelegen hat. Abfall.

Im Ofen knistert ein Holzscheit. Auf der einen Herdplatte darüber steht der Kessel mit Wasser. Ein Tee wird guttun, der Wind pfeift manchmal eisig durch die Bretter, aus denen die Hütte zusammengezimmert wurde.

Plötzlich die vertraute Stimme in Signes Kopf: »Ich male nicht, was ich jetzt sehe, sondern das, was in meinem Geist ist, weil ich es vor langer Zeit gesehen habe.«

Onkel Edvard hatte ihr direkt in die Augen geblickt, als er diesen Satz zu ihr gesagt hat. Unendlich viele Jahre ist das her. Sie hatten sich in Åsgårdstrand getroffen, wo die Familie zusammenkam, um den Sommer am Fjord zu verbringen. Signe muss vier oder fünf gewesen sein. Mit dem Dampfschiff sind sie gekommen. Schon die Fahrt war ein Vergnügen gewesen. Drei Stunden von Kristiania, damals hieß es noch so. Das war etwas anderes als die lange Anreise mit der Eisenbahn von Trondheim im Norden bis hinunter in den Süden, wo in nicht weiter Ferne Nord- und Ostsee miteinander verschmelzen.

Im Damensalon gab es Fruchtsaft für die Kinder und Gebäck. Signe erinnert sich, dass sie nie am Samstag gefahren sind. Dann war der Dampfer brechend voll, denn die Väter waren unterwegs, die in Kristiania arbeiteten und zu ihren Familien in dem beschaulichen Seebad auf Besuch kamen.

Mit einem Mal ist Signe ganz weit weg, träumt sich fort nach

Åsgårdstrand. Morgens lief sie immer mit zum Bäcker. Dieser herrliche Duft von warmen Zimtschnecken! Zurück gingen sie stets einen anderen Weg, mal die Skolegaden hinunter, mal die Grevens Gade, die bis zu dem kleinen Hafen führt. Ganz gleich, welche Route man wählte, immer war die Straße so abschüssig, dass man achtgeben musste, nicht zu fallen. Signe liebte es, vorweg zu laufen. Lustig, wie sie von ganz allein schneller wurde, als könnte sie fliegen. Als ob die eigenen Beine sie überholten. Doch sie musste immer auf der Hut sein, dass sie nicht zu schnell wurde und stürzte und sich die Knie aufschlug oder womöglich das Kleidchen zerriss. Wie groß war dann die Enttäuschung in Mutters Blick. Dabei hatte Signe ihre Mutter nie enttäuschen wollen.

Die Wäscheleinen im Garten der Björnsons in der Nygaardsgaden 9 waren stets das Erste, was sie schon von der Mole aus sehen konnte. Mathilde Björnson, die Frau des Schusters, erledigte Wasch- und Bügelaufträge für die Sommergäste. Immer flatterten Hemden, Kleider und Nachtwäsche wie Fahnen über ihrem Rasen, knallten wie Peitschen, wenn der Wind hindurchfuhr.

»Ich male nicht, was ich sehe, sondern was ich gesehen habe, vor Jahren vielleicht«, hatte er ihr damals zwischen Levkojen und Johannisbeeren erklärt. »Der Anblick hat sich in meinen Kopf gebrannt, ist gereift, verstehst du? Male nicht, was du siehst, Signe, sondern das, was in deinem Kopf ist.«

Signe lächelt. So selten sie sich auch gesehen haben, er war immer da. Eigentlich müsste sie ständig nur ihn malen, denn er wohnt in ihrem Kopf, seit sie denken kann.

TEIL I
LOSLÖSUNG

KAPITEL 1

Kristiania 1922

Lilla nahm Signes Hand und zog sie hinter sich her, von der Rosenkrantzgate zielstrebig in die Karl Johans Gate. Immer mehr Menschen drängten sich auf den Gehwegen und auf der Straße. Signe wäre lieber umgedreht, doch sie konnte sich Lillas festem Griff ebenso wenig entziehen wie deren Begeisterung. »Sieh nur, diese Farben!«, rief Lilla gegen das Lachen und Jubeln der Passanten an. In der Tat, welche Pracht. Der Flieder malte violette Tupfer in das dunkle Grün der Sträucher, die den breiten Boulevard säumten. Männer, Frauen und Kinder trugen ihre Trachten, schwarz mit roter und weißer Stickerei, dazu Silberknöpfe, grüne und blaue mit Blumen bestickte Kleider über gestärkten Blusen und schneeweißen Strümpfen.

»Das Schloss strahlt wie das einer Eiskönigin. Der hellblaue Himmel und überall die Fahnen. Rot wie Liebe und Leidenschaft, Blau wie Treue und die kalte Schulter.« Lilla warf den Kopf in den Nacken und ließ ihre weißen Zähne sehen, als sie lachte. Der Umzug war schon durch, wenigstens das, die ersten Schaulustigen gingen bereits wieder. Das Gedränge würde sich auflösen. Die einen machten sich auf den Weg nach Hause, die anderen würden den Nationalfeiertag mit viel Alkohol – nicht offiziell natürlich – und Musik begehen, bis er Geschichte war.

»Deine Schulter ist doch gar nicht so blau, dafür umso käl-
ter.« Signe stolperte hinter der ungestümen Lilla her.

»Was sagst du?«, brüllte die.

»Wie vielen jungen Kerlen hast du in diesem Frühjahr schon
das Herz gebrochen?«

»Gute Idee«, erwiderte Lilla mit einem verschmitzten Lächeln. Ihre Nase kräuselte sich, die Sommersprossen darauf begannen zu tanzen. »Lass uns ins Grand Café gehen und sehen,
ob jemand da ist, den man verrückt machen kann.«

Signe entzog ihr die Hand. »Nein, Lilla, heute nicht. Ich will
noch an meinem Bild für die Herbstausstellung arbeiten.« Signe
Munch war mit ihren achtunddreißig Jahren weit davon entfernt, ein junges Mädchen zu sein. Trotzdem, wann immer sie
an die Herbstausstellung dachte, flatterte ihr Inneres, als sei sie
ein Backfisch ohne jegliche Lebenserfahrung. Kein Wunder, die
Präsentation zeitgenössischer Kunst war in Kristiania ein jähr-
liches Ereignis mit großem Gewicht. Endlich durfte sie dabei
sein. Es war weiß Gott ein langer Weg gewesen, doch nun war
es so weit, einige ihrer Bilder würden neben denen der ganz
Großen hängen! Als Künstlerin war Signe ein Backfisch, und
ihre Teilnahme an dieser Ausstellung war der erste Schritt, die
Reife zu erlangen, die eine Malerin von achtunddreißig Jahren
längst haben sollte.

»Heute nicht. Das sagst du immer.« Lilla zog einen Flunsch.
»Wer malen will, muss sehen. Mehr als seine vier Wände.« Sie
strich sich die beinahe weißblonden kinnlangen Haare hinter
das Ohr.

»Also schön, ein Kaffee kann wohl nicht schaden.«

Kaum hatten sie das Grand Café betreten, bereute Signe ihre Entscheidung. Tief dröhnende und schrille Stimmen vereinigten sich zu einem kaum erträglichen Brei, als würden sämtliche Instrumente des Philharmonischen Orchesters gleichzeitig unterschiedliche Konzerte spielen. Unmöglich, ein sinnvolles Gespräch mit Lilla zu führen. Was aber sollte man in einem Café anfangen, außer ein Gespräch zu führen, wenn man nicht allein war? Sie zupfte ihre Freundin am Ärmel, doch die hatte bereits einen Kellner becirct, der sie zu einem der letzten freien Tische führte. Während sich Lilla geschmeidig und geschickt zwischen den Menschen in den feinen Kleidern hindurchmanövrierte und kokett lachte, wenn sie sich gar zu eng an einen Herrn schmiegen musste, um zwischen zwei Tischen hindurchzuschlüpfen, war es Signe unangenehm. Sie neigte sich weit zu einer Seite, um einer übergroßen Hutkrempe auszuweichen, dabei streifte sie den Rücken einer Dame und wäre fast einem älteren Herren in die Arme gestolpert. Das Orange der Tapeten stach in Signes Augen, Hitze staute sich unter der Holzdecke und nahm ihr den Atem. Wenigstens stand der kleine quadratische Tisch direkt am Fenster. Sie konnte Familien und Paare draußen auf der Karl Johans Gate flanieren sehen. Fröhliche Kinder, unbeschwert, Vater und Mutter an ihrer Seite.

»Nun schau doch nicht aus der Wäsche wie eine Kuh, die man zur Schlachtbank führt.« Lilla rückte das rote Sesselchen nah an das von Signe, um weniger schreien zu müssen. »Ich sollte eine Flasche Champagner bestellen, was denkst du?«

»Was ich dann denke? Dass du komplett den Verstand verloren hast.«

Lilla lachte laut, ein Herr am Nebentisch sah zu ihr herüber.

»Die Bohèmiens haben es uns doch vorgebetet«, sagte sie unbekümmert, »wir sollen uns von unseren Eltern lossagen und in Armut leben. Jedenfalls so ähnlich. Eine Flasche Champagner kostet ein Vermögen, das ich nicht besitze. Aber meine Eltern. Ich könnte womöglich zwei Fliegen mit einer Klappe schlagen.«

»Ich bleibe trotzdem bei Kaffee.«

Signe wusste nie, wann Lilla es ernst meinte. Sie hatten sich auf der Kunstakademie kennengelernt. Nicht nur achtzehn Jahre trennten sie, sondern im Grunde ihr ganzes Leben. Und doch waren sie Freundinnen geworden.

»Kaffee!«, sagte Lilla abfällig. »Signe, du bist frei. Wann willst du das endlich feiern? Es ist dein erster Sommer als freie Frau. Zeit, dich wieder zu verlieben, denkst du nicht?« Lilla sprach für Signes Geschmack viel zu laut. Selbst bei diesem Geräuschpegel, musste der Herr am Nachbartisch einige Brocken verstanden haben. Sein süffisantes Grinsen bestätigte Signes Vermutung.

»Nein, danke. Schon gar nicht in einen Mann, den man im Grand Café kennenlernen könnte.« Sie warf dem Nachbarn einen direkten Blick zu. Er wandte sich ab.

»Seit deiner Scheidung hockst du nur noch vor deiner Staffelei«, beharrte Lilla.

»Natürlich! Ich habe mich ja für meine Malerei scheiden lassen. Was sollte ich also sonst tun?«

»Du solltest feiern. Ich warte seit Monaten darauf, dass du mich einlädst.«

»Es gibt nichts zu feiern, Lilla, es ist kein Triumph.«

»Wie bitte? Selbstverständlich ist es ein Triumph. Du hast dir die Kunst zurückerobert, du hast dich von deinen Ketten befreit. Weißt du denn nicht, wie sehr ich dich bewundere?« Lilla sprach immer ein bisschen zu schnell. Schon beim Zuhören bekam man Atemnot. Und sie hatte ein Kieksen in der Stimme, das nicht zu ihr passte.

»Du bewunderst mich?«

Absurd! Lilla war ein Geschöpf, das man nur verehren konnte. Sie hatte nie Ketten gekannt, nahm sich, was immer sie wollte, tat, wonach ihr der Sinn stand. Ohne dabei andere zu verletzen, sofern es sich vermeiden ließ.

»Natürlich. Du bist du. Du hast darum gekämpft, hast dich verpuppt, wirst endlich zum Schmetterling.« Der Kellner kam, Lilla bestellte zwei Kaffee, als hätte sie nie über etwas anderes nachgedacht, und sprach sofort weiter: »Eine Munch bist du wieder, keine Landmark mehr.«

Signe schauderte. Der Name Landmark hatte sich nie richtig angefühlt. Sie war sechsundzwanzig gewesen, als sie Johannes das Jawort gegeben hatte. Sie fühlte sich damals, als habe man sie in ein Schauspiel gesteckt, in dem sie eine Ehefrau spielen musste. Sie unterschrieb mit einem fremden Namen. In ihrem Herzen war Signe nie Frau Landmark geworden.

»Johannes Landmark ist kein schlechter Mann. Dass ich ihn verlassen habe, ist richtig, aber noch lange kein Triumph«, sagte sie leise.

»Er hat eine andere, das hast du selbst gesagt. Er hatte sie schon, ehe ihr geschieden wurdet.«

»Vielleicht konnte er nichts mehr mit mir anfangen. Ich bin nicht mehr die, die er geheiratet hat.«

»Und das ist gut so!«

»Möglich, dass ich Schuld daran habe, dass er sich einer anderen zugewandt hat.« Diesen Gedanken hatte sie schon lange, doch er machte ihr nicht viel aus. Es war ja besser so. Für beide. Johannes kannte Befehl und Gehorsam. Was sonst? Er war ein Mann des Militärs. Eine Frau hatte mit ihm von einer Station zur anderen zu ziehen, ihm jedes Mal aufs Neue ein behagliches Heim zu schaffen, für ihn zu kochen, ihm die Socken zu stopfen. Was sollte er mit einer anstellen, die mit Mitte dreißig zu Pinsel und Palette griff und auf die Hochschule gehen wollte?

»Hirnriss! Er sollte stolz auf dich sein.«

»Erwartest du nicht ein bisschen zu viel von ihm?« Signe sah sie sanft an. »Lilla, ich war zwar sechsundzwanzig, als er mich geheiratet hat, aber ich habe im Grunde noch gedacht wie ein Kind.« Sie lächelte. »Ich erinnere mich ganz genau, wie entsetzt ich von dem war, was man nur zwei Jahre zuvor aus England hörte. Frauen, die sich anketten, um Gleichberechtigung oder sogar das Wahlrecht für ihr Geschlecht durchzusetzen. Man hat sie ins Gefängnis gesteckt. Aber nicht einmal der Verlust ihrer Freiheit hat sie zur Vernunft gebracht.«

»Wie bitte? Du willst doch wohl nicht sagen, du hältst es für vernünftig, wenn Frauen nicht wählen dürfen. Was soll das für eine Freiheit sein?« Lilla starrte sie fassungslos an.

Signe lächelte. War ja klar, dass ihre Freundin allein bei diesem Gedanken an die Decke ging. »Sie sind in den Hungerstreik getreten«, sprach sie ruhig weiter. »Mit welchem Erfolg? Man hat sie mit fingerdicken Schläuchen zwangsernährt.«

Lilla rümpfte die Nase. »Pfui Teufel, welch eine Vorstellung.«

»Eben! Wer sich auflehnt oder Widerstand leistet, muss leiden. Man hat mir nichts anderes beigebracht. Das war die Lektion, die ich gelernt hatte, verstehst du?« Sie senkte die Stimme. »Nicht nur wegen der Frauen in England.«

»Ich weiß nicht, was das mit Johannes Landmark zu haben soll.« Lilla verschränkte die Arme vor der Brust.

»Nur keinen Widerstand leisten, sondern immer schön anpassen und brav sein, das war die Signe, die er geheiratet hat.« Sie musste schon wieder lächeln. »Er konnte nicht ahnen, dass sich meine Haltung noch ändern würde. Jedenfalls ein wenig. Halte mich für jämmerlich schwach, aber ich würde mich auch heute noch nicht anketten lassen, um meinen Willen durchzusetzen.« Sie wurde ernst. »Johannes ist sieben Jahre älter als ich. Für ihn war es höchste Zeit, eine Frau zu finden, die ihm das bietet, was er braucht. Er hatte kein Interesse daran, einer Frau zu bieten, was sie braucht.« Sie zögerte. »Falsch. Er glaubte, eine Frau braucht eine sichere Versorgung und eine feste Hand, so war er erzogen. Johannes hätte dazulernen, sein Bild von Frau und Mann komplett verändern müssen. Das war zu viel verlangt.«

Lilla schüttelte energisch den Kopf. »Man ist nie zu alt, um seine Haltung zu überdenken. Er hätte dich für deine Stärke und deine Kreativität verehren müssen, statt sich mit einer anderen zu amüsieren.«

»Wie das klingt, wenn du es so sagst. Er amüsiert sich nicht mit Sigrid, er liebt sie. Sie passt zu ihm.«

»Er hat sie zwei Monate, nachdem eure Scheidung rechtskräftig war, geheiratet. Ich finde das geschmacklos.« Wenn sie doch nur ihre Stimme dämpfen würde.

Der Herr am Tisch nebenan richtete das Wort an Lilla. Na endlich, länger hätte er es auch nicht ausgehalten. Wie er sie

19

angesehen hatte. Mit den Augen verspeist hatte er sie. Signe beobachtete die zwei. Er könnte Lillas Vater sein, war sicher doppelt so alt wie sie. Trotzdem machte er sich ernsthaft Hoffnungen, das war nicht zu übersehen. Und sie? Scherzte, lachte, berührte wie zufällig seinen Arm mit ihrer zarten Hand. Gott sei Dank wusste Signe, dass sie sich um ihre Freundin keine Sorgen zu machen brauchte. Sie würde ihm charmant zu verstehen geben, dass sie gegen eine Plauderei im Kaffeehaus nichts einzuwenden hatte, dass sie ihr allerdings auch keinerlei Bedeutung beimaß.

Signe ließ den Blick über die unzähligen Köpfe gleiten. Lilla hatte schon recht, man musste ausgehen, wenn man malen wollte. Die Augen waren wie Brunnen. Man musste sie mit Eindrücken füllen, mit Farben, Formen, Kompositionen. Nur dann konnte der Wasserspiegel steigen, nur dann konnte man aus den Brunnen schöpfen, konnte sich das Nass irgendwann auf eine Leinwand ergießen.

Signe hatte Glück, die Dame war da. Ob sie gerade erst hereingekommen war? Sie hätte ihr doch auffallen müssen, wenn sie schon dort gesessen hätte, als Lilla und sie zu ihrem Platz gebracht worden waren. Die Dame saß stets allein an einem Tisch. Immer war sie perfekt zurechtgemacht. An diesem Tag trug sie eine dunkelgrüne Robe, Seide vermutlich, mit Spitze an Kragen und Ärmeln und mit schwarzen Perlen besetzt. Die Haare hatte sie zu einem kunstvollen Gebilde aufgetürmt. Elegant, doch völlig aus der Zeit gefallen. Die Dame war ein Relikt aus den Jahren, als sich hier noch wirklich bedeutende Künstler die Klinke in die Hand gegeben hatten. Doch diese Tage waren vorüber. Lange her, dass man die Uhr danach stellte, wann Ibsen den immer gleichen Weg durch die Stadt ging, um am immer gleichen Tisch sein Mittagessen einzunehmen. Ein Schildchen hatte bescheiden, doch unmissverständlich darauf hingewiesen, dass hier für Dr. Ibsen reserviert war. Früher durfte nur er an dem kleinen Tisch Platz nehmen, sonst niemand. Oft war er auch am Abend noch mal ins Grand Café oder ins Palmen gekommen, dem Restaurant des Grand Hotels, wo ebenfalls ein Tisch für ihn bereit stand. Signe hatte ihn damals nie zu Gesicht bekommen, doch sie wusste noch zu gut, wie es sich anfühlte, den leeren Platz zu sehen, das Namensschild auf dem kalten Marmor des Tischchens, während drumherum Gedränge herrschte wie jetzt. Da war sie noch ein Kind und mit ihrer Mutter hier gewesen. Da hatte Edvard Grieg hier noch seine großen Gesellschaften gegeben. Vergangene Zeit.

Auch jetzt noch fanden sich immer wieder Maler, Schauspieler, Literaten ein. Zu welcher Spezies die Dame gehörte, wusste Signe nicht zu sagen. Sie wusste nur, dass etwas an dieser Frau sie zu malen reizte. Signe beobachtete sie gründlich, die Hände stets perfekt maniкürt, die Augenbrauen gezupft, die schon faltige Haut unter einer Schicht Schminke begraben. Gerade Haltung, eingeschnürt in eine viel zu enge Korsage, das war nicht zu übersehen. Signe liebte Landschaften, Stillleben, hin und wieder machte sie auch ein Porträt, schlichte Personen in schlichter Umgebung, alles harmonisch abgestimmt. Betrachtete sie die Dame, kamen ihr eher grelle Farben in den Sinn, Farben, die Signe eigentlich nicht mochte. Sie würde das Bild *Die Eitelkeit* nennen, schoss ihr plötzlich durch den Kopf. Die Eitelkeit war des Teufels liebste Sünde, und diese Person verkörperte sie einfach vollkommen.

Lilla lachte hell auf. »Nein, Sie sind wirklich zu amüsant«, rief sie aus, drehte sich von ihrem Nachbarn weg und wandte sich an Signe: »Lass uns bloß gehen, er langweilt mich zu Tode. Vielleicht finden wir ein anderes Plätzchen.«

»Das dürfte schwierig werden, es wird immer voller.«

»Also gehen wir hinaus. Hier ist heute sowieso nicht viel anzufangen«, erklärte Lilla, die an ihrem Kaffee bisher nur genippt hatte.

Plötzlich ergriff eine Spannung den hohen Raum. Signe ahnte auf der Stelle, was los war. Sie kannte dieses Gefühl nur zu gut. Sie hatte es an der Hand ihrer Mutter so oft gespürt, dass es auf sie übergegangen war wie eine Erbkrankheit. Es begann mit einem Prickeln auf der Haut, ehe sich die feinsten Härchen an ihrem Körper aufstellten. Schließlich spannte sich ihre Kopfhaut, als würde sich der Schädel darunter ausdehnen. Das Ziehen breitete sich aus bis in den Nacken. Zuletzt kam die Hitze. Selbst wenn die Lautstärke sich nicht verändert hätte, wenn das Tuscheln und Raunen ausgeblieben wäre, hätte sie gewusst, dass soeben Knut Hamsun das Grand Café betreten hatte. Wenn sie nicht irrte, lebte er jetzt im Süden unweit von Christianssand an der Nordsee. Auch das hatte sie wohl von ihrer Mutter übernommen: Wann immer in der Zeitung von ihm berichtet wurde, las sie jede Zeile. Und wann immer Menschen über ihn sprachen, spitzte sie ihre Ohren. Mehr noch, Signe prägte sich jedes Wort ein, als hätte es etwas mit ihr zu tun. Völlig nutzlos, doch sie konnte nicht damit aufhören. Was ihn wohl nach Kristiania führte? Die Feierlichkeiten zum 17. Mai wahrscheinlich.

Nun hatte auch Lilla mitbekommen, dass es einen guten

Grund gab, noch ein wenig zu bleiben. Sie verdrehte den Hals, blickte in die Richtung, in die auch alle anderen starrten. »Oho, ist das nicht der Herr Nobelpreisträger?« Lilla reckte sich und erhob sich sogar ein wenig von ihrem Sesselchen, um besser sehen zu können.

»Ja, das ist er.«

Er war älter geworden. Natürlich. Doch er war noch immer eine Erscheinung. Das Kinn energisch, die hohe Stirn glatt, die Augen hinter den Gläsern vielleicht einen Hauch weniger draufgängerisch, dafür ... was? Härter? Der Schnauzbart war noch immer dunkel, während sein Haar schon grau schimmerte.

»Soll er jetzt nicht irgendwo im Süden als Schriftsteller und Bauer leben?«, flüsterte Lilla und gab sich keine Mühe, ihn unauffällig zu beobachten. »Er sieht mir nicht danach aus, als würde er oft mit den Händen in der Erde buddeln.«

Nein, dafür war er wahrlich nicht bekannt, wenngleich es ihn immer wieder zur Landwirtschaft hinzog. Es war wohl seine literarisch verklärte Vorstellung vom Landleben, vielleicht sogar eine echte Sehnsucht danach, die es ihn wieder und wieder versuchen ließ. »Ist das nicht ein bisschen weit weg von Kristiania? Wahrscheinlich hat seine Frau sonst Angst vor seinen Liebschaften. Soll ja ein ziemlicher Schwerenöter sein.« In Lillas Köpfchen arbeitete es. Es stand zu befürchten, dass sie sich schon passende Worte zurechtlegte, um ihn anzusprechen.

»Ich bitte dich, er muss jetzt über sechzig sein.«

»Ja und? Du weißt doch, wie mühsam es ist, Gewohnheiten abzulegen.« Ihre Augen blitzten. »Und: Alter schützt vor Liebe nicht!«

Die Cafégäste nahmen ihre Gespräche wieder auf, lauter als zuvor. Die Blicke, die sie dem großen Literaten noch immer zuwarfen, gespielt beiläufig, zufällig. Anders Lilla, die ihn unverhohlen musterte. Gerade war ein Mann zu Hamsun getreten, ein Hüne, hinter dessen Schultern sich leicht zwei Personen verstecken konnten. Wie er sich vor ihm aufbaute, ihm den Weg abschnitt, sollte es wohl zeigen, wie gut der Kerl ihn kannte. Doch Signe sah sofort, dass Hamsun nicht sonderlich vertraut mit ihm war. Von der ersten Sekunde an suchte er nach einem Weg um den Koloss herum. Sein Blick tastete durch den Saal. Jetzt hatte er Signe entdeckt. Seine Augen zuckten, wurden kurz zu Schlitzen, dann breitete sich ein Lächeln auf seinen Lippen aus, bis es schließlich das gesamte schöne Gesicht beherrschte. Ja, wirklich, dieser Knut Hamsun war nach wie vor ein schöner Mann.

»Signe Munch, welch eine Freude. Sie sind eine erwachsene Frau, und doch sehe ich in Ihnen noch immer das entzückende kleine Mädchen von damals.« Er hatte den Hünen einfach stehen gelassen und war zu ihr gekommen. »Es ist lange her ...« Er reichte ihr die Hand.

»Das ist es.« Und doch war alles wieder da. Der warme Glanz in seinen Augen brachte sie zurück in ihre Kindheit. Sie erinnerte sich daran, dass er einmal ein Foto hatte machen lassen müssen. Schon damals gehörte er ja zu den berühmten Schriftstellern. Es war in Christiansund gewesen.

»Es ist mir ein Graus«, hatte er gesagt. »Da sollst du geradeaus schauen, als würdest du einfach nur so dasitzen, allein, unbeobachtet. Dabei fuchtelt ein Mensch vor dir herum, der kostbare

Minuten damit zugebracht hat, seine Kamera aufzustellen, auszurichten, dich zu platzieren, an deinem Hemdkragen zu nesteln und eine Falte in deiner Hose wegzuzupfen. Das Kinn ein wenig mehr nach rechts, die Nase nach links. Wie soll das gehen?« Dabei hatte er ihre Nase gestupst, und Signe hatte gekichert.

»Es ist mir lästig, ich will diese dumme Fotografie nicht machen lassen.« Auf den Einwand ihrer Mutter, er könne doch selbst entscheiden, was er tat und was nicht, war er nicht eingegangen. Stattdessen hatte er Signe hoch in die Luft gehoben. »Ich habe eine Idee: Du begleitest mich, kleine Signe. Dann wird es wenigstens ein Spaß.«

Nur wenig später hatte sie sich in einem Raum wiedergefunden, der schlecht geheizt war. Herr Engvig gebärdete sich genau so, wie Hamsun es zuvor beschrieben hatte. Er hüpfte um die beiden herum wie ein Troll, richtete ihre Kleider her. Ihre Jacke behielt Signe an und geschlossen, genauso die Haube auf dem damals noch langen Haar. Sie stand neben dem Stuhl, auf dem Hamsun saß und wartete. Sie hätte ewig gewartet, ohne sich zu rühren, ohne sich zu beklagen. So war sie. Schon immer. Es war Engvig nicht recht gewesen, dass sie mit auf das Bild sollte.

»Ein Kind, verehrter Herr Hamsun, was soll ein Kind auf der Fotografie? Es geht doch um Sie, allein um Sie, den Herrn Schriftsteller!« Natürlich hatte er nachgegeben und sie an der Seite des Künstlers akzeptiert. Das alles hatte furchtbar lange gedauert. Am Ende sahen beide, Künstler und Kind, ein wenig müde und gelangweilt aus. Trotzdem besaß Signe noch immer eine Kopie der Aufnahme, die er ihr zur Erinnerung geschickt hatte.

»Wie geht es Ihren Eltern?« Signe bemerkte, dass ihre Hand noch immer in seiner lag, sie zog sie behutsam zurück.

»Mein Vater ist gestorben. Wenige Tage, nachdem Sie den Nobelpreis erhielten.«

»Ich hoffe, da besteht kein Zusammenhang.« Er lächelte, räusperte sich. »Entschuldigung, das war taktlos. Tut mir leid, das zu hören. Und Ihre Mutter?«

»Ich sehe sie nicht sehr häufig. Sie lebt jetzt in Dänemark.«

»Mit diesem Schreiberling, nicht wahr? Verzeihung.« Warum entschuldigte er sich, wenn er es doch genau so abfällig meinte, wie es geklungen hatte? »Man hört, er sei viel jünger als sie.«

»Ja, das ist er. Finden Sie das anstößig?«

Er lachte kurz auf. »Nein, gewiss nicht. Nicht anstößig, nur ... bemerkenswert.«

»Warum, weil der Mann so viel jünger ist als die Frau? Der Altersunterschied selbst kann es wohl nicht sein.« Hitze schoss ihr in die Wangen. Auf seine zweite Ehefrau anzuspielen, war eine Ungeheuerlichkeit, doch es war nun mal eine Tatsache, dass diese kaum älter war als Signe. Es stand ihm also kaum zu, sich über die zweite Ehe ihrer Mutter das Maul zu zerreißen. Die Fältchen um seine Augen wurden tiefer.

»Sie hat ihn gern, denke ich. Sie kommen miteinander aus«, sagte sie vorsichtig. Die Wahrheit ging ihn nichts an. »Ist das nicht die Hauptsache?«

»Und er, hat er sie auch gern? Man hört, er sei eher an Männern interessiert.«

Hamsun hatte sich verändert. Oder war sie es, die sich verändert hatte? Natürlich hatte es damit zu tun, dass sie Männer heute mit ganz anderen Augen sah als damals. Sie erinnerte sich, wie er sie auf den Schultern getragen, wie er Münzen hinter ihren Ohren hervorgezaubert hatte.

»Ich gratuliere Ihnen zu Ihrer Auszeichnung«, sagte sie.

Bereitwillig wechselte er das Thema. »Danke, danke. Hoffentlich klingt es nicht allzu selbstgefällig, wenn ich sage, dass ich wohl lange genug dafür gearbeitet habe.«

»Doch, tut es.« Er sah Lilla überrascht an. Sie streckte ihm die zarte Hand entgegen.

»Lilla Schweigaard, freut mich, Sie kennenzulernen.« Signe hatte schon die ganze Zeit darauf gewartet, dass Lilla sich endlich ins Gespräch einmischte. Ein Wunder, dass sie es so lange ausgehalten hatte, nicht beachtet zu werden.

»Sehr angenehm.« Hamsun betrachtete sie lange. Signe kannte diesen Blick. So hatte er die Damen angesehen, die zu seinen Vorträgen gekommen waren. So hatte er ihre Mutter angesehen. Sie war noch ein Kind gewesen, hatte es nicht zu deuten gewusst. Jetzt verstand sie. Er prüfte, ob sich die Beute lohnte.

»Korrigieren Sie mich, wenn ich irre, aber die Zahl der Werke, die ein Schriftsteller hervorbringt, sagt doch nur wenig über deren Qualität aus. Herren Ihres Alters dürften alle schon viel für ihren literarischen Ruhm gearbeitet haben.« Sie zwinkerte Signe zu. »Es sei denn, es sind Spätberufene. Und doch bekommen sie nicht alle den Nobelpreis.«

»Ihre Beobachtung ist sehr richtig, Fräulein Schweigaard.« In seiner tiefen Stimme klang ein Hauch von Belustigung mit. »Es war die immerwährende Gültigkeit des Romans, die das Committee überzeugt hat«, erläuterte er. »Es scheint mir gelungen zu sein, den Wert der einfachen Landbevölkerung und ihrer Leistung so darzustellen, wie sie es verdient hat.«

»Ich habe *Segen der Erde* gelesen«, sagte Signe. »Es ist gut, sehr berührend. Aber ich wage die literarische Qualität nicht zu beurteilen.«

»Schade, dass Sie nicht das Talent Ihrer Mutter geerbt haben.«

»In meiner Familie gibt es zahlreiche Talente, Herr Hamsun.«

»Davon bin ich überzeugt.« Wie meinte er das? Signe bemerkte, dass Lillas Augenbrauen kurz in die Höhe hüpften.

»Sowohl mütterlicher- als auch väterlicherseits. Ich versuche mich in der Malerei.«

»Sie ist wirklich gut, müssen Sie wissen«, sagte Lilla etwas zu laut. »Wir haben beide an der Kunstakademie studiert. Ich bin noch immer dort. Aber Signe arbeitet jetzt mit Gauguin!«

»Er müsste Ihnen gefallen«, sagte Signe lächelnd. »Er ist ein guter Maler, von dem ich viel lernen kann. Und er schreibt interessante Texte.«

»Arbeiten Sie an etwas Neuem?« Lilla strich sich eine Strähne hinter das Ohr. »Oder haben Sie Ihre Karriere beendet? Um eine höhere Auszeichnung brauchen Sie sich doch gewiss nicht mehr bemühen. Gibt es überhaupt noch etwas nach dem Nobelpreis?«

»Das können Sie nur fragen, weil Sie so jung sind. Wenn ich den Preis auch verdient habe«, er sah ihr direkt in die Augen, »war er doch nicht mein einziges Ziel, meine Dame. Ich glaube, Sie überschätzen die Bedeutung der Medaille gehörig. Natürlich gibt es etwas danach.«

»Was? Woran arbeiten Sie?« Sie fuhr sich mit der Zungenspitze über die Lippen und legte den Kopf leicht schief.

»Ich schreibe an einer Geschichte, die in einem Sanatorium spielt.«

»Ein Sanatorium? In der Tat, das klingt aufregend.« Lilla machte keinen Hehl aus ihrer Enttäuschung. Was hatte sie erwartet, ein Eifersuchtsdrama mit jeder Menge Toten? Er sah Signe an. »Eine reizende junge Dame, mit der Sie da ausgehen, Signe. Nimmt kein Blatt vor den Mund, das mag ich. Was wird sie erst für ein bemerkenswertes Geschöpf sein, wenn sie Bekanntschaft mit dem Leben geschlossen hat.« Lilla holte Luft, kam jedoch nicht zu Wort. »Es war mir eine Freude, Sie zu sehen Signe. Geben Sie gut auf sich acht.« Er nahm ihre Hand in seine beiden, sah ihr in die Augen und drückte ihre Finger, als wolle er ihr etwas von seiner Kraft schenken. So sehr hatte er sich doch nicht verändert. Hamsun nickte ihr noch einmal zu und schob sich dann zwischen den Tischen hindurch zu einer kleinen Gruppe von Herren, die bereits ungeduldig nach ihm winkten.

»Dass du so ruhig geblieben bist, Signe, also wirklich«, platzte Lilla heraus. »Nicht das Talent deiner Mutter geerbt! Und wie er es gesagt hat, als meinte er etwas ganz anderes. Fast ein wenig anzüglich, hattest du nicht den Eindruck?«

»Keinesfalls. Lass uns gehen, Lilla.«

»Ein unverschämter Kerl«, sagte Lilla, während sie sich aus ihrem Sessel erhob, »nicht uninteressant, aber unverschämt.«

In der Rosenkrantzgate trennten sich ihre Wege. Lilla wollte feiern.

»Das Grand Café kommt allmählich aus der Mode«, stellte sie fest. »Wir sollten uns einen anderen Ort suchen, einen an dem sich die wirklich wichtigen Leute treffen. Wir können so fleißig malen, wie wir wollen, Signe. Ohne Kontakte werden wir uns auf dem Kunstmarkt nicht behaupten.« Wie so oft waren sie in dieser Frage unterschiedlicher Ansicht. Wie so oft behielt Signe ihren Standpunkt für sich. Sie lächelte nur und verabschiedete sich mit Küssen auf die Wange von ihrer Freundin. Allein überquerte sie die Kristian 4des Gate, die ihr noch einen letzten Blick auf das königliche Schloss gewährte, ehe sie in die Keysersgate abbog, wo sie eine kleine Wohnung angemietet hatte. Es war nur ein großes Zimmer mit einer Kochgelegenheit, das Bad befand sich auf dem Flur. Signe musste durch das dreistöckige Vorderhaus gehen und durch den Hof, ehe sie das zweistöckige Hinterhaus betreten konnte. Dort stieg sie in die zweite Etage hinauf. Im Treppenhaus hing Fischgeruch. Während sie Stufe um Stufe erklomm, wanderten ihre Gedanken zu ihrer Mutter. Die Begegnung mit Hamsun hatte sie aufgewühlt, hatte viel von dem in ihr Bewusstsein geholt, was sie in die hinteren Winkel ihres Geistes geräumt hatte. Mutter. Anna Munch, geborene Dahl, hatte ein anstrengendes Leben gewählt. Immer mit dem Kopf durch die Wand, immer im Widerstand gegen jeden und alles. Die Regeln der Bohème hatte sie sich mit Freude zu eigen gemacht, womöglich das Einzige, wogegen sie nicht rebelliert hatte. Du sollst in Armut leben. Signe betrachtete die Wände, von denen der Putz bröckelte, ehe sie die Wohnungstür aufschloss. Der Knauf schmerzte in der Hand, als sie sie zu sich zog und gleichzeitig anhob, ehe sich das hölzerne Monstrum aufschieben ließ. War es tatsächlich eine bewusste Entscheidung gewesen, immer Hunger zu haben und nur das Nötigste zum Leben, um ihren Künstlerfreunden nah zu sein, um von ihnen akzeptiert zu werden? Oder war es einfach nur die Folge ihrer Scheidung von Signes Vater, an der allein Anna die Schuld trug, wie das Gericht festgestellt hatte?

Signe rückte den einfachen Tisch zur Seite und stellte die Staffelei in die Mitte des Raums. Das Nachbarhaus nahm ihr die Sonne, doch wenn sie die Möbel ein wenig umstellte, konnte sie das Licht am besten nutzen. Nur noch das alte Stück Stoff unter die staksigen Beine geschoben, auf denen die Leinwand stand, um das Parkett zu schützen. Und sie selbst, warum hatte sie sich für die Armut entschieden? Oh nein, Signe Munch, du bist nicht arm. Hast du nicht alles, was du brauchst? Und was hätte sie denn tun sollen, hätte sie von Johannes eine Unterstützung verlangen sollen? Sie hatten die eheliche Gemeinschaft einvernehmlich beendet, hatten mit einem Priester gesprochen, der sie nicht hatte bewegen können, einander eine zweite Chance zu geben. Selbstverständlich nicht. Wie sollte man etwas wiederbeleben, das tot zur Welt gekommen war? Sie drückte Farbe aus den silbernen Tuben auf ein dünnes Holzbrett, goss Wasser aus dem Emaillekrug in ein Glas. Was hatte Lilla gesagt? Sie fand es geschmacklos, dass Johannes so rasch wieder geheiratet hatte. Vielleicht. Es hätte zumindest weniger Beigeschmack gehabt, wenn er nur noch wenige Tage länger gewartet hätte, dann hätten sie das Jahr 1922 geschrieben. Die Scheidung war am siebten Oktober 1921 rechtskräftig geworden, am dreißigsten Dezember hatte er Sigrid geehelicht. Signe spürte den altbekannten Groll in sich aufsteigen. Dass er so schnell eine andere gehabt hatte, machte ihr nichts aus. Nur dass er Signe für dumm hatte verkaufen wollen, das ärgerte sie und tat ihr weh.

»Ich gehe aus, ich treffe mich mit einigen wichtigen Herren. Es kann spät werden.« Sie sah ihn vor sich, das Gesicht verkniffen, den Blick an ihr vorbei gerichtet, weil er nicht wagte, ihr in die Augen zu sehen.

»Wichtige Herren?«, hatte sie gefragt und ihn angelächelt, ihn ermuntert, ihr die Wahrheit zu sagen. Die vorläufige Trennungsgenehmigung hatten sie bereits bekommen. Kein Grund mehr für Versteckspiele.

»Ja. Natürlich nicht so bedeutend wie deine Künstlerfreunde, aber es kann nun einmal nicht jeder mit so prominenten Herrschaften verkehren.« Warum nur diese Sticheleien, wofür? Hatten sie sich seit dem Moment, in dem sie ihm gesagt hatte, sie wolle malen, sie müsse es, sonst könne sie unmöglich glücklich werden, nicht oft genug gestritten?

Signe wusste, dass er an diesem Abend zu Sigrid ging, wie an so vielen Tagen und Abenden zuvor. Sie hätte probieren können, einen Vorteil daraus zu schlagen, dass er eine neue Beziehung hatte, während ihre Ehe noch bestand. Nur hatte sie die Lust am Kampf, am Widerstand eben nicht von ihrer Mutter geerbt.

Signe versuchte, sich in das Bild zu versenken, an dem sie seit einiger Zeit arbeitete. Eine Scheune auf dem Land irgendwo unweit des Fjordes. Ein schwach beiger Sandweg, von dem eine graue Rampe hoch auf den Heuboden führte. Waren die Ballen nicht zu golden geraten? Sie konnte später immer noch mit einem dunkleren Ton darübergehen. Jetzt sollte sie sich an Pferd und Wagen machen, die sie am Fuße der Rampe platzieren wollte. Sie klopfte sacht mit einem sauberen Pinsel an das Holz der Staffelei, ein Ritual, das sie sich angewöhnt hatte. Es war ihr selbst gar nicht aufgefallen, und doch war es der berühmte Tropfen gewesen, der das Fass ihrer Ehe mit Johannes zum Überlaufen brachte.

»Was soll dieser Unsinn?«, hatte er sie plötzlich angeschrien, als sie mit einem Pinsel gegen die Stuhllehne klopfte, an die sie ihre neue Leinwand gelehnt hatte. »Ist das Hexenzauber, oder was?«

»Ich weiß nicht, was du meinst.«

»Ach nein? Du machst das jedes Mal. Ich warte schon darauf, und bumms, ich werde nicht enttäuscht.«

»Das ist ganz unbewusst«, hatte sie leise erklärt. »Ich werde darauf achten und es nicht mehr tun, wenn es dich stört.«

Und dann war er explodiert: »Ja, verdammt, es stört mich. Alles stört mich! Dass du Bildchen malst, anstatt den Knopf anzunähen, der schon vor Wochen von meinem Hemd abgerissen ist. Dass du alles mit deiner Farbe versaust, unsere Möbel, deine Kleider. Ich bezahle das alles, Signe, ich!«

»Aber ich bin doch ganz vorsichtig. Siehst du, ich habe ein Tuch über den Stuhl gelegt, einen alten Bettbezug.«

»Den solltest du lieber zu Putzlumpen zerschneiden, das wäre sinnvoll.«

»Wenn ich erst Bilder verkaufe, dann kann ich …« Weiter kam sie nicht.

»Das habe ich ganz vergessen. Meine Frau will nicht nur malen, nein, sie will mich auch unbedingt blamieren und ihr Gekleckse öffentlich zeigen.« Sie musste wohl sehr verzweifelt ausgesehen haben, denn er hatte eingelenkt. »Entschuldige, ich hätte das nicht sagen sollen. Ich habe die Kontrolle verloren, das hätte nicht passieren dürfen.« Johannes strich seine Weste glatt, eine typische Geste, wenn er sich beruhigen wollte. »Du kannst hübsch malen. Trotzdem kommt es einfach nicht in Frage, dass du sie verkaufst. Was werden die Leute wohl denken? Dass ich meine Frau nicht ernähren kann.«

Und dann hatte sie es einfach gesagt: »Und wenn wir uns scheiden lassen? Dann musst du dich nicht schämen, falls ich mich blamiere, und es hat nichts mit dir zu tun, wenn ich mal ein Bild verkaufe.« Signe hatte keine Sekunde damit gerechnet, dass er sofort einverstanden war. Als hätte er diesen Gedanken selbst schon lange gehabt. Sie holte tief Luft. Ihre Trennung war für beide das Beste. Alles war richtig, so wie es war. Johannes konnte noch zwanzig Jahre und mehr zu leben haben. Glückliche Jahre ohne sie. Sie seufzte. Du wolltest nicht über die Vergangenheit nachgrübeln, du willst malen. Sie mischte ein blasses Braun. Sigrid würde seine Witwenrente erhalten, Signe hatte mit dem Antrag auf die endgültige Auflösung der Ehe ein für alle Mal auf jeden Anspruch verzichtet. Es hätte sonst mindestens ein Jahr länger gedauert, ehe sie geschieden worden wären. Zwölf Monate hatte er ihr nach dem Erhalt der Trennungsbewilligung Unterhalt gezahlt. Das war anständig, mehr konnte sie nicht verlangen. Signe hatte davon etwas zurückgelegt. Und sie half ja auch gelegentlich bei der Vereinigung der Jungen Künstler aus. Ein paar Schreibarbeiten hier und da. Es brachte nicht viel ein, doch so kam eines zum anderen, und am Ende reichte es für ein bescheidenes Auskommen. Was brauchte sie schon? Signe konnte auf neue Kleider und teure Restaurants leicht verzichten, wenn sie nur ungestört malen konnte.

Lange starrte sie auf die ersten Pinselstriche. Onkel Edvard hatte einmal zu einem anderen Maler gesagt, es war Ludvig Karsten, fiel ihr plötzlich ein, mit dem ihn eine seltsame Freundschaft verband, zu ihm hatte er gesagt, es reiche nicht aus, das eigene Innere in ein Motiv zu legen. Edvard stellte den Anspruch an sich, mit seiner Malerei dem Betrachter zu ermöglichen, sich seiner Gefühle bewusst zu werden. Das war wahre Kunst. Und Edvard beherrschte sie.

Sie mischte Grün und Blau mit Weiß, um den Farben ihre Härte zu nehmen. Nie würde Signe vergessen, wie sie als Mädchen vor einer Reihe seiner Gemälde gestanden hatte, die gerade für eine Ausstellung vorbereitet wurden. Eines war dabei gewesen mit einem leuchtend roten Himmel, darunter bedrohlich dunklem Wasser. Eine Frau war zu sehen und mehrere Zylinder-Männer. Angst, ging ihr beim Betrachten der Mienen durch den Kopf, wovor haben sie nur solche Angst?

Damals sagte der Galerist, ein hagerer Mann mit grauem Spitzbart: »Das Gemälde mit dem Titel *Angst* werden wir an die dem Eingang gegenüberliegende Wand hängen.« Nie würde Signe dieses Gefühl der Freude vergessen, das sie empfunden hatte. Sie hatte erkannt, was Onkel Edvard gemeint hatte. Obwohl ihr Vater doch immer behauptet hatte, Edvards Malerei sei nichts für Kinder. Gespannt hatte sie das nächste Bild betrachtet. Ein Mann am Strand, das Antlitz mit einfachen Strichen hingeworfen, das Auge nicht mehr als ein schwarzer Fleck mit einem Bogen darüber. Ein trauriger Mann.

»*Melancholie* hängen wir auf die andere Seite. Und dieses hier bekommt seinen Platz genau in der Mitte von den beiden«, verkündete er. Signe warf nur einen schnellen Blick auf das dritte Bild. Eine gesichtslose Frau, nackt unter dem offenen flammend roten Kleid. Dicht bei ihr ein Mann und im Vordergrund ein zweiter mit fahlem Teint, der geisterhaft leuchtete aus der dunklen Wolke, die ihn einhüllte. Signe war noch ein Kind, sie kannte sich mit Gefühlen nicht aus, begriff aber auf der Stelle, dass der Herr vorne furchtbar unglücklich war über das, was sich hinter seinem Rücken abspielte. »Eifersucht!«, dachte sie im gleichen Moment, in dem der große Dürre den Titel aussprach.

Gefühle. Edvard wusste, wie man sie mit Farben und Linien in den Menschen wecken konnte. Signe waren sie damals fremd gewesen, waren sie noch heute fremd. Lilla hatte gesagt, es wäre Zeit, sich mal wieder zu verlieben. Mal wieder. Signe war ja noch nie verliebt gewesen. Sie wusste nicht, wie genau das gehen sollte. Ihre Eltern hatten sich nicht geliebt, jedenfalls konnte sie sich nicht vorstellen, dass alle Welt so ein Theater um etwas machte, das so voller Aggression war wie das, was Peter Andreas Ragnvald Munch und Anna Dahl miteinander hatten. Unvermittelt sah Signe wieder Hamsun vor sich. Er war der Grund, weshalb Anna ihren Mann und ihre Tochter verlassen hatte, behaupteten einige. Signe glaubte, er war nur ein Grund von vielen. Hatte Anna ihn geliebt? Wohl kaum, es war eher Obsession gewesen, zerstörerische Besessenheit.

Signe nahm das Bild von der Staffelei und lehnte es an die Wand, damit die Farbe trocknen konnte. Unsinnig, die wenigen Striche waren sicher längst trocken. Sie zog eine andere Leinwand hinter dem Kopfende des Sofas hervor, das sie später wieder zu einem Bett umbauen würde. Die Dame. Wie sollte sie es anstellen, dass der Betrachter dem Porträt den Titel *Eitelkeit* geben würde? Warum nicht *Schönheit* oder *Eleganz*? Wo lag der Unterschied? Kopfschmerzen kündigten sich an. Der Geruch der Farben stach ihr auf einmal unangenehm in die Nase. Signe verspürte den Wunsch, Palette und Pinsel hinter sich zu lassen. Es war ein so schöner Tag mit milder Luft und Sonne. Es war ein Feiertag, ganz Kristiania war auf den Beinen, um das Verfas-

sungsfest zu feiern. Sie könnte mit der Fähre nach Bygdø rüber-
fahren. Für das Volksmuseum war es allerdings schon zu spät.
Schade, sie spazierte gern zwischen den alten Dorfhäusern herum, die irgendwo in Norwegen ab- und dort wieder aufgebaut
worden waren. Immer gab es etwas Neues zu entdecken, die
Sammlungen von König Oskar II. etwa mit der prachtvollen
Stabkirche. Oder die Stadthäuser, für die man eigens Straßen
gebaut hatte, um auf der grünen Insel den Eindruck einer Altstadt entstehen zu lassen. Auf Bygdø gab es immer ein Motiv,
das sie mit den Augen aufnehmen und später malen konnte.
Signe holte tief Luft. Eine dumme Ausrede. Von allein wurden
ihre Bilder für die Herbstausstellung gewiss nicht fertig. Die
Zeit wurde langsam knapp, immerhin stand die Reise nach Kopenhagen auch noch bevor. Ihr zweites Stipendium, dann die
Herbstausstellung! Eine größere Chance bekäme sie nicht mehr.
Signe musste sich zusammenreißen, sich auf ihre Arbeit konzentrieren. Wieder betrachtete sie *Die Dame*.

Augen und Mund. Und vielleicht die Gesichtsfarbe, aber vor
allem Augen und Mund würden den Unterschied machen zwischen Schönheit und Eitelkeit. Sie tupfte den Pinsel in die Farbe.
Irgendwo im Haus schrie ein Kind, Poltern, dann das Brüllen
der Mutter. Aus dem Schreien wurde Weinen. Manchmal dachte
Signe, es wäre schön gewesen, wenn sie schwanger geworden
wäre. Dann hätte das Liegen unter Johannes, sein Schwitzen
und Mühen wenigstens einen Sinn gehabt. Aber das war natürlich töricht. Sie hätten ihr das Kind jetzt nur weggenommen, ihr
wäre es nicht besser ergangen als ihrer Mutter, die man fortge-
schickt hatte, fort von Signe.

KAPITEL 2
Kristiania 1922

Wie gut, dass sie es nicht weit hatte. Von der Keysersgate bis zur Nationalgalerie in der Universitetsgate war es nur ein Steinwurf. Es schüttete an diesem Morgen Ende Mai aus Kübeln. Aber Signe hatte Torstein Rusdal versprochen, mit ihm ein paar Ideen durchzusprechen. Vor allem wollte sie mit dem ersten Vorsitzenden der Vereinigung der Jungen Künstler darüber reden, wie sich Gelder für weitere Stipendien sammeln ließen.

Die wenigen Schritte würden trotz Schirm reichen, um gehörig nass zu werden, denn zu allem Unglück kam der Wind auch noch von vorn. Schon jetzt fühlten sich ihre Beine in den Seidenstrümpfen kalt an, das Wasser lief an ihnen herunter in ihre Schuhe. Die Tropfen klopften so laut auf ihren Schirm, dass Signe Torstein nicht kommen hörte. Er traf gleichzeitig mit ihr vor dem prächtigen Bau der Nationalgalerie ein, wo sie eine Dachkammer als Büro nutzen durften.

Torstein sprang die Stufen vor ihr hinauf und hielt ihr die Tür auf. »Wird das mal wieder unser Sommer, Signe?« Sie gingen hinein, schüttelten sich wie junge Hunde.

»Ohne Wasser würde das Getreide nicht gedeihen, das Gemüse nicht und das Obst auch nicht. Und stell dir nur vor, wie unsere Wälder aussehen würden.«

»Du findest auch an allem etwas Gutes, habe ich recht?« Er lächelte freundlich. »In Italien blühen Zitronenbäume, jeder Strauch, jedes Gewächs gedeiht dort in einer Pracht, von der wir nur träumen können. Und das, obwohl es dort warm ist, nein, heiß ist es. Und es regnet nicht ständig. Warum kann es hier nicht so sein?«

»Dies ist Norwegen, Torstein, die Frische gehört zu uns, nicht die Hitze.«

Eine besondere Freundschaft verband Signe und Torstein. Es war, als lebte er ihr Leben schon einmal vor, jedenfalls was die Kunst betraf. Torstein war zweieinhalb Jahre jünger als sie. Auch er war Schüler des berühmten Christian Krohg gewesen, an dem in Kristiania niemand vorbeikam, der sich ernsthaft mit Malerei beschäftigte. Auch er hatte Studienaufenthalte in Paris genossen, was ihn allerdings mehr beeinflusst hatte als Signe. Sein Stil war deutlich experimenteller geworden, während Signe in Frankreich eher ihre Technik verfeinert, sich auf die Harmonie der Farben konzentriert hatte, als gänzlich Neues zu probieren. Bald würde sie im Rahmen ihres zweiten Stipendiums nach Kopenhagen reisen, wo auch Torstein bereits gearbeitet hatte. Signe empfand es als beruhigend, jemanden zu kennen, der alles bereits vor ihr getan hatte. Sie konnte ihn alles fragen, er ihr unendlich viele Ratschläge geben. Torstein dagegen schätzte an ihr ihren klaren Verstand und ihre praktische Ader, die viele Künstler vermissen ließen, wie er gerne sagte. Signe hatte schon als kleines Mädchen für ihre Mutter ein Haushaltsbuch geführt. Die Frauen in ihrer Verwandtschaft, die Schwestern von Onkel Edvard vor allem, hatten Signe viele nützliche Dinge gezeigt. In erster Linie, um das Kind von ihren ewig streitenden Eltern fernzuhalten. Sie nahmen sie unter ihre Fittiche, sooft es nur ging, brachten ihr das Kochen bei und das Flicken. Tante Inger verstand es, aus Moos, Flechten und Rinde der Birken winzige Kunstwerke zu kleben. Auch das lernte Signe. Auch das förderte ihre Geschicklichkeit und kam ihr später zugute. Wenn sie allerlei Handarbeiten zu erledigen hatte und bei der Komposition ihrer Bilder.

»Wo bist du nur wieder mit deinen Gedanken?« Sie hatte gar nicht bemerkt, dass Torstein sie beobachtete. Er hatte seine Jacke über einen Stuhl gehängt, den er vor die Heizung geschoben hatte.

»Im Trudvangveien.« Sie lächelte sanft. Sie wussten beide, dass das geschwindelt war, dass Signe sich erst jetzt auf diesen Gedanken konzentrierte. »Dort soll eine Wohnung frei sein, die als Atelier taugt, hörte ich. Wenn wir Unterstützer finden könnten, die uns ein paar Kronen geben, könnten wir die Räume vielleicht mieten.«

»Ach, Signe, das wäre zu schön, um wahr zu sein. Ohne ein festes Atelier auskommen zu müssen, ist wohl die verbreitetste Berufskrankheit unter den Malern und Bildhauern. Leider sitzt das Geld nicht locker in diesen Zeiten, und mit ein paar Kronen werden wir nicht weit kommen. Unterstützer rennen uns nicht gerade die Türen ein.« Er spannte ihren Schirm auf und stellte ihn zum Trocknen neben den Stuhl mit seiner Jacke.

»Künstler, die Mitglied werden wollen, weil sie sich Unterstützung erhoffen, dagegen schon«, sagte sie mehr zu sich selbst und seufzte. »Der Mann, dem das Haus im Trudvangveien gehört, soll mehrere Gebäude besitzen. Das, in dem die Wohnung leersteht, ist nicht besonders gut in Schuss, erzählt man sich. Es müsste wohl einiges daran gemacht werden. Zu viel nach Meinung des Besitzers, er will nichts hineinstecken, sondern am liebsten verkaufen.«

»Das wird er sich gründlich überlegen. Die Preise für Häuser fallen ins Bodenlose.«

»So wäre doch eine kleine Einnahme durch eine geringe Miete, die wir ihm zahlen, nicht uninteressant für ihn. Er kann sein Haus behalten, ist die laufenden Kosten dafür aber los. Wenigstens zum Teil«, setzte sie hinzu, ehe er protestieren konnte.

»Wenn du es auch immer wieder bestreitest, mein lieber Torstein, es gibt Künstler mit handwerklichem Geschick.«

»Du ... und wer noch?«

»Oh nein, an mich habe ich sicher nicht gedacht.« Sie lachte. »Obwohl ich natürlich bereit bin zu helfen. Ein wenig anstreichen könnte ich schon.«

Signe nahm ein paar Stapel Bücher und Papiere zur Hand und stellte sie auf das Regal an der der Tür gegenüberliegenden Seite des Räumchens. Deren Herkunft war ihr rätselhaft. Sie hatte Mitarbeiter der Nationalgalerie in Verdacht, die so manches Mal nicht wussten, wohin mit Unterlagen, und sie einfach in die Kammer stopften, wohl wissend, dass die dem Künstlerverein zur Nutzung überlassen waren. »Wir sollten es wenigstens versuchen«, beharrte sie. »Dieser Mann, sein Name ist Holm oder Holmen, ist Geschäftsmann durch und durch. Du sagst doch selbst, es ist nicht klug, in diesen Zeiten ein Haus zu verkaufen. Das wird er auch wissen. Wenn wir ihm einen klitzekleinen Betrag geben und obendrein einige Arbeiten an der Wohnung und vielleicht sogar im Treppenhaus übernehmen, kann er mit dem Verkauf warten, bis die Preise sich stabilisiert haben.«

»Was noch Jahre dauern kann.«

»Gut für uns. So hätten wir für einige Jahre ein Atelier, das wir für Arbeitsstipendien zur Verfügung stellen könnten.« Sie war sehr zufrieden mit ihrer durch und durch logischen Argumentationskette.

Torstein setzte sich neben sie und schob mit einer einzigen Armbewegung weitere Dokumente und Hefte beiseite. Einige purzelten zu Boden, andere blieben, gefährlich wippend, an der Tischkante liegen.

»Was machst du da?« Schon war sie auf den Füßen, um die herabgefallenen Papiere aufzuheben.

»Wir haben ihnen immer wieder gesagt, dass dies kein Ablageraum ist«, meinte er leichthin, während Signe auf dem Boden kniete und das Zeug zusammenklaubte.

»Wir sollten dankbar sein, diese Kammer nutzen zu dürfen. Es steht uns nicht zu, die Mitarbeiter der Nationalgalerie zur Ordnung zu rufen.« Sie stand auf und ordnete die Türme aus beschriebenen Seiten auf dem Regal an, das sich unter der Last bereits bog wie eine Schale.

»Es gibt zwei Möglichkeiten, Signe. Entweder das ganze Gelumpe, das sie hier ablegen, wird nicht mehr gebraucht. Dann ist es Abfall, der uns irgendwann den uns zugesprochenen Platz vollständig raubt, anstatt auf dem Müll zu landen, wohin er gehört. Oder die eine oder andere Schrift wird irgendwann von jemandem gesucht. Hat sie dann Eselsohren und ist in erbarmungswürdigem Zustand, wird man sich in Zukunft hüten, wichtige Unterlagen hier ihrem Schicksal zu überlassen.«

Noch bevor sie antworten konnte, hörte Signe Lillas helle Stimme im Flur. Was tat sie hier? Ehe Signe darüber nachdenken konnte, klopfte es, und Lilla steckte den Kopf zur Tür herein. Wasser kullerte über ihre Wangen, tropfte aus ihrem Haar und bildete eine kleine Pfütze auf dem Steinboden.

»Störe ich?« Wie dunkel die Haare aussahen, nass, wie sie waren. Wie es ihren Typ veränderte. »Lilla. Um ehrlich zu sein, es passt wirklich nicht besonders. Wir sind gerade erst gekommen und wollen arbeiten.«

Signe fühlte sich unbehaglich. Warum musste sie sich dafür rechtfertigen, jetzt mit Torstein Dinge zu erledigen, deretwegen sie doch hier war? Es war Lilla, die fehl am Platze war und sich rechtfertigen müsste.

»Auf ein paar Minuten wird es wohl nicht ankommen«, sagte Torstein freundlich und winkte Lilla auch schon herein. Deren Gesicht leuchtete auf. Statt allerdings einzutreten, drehte sie sich um und redete auf jemanden ein. Signe und Torstein sahen sich fragend an. Da war eine Männerstimme im Flur. Nach wenigen Atemzügen tauchte Lilla wieder auf und öffnete die Tür dieses Mal ganz. Ihr Begleiter überragte sie um mehr als einen Kopf, dennoch schien er sich hinter ihr verstecken zu wollen.

»Nun komm schon!«, kommandierte Lilla ungeduldig.

Torstein erhob sich. »Mir war nicht klar, dass Sie aus mehr als einer Person bestehen«, sagte er lachend zu Lilla. »Wie Sie sehen, ist hier kaum Raum für drei, für vier ganz bestimmt nicht.« Er wandte sich an Signe. »Mal sehen, ob ich jemanden finde, bei dem ich mich über das Gelumpe beschweren kann.« Er zeigte vage in Richtung Regal. »Sie bauen einen Nordflügel. Traust du mir zu, dass ich die Direktion davon überzeugen kann, uns dort einen größeren Raum zu überlassen?«

»Grundsätzlich traue ich dir alles zu, Torstein Rusdal. Sogar, dass du unangemeldet bei der Direktion vorsprechen darfst.« Er hob einen Zeigefinger in die Höhe, nickte und verließ lachend die Kammer.

»Ich wollte nicht ungelegen kommen«, entschuldigte sich Lilla augenblicklich. »Es passte nur so gut.« Jetzt sah sie den Mann an, der noch immer auf der Schwelle verharrte. »Das ist Birger Lasson. Herein mit dir!«

Er trat ein. Nicht ohne Elan, aber doch zögerlich. »Guten Tag, gnädige Frau. Es ist mir furchtbar unangenehm, dass wir Sie dermaßen überfallen.« Kurzer vorwurfsvoller Blick zu Lilla.

»Hirnriss!« Lilla hockte sich kokett auf eine Ecke des Tisches. Ihr Sommerkleidchen klebte an ihrem zierlichen Körper und betonte ihre Formen mehr, als dass es sie verbarg. »Nicht wahr, Signe, es gibt keinen Grund sich zu entschuldigen.«

Signes Antwort war ein Lächeln. Sie reichte Lasson die Hand. »Signe Munch«, sagte sie. »Freut mich, Sie kennenzulernen.«

»So, da die albernen Höflichkeiten ausgetauscht sind, können wir nun zum interessanten Teil übergehen.« Lilla setzte demonstrativ eine gelangweilte Miene auf. »Birger ist nämlich Künstler. Er macht Skulpturen.« Sie senkte die Stimme. »Äußerst interessante Skulpturen.« Signe konnte sich vorstellen, was das bei Lilla bedeutete. »Die Gesellschaft der Jungen Künstler ist doch dazu da, die Kreativen Kristianias zu verbinden. Und Birger braucht Verbindungen. Dringend.« Signe sah den Mann kurz an, der sich kaum selbst äußerte, obwohl ständig über ihn gesprochen wurde. Diese Zurückhaltung passte nicht zu ihm oder bildete zumindest einen starken Kontrast zu seiner Erscheinung. Groß war er, kräftig, das flammend rote Haar stand ihm wild vom Kopf ab und war, wie Signe auffiel, ein Stückchen länger als ihr eigenes.

44

»Da wir gerade in der Nähe waren und mir einfiel, dass ihr in einem Kabuff in der Nationalgalerie eure Schreibstube habt, dachte ich mir, ich bringe ihn dir einfach her und du erklärst ihm, wie das alles geht mit der Bewerbung et cetera.« Lilla kannte sich mit diesen Dingen selbst aus. Schließlich wollte sie ebenfalls Mitglied werden, nur fehlten ihr noch die nötigen fünf Probearbeiten, die sie einreichen musste und über die eine Jury dann urteilen würde. Lilla hatte es nicht eilig damit.

»Ich werde noch früh genug eine von euch«, sagte sie gern. »Ich habe Zeit.« Die hatte sie wirklich. Ganz anders Signe. Hätte sie die Jury nicht überzeugen können, hätte sie keine zweite Chance mehr gehabt. Man musste es vor dem vierzigsten Lebensjahr in die Gesellschaft geschafft haben. Danach konnte man bleiben, aber nicht mehr neu beitreten. Wie alt wohl Birger Lasson sein mochte? Er war schwer zu schätzen, da ein Gestrüpp leuchtend roter Haare auch seine Wangen und beinahe den gesamten Mund versteckte. Von seinen Lippen sah man nur eine Andeutung.

»Also dann …« Lilla sprang von dem Tisch und stand nach nur einem Satz bei der Tür. »Ich muss dann wieder.«

»Moment, du kannst doch nicht …« Signe fehlten die Worte. Sie lud diesen Fremden einfach bei ihr ab und wollte sich davonmachen? Typisch Lilla. Wahrscheinlich hatte sie mit ihm geflirtet, und als er ihr lästig geworden war, kam sie auf den glänzenden Einfall, ihn bei Signe zu lassen. Wie einen struppigen Streuner im Tierheim. Oder sie hatte mal wieder aufgeschnitten und behauptet, sie habe beste Kontakte zur Vereinigung der Jungen Künstler und stehe selbst bereits ganz kurz davor, aufgenommen zu werden. Sie durfte sicher sein, dass Signe sie nicht verraten, sondern den Schein wahren würde.

»Wir kommen ungelegen. Bitte, verzeihen Sie uns, gnädige Frau Munch«, meldete sich Lasson zu Wort. Er hatte eine tiefe Stimme, die fast an das Knurren eines Raubtieres erinnerte, dazu eine antiquierte Ausdrucksweise.

»Nein, schon gut.« Sie konnte die Zeit nutzen, ihn über die Künstlervereinigung zu informieren, die Torstein und seine Mitstreiter erst im Oktober vergangenen Jahres gegründet hatten und die seitdem unaufhörlich wuchs. Ob Lilla nun dabeiblieb oder ging. Es machte keinen Unterschied.

»Ach, was soll's, reden wir nicht weiter um den heißen Brei herum. Ich sage frei heraus, warum wir hier sind«, verkündete Lilla unbekümmert.

»Nein, Lilla, bitte!« Lasson sah sie flehend an. Signe wurde unwohl. Was war hier los?

»Es ist nicht gelogen, dass sich Birger für die Gesellschaft interessiert. In erster Linie aber möchte er dich kennenlernen, Signe.« Lilla strich zweimal rasch die Handflächen aneinander, als würde sie in der Küche schuften und sich das Mehl von den Fingern wischen. »Nun ist es raus. Denkt nur, wie viel Zeit ich euch erspart habe. Ihr hättet womöglich mehrmals miteinander ausgehen müssen, ehe ihr so weit wärt wie jetzt.« Sie trat wieder einen Schritt näher und küsste Signe auf die Wange. »Auf bald, liebe Freundin. Und wirf ihn nicht gleich raus.«

Auf das Klappen der Tür war eine peinliche Stille eingetreten, die Signe wie eine Ewigkeit vorgekommen war. Tatsächlich mochte sie nur fünf oder sechs Sekunden gedauert haben, dann war die Tür wieder aufgeflogen und Torstein eingetreten.

Birger Lasson hatte Signe mit einem derartig verzweifelten Gesichtsausdruck angesehen und sie gebeten, eine Einladung zum

Essen anzunehmen, dass sie es nicht fertiggebracht hatte, ihm das zu verweigern. Und so war sie nun also auf dem Weg zur Frognerkilens Terrasse, einem prachtvollen weißen Bau, der auf einem Ponton lag, zu dem ein langer Holzsteg führte. Außer dem Klubhaus eines Segelvereins war in dem quadratischen hohen Bau mit dem auffälligen gläsernen Aufbau ein Restaurant untergebracht. Signe war noch nicht oft hier gewesen. Sie sog den Blick auf die Küste vor Kristiania ebenso in sich auf wie den nach Bygdø hinüber. Der Regen hatte aufgehört, dafür war Wind aufgekommen. Das Wasser schlug wild gegen die hölzernen Pfähle und Planken unter Signes Füßen, die Luft roch kräftig nach Meerestieren und -gewächsen. Sie roch türkis, fand Signe. Obwohl ihr die Böen das Haar zerzausten und an ihrem Rocksaum zerrten, stand sie einfach nur da, wie sie es von Onkel Edvard gelernt hatte, und ließ die Eindrücke ganz tief in ihr Gedächtnis sickern. Das Holz, vollgesogen und dunkel, Muscheln krallten sich daran, die kurz auftauchten, wenn eine Welle in ein Tal stürzte, dann wieder vom Grau des aufgepeitschten Fjords verborgen wurden. Im Hintergrund die Stadt mit ihren immer höheren Bauwerken, einer Festung gleich, auf der anderen Seite das grüne, das sanfte Bygdø. Über allem ein dramatischer Himmel mit Wolken, die einander auf Leben und Tod zu jagen schienen.

Was er wohl von ihr wollte, dieser Birger Lasson? Er möchte dich kennenlernen. Warum sie, warum ausgerechnet Signe Munch, geschiedene Landmark? Eine in die Jahre gekommene Frau mit widerspenstigem Haar, die schon als junges Mädchen dunkle Schatten unter den Augen gehabt hatte und eher fleischig war als stramm. Lilla durfte sie nicht hören lassen, was sie über sich selbst dachte, die würde ihr wieder etwas erzählen.

Signe atmete tief ein, ehe sie das Restaurant betrat. Sofort nahm sie aus dem Augenwinkel wahr, wie jemand sich ein paar Schritte rechts von ihr erhob. Seine Haarfarbe erinnerte sie an die Tapete im Grand Café. Er trug Anzug mit Weste und sah viel weniger schüchtern aus als bei ihrer ersten Begegnung am Vormittag.

»Liebste gnädige Frau. Ich danke Ihnen, dass Sie gekommen sind.« Er nahm ihr die dünne Stola von den Schultern.

»Ich habe es Ihnen zugesagt.« Er rückte ihr den Stuhl zurecht, und sie setzte sich.

»Ja, gewiss, das haben Sie getan. Zu meiner großen Freude, wenn ich mir diese Bemerkung erlauben darf. Zu meiner sehr großen Freude.« Er setzte sich ihr gegenüber. »Darf ich?« Er griff nach einer Flasche Tischwein.

»Nur einen Schluck, bitte. Ich vertrage nicht viel.« Sie lächelte und spürte, wie ihre Wangen zu glühen begannen. Was tat sie hier? Sie hätte ihn gehen lassen sollen, als er vorhin in der winzigen Schreibstube bemerkt hatte, wie ungelegen er und Lilla gekommen waren. Signe blickte sich um. Die Herrschaften an den anderen Tischen, es waren längst nicht alle besetzt, waren ausnehmend gut gekleidet. Sahen sie zu ihr herüber? Sie meinte, einige tuschelten über sie. Unfug. Das glaubte sie immer, dabei wusste sie doch zu gut, dass sie es sich nur einbildete. Sie hatte es als Kind eben zu oft erlebt, dass die Leute tuschelten. Über ihre Mutter, die verheiratete Anna Munch, die einen Roman schrieb und die den großen Knut Hamsun geradezu verfolgte, die sich ihm auf ungehörigste Weise anbot. Oder über den berühmten Vetter von Signes Vater, über Onkel Edvard. Signe reckte das Kinn. Es sollte sie nicht kümmern, die Leute redeten und tuschelten immer.

Ein Kellner trat zu ihnen. »Darf ich Ihnen etwas empfehlen,

liebe verehrte Frau Munch?« Birger Lasson sah sie erwartungsvoll an. Da war etwas Stechendes in seinen grauen Augen.

»Gern. Wählen Sie ruhig für mich aus. Sie haben sicher einen guten Geschmack.«

»Sie sind sehr liebenswürdig. Sie werden es nicht bereuen.« Liebenswürdig, dachte sie, als sie dem Kellner nachschaute, wie er unter dem riesigen funkelnden Lüster fortging, der mitten im Raum schwebte. War denn auch jemand unwürdig, geliebt zu werden?

»Die gute Lilla«, sagte er und lachte. »Vielleicht sollten wir unser Glas zuerst auf sie erheben. Ohne Lilla würden wir nicht hier beieinandersitzen.«

»Da haben Sie recht.« Sie griff automatisch nach dem feinen gläsernen Stiel, obwohl sie keineswegs sicher war, dass Lilla einen Toast verdient hatte. Der Wein war ihr eine Spur zu herb. Genau wie seine Augen.

»Lilla Schweigaard ist ein reizendes Geschöpf.« Er senkte den Blick. »Wir sind uns ganz zufällig begegnet in einer Galerie. Es ist noch gar nicht lange her, denken Sie nur, und doch ist sie mir schon ein wenig ans Herz gewachsen.«

Signe beobachtete fasziniert, wie sein Bart in Bewegung geriet, wenn er sprach, wenn die Lippen sich öffneten oder spitzten. Als würde ein kleines flinkes Tier durchs Unterholz huschen und das Gesträuch in Unordnung bringen. »Manchmal mag es anstrengend sein, doch im Grund schätze ich ihre offene Art. Sie nimmt kein Blatt vor den Mund.«

Das hatte Knut Hamsun auch gesagt.

»Haben Sie mal Bilder von ihr gesehen? Wie dumm von mir, gewiss haben Sie das. Sie sind mit ihr befreundet, nicht wahr?«

»Ja, das sind wir.«

»Lilla ist noch so jung, doch man sieht bereits ein gewisses Talent. Das ist meine bescheidene Meinung. Sie verstehen sehr viel mehr davon. Ihre Meinung würde mich interessieren.« Seine grauen Augen waren auf sie gerichtet. Ernst. Wiederum voller Erwartung.

»Ich würde nicht behaupten, dass ich mehr von Lillas Bildern oder überhaupt von Malerei verstehe. Wissen Sie, ich denke …«

»Immerhin haben Sie die Akademie besucht. Und Lilla hat mir verraten, dass Sie Schülerin von Gauguin sind. Er unterrichtet nicht jeden, soweit ich weiß.«

»Das ist richtig.«

Zum Glück wurde das Essen aufgetragen. Signe war froh, etwas zu tun zu haben und eine Weile nicht sprechen zu müssen. Birger Lasson hatte Fisch bestellt. Eine gute Wahl. Sie aßen schweigend, lobten nur kurz den guten Geschmack, die Konsistenz des Gemüses, nicht zu hart, nicht labberig. Wie man sich auch ein Leben gewünscht hätte.

»Mein vollständiger Name ist übrigens Birger C. Lasson«, sagte er, nachdem das schmutzige Geschirr abgeräumt worden war. »Wissen Sie, wofür das C steht?« Woher sollte sie?

»Christian, nehme ich an, oder Christoph.«

»Das sind die gebräuchlichsten Namen, da haben Sie natürlich völlig recht.« In seinen Augen blitzte es, und sie wusste, dass sie dennoch falsch geraten hatte. »Casper. Meine Mutter hat darauf bestanden.«

»Ein schöner Name«, sagte sie höflich.

»Sein Ursprung liegt im Altpersischen. Er bedeutet Verwalter oder Hüter des Schatzes.«

»Interessant.« Signe bedeckte eilig ihr Glas mit der Hand, als er ihr erneut einschenken wollte. »Ich würde lieber einen Tee trinken.«

»Sehr gern. Ich trinke auch sehr gerne Tee.« Schon machte er dem Kellner ein Zeichen. »Ich hoffe, Sie halten mich nicht für einen wirren Zausel.« Er lachte. Da war wieder die Unsicherheit, die ihr vorhin im Flur der Nationalgalerie aufgefallen war und die sie irgendwie mochte. »Mein Name. Ich habe ihn erwähnt, weil ich mich ihm verpflichtet fühle. Fragen Sie mich lieber nicht, warum es so ist. Die Antwort müsste ich Ihnen schuldig bleiben.«

»Gut, dann frage ich nicht.« Sie lächelte.

»Jedenfalls hüte ich Schätze. Nicht, dass ich besonders wohlhabend wäre. Meine Schätze sind eher anderer Natur. Sie haben für mich eine Bedeutung, ohne großen finanziellen Wert zu haben.«

Worauf wollte er nur hinaus?

»Meine Skulpturen etwa. Sie sichern mir nicht meinen Unterhalt. Und sie werden es wohl auch nie, weil ich sie nicht hergeben mag.«

»Das verstehe ich gut. Edvard Munch ist der Vetter meines Vaters. Natürlich hat er schon viele Gemälde verkauft. Es ist immerhin sein Beruf. Und doch bereitet es ihm immer Kummer, sich von seinen Werken zu trennen. Einige hat er sogar schon zurückgekauft.«

»Sie sind mit Edvard Munch verwandt?«

Anscheinend plauderte Lilla nicht alles aus. Warum auch? Diese Verwandtschaft war gewiss keine Attraktion und schon gar nicht Signes Verdienst. Trotzdem war es ungewöhnlich, dass Birger Lasson nicht davon wusste.

51

»Sehr entfernt. Wie gesagt, er ist der Vetter meines verstorbenen Vaters.«

»Tut mir leid, dass Ihr Vater nicht mehr lebt.«

»Danke.« Sie nickte.

»Aber zu Edvard Munch pflegen Sie gewiss Kontakt, nehme ich an. Ich meine, als Malerin könnte es Sie doch kaum glücklicher treffen, als mit dem besten nur denkbaren Lehrer familiär verbunden zu sein.«

»Mein Lehrer ist Pola Gauguin. Momentan.«

»Dennoch.« Er beugte sich vor. »Dieser Mann ist ein Genie. Aber für Sie ist er vor allem ein Onkel. Auch das meine ich damit, wenn ich davon spreche, Schätze zu hüten. Man muss menschliche Schätze, die einem ins Leben gegeben werden, ebenfalls hüten, die Beziehung zu ihnen pflegen. Sonst gleiten sie einem aus den Fingern, sind fort wie Geister, an die man sich nur noch ab und zu erinnert.« Sein Blick war seltsam entrückt, und vor Signes innerem Auge entstand das Bild einer durchscheinenden wabernden Gestalt, die über dem Meer aufstieg und sich unter die Wolken mischte, die über den Himmel jagten. Schon war die Gestalt nicht mehr von ihnen zu unterscheiden, und Signe spürte eine tiefe Traurigkeit.

»Ich glaube, ich verstehe, was Sie meinen.«

»Das wusste ich.« Er sah ihr in die Augen. »Lilla Schweigaard ist auch so ein Mensch-Schatz. Manchmal benimmt sie sich plump und ungehobelt wie ein Bauernmädchen, doch ihr Herz ist aus Gold.«

Mit einem Schlag verstand Signe. Birger Lasson interessierte sich nicht für sie, nicht wirklich. Sein Interesse galt Lilla. Natürlich, daher wehte der Wind. Er wollte Signe kennenlernen, um auf diesem Umweg Lilla näherzukommen. Es war ihm nicht zu verdenken. Armer Kerl, hätte Lilla Interesse an ihm, hätte sie ihn nicht einfach bei Signe abgeladen. Vermutlich hoffte er, Lilla würde doch noch Gefallen an ihm finden, wenn er nur ab und zu in ihrer Nähe wäre. An Signes Seite hätte er die Möglichkeit.

»Sie haben die perfekten Worte getroffen«, stimmte sie ihm zu. »Ihre Beschreibung von Lilla, meine ich.« Signe machte eine kurze Pause. »Sie ist deutlich jünger als ich. Und manches Mal bringt sie mich wirklich in die unmöglichste Situation.«

»Ich hoffe, Sie meinen nicht Situationen wie heute Abend.« Er sah wahrhaftig eine Spur erschrocken aus.

»Nein, bestimmt nicht.« Sie ordnete ihre Gedanken. »Mir geht es wie Ihnen, Lilla ist mir ans Herz gewachsen.«

Zum Tee sprachen sie über Kunst. Birger Lasson erklärte ihr, warum er am liebsten Skulpturen aus Sandstein fertigte.

»Ich glaubte, Holz sei der bevorzugte Werkstoff. Es ist in unserem Land doch gewiss leicht zu bekommen. Und hat Holz nicht selbst nach seiner Bearbeitung noch etwas Lebendiges, Warmes?«

Birger Lasson zuckte leicht zurück, als hätte sie ihm eine Ohrfeige verpasst. »Liebste gnädige Frau Munch, verzeihen Sie mir, wenn ich widerspreche. Sobald der Stamm von der Wurzel getrennt ist, weicht alles Leben aus dem Holz. Dann ist es, verzeihen Sie mir den drastischen Vergleich, als würden Sie eine Leiche mit an den Tisch oder in die gute Stube setzen und hoffen, sie würde etwas Lebendiges ausstrahlen.« Er schüttelte sich und verzog das Gesicht. Signe musste lachen. »Sandstein ist da ehrlicher. Er behauptet nicht, ein Lebewesen zu sein, sondern bietet sich dem Künstler als reines Material dar. Und doch …« Sein Blick bekam etwas Verträumtes. »Sie werden darin so viel mehr Leben finden als in jeder anderen Substanz.«

»Wie meinen Sie das?« Sie war erfreut, dass das Gespräch noch eine derart interessante Wendung nahm. Wenn Bildhauerei auch nichts war, womit sie sich auskannte, fühlte sie sich auf diesem Terrain doch sicher. Ging es um Kunst, wusste sie, was sie konnte, was nicht, und es war ihr keinesfalls unangenehm Fragen zu stellen. Ganz anders, wenn es um Gefühle ging.

»Denken Sie nur an die Farben und Zeichnungen. Sie verraten dem, der sich ein wenig damit beschäftigt hat, viel über Herkunft und Entstehung. Es kommt noch besser.« Er schob seine Tasse beiseite, um sich vorbeugen zu können. Dieser Birger Lasson ging völlig in seiner Arbeit mit Sandstein auf, das wurde ihr in diesem Augenblick klar und nahm ihn für sie ein. »Vertiefen Sie sich einmal für eine Weile in die Struktur, die Maserung dieses großartigen Werkstoffs, und Sie werden Bilder entdecken, die kaum ein Maler zu erschaffen in der Lage ist.« Sie lächelte leicht, und er erschrak. »Anwesende natürlich ausgenommen. Ebenso deren Lehrer und Onkel«, fügte er hinzu.

»Bilder also«, sagte sie nachdenklich, »Bilder sind es, die Sandstein so lebendig machen.«

»Auch. Und dann natürlich seine Vergangenheit. Sehen Sie, Sandstein hat oft eine lange Reise hinter sich. Er wurde durch Flüsse oder das Meer an den Platz gespült, an dem er sich schließlich abgelagert hat. Auf seinem Weg nimmt er Pflanzenteile oder auch winzige Lebewesen mit sich. Einige nisten sich sogar in ihm ein. Würmer zum Beispiel.« Er fuhr sich durch das struppige Haar, das im Schein des Kronleuchters zu glühen schien. »Sie fressen sich durch das Gestein und wohnen in den Gängen, die auf diese Weise entstehen. Diese Röhren, Skolithos sagen die Wissenschaftler, sind Hunderte Jahre später als Streifen zu sehen. Ist das nicht faszinierend?«

»Das ist es.«

»Faszinierend und für einen Bildhauer ein Geschenk. Denn ich fange nicht mit Nichts an, wie Sie mit einem weißen Blatt Papier, sondern mir stellt sich bereits ein Muster zur Verfügung, ein Farbenspiel, das ich nutzen kann.«

»Ja, das klingt wirklich nach einem Geschenk.« Auch Holz hatte Maserungen und konnte in Brauntönen, in Helligkeit oder Dunkelheit variieren, doch mit diesem Gedanken wollte sie ihn nicht belästigen. »Woher bekommen Sie Ihren Sandstein? Findet sich hier welcher, um Kristiania herum?«

»Deutschland. Den besten und schönsten finden Sie in Deutschland. Im Norden stehen die Chancen gut, Stücke mit Skolithos, mit Wurmröhren, zu bekommen. Am Main gibt es oft herrliche rote Exemplare.«

»Das ist wohl ausgleichende Gerechtigkeit.«

»Wie bitte? Ich verstehe nicht.«

»Verzeihung. Ich dachte nur gerade, dass ich als Malerin mit einem vollkommen nackten Blatt Papier beginnen muss, während Sie sich von Streifen und Röhren und dergleichen anregen lassen können. Dafür bekomme ich an jeder Ecke einen Block Zeichenpapier oder ein Stück Leinwand, während Sie Ihren Sandstein aus Deutschland heranschaffen müssen.«

Er lachte laut auf. »Ein kluger Gedanke. In der Tat, meine Gnädigste, da haben Sie recht.« In seinen grauen Augen funkelte Triumph. »Mein Glück, dass ich exzellente Kontakte nach Deutschland habe. Ich hoffe, Sie sind jetzt nicht enttäuscht, dass die Gerechtigkeit nicht perfekt ausgeglichen ist.«

»Also, wie findest du ihn?« Lilla kam ohne Umschweife auf den Punkt. Wieder einmal. Sie hatte es sich auf Signes Sofa bequem gemacht, die Beine unter dem Sommerkleid zum Schneidersitz verschränkt. Nicht gerade eine damenhafte Haltung. Lilla-Haltung. Signe hatte sofort ihr Gespräch mit Birger Lasson im Kopf. Und ihre Schlussfolgerung bezüglich seines Interesses an ihrer Person.

»Jetzt bin ich aber wirklich überrascht. Du magst ihn?«

»Er ist nett«, sagte Lilla beiläufig.

»Du willst etwas von ihm? Wirklich? Ich meine, du hast ernsthaftes Interesse?«

»Wie kommst du denn darauf?«

»Weil du fragst. Ich dachte, du legst Wert auf meine Meinung. Ehe du etwas Ernstes mit ihm anfängst, dachte ich.«

»Hirniss! Wirklich Signe, so verquer kannst nur du denken. Ich habe es doch gestern ganz deutlich gesagt: Er hat Interesse an dir!«

»Bloß, nicht um meinetwillen, Lilla. Er hat gestern Abend geradezu von dir geschwärmt.«

»Gestern Abend?« Lilla riss die Augen auf und drehte konzentriert eine ihrer hellblonden Strähnen um ihren Zeigefinger.

»In der Akademie war nun wirklich nicht die Zeit, also habe ich seine Einladung zum Essen angenommen.«

»Für den gleichen Abend? Seht euch diesen Birger Lasson an, er hat keine Sekunde verschenkt. Und du glaubst ernsthaft, er habe etwas anderes im Sinn, als dir näherzukommen?« Sie lächelte sehr zufrieden. »Du hast meine Frage noch nicht beantwortet. Gefällt er dir?«

»Seine Sandsteinskulpturen würde ich mir gern ansehen«, antwortete Signe nachdenklich.

»Er ist ein Mann, du bist eine Frau. Möchtest du dir nichts anderes von ihm ansehen?« Ihre Augenbrauen schnellten einmal kurz in die Höhe. Signe mochte es nicht, wenn Lilla so war. Sie konnte Frivolitäten, Anspielungen nicht ausstehen. Sie drängten sie in eine Ecke, in der es dunkel war und schwül und ohne Ausweg.

»Ich sagte es schon«, begann sie schärfer als beabsichtigt, »er ist nicht um meinetwillen mit mir ausgegangen.«

»Das ist absurd! Von mir will er nichts, so viel steht fest.« Das klang überzeugt. Um wen sollte es ihm denn sonst gehen? »Und ich nichts von ihm, dass das auch gleich klar ist. Ich traf ihn in einer Galerie, wir kamen ins Gespräch. Ich erinnere mich nicht, wie es dazu kam, dass wir von dir sprachen. Du hättest sehen sollen, wie seine Augen leuchteten. Etwas an dir muss ihn reizen. Dummerweise ist er nicht der Typ, der einfach so den Kontakt zu einer Frau sucht. Das habe ich schnell gemerkt, schon bei unserer zweiten oder dritten Begegnung. Weil er aber ständig von dir gesprochen hat, habe ich ihn mir eben geschnappt und zu dir gebracht.«

»Du hast irgendetwas falsch verstanden. Anders kann es nicht sein.«

»Vielleicht braucht er eine Frau mit deiner Erfahrung.«

»Männer brauchen eine Frau, die das Haus sauber hält, die es ihnen gemütlich macht. Sie wollen jemanden, der für sie kocht und Boller backt.« Sie zögerte, dann sagte sie leise: »Und Männer haben natürlich auch mal andere Bedürfnisse. Also müssen sie heiraten. Wenn sie sich nicht mit einer Prostituierten einlassen wollen«, ergänzte sie.

»Auch mal andere Bedürfnisse«, wiederholte Lilla in diesem Ton, der alles in sich vereinte: Missbilligung, Unverständnis, Mitleid. »Warum sollten nur Männer diese anderen Bedürfnisse haben, wie du es nennst? Was ist mit dir?«

»Lilla, ich bin achtunddreißig Jahre alt.«

»Na und? Hörst du deshalb auf zu essen oder zu trinken oder Appetit auf Süßes zu haben? Also! Warum solltest du keine Lust mehr haben, mit einem Kerl zu schlafen?«

»Ich mache mir einfach nichts daraus.« Wenn Lilla es doch nur auf sich beruhen lassen würde.

»Weil du bisher die falschen Männer hattest.« Sie legte den Kopf schief. »Den falschen Mann«, korrigierte sie leiser. »Du hast ihn dir ja nicht einmal selbst ausgesucht.«

»Mein Vater hat die Wahl nach bestem Wissen getroffen. Er konnte sicher sein, dass ich bei Johannes Landmark gut versorgt bin. Das war ich. Doch jetzt komme ich allein zurecht, ich kann selbst für meinen Unterhalt aufkommen. Warum soll ich mich also wieder mit einem Mann belasten, mit einem Haushalt, den ich ihm führen müsste?«

»Es gibt andere Männer, Signe. Männer, die das nicht von einer Frau erwarten. Birger ist Künstler, er hat Verständnis dafür, wenn du lieber malen willst, als Boller zu backen.«

»Lilla, bitte, ich muss mich auf Kopenhagen vorbereiten.«

Es war nicht höflich, die Freundin so deutlich hinauszuwerfen. Aber es war ja die Wahrheit, Signe musste arbeiten, sie wollte es. Darum drehte sich ihr Leben jetzt.

»Wie ich dich um die Reise beneide!« Lilla streckte sich auf dem Sofa aus und zeigte keinerlei Anstalten, sich auf den Weg zu machen.

»Na ja, ich freue mich ja auch. Aber ein wenig liegt sie mir auch im Magen. Es ist schließlich keine kurze Fahrt mit der Straßenbahn, sondern eine lange Reise.«

»Sag bloß nicht, du hast Angst, seekrank zu werden.« Lilla kicherte.

»Damit hat es nichts zu tun. Aber ein Stipendium ist nun mal kein Urlaub.« Signe durfte gar nicht daran denken, wie viele fremde Menschen sie in kürzester Zeit kennenlernen würde. Wussten die Studenten bereits, dass sie die Nichte des großen Edvard Munch war? Sie seufzte bei der bloßen Vorstellung, wie sie wieder um sie herumscharwenzeln würden, bis sie begriffen, dass Signe nichts von seinem Glanz hatte.

»Du machst dir immer zu viel Sorgen. Vielleicht ist es kein Urlaub, aber es bedeutet Fortsein, Spaß haben, hübsche Dänen kennenlernen.«

»Hast du denn nichts anderes im Kopf als immer nur Männer?« Nun war es ihr aber wirklich zu dumm. Sie spürte, wie sich schwarzblauer Nebel in ihr ballte. Ehe Lilla sich verteidigen und Signe den Wind aus den Segeln nehmen konnte, sprach sie weiter: »Du behauptest, es gäbe Männer, die von einer Frau etwas anderes erwarten, als dass sie eine gute Köchin, fleißige Putzfrau und begabte Liebhaberin ist. Ist dir denn je ein solcher Mann begegnet? Hast du so einen Prachtkerl fortgejagt, oder warum sehe ich dich mal mit diesem und mal mit jenem? Warum musst du noch immer ins Grand gehen, um nach Herzen Ausschau zu halten, die du brechen kannst?«

Lillas Blick schmerzte Signe. Ein Reh, vom Jäger angeschossen, die blauen Augen aufgerissen im sicheren Wissen um den nahen Tod. Von wegen. Ihre schlanken Beine schossen unter dem Kleid hervor, mit einem Satz war Lilla auf den Füßen. Keine Schussverletzung. Und doch, Rehe waren Fluchttiere.

»Ich gehe wohl besser. Wenn du zu tun hast, bist du schwer zu ertragen«, murmelte sie heiser. Noch ehe Signe etwas Versöhnliches einfiel, hörte sie die Wohnungstür schlagen.

KAPITEL 3

Kristiania 1922

Mit dem Juni rückten Signes Aufbruch nach Kopenhagen immer näher. Nur wenige Tage nach Lillas Besuch fand Signe einen Brief in ihrem Postkasten. Von Birger Lasson. Eine erneute Einladung zum Essen. Woher hatte er ihre Adresse? Auf diese Frage konnte es nur eine Antwort geben. Signe lief hastig zur Akademie. Sie hatte einiges für die Vereinigung der Jungen Künstler zu tun. Und sie nutzte die Gelegenheit, Lilla vom Fernsprechapparat der Akademie anzurufen.

»Hast du Birger Lasson meine Anschrift gegeben?«

»Ja. Will er dich wiedertreffen? Wann?«

»Lilla, wie konntest du? Du hättest mich fragen müssen!«

»Du hättest Nein gesagt.«

Signe seufzte. Matt, weil Lilla nichts dazulernte. Erleichtert, weil die Freundin nicht nachtragend war.

»Er möchte übermorgen mit mir ausgehen.«

»Du wirst doch zusagen?«

»Ich weiß es noch nicht, Lilla.« Sie rief sich seine Worte ins Gedächtnis. Er wolle ihr die Schönheit des Sandsteins bekanntmachen und anschließend mit ihr zu Mittag essen. »Ja, ich denke schon, dass ich ihn treffen werde.«

Torstein war im Flur zu hören, eine Melodie pfeifend. Ein

schöner Grund, sich von Lilla zu verabschieden und Torstein entgegenzugehen.

»Endlich wieder ein Italien-Tag!« Er umarmte sie zur Begrüßung mitten auf dem Flur. Eine überraschend vertrauliche Geste, die ihr nicht recht war. Trotzdem musste sie lächeln.

»Italien-Tag? In Kristiania?«

»Aber ja. Der Himmel ist so blau, dass man uns einen unheilbaren Hang zu Kitsch vorwerfen würde, malten wir ihn so. Die Luft schmeckt nach Mittelmeer statt nach Fjord. Ist dir das nicht aufgefallen?«

»Ja, jetzt, wo du es sagst. Ich meine sogar, ich hätte ein paar pralle Zitronen an den Büschen gesehen.«

»Das hast du ganz sicher. Norwegische Zitronen.« Er lachte. »Lass uns nach draußen gehen und im Schatten dieser merkwürdigen Gewächse bereden, was zu bereden ist. Hier drinnen ist es kalt und feucht und düster.«

»Du hast recht.« Sie ließ sich von seiner fröhlichen Stimmung anstecken. »Gehen wir ins Freie!«

Sie hielten sich östlich, überquerten den St. Olafs Plats und schlugen dann die nördliche Richtung ein, den Ullevoldsveien hinauf. Ohne ein einziges Wort darüber verlieren zu müssen, blieben sie vor einer kleinen eisernen Pforte stehen. Torstein öffnete sie und ließ Signe den Vortritt. Die beiden teilten eine gewisse Sympathie für Friedhöfe. Vår Frelsers Gravlund war einst angelegt worden, um all den Opfern von Hunger und Cholera eine letzte Ruhestätte zu schenken. Schon bald entdeckten reiche Familien den Ort zwischen Kristianias Zentrum, Königsschloss und dem Fluss Akerselven für sich. Torstein und Signe spazierten gemächlich zum Grab von Bjørnstjerne Bjørnson, jenem bedeutenden Dichter, dem das Land den Text seiner geliebten Nationalhymne verdankte. Und das war bei Weitem nicht das größte Verdienst dieses Künstlers. Signe mochte ein Gedicht von ihm, in dem er die Unbarmherzigkeit und Gefährlichkeit Kristianias beschrieb. Nach ihrem Stipendium in Paris hielt Signe die Zeilen für treffend in Bezug auf jede Stadt.

»Mir schwirrt ein Einfall im Kopf umher, den ich schon lange mit dir besprechen wollte.« Er zögerte einen Atemzug lang, ehe er fortfuhr: »Als wir dich in unsere Vereinigung aufgenommen haben, hatte ich natürlich nur deine Verbindung zu Edvard Munch im Sinn.« Sie warf ihm einen entsetzten Blick zu und sah in amüsiert funkelnde Augen. »Nur ein Witz, Signe.«

»Ich mag diese Art von Späßen nicht, Torstein!«

»Entschuldige. Ja, das verstehe ich sehr gut. Ein dummer Witz mit einem Fünkchen Wahrheit. Also im Ernst: Dein Onkel ist ein bedeutender Mann. Ich hörte, er ist immer an neuen künstlerischen Strömungen interessiert und zudem ein Unterstützer junger, hoffnungsvoller Talente. Wir haben es uns zur Aufgabe gemacht, gemeinsam Dinge zu unternehmen. Warum also nicht ein Besuch bei einem der wichtigsten Maler unseres Landes? Warum kein Ausflug nach Ekely? Munch könnte über seine Bilder sprechen.«

»Ausgeschlossen. In Ekely arbeitet er.«

»Aber ja, gerade deswegen. Sein Atelier zu sehen, wäre gewiss eine Bereicherung. Außerdem arbeitet er dort doch nicht nur, sondern er lebt in Ekely, wenn ich nicht irre.«

»Das lässt sich bei ihm nicht trennen.« Sie lächelte. »Ich sehe ihn nicht so schrecklich oft, er ist ja meistens auf Reisen. Zürich beispielsweise. Gerade diesen Monat ist er in der Schweiz, seine Werke werden in einer Einzelausstellung gezeigt. Sonst Berlin«, sagte sie, »er ist viel in Berlin und in Lübeck.« Sie gingen weiter zu Henrik Ibsen. Vorbei die Zeit, als man im Grand Café die Uhr nach ihm stellte. Lange vorbei.

»Du hast mal gesagt, er schätze den ernsthaften Austausch mit anderen Malern und er bedaure, dass er diesen nur selten habe. Da dachte ich mir, wenn einige von uns aufstrebenden jungen Künstlern ihn träfen, hätten alle etwas davon.«

»Im Grunde keine schlechte Idee«, musste sie zugeben. »Nur ist er in Ekely nicht auf Besuch eingerichtet. Ja, er lebt dort, hat ein Esszimmer, ein Schlafzimmer, eine Küche. Doch aus der Nähe betrachtet, sind diese Räume alle auch Arbeitszimmer. Wo er geht und steht, macht er seine Skizzen. Vor allem bewahrt er sie überall auf. Die Möblierung dagegen ist eher spärlich. Ein paar Erbstücke seines Vaters, soweit ich weiß, hier vielleicht ein Schemel, dort ein einfacher Stuhl, auf dem meistens ein bespannter Keilrahmen an dem anderen lehnt.«

»So schlimm?«

»Nicht schlimm, aber eben seine Art. Er kocht sich auf seinem kleinen elektrischen Herd etwas, er malt, er schläft. Dazu bedarf es keiner großen Ausstattung.«

»Wäre ich so berühmt wie er, ich wäre bereits steinreich und hätte ein großes Haus mit allem Luxus, den man sich nur vorstellen kann.« Seine Augen leuchteten.

»Für ihn ist die Einsamkeit Luxus, den er sich gönnt, um ungestört arbeiten zu können. Das ist es, was er braucht. Und seine Bilder natürlich. Er könnte wohl schon mehr Geld damit gemacht haben, wenn er sich nur leichter von ihnen trennen würde. Aber er benötigt sie doch, um nachsehen zu können, was er bereits gemalt hat, wie er etwas ausgedrückt hat.«

»Wäre ich wie er, wäre ich verhungert wie die vielen armen Seelen, die hier ruhen.« Er ließ seinen Blick über das Grün des Rasens und das Grau der Grabsteine gleiten. »Wenn jemand meinen Preis zahlt, kann er meine Landschaften haben oder ein Porträt.« Signe wusste, dass Torstein auch Auftragsarbeiten ausführte. Er gehörte nicht zu der Gattung, die behauptete, ein Werk müsse gewissermaßen aus dem Künstler herausbrechen. Es müsse schon in ihm schlummern und ihn drängen, es zu Papier bringen zu wollen. War es so? Umso besser! Wenn nicht, wenn ihm jemand vorgeben wollte, welches Motiv er umsetzen sollte, so war auch das für ihn in Ordnung, sofern die Bezahlung stimmte. Onkel Edvard nahm auch Porträtaufträge an, doch er tat sich deutlich schwerer damit. Vielleicht täuschte sie dieser Eindruck auch, vielleicht lag es nur daran, dass er nichts im Leben leichtnehmen konnte.

»Er scheint ein komischer Kauz zu sein, dein Onkel Edvard. Sprich mit ihm, wenn du ihn das nächste Mal siehst. Ich bin überzeugt, dass er an unserem Besuch ebenso viel Freude hätte wie wir.«

»Vielleicht ergibt es sich, wenn er aus Zürich zurück ist. Nur bräuchten wir einen Raum. In Ekely empfängt er uns nicht, da bin ich mir sicher. Wir könnten in der Akademie fragen oder in der Universität.«

»Ein Raum mal wieder.« Er seufzte. »Das alte Lied.« Sie ließen den Friedhof hinter sich.

»Wenn wir eigene Räume hätten, würden wir so viel besser dastehen. Ich wünschte, ich könnte uns ein Haus bauen mit Ateliers und einem Saal für unsere Treffen.« Dieser Gedanke hatte ihn offenbar die ganze Zeit beschäftigt, während sie zu-

65

rück in Richtung Schloss gegangen waren. Es war ein wirklich sehr milder Tag, bestimmt zwanzig Grad. Vögel zwitscherten, begleitet vom Rauschen der Blätter an den vielen Bäumen, die Kristiania im Sommer in einen Park verwandelten. Ein bewohnbarer Park mit einem König und einem Parlament.

»Die Vereinigung Junger Künstler ist kein Jahr alt, Torstein. Wir müssen Geduld haben. Wenn wir vielleicht eine Stiftung gründen würden, dann bräuchten wir irgendwann möglicherweise nicht immer wieder aufs Neue um Gelder zu betteln.«

»Ja, sicher, das ist ein guter Gedanke.« Sie konnte sehen, dass er nicht bis irgendwann warten, nicht geduldig sein wollte.

»Ich habe noch eine Idee.« Sie zögerte, sprach dann aber weiter: »Wie wäre es, wenn wir Kunst gegen Ware tauschten?« Er blieb stehen. Mitten vor dem Reiterstandbild Karl Johans. Zwei Herren, ins Gespräch vertieft, wären um ein Haar gegen ihn geprallt.

»Unverschämt«, meinte der eine.

»So passen Sie doch auf«, schimpfte der andere.

»Du überraschst mich immer wieder, Signe. Dabei sollte ich wissen, dass du für ein Frauenzimmer bemerkenswert praktisch denkst. Kunst gegen Ware also.« Er hatte den aufgebrachten Herren nur kurz zugenickt und sich wieder in Bewegung gesetzt.

»Den Bäcker kostet sein Brot kaum etwas, für den Metzger hat Wurst keinen hohen Wert. Ihre mühsam verdienten Kronen werden sie kaum für ein Bild ausgeben, das können sie sich nicht leisten. Das heißt aber nicht, dass sie nicht vielleicht auch gerne ein wenig Schmuck für die vier Wände hätten. Künstler haben Hunger, und sie kostet ein Bild kaum etwas außer Mühe.«

»Das klingt plausibel.«

»Ich denke noch weiter. Eine alte Witwe gibt uns einen Ring für ein Gemälde, wir verkaufen den Ring zugunsten der Jungen Künstler. Wäre es nicht sogar möglich, einen kleinen Laden zu eröffnen, in dem der Tausch ganz offiziell stattfindet und wo außerdem ertauschte Dinge gekauft werden können? Auch das Problem der Räume könnten wir auf diese Weise lösen.«

Torstein hörte ihr aufmerksam zu. Sie kannte nicht wenige Männer, die einem ständig ins Wort fielen und die nur darauf zu warten schienen, dass man einen dummen Gedanken aussprach. Für Torstein gab es keine dummen Gedanken. Töricht war nur, Einfälle für sich zu behalten.

»Stellt uns eine Kunsthalle, ein Museum oder ein Café für einen Monat ein Zimmer zur freien Verfügung, erhält es dafür von uns ein Gemälde oder eine Skulptur.«

»Signe Munch, du gehörst ohne Zweifel zu den klügsten Köpfen Kristianias.« Er klopfte ihr bewundernd auf die Schulter. »Lass uns heute Abend mit den anderen darüber reden. Du kommst doch?«

Eigentlich wollte sie absagen, ihr lief die Zeit davon. »Ich werde nicht lange bleiben können.«

Die Vereinigung der Jungen Künstler traf sich mehr oder weniger regelmäßig in wechselnden Lokalen. Wenn man in diesen Kreisen Fuß fassen und sich etwas aufbauen wollte, gehörte es dazu, sich sehen zu lassen. Trotzdem machten diese Treffen Signe meist wenig Spaß. Wahrscheinlich war das der Grund, dass sie immer so spät dran war. Auch jetzt musste sie sich wieder beeilen. Ihre Laune sank noch weiter. Sie konnte es nicht ausstehen, wenn sie beinahe laufen musste, schon gar nicht, wenn es so warm war. Und dann auch noch, um sich mit eitlen Menschen auseinanderzusetzen, die noch nichts geleistet hatten. Zu wenig gleichberechtigter Austausch, dafür viel zu viel Selbstdarstellung! Als ob du selbst schon viel geleistet hättest, Signe Munch, dachte sie grimmig. Zwei Stipendien und eine Einladung zur Herbstausstellung waren noch lange kein Anlass, vor Stolz zu platzen. Hoffentlich hatte sie Glück und es würde einer der Abende werden, an denen sich ein interessantes Gespräch ergab, in dem es um echte Inhalte ging, nicht um gegenseitige geheuchelte Lobhudelei. Reiß dich zusammen, es sind bemerkenswerte Charaktere unter den Mitgliedern, deren Gedanken eine Bereicherung sein konnten.

Sie holte tief Luft, ehe sie das Lokal im Uranienborgveien betrat. Von Weitem sah sie den Tisch, an dem die Jungen Künstler sich zusammengefunden hatten, Håkon Tomter und Thora Onsrud waren darunter. Signe seufzte. Sie würde sich sehr schnell verabschieden.

»Aber es muss doch einen Weg geben, wie ich meine Idee schützen kann«, hörte sie Thora sagen, als sie auf die Terrasse des Lokals trat, die von wildem Wein überrankt hinter dem Haus lag und in einen kleinen Garten überging. »Es ist doch so gut wie sicher, dass irgendein schlauer Maler mich sofort kopieren wird, sobald meine Werke öffentlich sind.«

»Guten Abend!« Signe nickte in die Runde. Es war ein kleiner Kreis dieses Mal, zwölf Personen, Signe schon mitgezählt. Noch immer überstieg die Zahl der Männer die der Frauen deutlich. Von Gleichberechtigung konnte keine Rede sein. Wer als Frau in der Kunstwelt ernstgenommen werden wollte, der musste kämpfen. Nicht gerecht, fand Signe, aber auch kaum zu ändern. Jedenfalls nicht, indem man sich irgendwo ankettete und versuchte, die Dinge übers Knie zu brechen. Hartnäckig, aber sanft und mit Geduld war das Ziel besser zu erreichen. Sie wusste, dass sie mit dieser Meinung eher allein dastand. Torstein strahlte sie an, Anita verdrehte nach einem raschen Seitenblick auf Thora demonstrativ die Augen. Anita Matheson und Thora waren nicht gerade Freundinnen, vorsichtig ausgedrückt. Håkon nickte kurz, Hans oder wie er auch immer hieß, hatte nicht einmal bemerkt, dass Signe an den Tisch getreten war und sich nun setzte. Er war bestimmt schon ein Jahr in der Vereinigung, doch Signe konnte sich seinen Namen einfach nicht merken. Auch die anderen Namen waren ihr nicht geläufig, die Vereinigung war zu schnell gewachsen.

»Liebe Signe«, wandte Thora sich an sie, »du kennst dich doch ganz bestimmt aus. Ist es denn nicht möglich, dass ich eine Idee, ein Motiv oder eine bestimmte Technik als mein Eigentum sichern kann?«

Anita lachte spöttisch. Auch die anderen schmunzelten, spitzten aber gleichzeitig die Ohren. Auf keinen Fall eine Information verpassen, die einen Vorteil bringen konnte!

»Nicht dass ich wüsste«, begann Signe. »Der Sonnenuntergang über dem Fjord ist ein atemberaubendes Motiv. Ein Maler bekommt ihn besser hin als der andere, jedes Bild ist einzigartig. Was willst du da schützen?«

»Lieber Himmel, Sonnenuntergang«, rief Anita so laut, dass sich die anderen Gäste auf der Terrasse nach ihr umsahen. Ihre leuchtend roten Lippen legten sich in Zeitlupe um die Zigarettenspitze. Anita sah sich herausfordernd um, nahm einen kräf-

69

tigen Zug und blies den Rauch langsam durch Mund und Nase aus. »Wer heutzutage noch solchen Kitsch malt, muss sich nun wirklich keine Gedanken darüber machen, kopiert zu werden.« Zustimmendes Gemurmel.

»Ich muss ihr recht geben«, setzte Thora an und kassierte einen erstaunt-belustigten Blick von Anita. »Wenn ich nur einfache Landschaftsbilder malen würde, hätte ich auch keine Angst vor Nachahmern. Was mir vorschwebt, könnte die gesamte Kunstwelt auf den Kopf stellen!« Sie riss die Augen auf und hatte die Stimme gesenkt, um es noch spannender zu machen.

»Kann ich mir denken«, kommentierte Anita mit unverhohlenem Spott. »Wenn man nicht erkennen kann, was du da auf die Leinwand gekleckst hast, dann hilft es vielleicht, sich auf den Kopf zu stellen.« Hans, Signe beschloss, ihn ab jetzt einfach Hans zu nennen, lachte plötzlich auf. Er wirkte immer so abwesend, dass sie beinahe erschrak, so sehr überraschte sie seine Reaktion. Auch das junge Mädchen neben ihm zuckte zusammen.

»Wo bleibt denn mein Bier?«, rief Anita dem Kellner zu, der gerade mit einem vollen Tablett auf die Terrasse trat, aber einen anderen Tisch ansteuerte.

»Warum malt eigentlich niemand einen Sonnenuntergang, der beinahe vollzogen ist?«, fragte Håkon unvermittelt. »Fast völlige Schwärze, kaum erkennbare Umrisse, beklemmend, beängstigend sogar.« Es wurde still am Tisch. Er dachte kurz nach, dann murmelte er: »Aber davon versteht ihr ja alle nichts. Um Großes zu schaffen, musst du gelitten haben.«

Er begann, Tabak in seine Pfeife zu stopfen. Signe hätte um ein Haar laut gestöhnt. Sie mochte es nicht mehr hören. Ja, sie kannte Künstler, die ihren Schmerz in eine große künstlerische Kraft verwandeln konnten. Nur, an der Welt zu leiden allein, machte noch niemanden zu einem guten Maler. Außerdem kannte Signe auch Künstler, die über ein ausgesprochen heiteres Gemüt verfügten. Lilla, zum Beispiel. Und Lilla konnte einmal richtig gut werden, wenn sie fleißig genug wäre.

»Wie ist das denn nun mit dem Schutz?«, beharrte Thora.

»Ich will es mal so sagen«, begann Torstein schmunzelnd, »wenn sich alle Nachwuchstalente so sehr darum sorgen würden, ihr Handwerk zu beherrschen, wie um die Frage des geistigen Eigentums, wäre ich zuversichtlich, was die Zukunft der Malerei angeht.«

Thora sah ihn mit ausdruckslosem Gesicht an, Anita brüllte mal wieder los.

»Sehr schön, Torstein, ich vergöttere deinen Humor! Bist du im Bett auch so herrlich zynisch? Dann würde ich sofort mit dir schlafen.« Sie zog an ihrer Zigarette. Signe spürte, wie ihr die Hitze in die Wangen schoss. So eine dumme Reaktion ihres Körpers, aber sie fand es nun einmal peinlich, wenn jemand so offen über Sexualität sprach.

»Wie lange muss man denn hier auf ein Bier warten?« Der Kellner kam und brachte die Getränke.

»Na endlich, wurde auch Zeit.« Anita bedachte ihn mit einem vernichtenden Blick. Signe bestellte einen Tee, obwohl sie viel lieber sofort gegangen wäre. Anita konnte sehr nett und lustig sein. Leider benahm sie sich manchmal schrecklich, Signe hatte dann immer das Gefühl, ihr Auftreten fiel auch auf alle anderen zurück, die mit ihr am Tisch saßen. An diesem Abend war sie besonders in Fahrt.

»Skål!«, rief sie, hob ihr Glas und kommandierte: »In einem Zug!«

»Das lasse ich mir nicht zweimal sagen.« Håkon trank Whisky mit Wasser. Hans bevorzugte Absinth. Wie er es schaffte, immer dann zuzuhören, wenn es ums Trinken ging, war Signe ein Rätsel. Thora trank ausschließlich sehr starken Kaffee. Sie behauptete, Alkohol und andere Drogen würden im Kopf einen Schaden anrichten, der nicht wiedergutzumachen sei. Das könne sie sich nicht leisten.

»Wer genial sein will, muss auf körperliche Genüsse verzichten können.«

Håkon blies Rauchkringel in die Luft, der würzige Duft seiner Pfeife schwebte über dem Tisch. »Ich verstehe nicht, warum du dir solche Sorgen machst, Thora«, sagte er mit seiner typischen kühlen Stimme und kniff die Augen zusammen. »Was immer du in dir trägst, was du fühlst, das malst du. Was schert es dich, ob andere etwas Ähnliches auf die Leinwand bringen?«

»Kopieren können viele«, ereiferte sie sich, »aber brillante Ideen haben die wenigsten. Was ist, wenn alle glauben, ich hätte abgemalt und ein anderer hatte den Einfall vor mir?«

»Das wäre wirklich dramatisch«, sagte Anita abfällig.

»Du hast also Angst, nicht genug Ruhm und Ehre abzukriegen, oder was?« Håkon zog wieder, verglühender Tabak flüsterte leise. Grillen stimmten ein.

»Ruhm und Ehre und Geld!«, rief Anita und bestellte bei dem Kellner, der Signe gerade ihren Tee brachte, eine neue Runde. Die Zigarette hing in ihrem Mundwinkel. »Wirklich, ich kann diesen Kommerz nicht mehr ertragen.«

Sie hatte gut reden. Alle Welt wusste, dass ihre Familie wohlhabend war. Zwar beteuerte sie gern theatralisch, sie würde lieber tot umfallen, als von ihren Eltern auch nur eine einzige Krone anzunehmen, doch wenn ihr Bruder ihr etwas zusteckte, sagte sie nicht Nein. »Wofür hast du diese Vereinigung gegründet, Torstein?« Anita funkelte ihn herausfordernd an und fuhr sich mit einer Hand durch das streichholzkurze dunkelbraune Haar, den glühenden Stummel zwischen zwei Fingern. Wenn sie sich nur nicht selbst anzündete. »Geht es nicht darum, neue Wege zu gehen? Diese ganze verstaubte Kunst-Elite muss weg«, rief sie, steckte sich am Rest ihrer Zigarette eine neue an und warf den Stummel achtlos zu Boden. »Selbstverwirklichung, Provokation, Veränderung, darum geht es doch.«

Torstein schüttelte mit todernster Miene den Kopf. »Nein, eigentlich ging es mir nur um Geselligkeit. Ich trinke einfach nicht gern allein.«

»Torstein Rusdal, du bist der Beste!« Anita warf den Kopf zurück und lachte. Dann sah sie ihm tief in die Augen und zog an ihrer Zigarette. »Ich meine es ernst, ich habe dich auf meiner Liste.«

»Können wir bitte mal ernsthaft bleiben?«, meldete sich ein junger Kerl mit Brille zu Wort, den Signe erst einmal gesehen hatte. Er musste gerade erst beigetreten sein. Sein Augenlid zuckte. »Ich bin eigentlich nicht wegen der Geselligkeit Mitglied geworden.« Er hüstelte. »Nicht nur. Ich dachte, es geht auch um wirtschaftliche Vorteile. Stipendien und so.«

»So ist es.« Torstein erzählte von Signes Idee, Bilder gegen Waren oder gegen Arbeits- und Ausstellungsräume einzutauschen.

»Ich soll einem Bäcker eins meiner Werke für einen Laib Brot

73

geben?« Thora verschluckte sich beinahe an ihrem Kaffee. »Für Anfänger mag das akzeptabel sein, für mich kommt das nicht in Frage. So viel Brot kann ich mein Leben lang nicht essen, wie er mir geben müsste.« Sie lachte schrill und sah in die Runde. Niemand stimmte ihr zu.

»Wenn ich es richtig sehe, ist der Bäcker nur ein Beispiel. Das Grundprinzip ist eine sehr gute Idee, glaube ich«, sagte der junge Mann mit Brille und schenkte Signe ein bewunderndes Lächeln. Auch andere äußerten sich jetzt begeistert von ihrem Einfall. Signe verfolgte die Diskussion noch eine Weile.

»Es ist spät geworden«, sagte sie schließlich. »Ich wünsche euch noch einen schönen Abend.« Einige hoben nur die Hand und plapperten weiter. Hans beschäftigte sich mit einem Insekt, das vor ihm über den Tisch lief, und bemerkte wieder einmal nichts. Anita wedelte mit der Zigarette und lallte etwas, das vielleicht ein Gruß gewesen sein mochte.

Torstein sagte: »Auf Wiedersehen, Signe. Schön, dass du dir die Zeit genommen hast.«

———

Zwei Abende später besuchte Signe Birger Lasson. Sie hätte lieber an einem Bild gearbeitet oder sich mit den Meisterwerken der Kopenhagener Schule befasst, um auf die Begegnung mit den Studenten vorbereitet zu sein, mit denen sie im Rahmen ihres Stipendiums zusammenkommen würde. Man konnte nie wissen, welche Diskussionen sich dort ergaben, und sie hasste es, wenn sie, obwohl vermutlich mit Abstand die Älteste, mit dem Wissen der anderen nicht mithalten konnte. Doch sie hatte nun mal zugesagt.

Lasson bewohnte eine Etage in einem prachtvollen klassizistischen Bau im Parkveien gleich hinter dem Schloss. Das hatte sie nicht erwartet. In finanzieller Hinsicht benötigte er also keine Unterstützung, wie es aussah.

»Ich freue mich, dass Sie meine Einladung angenommen haben«, sagte er zur Begrüßung und deutete etwas altmodisch, aber doch galant einen Handkuss an. Er trug sein Haar anders als sonst. Es war mit irgendeinem Fett gebändigt und schmiegte sich in glänzenden Wellen um seine Ohren.

»Hören Sie, Herr Lasson …« Unerfreuliches oder Heikles gleich klären, wenn es auch noch so schwerfiel. Falls es ihm um einen Weg zu Lillas Herz ging, konnte Signe ihm nicht helfen. Das sollte er wissen. Sie wollte sich keine Einladungen zu teuren Essen erschleichen, ohne die Gegenleistung erbringen zu können.

»Nein, nein, es ist nicht selbstverständlich, dass eine unverheiratete Frau zu einem Junggesellen nach Hause geht. Sie haben einen Ruf zu verlieren. Dass Sie dennoch gekommen sind, lässt mich hoffen, dass Sie mich für einen anständigen und vertrauenswürdigen Mann halten, dessen Name in Kristiania zumindest keinen schlechten Klang hat.« Er lächelte ein wenig schief.

»Durchaus, ja.«

»Das freut mich, das freut mich sehr.«

»Ich vermute, Sie streben nicht an, lange Junggeselle zu bleiben.«

Wie alt mochte er sein? Er war schwer zu schätzen.

Seine Augen leuchteten. »In der Tat, das ist nicht mein Ziel.«

»Sehen Sie, das dachte ich mir. Nur leider kann ich …« Liebe

75

Güte, wie hörte sich das denn an? Sie war aber auch ärgerlich ungeschickt in diesen Dingen.

»Machen Sie sich bitte keine Gedanken. Ich will Sie gewiss nicht mit Heiratsplänen überfallen.« Sein Lachen löste die Anspannung ein wenig, die wie ein giftig grünes Seil ihren Brustkorb umschlang. »Kommen Sie, ich zeige Ihnen mein Atelier. Wenn man es so bezeichnen darf.«

Man durfte. Wenn Torstein und die Künstlervereinigung doch nur einen solchen Raum zur Verfügung hätten! Hohe glatte Wände, an einer Seite große Fenster, die viel Licht hereinließen. Das Zimmer war nahezu quadratisch, jede Seite maß bestimmt acht oder zehn lange Schritte. Ähnlich wie sie selbst in ihrer beengten Wohnung hatte auch er Tücher ausgelegt, um den Holzboden zu schützen. Nur musste er nicht immer wieder kleine Stoffstücke unter Staffeleien schieben, sondern hier bedeckten große Bahnen das gesamte Parkett. In allen Ecken standen rötliche steinerne mannshohe Obelisken, die verhinderten, dass das Tuch verrutschen konnte.

»Ich hoffe, Ihnen gefällt mein bescheidenes Refugium.« Was bezweckte er mit dieser Tiefstapelei? War er auf Komplimente aus?

»Es ist atemberaubend.« Außer den Obelisken gab es zwei unbehauene Steine und eine Skulptur, die Signe auf den ersten Blick ansprach. Sie hatte aufgrund von Lillas Andeutungen völlig andere Erwartungen gehabt, hatte befürchtet, nackten Frauen, aus dem Stein geschlagen, gegenübertreten zu müssen. Oder womöglich nackten Männern. Aber vielleicht war dies nur ein Anfang. Konnte doch sein, dass Birger Lasson gewagtere Skulpturen woanders aufbewahrte. Die Form dieser hier war nicht spektakulär, ganz im Gegenteil. Es war nichts weiter als ein schlanker Zylinder, der in sich verdreht war. Doch dieser weiche Schwung, die Farbe und die Maserung machten daraus ein Kunstwerk. Signe sog jedes kleine Detail in sich auf, und Lasson ließ ihr Zeit.

Auf einem Tisch lagen Werkzeuge, Hammer, Meißel und verschiedene Feilen. Die Griffe alle aus dunklem kunstvoll gedrechseltem Holz. Ganz neu sahen sie aus, als hätten sie noch nicht viel Stein abgeschlagen oder glattgeschliffen. Dieser Birger Lasson schien wohlhabend zu sein. Wenn sie ihn ermuntern könnte, rasch Arbeiten einzureichen, dann konnte er schon bald Mitglied in der Vereinigung sein. Und womöglich würde er die Gemeinschaft mit Geld unterstützen oder zumindest sein Atelier für Kollegen öffnen. Hier konnten gut und gerne drei Bildhauer gleichzeitig arbeiten. Signe stellte sich das schön vor. Sie sah sie vor sich, wie sie einander um Rat fragten, sich gegenseitig ermunterten. Sie spürte Lassons Blick und nahm das Schweigen wahr, das sich zu sehr dehnte.

»Sie sind um diesen Raum zu beneiden, Herr Lasson.«

»Ich bin so froh, dass Sie das sagen. Ich hatte schon Sorge, Sie könnten mich verachten, weil kein einziges Bild eine Wand schmückt und weil kaum Exponate von mir zu sehen sind. Aber hier arbeite ich ja auch nur«, sagte er etwas atemlos mit dieser knurrig-tiefen Stimme. »Meine Skulpturen bewahre ich in einem Schuppen auf. Dorthin konnte ich Sie nicht bitten, dort ist alles schrecklich staubig. Sie sollen ja auch nicht denken, ich will mich anbiedern und hoffe darauf, dass Sie meine Werke protegieren. Ich möchte nur, dass Sie meine Begeisterung für den Sandstein verstehen.«

»Sie haben vollkommen recht, die Farben sind schon auf den ersten Blick unglaublich, ich hätte nie gedacht, dass Stein so lebendig wirken kann.«

Er führte sie am Arm zu dem gedrehten roten Stein. Jetzt nahm Lasson ihre Hand und legte sie in eine der Rundungen. Signe spürte seine warme Hand über ihrer. Es war nicht unangenehm.

Dann lenkte sie ihre Aufmerksamkeit ganz auf das Objekt vor sich. Es hatte beinahe die Farbe von Wein. Und so fühlte es sich auch an. Samtig weich, trocken und mit leichtem Kitzeln an den Fingerspitzen. Sie hatte gar nicht bemerkt, dass Lasson ihre Hand freigegeben hatte, strich wieder und wieder über die feinkörnige Oberfläche.

»Ist er nicht wundervoll?«, fragte er nah an ihrem Ohr.

»Das ist er.«

»Mein Freund Josef lebt am Rhein, das ist nicht sehr weit vom Main entfernt.«

»Und vom Main kommt der rote Sandstein«, sagte sie lächelnd.

»Das wissen Sie?«

»Sie haben es mir gesagt. Bei unserem ersten Essen.«

»Sie haben es sich gemerkt.« Er sah sie überrascht an.

»Herr Lasson, darf ich Sie fragen, was Sie beruflich machen?«

»Leider nichts sehr Aufregendes, ich arbeite in einer Bank.«

»Oh, das kann gewiss aufregender sein, als tagein, tagaus Felder im Sonnenuntergang auf Papier zu bringen, wie einige Auftragsmaler es tun«, wandte sie lächelnd ein. Er hatte sie in ein Lokal im Munkedamsveien eingeladen, zwischen Karl-Johans-

und Vestbanen-Station, in dem sie nie zuvor gewesen war. Das Personal war ausnehmend höflich, die Atmosphäre gediegen. Landschaftsgemälde, die vor allem Kristianias Fjord, Bygdø und andere vorgelagerte Inselchen zeigten, zierten die dunkel vertäfelten Wände. Das Essen war ausgezeichnet.

»Gestatten Sie mir, dass ich Ihnen ein Kompliment mache?« Welche Frau sollte einem Mann das verwehren? »Ich bewundere Ihre Bescheidenheit.« Sie sah ihn verblüfft an. »Sie waren auf der Akademie und, wenn ich nicht irre, auf einer Kunstgewerbeschule. Jetzt nehmen Sie Unterricht bei Pola Gauguin, dem berühmten Kunstkritiker und Sohn des noch berühmteren Paul Gauguin.«

»Ich lerne«, entgegnete sie und verstand noch immer nicht recht, worauf er hinauswollte.

»Nicht jeder ist in der glücklichen Lage, in der Akademie oder bei Gauguin unterrichtet zu werden, so wie nicht jeder in der Gesellschaft der Jungen Künstler aufgenommen wird. Sie jedoch wussten mit Ihrem Talent zu überzeugen.«

»Ich bin gewiss, auch Sie können Mitglied im UKS werden, wenn Sie Ihre Arbeiten einreichen«, versicherte sie ihm.

»Nun, ja, das will ich tun. Irgendwann.« Er blickte auf das weiße Tischtuch vor sich. »Allerdings wird es noch ein wenig dauern, denn ich will malen.«

»Ach ja?«

»Ja, ich möchte Maler werden. Die Skulpturen sind meine Freude, mein Zeitvertreib, meine Kunst soll die Malerei werden.«

Vielleicht begnügte er sich deshalb mit einfachsten Formen für seinen wunderbaren Sandstein, dachte Signe erstaunt.

»Ich hätte mir gern etwas von Ihnen angesehen.« Signe hatte plötzlich Lillas Worte im Kopf. ›Er ist ein Mann, du bist eine Frau, es gibt anderes von ihm, das du dir ansehen solltest.‹ Sie sah auf, blickte direkt in seine grauen Augen und errötete. »Bilder, meine ich«, fügte sie hastig hinzu und spürte, wie die Hitze ihren Körper durchflutete. »Ich wusste ja nicht, dass Sie auch zum Pinsel greifen.«

»Dafür ist es noch zu früh.«

Wenn er nur nichts von der Doppeldeutigkeit ahnte, die ihr durch den Kopf spukte. Sie hasste es, sich wie ein kleines dummes Mädchen zu fühlen.

»Ich bewundere Ihren Onkel sehr, liebste Signe. Verzeihung, erlauben Sie mir überhaupt, Sie so zu nennen?«

»Gewiss.«

»Ihr Onkel ist ein Genie. Ich wünschte, ich könnte bei ihm Unterricht nehmen, so wie Sie bei Gauguin.«

»Nur betreibt Edvard Munch keine Malschule«, wandte sie ein.

»Sehen Sie, liebe Signe, jetzt komme ich auf Ihre Bescheidenheit zurück, die ich so an Ihnen schätze.«

Wieder stutzte sie.

»Sie prahlen nicht mit Ihrem berühmten Verwandten. Sie könnten mir jetzt Hoffnungen machen, dass eine Chance besteht, bei ihm Stunden zu nehmen, wenn Sie ihn darum bitten würden.«

»Aber das wäre eine Lüge. Er würde niemals einen Schüler annehmen, nur weil ich es mir wünsche.« Ein Schleier legte sich vor Lassons Augen. Nur kurz, dann lächelte er ihn wieder fort.

»Eben. Sie sind zu ehrlich und zu bescheiden. Wenn ich mich

im Grand Café umhöre oder wo auch immer sich die Maler und Literaten zusammenfinden, wenn ich die Ohren spitze und still beobachte, dann finde ich keinen, der sich in Zurückhaltung übt. Selbstdarsteller sind es, alle miteinander.« Signe mochte die Vorstellung, dass Lasson, dieser stattliche Mann mit dem auffallend roten Haar, in der Lage war, in einem vollbesetzten Café als stiller Beobachter unsichtbar zu sein. Als besäße er einen Zaubermantel.

»Je jünger, desto schlimmer. Ich sagte Ihnen, dass ich Lilla von Herzen gern habe. Leider ist auch sie nicht ganz vor dieser Seuche gefeit. Sie ist eitel und fühlt sich jetzt schon bedeutend. Wenigstens ist sie nur charmant kokett. Andere treiben es auf die Spitze, präsentieren sich wie wichtigste Persönlichkeiten, ohne je etwas geleistet zu haben.« Er redete sich immer mehr in Rage. »Worauf, zum Teufel, bilden die sich etwas ein? Ich bitte um Verzeihung«, knurrte er, »aber Selbstverliebtheit und Geltungssucht sind unheilige Zwillinge, die mir in höchstem Maß zuwider sind.«

Signe musste an eine Gruppe junger Schauspielschüler denken, die sie einmal im Grand erlebt hatte. Während an einem Tisch nur wenige Schritte von ihnen entfernt zwei Herren versuchten, ein ernsthaftes Gespräch zu führen, rezitierten die Studenten lautstark Texte. Als die Herren um etwas mehr Ruhe baten, entschuldigten sie sich so überschwänglich, dass man auch in der hintersten Ecke des Cafés erfuhr, welche Ausbildung sie absolvierten. Nachdem nun ein jeder wusste, dass er hier die besten zukünftigen Peer Gynts und Noras vor sich hatte, die je eine Bühne von Kristiania betreten würden, senkten diese zwar ihre Stimmen, probierten aber sogleich Tanzschritte zwischen den Tischen. Sie rempelten die beiden Herren sogar einmal an, die kurz darauf das Café verließen. Signe erinnerte sich nur zu gut daran, wie unangenehm ihr die Situation war. Sie hatte ja gar nichts mit diesen Schauspielstudenten zu schaffen, und dennoch schämte sie sich für sie.

»Da stimme ich Ihnen zu. Ich habe auch nichts für Menschen übrig, die sich ständig in den Vordergrund drängen.« Sie sah ihn kurz an. »Es ist peinlich«, sagte sie dann noch und staunte, weil er im gleichen Moment die gleichen Worte aussprach. Auch er hielt irritiert inne. Dann mussten sie beide lachen.

Als sie später zu Hause war, ließ Signe den Abend Revue passieren. Sie stand am Fenster und starrte in den Hinterhof, ohne etwas wahrzunehmen. In Gedanken war sie bei dem rauen Stein unter ihren Fingerspitzen, bei Lassons Hand, die länger als nötig auf der ihren gelegen hatte. Sie war bei der Unterhaltung im Restaurant. Erst jetzt fiel ihr auf, dass sie ihre Theorie bezüglich Lassons Beweggründen, sich mit Signe zu treffen, verwerfen musste. Schön, er hatte für Lilla deutlich weniger harte Worte gefunden als für andere junge Künstler. Sie gänzlich aus seiner Kritik herauszuhalten, war ihm jedoch nicht eingefallen. Auch hatte er nicht eine Sekunde von ihr geschwärmt oder vorgeschlagen, man könne doch auch einmal zu dritt ausgehen. Es sprach nichts dafür, dass Lasson den Umweg über Signe wählte, um Lillas Herz zu gewinnen. Was also wollte er dann von ihr? Die Bildhauerei war seine Freude, seine Kunst sollte die Malerei werden. War es möglich, dass er sich von Signe Stunden erhoffte? Es war nicht auszuschließen. Sie bewegte den Gedanken in ihrem Herzen. Er fühlte sich leicht an, wie ein roséfarbenes

Chiffontuch. Was ihr gleich darauf in den Sinn kam, ließ allerdings düstere Wolken in das Rosa eindringen, als würde man einen Pinsel mit schwarzer Farbe in einem Glas mit klarem Wasser reinigen: Sie war nicht gut genug. Lasson hielt Edvard Munch für ein Genie. Eine vollkommen richtige Einschätzung, sie wusste, dass sie weit davon entfernt war, sich auch nur talentiert nennen zu dürfen. Am schwersten wog, dass sie nicht den Mut ihres Onkels hatte. Etwas ganz Neues wagen, ihre Lehrer, vielleicht ganz Kristiania gegen sich aufbringen? Ein grauenvoller Gedanke. Edvard scheute diese Vorstellung nicht. So viele Bewunderer wie er hatte, so viele Kritiker gab es auch, die für scheußlich hielten, was er malte, für obszön. Einige behaupteten gar, nur ein kranker Geist brächte solche Bilder hervor. Signe malte Landschaften, Natur, Stillleben. Schon mit Porträts tat sie sich schwer, weil sie Sorge hatte, der Dargestellte könnte sich nicht gut getroffen finden. Höchstwahrscheinlich würde *Die Dame* aus dem Grand Café niemals Signes Bildnis der *Eitelkeit* zu Gesicht bekommen. Nicht auszudenken, wie schockiert oder womöglich verletzt sie sein konnte.

Signe wandte sich vom Fenster ab. Die Erkenntnis, nicht als Lehrerin zu taugen, schmeckte säuerlich. Gleichzeitig hatte Lasson Dinge zu ihr gesagt, die eine Kraft in ihr befeuerten. Wofür war sie in Paris gewesen? Aus welchem Grund fuhr sie in weniger als drei Wochen nach Kopenhagen, wenn nicht, um das in ihrem Inneren zu wecken, das aus ihr eine bessere Malerin machen würde? Jedes Wort, das Onkel Edvard je zu ihr gesagt hatte, wohnte in ihr, ging auf und ab, richtete sich behaglich ein. Weil jedes Wort bei Signe zu Hause war. Sie empfand das Gleiche wie er, sie verstand, wie er es meinte. Jede Silbe war ihr aus der Seele gesprochen, weil sie der seinen so eng verwandt war.

Zuweilen erschreckte sie das auch, denn die Düsternis in Edvards Seele war lebensgefährlich. Gleichzeitig freute es sie, denn dieser weit über die Grenzen Norwegens hinaus bekannte Vetter ihres Vaters war ihr künstlerisches Vorbild. Und er war ihr liebster Onkel. Seine kindliche Freude an seinem Haus in Åsgårdstrand, seine konzentrierte Ernsthaftigkeit, wenn er arbeitete, seine Verzweiflung über seine Schwermut, die ihn dazu verdammte, auf Kinder zu verzichten, all das berührte sie in einem Maß, wie es kein anderer Mensch konnte. Sie wollte ihn stolz machen. Einer der Gründe, warum sie noch härter an sich arbeiten musste.

KAPITEL 4

Kristiania 1922

Pola Gauguin schritt, wie immer zum Ende einer Stunde, durch die Reihen. Er war nur wenige Tage älter als Signe, aber er war ein Mann. Er hatte keine Zeit verloren, sondern sich ohne Umwege der Kunst gewidmet. Welch ein Unterschied! Beide, sowohl Pola als auch Signe, hatten 1910 geheiratet. Pola hatte sich von der ersten Sekunde an der vollen Unterstützung seiner Frau Ingrid sicher sein können. Sie stopfte ihm die Socken, brachte pünktlich drei bis vier Mahlzeiten täglich auf den Tisch, gebar ihm einen Sohn und sorgte zuverlässig dafür, dass Pola in Ruhe arbeiten konnte. Einige seiner bisher gelungensten Werke entstanden in den ersten Jahren seiner Ehe, während Signe zur gleichen Zeit Pinsel und Farbe unter der Spüle und im hintersten Winkel ihres Kleiderschranks vor Johannes verbarg. Ihr Vater hatte ihrer Mutter das Schreiben verboten, hatte ihr Stifte und Papier weggenommen, sie eingesperrt und war sogar handgreiflich geworden. Vielleicht hätte Johannes nicht einmal etwas dagegen gehabt, wenn Signe gleich zu Beginn ihrer Ehe gemalt hätte. Nur so zum Spaß, in ihren Mußestunden. Was hätte er dagegen haben sollen, wenn sie Blumen zeichnete oder Möwen? Doch sie hatte lieber nichts riskiert. Ihr war klar gewesen, dass sie nicht nur zum Spaß malen wollte, sondern dass es ein ernstes Bedürfnis war. Ihr vordringlichstes Bedürfnis. Wie sie essen musste, um ihren Hunger zu vertreiben, so musste sie mit Formen, Linien und Farben das Weiß vom Papier vertreiben. Sie malte heimlich, mit einfachen Stiften zuerst, dann mit Tusche. Sie zog mit ihrem Mann von einer Garnison zur nächsten, nirgends zu Hause, immer schon wieder fort, wenn sie gerade mit ein paar freundlichen Nachbarinnen vertraut wurde. Sie tat für Johannes, was Ingrid für Pola tat. Nur dass sie ihm kein Kind gebar.

Nun ging Pola also zwischen den Staffeleien seiner vier Schüler hindurch und betrachtete, was sie in dieser Lektion zustande gebracht hatten. Das Thema war der Schatten gewesen. Als Symbol oder als Stilmittel. Gleich als er die Aufgabe genannt hatte, die immer ein wenig melancholisch blickenden Augen auf den Boden gerichtet, war Signe eingefallen, was sie von Polas Vater, dem großen Paul Gauguin, gehört hatte. Er hatte die Meinung vertreten, Schatten störten eine Gesamtkomposition, lenkten von den Menschen ab. Also verzichtete er darauf, selbst wenn er Frauen unter gleißender Südsee-Sonne malte. Ein interessanter Gedanke.

Signe probierte es aus, doch eine Frau, die an einem hellen Sommertag einen bunten Strauß auf einer Wiese pflückte, warf nun mal einen Schatten. Bäume, die am Rand der Wiese wuchsen, taten das ebenfalls. Es war nicht richtig, sie einfach wegzulassen. Am Ende hatte Signe den Bäumen Schatten gemalt, der Blumenpflückerin nicht.

»Deine Strichführung ist unvergleichlich«, sagte Pola gerade und musterte eingehend, was Signe auf das Papier gebracht hatte. »Siehst du, wie lebendig und farbenprächtig die Wiese dort ist, wo sie in der Sonne liegt? Aber hier …« Er deutete auf dunkle, kaum ausgearbeitete Stellen, »hier ist sie nur Brei, ohne Energie, ohne Ausstrahlung. Du hättest auf die Schatten verzichten sollen.«

»Aber das ist die Natur, die Wirklichkeit. Ein Getreidefeld oder ein Park sieht nicht überall gleich aus. Oder das Meer. Es ist ein Unterschied wie Tag und Nacht, ob die Sonne es zum Glitzern bringt oder ob Schatten es in ein graues bedrohliches Ungeheuer verwandeln.«

Er spitzte die für sein breites Gesicht ohnehin schmalen Lippen. »Wir müssen lernen loszulassen, Signe. Du und ich. Nur wenn wir loslassen, wird uns Großes gelingen. Du stehst jetzt an der Schwelle, die auch ich noch immer vor mir habe, die Schwelle von der dekorativen Malerei zu mehr Inhalt. Wollen wir streng bei der Natur bleiben, wiedergeben, was wir draußen sehen, oder wollen wir mit einem Bild etwas ausdrücken, wollen wir Empfindungen in Farben und Formen verwandeln und damit aufrütteln? Ich halte beides für legitim. Nur müssen wir eben die Entscheidung treffen, Signe.« Er blickte ernst drein. Sie konnte sich kaum erinnern, ob sie ihn je hatte lächeln sehen. Er hatte immer etwas Angestrengtes. Selbst seine schwarze Fliege sah aus, als müsse sie sich mühsam an seinem Hemdkragen festkrallen.

Während er weiterging und mit dem hochgewachsenen Dürren sprach, der an der Staffelei neben Signe seinen Platz hatte, rollte sie ihre gründlich abgetupften Pinsel in ihre Ledermappe ein. Sich entscheiden also, zwischen strenger ehrlicher Wiedergabe und dem Ausdruck von Empfindungen. Konnte es etwas Schöneres geben als die Natur? Saftig-grünes Birkenlaub, ein

87

weißer durchbrochener Stamm, davor ein Bach, der über nass glänzende Steine springt. Kein Künstler konnte schönere Bilder komponieren. Und sollte Kunst nicht schön sein? Zum Aufrütteln gab es Zeitungen. Überhaupt, warum noch aufrütteln? Hatte das nicht der Krieg getan, der die ganze Welt in Tod und Elend gestürzt hatte? Oder die Spanische Grippe. Beides lag noch nicht lange zurück. Signe hatte den Eindruck, dass etwas Schönes, das den Geist beruhigte und von all der Trauer ablenkte, dringender gebraucht wurde. Selbst in Norwegen, das neutral geblieben war. Schließlich hatte man auch hier von all der Not erfahren, hatte es einem auf das Herz gedrückt, was überall auf der Welt vor sich ging. Und auch hier waren viele an heftigem Fieber erkrankt und gestorben.

Sie klemmte sich ihren Skizzenblock unter den Arm. Plötzlich hatte sie ein Rot vor Augen wie Wein, ihre Fingerspitzen kribbelten. Sandstein rüttelte nicht auf, er war einfach nur perfekt in seiner Natürlichkeit und unendlich schön.

»Ich habe jemanden kennengelernt, einen Bildhauer«, begann sie, ohne weiter darüber nachzudenken.

»Ah ja?« Pola verabschiedete die anderen Studenten. Er faltete die Hände und sah sie erwartungsvoll an.

»Er möchte malen. Das Geld für die Stunden scheint mir kein Problem zu sein. Über sein Talent kann ich nichts sagen. Leider. Aber wenn ich ihn einmal mitbringen dürfte … Er heißt Birger Lasson, und ich glaube, es würde ihm gefallen, hier studieren zu dürfen.«

»Ein Bildhauer, also, aha. Ich mag es, wenn jemand nicht nur in eine Richtung geht. Bring ihn das nächste Mal einfach mit, und dann sehen wir, wie er sich schlägt.«

»Danke.« Signe freute sich. Natürlich musste Birger zeigen, ob er talentiert genug war, ihre Fürsprache allein würde ihm nichts nützen. Aber er bekam eine Möglichkeit, die er zu schätzen wissen würde, dessen war sie sicher. Dann fiel ihr etwas ein. »Nächstes Mal bin ich selbst gar nicht da. Das hätte ich fast vergessen. Mein Stipendium in Kopenhagen. Ich reise schon nächste Woche.«

»Ach, mein liebes Dänemark. Grüße mir Kopenhagen, Stadt meiner Kindertage.« Sie nickte. »Bereits dein zweites Stipendium, nicht wahr?«

»Ja.«

»Sehr gut. Du hast es verdient. Ich bin gespannt, was du lernen wirst. Also dann, eine gute Reise und eine gesunde Rückkehr, Signe!«

———

Als sie einige Tage darauf ihre Sachen packte, musste sie an Polas Worte denken. ›Ich bin gespannt, was du lernen wirst.‹ Sie faltete Blusen, Röcke und Kleider und stapelte sie sorgsam in den alten Lederkoffer. Der Geruch von Naphtalin stieg ihr in die Nase. Mottenkugeln, um ihr einziges Gepäckstück insektenfrei zu halten. Pola Gauguin gehörte zu den Menschen, die Edvard gern um sich hatte. Nie hätte er Signe die Malschule eines Mannes empfohlen und dort ein gutes Wort für sie eingelegt, wenn sie von einem wie Hans Jæger geführt worden wäre. Jæger, dieser kompromisslose Aufrührer, dessen erstes Buch so verderbt und skandalös gewesen war, dass man ihn direkt nach der Veröffentlichung eingesperrt hatte. Ausgerechnet über die Kristiania-Bohème hatte er geschrieben, über seine Künstlerfreunde also und über seine Konkurrenten. Und das auf diese beschämende Weise. Onkel Edvard waren solche Leute, solche Ergüsse, die sich Kunst nannten, immer zuwider gewesen. Selbst ein Christian Krohg, Leiter der Akademie, war ihm zu radikal geworden. Und doch zog ihn diese eingeschworene Gemeinschaft an. Wie ein Magnet, den man immer mal wieder umdrehte, Anziehung und Abstoßung. Sie haben ihn alle falsch verstanden, meinten, er wolle mit seinen Bildern über seine tote Schwester oder über Frauen, die die männliche Kraft aussaugen, provozieren. Signe wusste es besser. Er malte doch nur, was er gesehen hatte. So sah Edvard die Welt. Åsgårdstrand war sein heller Ort, Kristiania die dunkle Seite. Darum konnte er es auch nur schwer ertragen, wenn diese beiden Welten sich zu mischen drohten. Einmal prügelte er sich mit seinem Malerfreund Ludvig Karsten, einmal schoss er aus dem Fenster auf Kerle, die mit ihm feiern wollten. Was hätten seine Nachbarn in dem hübschen Seebad von dem Künstler aus der Stadt denken sollen? Er wollte nicht all die Vorbehalte der braven Leute gegenüber den Gauklern aus Kristiania, die keinen geregelten Tagesablauf kannten, bestätigen. Er musste seinen Nachbarn in dem kleinen beschaulichen Dorf in die Augen sehen können, wollte, dass sie ihn für einen anständigen Mann hielten. Seemann Gjermundsen etwa oder die vier hinkenden Schuster, die alle in Edvards Straße lebten. Und dann diese Tulla Larsen. Signe verstand nur zu gut, dass Edvard in eine tiefe Krise stürzte, nachdem diese Frau ausgerechnet in seinem geliebten Glückshaus in Åsgårdstrand die Nerven verlor und zum Revolver griff.

»Maler Edvard Munch mit Schussverletzung im Krankenhaus«, hatte in der *Aftenposten* gestanden. War das eine Aufregung gewesen.

»So musste es ja kommen«, sagten die einen. »Schwermütig, wie er war, musste man schon lange damit rechnen, dass er sich umbringt.«

Andere meinten, er habe im Rausch auf Tulla geschossen, weil sie ihn mit ihren Heiratsplänen unter Druck gesetzt habe. Signe wusste selbst nicht, wer die Waffe abgefeuert hatte. Aber sie erinnerte sich gut daran, wie erleichtert sie gewesen war, als sie hörte, es habe ihn nicht schlimm erwischt. Was die körperliche Verletzung anging, mochte das sogar stimmen. Ein Glied seines Fingers einzubüßen, war unbedeutend für ihn. Viel schlimmer war, dass sein Haus, der Ort, der ihm Heimat war, die Unschuld eingebüßt hatte.

Sie seufzte. Sie fühlte sich auch nicht heimisch zwischen schnatternden Schauspielerinnen und blasierten Komponisten. Nur wohin sollte sie gehen, wenn sie nicht einmal einen Fluchtort hatte? Signe legte oben auf den Kleiderstapel eine Miniatur, die sie von Tante Inger geschenkt bekommen hatte. Zuvor hatte sie das Kunstwerk, das kaum größer als eine Briefmarke war, behutsam in ein Stück Leinen eingeschlagen. Das aus Moos, Birkenrinde und Gräsern geklebte Landschaftsbild war Signes Glücksbringer, denn es war in der Nähe von Løten entstanden, Onkel Edvards Geburtsort. Er hatte nicht lange dort gelebt, jedoch stets den Kontakt zu den einfachen Leuten dort gehalten, den Bauern und später zu den Arbeitern der Papierfabrik, die auf dem Land der Engelaug-Farm entstand, als er schon fünfundzwanzig war. Auch dort war er glücklich und unbeschwert gewesen, wenn er zum Fischen gehen oder durch die Wälder streifen konnte, die die sanften Hügel bedeckten. Auch aus dem Paradies war er vertrieben worden.

KAPITEL 5
Kopenhagen 1922

Die Königliche Akademie der Schönen Künste lag im Herzen Kopenhagens. Eine Frau, die für die Schlafräume der Studenten zuständig war und bei Signes Ankunft geredet hatte wie ein Wasserfall, zeigte ihr das Zimmer. Als Signe allein war, fiel ihr auf, dass sie nicht einmal den Namen der Frau behalten hatte, er war in dem Redeschwall einfach davongetrieben. Sie fühlte sich vom ersten Augenblick wohl, wenn ihr das beschauliche Christianshavn mit seinen Kanälen und Lagerhäusern südlich des Zentrums auch lieber gewesen wäre. Das Viertel in dem trockengelegten Sumpfgebiet war das Ziel ihres ersten Erkundungsspaziergangs und hatte eine ganz eigene Atmosphäre, fand sie. Vertraut in einer Art und doch auf angenehme Weise fremd.

Von ihrer Unterkunft war der Øresund nicht weit. Er war wie ein Bruder des Kristiania-Fjords. Sicher, die Strecke zwischen beiden war viele Kilometer lang, vorbei an Helsingborg und Göteborg, an Vesterøy und Jeløy bis ganz hinauf in den Norden. Trotzdem. Signe mochte den Gedanken, dass sie nur das nächste Schiff besteigen und an der Küste entlang immer geradeaus schippern müsste, dass da eine Verbindung war nach Hause. Die Wellen, die sie sah, wenn sie von der Akademie an der Kongens Nytorv 1 die wenigen Schritte zum Nyhavn lief, konnten direkt von Kristiania kommen.

Die Kunstschule hatte ihren Sitz im Schloss Charlottenborg, diesem immer wieder prachtvollen Motiv, das voller Geschichte steckte. Am ersten Unterrichtstag wurde Signe von den Studenten freundlich begrüßt und den Rest der Zeit neugierig beobachtet. Ihre Aufregung war völlig unbegründet gewesen. Wieder einmal. Würde diese schreckliche Unsicherheit denn nie vergehen? Wie alt musste sie noch werden, ehe sie neuen Situationen, fremden Menschen entspannt gegenübertreten konnte? Am zweiten Tag war ihr leichter zumute. Sie kannte sich aus, wusste, wo der Hörsaal war und wo sich das Atelier befand, in dem sie die praktischen Lektionen absolvierte. Als sie dieses am Morgen betrat, waren erst zwei Studenten dort.

»Guten Morgen!« Signe lächelte ihnen kurz zu und ging sofort zu dem Platz, der ihr am Vortag zugewiesen worden war. Das Atelier war ein hoher Raum mit Kassettendecke, zwei große Fenster an der Stirnseite, die beinahe bis zum Boden reichten. An einer der Längsseiten hingen Gemälde ehemaliger Schüler, die es geschafft und sich als Maler einen Namen gemacht hatten. Caspar David Friedrich, Frits Thaulow natürlich, Constantin Hansen und auch Karen Blixen.

»Was denkst du über Frauen wie sie?«, fragte einer der Männer, als Signe gerade Blixens Zeichnung einer Blumenvase betrachtete. Sie wandte sich ihm zu. »Verzeihung. Bjørn Jensen.« Er streckte ihr die Hand entgegen und sah sie erwartungsvoll an.

»Freut mich.«

Nun trat auch der andere hinzu und reichte ihr die Hand. »Christen Tidemund.« Er lächelte.

»Also, was sagst du zu dieser Blixen? Bringen Frauen wie sie dich nicht zur Raserei?« Bjørn verschränkte die Arme vor der Brust und sah sie herausfordernd an. Er hatte dunkelblondes Haar, ausgeprägte Wangenknochen und ein kantiges Kinn. Worauf wollte er hinaus?

»Ich weiß nicht besonders viel über sie. Um ehrlich zu sein, war mir gar nicht bekannt, dass sie hier Malerei studiert hat. Ich dachte, sie ist eine Schriftstellerin.«

»Genau das meine ich. Frauen wie diese Blixen wissen doch gar nicht, was sie wollen. Ein bisschen den Pinsel schwingen, ein paar belanglose Zeilen, und dann heiraten sie doch und wandern nach Afrika aus, um den Wilden Manieren beizubringen.«

»Wohl eher, um mit Kaffee ein Vermögen zu verdienen«, wandte Christen vorsichtig ein.

»Was auch immer sie dort tut«, sagte Bjørn. »Das spielt keine Rolle. Mir geht es darum, dass sie vier Jahre lang einen Studienplatz an der Akademie besetzt hat, den jemand, der ernsthaft für die Malerei brennt, besser hätte brauchen können.« Er sah Signe in die Augen. »Ich habe nichts dagegen, dass Frauen jetzt auch in bestimmtem Maße wählen dürfen, dass sie an Hochschulen zugelassen werden.«

»Sie hat die Bedingungen offenbar erfüllt, um aufgenommen zu werden«, sagte Signe nachdenklich. »Ich sehe darum nicht, warum du dich aufregst.«

»Willst du mich auf den Arm nehmen?« Das lag ihr nun wirklich fern. »Du hast bestimmt schon auf dem Schoß deines malenden Onkels gehockt, als du noch ein Kleinkind warst. Er hat dich geprägt. Du hattest sicher gar keine andere Wahl, als dich mit Haut und Haaren der Kunst zu verschreiben.« Er sprach mit so viel Pathos, dass Signe ihn sich gut in einer Schauspielklasse vorstellen konnte.

»Dein Onkel ist also tatsächlich der berühmte Edvard Munch?« Christen sah sie mit großen Augen an.

Sie unterdrückte ein Stöhnen. »Munch ist der Vetter meines Vaters.« Hoffentlich hatte das so geklungen, als habe sie kein besonderes Verhältnis zu ihm. »Er würde kein Kind auf seinem Schoß dulden, während er arbeitet.«

»Trotzdem«, beharrte Bjørn, »es ist einfach nicht hinzunehmen, dass Frauen Rechte für sich beanspruchen, die ihnen gar nicht am Herzen liegen. Es gibt Ausnahmen, aber den meisten fehlt die notwendige Ernsthaftigkeit, um eine Sache von Anfang bis Ende zu tun und darin Großes zu vollbringen.«

Der kleine Raum füllte sich allmählich. Die anderen Studenten gesellten sich zu ihnen und verfolgten gespannt die Diskussion.

»Es gibt doch auch Männer, die zunächst Malerei studieren, später aber Architekten werden, Bühnenbildner oder Dichter«, gab Signe zu bedenken und wünschte, die anderen würden sich einschalten, damit sie sich zurückziehen könnte.

Eva Eisner, einzige Studentin im Kurs, tat ihr den Gefallen. »Lass dich von ihm bloß nicht provozieren«, begann sie, nachdem sie sich vorgestellt hatte. »Bjørn ist irgendwo im Mittelalter hängengeblieben. Für ihn gehören Frauen an den Herd«, sagte sie eisig. »Er versteht nicht, dass Frauen die meisten Dinge tun können, die auch Männer tun. Und zwar genauso gut. Es hat nichts mit dem Geschlecht zu tun, sondern nur damit, was du in dir fühlst.« Signe bemerkte, dass sich die ersten abwandten und ihre Plätze an den Staffeleien einnahmen. Gott sei Dank.

»Vielleicht hat Karen Blixen einfach mehrere Talente«, sagte sie versöhnlich zu Bjørn. »Vielleicht kann sie in beidem gut werden und etwas Großes vollbringen, in der Malerei und mit ihren Texten.«

»Talent?« Eva sah Signe entrüstet an. »Du willst doch nicht sagen, du findest diese alberne Blumenvase gelungen?« Sie ließ Signe keine Zeit zu antworten. »Allein diese Farben, so blass und nichtssagend.« Sie fuhr sich durch das lange Haar, das sie offen trug. »Wo ist die Handschrift, das Unverwechselbare?«

»Sie hat die Zeichnung während ihres Studiums gemacht, nehme ich an.« Signe wünschte, der Professor würde endlich auftauchen. »Sie hat ihr Handwerk erst gelernt. Ich denke, das ist die richtige Reihenfolge, erst das Handwerk, dann der eigene Stil.« Oder man blieb für immer in der Sicherheit der soliden erlernten Technik und entwickelte nie etwas Eigenes, so wie sie. Signe seufzte. Glücklicherweise flog in dem Augenblick die Tür auf, und der Professor rauschte herein.

Viele Bauwerke und Plätze, an denen kreative Menschen zusammenkamen, drängten sich um das Schloss Charlottenborg mit der Kunstakademie. Dazu gehörte das Thorvaldsen-Museum, auf einer kleinen Insel gelegen, das Signe gut zu Fuß erreichen konnte. Birger hatte es erwähnt.

»Thorvaldsen ist der Grund, warum ich mich der Malerei zuwenden will«, hatte er ihr erklärt. »Kein Bildhauer kann je in einer Feinheit modellieren, wie er es gemacht hat, so zart und gleichzeitig kraftvoll. Man sagt, er sei auf einem Schiff zur Welt gekommen, aber vielleicht ist er direkt vom Himmel gefallen. Würde ich versuchen, es auf dem gleichen Gebiet zu etwas zu bringen, müsste ich mich mit ihm messen. Dabei kann ich nur verlieren.«

Signe hatte so ihre Zweifel gehabt, ob Birger sich in der Malerei je mit den Besten ihres Fachs messen konnte. Gab es nicht immer jemanden, der mehr konnte, der größeres Talent hatte als man selbst?

An ihrem ersten freien Tag besuchte Signe das Museum. Zuvor hatte sie sich kaum aus dem Schloss bewegt, hatte nach den Stunden weiter an einem Bild gearbeitet oder verschiedene Wisch- und Tupftechniken probiert. Sie hatte im Park gegenüber der Akademie Skizzen gemacht oder sich in einer Gasse eine dick mit Butter beschmierte Scheibe Brot gekauft. Nach sechs Tagen, die sie auf diese Weise von morgens früh bis zum Untergang der Sonne verbracht hatte, verließ sie am siebten also das Lehrinstitut in Richtung Süden. Schon während sie den Kanal überquerte, hatte sie einen herrlichen Blick auf das Schloss Christiansborg und den mächtigen Bau des Museums. Er war atemberaubend. Die Fassade in leuchtendem Orange zierte ein Fries, Menschen, Boote, das Meer. Konzentriert betrachtete sie jedes der rechteckigen Elemente.

In den Malereien an dieser Hauswand ging es um eine Reise, vermutete sie, nachdem sie das Museum einmal umrundet hatte. Um einen Abschied vielleicht, einen Umzug an einen fremden Ort. Damit hatte Signe Erfahrung. Ihre ganze Ehe war eine Reise gewesen.

Sie verharrte für einen Moment auf dem Kopfsteinpflaster vor

97

dem Museum, atmete die Luft, die nach Sommer roch, nach Schmetterlingsflieder und ein kleines bisschen nach brackigem Wasser. Dann trat sie ein. Mit einem Schlag fühlte sie sich wie im Süden. Jedenfalls stellte sie sich Italien oder Griechenland so vor. Skulpturen von Männergestalten auf Marmorsockeln, die meisten nackt, einige in fließende Stoffe gehüllt. Nicht anzüglich oder ein wenig lächerlich wie Johannes, wenn sie ihn mal entblößt gesehen hatte, so faltig, weich, schlaff, sondern unmenschlich edel. Unter Signes Füßen erstreckten sich Mosaike, über ihr wölbte sich eine leuchtend blaue Decke mit einem aufgemalten Sternenhimmel. Völlig unnatürlich und doch berührend schön. Strahlend weiße Reliefs auf rötlich braunen Wänden, Amphoren, mächtige Blumenkübel, in denen Palmen wuchsen. Fenster, die das Sonnenlicht einfingen und so auf den Boden oder eine Statue lenkten, dass die Reflexion ein eigenes Kunstwerk schuf. Leuchtende, strahlende Vierecke, die mal hier, mal dort ihren Platz fanden.

Thorvaldsen hatte einen großen Teil seines Lebens in Rom verbracht. Birger hatte ihr erzählt, die Errichtung des Museums sei noch zu Lebzeiten des Künstlers begonnen worden, und Thorvaldsen habe noch erste Bauabschnitte sehen dürfen, ehe er starb. Im Innenhof des griechisch anmutenden Gebäudes hatte der Meister seine letzte Ruhestätte gefunden. Auch an seiner Grabplatte verweilte Signe. Heimat. Es war nicht gut, ruhelos von Ort zu Ort zu ziehen, wie Johannes Landmark es als Mann des Militärs hatte tun müssen. Wenn selbst Thorvaldsen, der mehr Jahre in Italien als in Dänemark gelebt hatte, zurückgekommen war, dann musste Heimat für einen Menschen wichtig sein. Wie ein Ofen, an dem man sich wärmen konnte, wie reine klare Luft.

Als Signe ihren Rundgang fortsetzte, blieb sie lange vor einem Bild von Johan Dahl stehen, das Thorvaldsen besessen hatte. Es zeigte den Blick aus einer Grotte auf die Bucht Neapels mit dem Lava speienden Vesuv. Im Vordergrund ein argloser Angler auf einem Felsbrocken, im Hintergrund schwarze Wolken über dem Vulkan, der von einem Moment zum nächsten alles zerstören konnte, was um ihn war. Eine naturgetreue Darstellung, die durch ihr Motiv und gerade durch die realistische Wiedergabe aufrüttelte. Einmal mehr fragte sie sich, warum es nötig sein sollte, durch grelle Übertreibung zu schockieren. Die Wahrheit war schockierend genug.

Auf dem Rückweg, immer am Wasser entlang, über die Brücke bei der kreuzförmigen Holmens Kirche, von der sie gelesen hatte, sie sei ursprünglich als Schmiede errichtet worden, und dann weiter an der Hafenpromenade, ging ihr ein Gedanke nicht aus dem Kopf. War es möglich, dass der Künstler gar nicht selbst entscheiden konnte, ob er besser Skulpturen formte oder Aquarelle malte? Bildete man sich nur ein, man habe sich bewusst für einen Stil entschieden, naturalistisch oder grotesk? Vielleicht war es in Wirklichkeit eine Macht, die über allem stand, die einen Künstler benutzte, um den Menschen etwas zu sagen. Dann war dieser Thorvaldsen vielleicht wahrhaftig vom Himmel gefallen. Wie sonst sollte jemand eine solche Gabe erwerben, wie er sie ohne Zweifel besessen hatte?

Am ersten Abend der zweiten Woche fing Christen Signe in dem langen Gang ab, der zum Hörsaal führte.

»Einige von uns treffen sich heute Abend in einem kleinen Café. Gleich um die Ecke, es ist nicht weit.«

Sie wollte nicht mitgehen, das war jedenfalls ihr erster Impuls. Schließlich hatte sie in den letzten Tagen einen Eindruck vom Können der anderen gewonnen. Und das war teilweise beeindruckend. Sie selbst war so viel älter, und sie hatte ein Stipendium erhalten. Die Studenten mussten erwarten, dass Signe besser war als sie. Das Gegenteil war der Fall. Einige dieser jungen Männer waren mit unglaublichem Talent gesegnet. Man konnte auf den ersten Blick sehen, dass in ihnen etwas schlummerte, mit dem sie es weit bringen konnten. Das verunsicherte Signe. Sie wollte sich lieber zurückziehen, malen, ausprobieren. Immerhin war sie nicht zum Vergnügen hier. Andererseits wäre es nett, einen Abend nicht allein zu verbringen. Außerdem wollte sie über ihren Schatten springen, ihre Unsicherheit überwinden, und Christen sah so rührend unbeholfen aus, dass sie lächeln musste. Das machte ihm offenbar Mut, nun endlich direkt zu fragen: »Willst du dich uns anschließen? Wir würden uns alle sehr freuen«, ergänzte er hastig.

»Das ist sehr nett, danke. Ja, warum nicht?«

Seine Überraschung war ihm anzusehen. »Ja? Schön! Das ist … ich freue mich, wir freuen uns«, stotterte er, während er neben ihr her zum Hörsaal lief und ihr die Tür aufhielt.

Christen wartete im Innenhof auf sie. Sie sah ihn sofort, als sie aus der Tür des Wohntrakts trat. Er stand unter einem weißen Torbogen, schob mit der Schuhspitze einen Kiesel herum und sah angestrengt zu Boden. Als sie schon fast bei ihm war, blickte er auf.

»Da bist du schon. Du bist pünktlich.« Er lächelte, seine Wangen färbten sich verräterisch. »Schön, dass du mitkommst.«

»Man kann nicht nur arbeiten, sagt eine Freundin von mir immer. Ich bin nicht sicher, ob das stimmt.«

»Doch, doch, da hat sie recht«, erklärte er eifrig und ging, die Hände tief in den Hosentaschen vergraben, neben ihr über das Kopfsteinpflaster. »Es ist nicht weit«, sagte er nach wenigen Schritten, in denen die Stille zwischen ihnen hing wie zäher Nebel.

»Auch wenn du nicht auf seinem Schoß gehockt hast«, begann er plötzlich und sah sie unsicher an, »die Besessenheit hast du bestimmt von deinem Onkel.«

»Wie kommst du nur darauf, dass ich besessen bin?«

»Du gehörst immer zu den Ersten im Hörsaal und im Atelier. Du machst keine Pause, und ich habe dich neulich gesehen, als du auch abends noch mit deinem Zeichenblock aus dem Haus gegangen bist.« Sie warf ihm einen fragenden Blick zu. »Ich beobachte dich nicht«, verteidigte er sich. »Ich habe dich ganz zufällig gesehen.«

Pferde liefen an ihnen vorbei, die Wagen hinter sich herzogen. Möwen segelten durch die Luft. Es roch nach Fisch und an mancher Ecke nach Unrat. Je tiefer sie in die schmalen Gassen der Altstadt eintauchten, desto mehr Lokale gab es, aus denen immer wieder Musik in die Abendluft drang. Es waren einige Spelunken dabei, und Signe hoffte inständig, sie würde sich nicht gleich in einer solchen wiederfinden. Und wennschon, Christen machte einen ziemlich anständigen Eindruck, würde sie bestimmt heil zurückbringen, wenn sie ihn darum bat.

Signe fühlte sich mit einem Mal leicht. Sie hatte beinahe vergessen, wie schön es war, sich mit anderen Leuten über das auszutauschen, was sie verband: Malerei. Sie freute sich auf den Abend.

»Ist es schwer, seine Nichte zu sein?« Signe brauchte eine Sekunde. Christen konnte also nicht aufgeben, er wollte unbedingt mehr über den berühmten Edvard Munch hören. Ihr Ärger verflog, ehe er sich überhaupt in ihr breitmachen konnte. Christen sah sie an wie ein kleiner Junge, der auf den Weihnachtsmann wartete. Wie sollte sie ihm böse sein?

»Nein, überhaupt nicht. Er ist der klügste und freundlichste Onkel, den man sich wünschen kann.«

»Ich stelle es mir wahnsinnig schwer vor«, sagte er mit seltsam belegter Stimme. »Ich hätte immer Angst, ihm nicht zu genügen. Ich würde ihn stolz machen wollen, aber das ist doch gar nicht möglich, oder? In den Augen eines Genies kann doch selbst die beste Arbeit nur unzureichend sein. Ist es nicht so? Wie kommst du damit klar? Ist das nicht eine ungeheure Last auf deinen Schultern?« Diese Frage hatte ihr noch niemand gestellt. Es berührte sie, dass er erkannte, welche Bürde ihr Onkel auch für sie war.

»Ich würde ihn gern stolz machen. Du hast recht, es ist nicht einfach«, antwortete sie nachdenklich. »Es ist nicht einmal so, dass er besonders kritisch wäre. Nur fällt es mir so schwer, unbefangen an eine Staffelei zu treten. Ich muss malen, ich habe dieses Verlangen in mir viel zu lange unterdrückt.«

»Warum?«

Gute Frage. »Weil ich glaubte, Erwartungen erfüllen zu müssen.« Sie lächelte versonnen. »Leider geht es mir genauso, wenn ich arbeite. Ich versuche immer, Erwartungen zu erfüllen.«

»Die deines Onkels«, stellte er fest.

Signe dachte nach, dann sagte sie: »Nein, meine eigenen, fürchte ich.«

»Und was erwartest du von dir oder deiner Arbeit?«

»Dass sie gut ist«, sagte sie leise. »Wenn ich nur wüsste, was gut genau bedeutet.« Eine Weile gingen sie schweigend nebeneinanderher. Signe bemerkte, dass das Gefühl der Leichtigkeit noch gewachsen war. Es hatte gutgetan, ihre Gedanken mit Christen zu teilen.

»Da wären wir.« Er öffnete ihr die Tür, und ein Gemisch aus Gläserklirren, Stühlerücken, Lachen und Reden verschluckte sie.

»Man muss die festen Regeln unterwandern. Der Prof ist doch nur darauf aus, uns kleinzuhalten, damit niemand merkt, wie altmodisch er ist, wie neu das ist, was wir zu bieten haben.« Eva fuhr sich mal wieder mit den gespreizten Fingern durch ihr langes kastanienbraunes Haar.

»So kann man's natürlich auch nennen, wenn man mit Perspektive auf Kriegsfuß steht.« Bjørn grinste spöttisch und rief: »Mehr Inhalt, weniger Kunst!«

»Wenn ich kurz unterbrechen darf? Das ist Signe, sie ist Stipendiatin aus Kristiania«, stellte Christen sie vor. Diejenigen, die sie nicht aus Hörsaal oder Atelier kannten, musterten sie neugierig, die anderen hoben die Hände zum Gruß, einige von ihnen eingehüllt in dichten Zigarettenrauch.

»Guten Abend«, sagte sie und setzte sich auf einen Stuhl, den Christen ihr von irgendwoher geholt hatte. Das Café war brechend voll.

»Schnaps?« Ein Mann mit rotblondem Haar, eine Zigarette an der Unterlippe klebend, schob Signe ein Glas hin und war schon im Begriff einzuschenken.

»Nein, danke, ich trinke erst mal einen Kaffee.« Er stellte die Flasche wieder auf den Tisch, ohne erkennen zu lassen, was er von ihrer Ablehnung hielt.

»Ihr kommt gerade richtig«, setzte Eva an, »Bjørn Jensen behauptet, Kunst und Inhalt seien Widersprüche. Habe ich dich richtig verstanden?«, fragte sie ihn zuckersüß.

»Nicht ich habe das behauptet, sondern der Meister des Schreibens, William Shakespeare.«

»Mehr Inhalt? Wer sollte da nicht zustimmen?« Der Rotblonde grinste so breit, dass ihm die Zigarette aus dem Mund fiel. Er hatte wieder die Schnapsflasche in der Hand, sah in die Runde und goss großzügig die leeren Gläser voll. Die anderen johlten, pflichteten ihm bei, lachten.

»Das ist so typisch«, rief Eva dazwischen. Sie musste beinahe schreien, um gehört zu werden. »Ihr Männer haltet euch schon für große Künstler, wenn ihr durch eure Saufgelage oder durch alberne Verzierungen auffallt.« Christen legte eilig seine rechte Hand über die linke. Signe sah gerade noch, dass er eine Palette auf den linken Handrücken tätowiert hatte. »Wir Frauen dagegen müssen allein durch unsere Arbeit auf uns aufmerksam machen.«

»Und wann hast du vor, damit anzufangen?« Bjørn sah sie an, ein böses Grinsen auf den Lippen. »Deine Gebäude sind alle windschief, in keinem Gesicht stimmen die Proportionen. Warum muss es denn unbedingt Kunst sein? Kochen fängt doch auch mit K an.« Einige der Männer lachten.

»Und warum muss es bei dir ausgerechnet die Malerei sein?«

Eva schüttelte ihre Mähne. »Weil du für das Medizinstudium zu dumm warst!«, antwortete sie an seiner Stelle.

»In Anatomie war ich brillant, wie du sehr gut weißt.« Er warf ihr einen tiefen Blick zu, die anderen feixten. »Selbst im Medizinstudium ist man vor euch Weibern nicht mehr sicher. Wenigstens sind die, die Künstlerinnen werden wollen, weniger verkniffen und prüde. Deshalb habe ich gewechselt.« Er überspielte seinen Ärger nur mäßig. Die meisten Studenten hatten aber wohl schon genug getrunken, um sich von ihm täuschen zu lassen. Oder es spielte einfach keine Rolle. Sie waren nicht hier, um ernsthaft zu diskutieren, sondern um Spaß zu haben.

»Deine Meinung würde mich interessieren.« Eva sah Signe an, sofort wandten sich ihr auch die anderen am Tisch zu.

»Ich denke, das Beherrschen von Technik und Theorie ist die Basis von allem.« Sie dachte an den Bildhauer Thorvaldsen. »Den Rest regelt womöglich eine höhere Macht.«

»Du bist die Nichte von Edvard Munch, habe ich gehört.« Ein auffallend großer Mann mit ungestümen Locken sah sie neugierig an. »Wie ist es bei ihm? Beherrscht er die Basis?«

»Selbstverständlich. Er hat wunderbare Gemälde im Stil der Impressionisten gemacht, er kann Perspektive und Proportionen im Schlaf.« Sie fing einen eisigen Blick von Eva auf. »Edvard Munch gibt sich nie zufrieden, arbeitet und lernt unermüdlich.«

»Wie ist er so?« Der Lockenkopf lehnte sich vor.

»Gut. Er ist sehr gut.« Einige lachten.

»Er ist genial«, rief jemand.

»Ich habe demnächst vielleicht in Kristiania zu tun«, sagte Bjørn. Wie Signe dieser gespielt beiläufige Ton langweilte. »Vielleicht kannst du uns bekannt machen.«

105

»Wie hast du das mit der höheren Macht gemeint?«, wollte Christen wissen.

»Ich weiß nicht, ich habe nur neulich darüber nachgedacht, ob ein besonders großes Talent eine Gabe ist. Ich glaube, mit Fleiß lässt sich viel erreichen, nur wenn das nötige Talent gar nicht vorhanden ist, wird man immer mittelmäßig bleiben.« Die Angst schlich sich an, dass das für sie selbst galt. Es war nicht richtig, besser als alle anderen sein zu wollen. Andererseits war es das Wesen des Ehrgeizes, mehr von sich zu erwarten, und Ehrgeiz war für einen Künstler wichtig. Für jeden Menschen. Ehr-geiz. Was sollte das eigentlich bedeuten?

»Ich denke, man muss nur ein einziges perfektes Bild im Leben malen«, hörte Signe plötzlich eine zarte Frauenstimme sagen. Am Tisch hatte sich eine lebhafte Diskussion über Fleiß und Begabung, über die Wichtigkeit von Theorie und Technik ergeben. »Hat man das erreicht, sollte man sich das Leben nehmen«, sprach die Studentin weiter. Sie war auffällig blass mit schmalem Gesicht und schwarzen Haaren. Dazu ihre dunklen Augen in tiefen Höhlen erinnerten Signe an Edvards Bild seiner sterbenden Schwester Sophie, das ihm ersten Ruhm eingebracht hatte. »War das nicht die Regel der Kristiania-Bohème?« Jetzt sah sie Signe direkt an. Ein Schauer lief Signe über den Rücken, als hätte der Tod leibhaftig zu ihr gesprochen.

»Eine der Regeln«, sagte sie und bemühte sich um ein Lächeln. »Davon gab es eine Menge, und nicht alle waren wirklich sinnvoll, finde ich.«

Die Schwarzhaarige sah Signe sehr lange an, sagte jedoch kein Wort mehr. Mit jeder Minute wurde der Rauch der Zigaretten und Pfeifen dichter, Signe hatte das Gefühl, sie bekäme nicht mehr genug Luft. Auch waren kaum noch Gespräche möglich, denn der Schnaps floss in Strömen und ließ die Zungen nach seiner Regie tanzen.

»Für mich wird es Zeit«, sagte Christen, als sie sich gerade verabschieden wollte.

»Da schließe ich mich gerne an«, erwiderte sie und lächelte ihn dankbar an.

Nachdem an diesem Abend den Studenten ihres Kurses klar geworden war, dass Signe weder die Absicht hatte, Anekdoten über ihren Onkel preiszugeben, noch, ihm einen hoffnungsvollen Maler vorzustellen, falls einer von ihnen nach Kristiania kommen sollte, wurden die Angebote weniger, gemeinsam essen zu gehen oder die hübschen Ecken der Stadt zu erkunden. Christen bemühte sich, Signe in die Gemeinschaft einzubinden, ihr das Gefühl zu vermitteln, sie sei eine von ihnen. Auch Eva hatte anscheinend Interesse an Signes Gesellschaft. Nur verging die Zeit ihres Stipendiums doch zu schnell. Signe wollte es nutzen, so gut sie konnte. Viel zu lange hatte sie in ihrem Leben schon auf die Malerei verzichtet. Und so wählte sie das Alleinsein. Sie verbrachte die meiste Zeit in der Akademie. Ging sie hinaus, suchte sie Parks auf, Natur, oder besorgte sich rasch etwas zu essen. Das war besser, als in einem verqualmten Lokal jede Menge Unsinn anzuhören oder in Restaurants ihr Geld zu verschwenden.

Während ihrer Spaziergänge war ihr gleich ein Telefonkiosk aufgefallen. Hübsch war er mit seinem sechseckigen Grundriss, dem grünen Kupferdach und der Uhr an der Spitze. Wie eine zu groß geratene Laterne. Sehr hübsch, und doch wurde es ihr mulmig, wann immer sie an ihm vorüberging. Nun begann bereits ihre dritte Woche in Kopenhagen, und sie meinte, die Dame, die das Telefon zur Nutzung anbot, sähe sie mit jedem Tag strenger an, an dem Signe vorbei ging, ohne ein Gespräch anzumelden. Manches Mal wählte sie sogar eine andere Gasse, nur um den Blicken und dem Sog, der etwas Lauerndes, Gefährliches hatte, zu entgehen.

Die Zeit in Kopenhagen verging rasend schnell. In den Stunden, wenn sie einem Professor zuhören oder an der Staffelei umsetzen konnte, was zuvor besprochen worden war, fühlte sie sich frei. Dort konnte sie atmen und aufblühen. Bei allen Vorträgen, bei all ihren Übungen ging ihr der Satz der Schwarzhaarigen jedoch nicht mehr aus dem Sinn. Hatte man ein perfektes Bild gemalt, soll man sich das Leben nehmen. Absurd. Und doch … Was, wenn nach einem perfekten Gemälde wirklich nichts mehr käme, das einen zufriedenstellen konnte? Und wenn es so war, bedeutete das dann nicht, dass Onkel Edvard ständig auf des Messers Schneide lebte?

Signe stürzte sich noch mehr in die Theorie, lernte das Werk Vilhelm Kyhns kennen, eines der bedeutendsten dänischen Landschaftsmaler. Signe hätte ihn zu gerne als Professor erlebt. Wie ungeheuer aufregend seine Studien waren, in denen er das gleiche Motiv in unterschiedlichen Lichtverhältnissen zeigte. Überhaupt. Wie die französischen Maler von Barbizon war auch er hinausgegangen, hatte seinem Atelier den Rücken gekehrt, um direkt in der Natur hinzusehen, abzuschauen und zu arbeiten. Unvorstellbar, doch damals war das ein ganz neuer Schritt, ein Wagnis!

Und Anna Ancher. Ihre Bilder waren eine Offenbarung! Sie

hatte geschafft, was Signe für unmöglich gehalten hätte, weil es doch der größte Widerspruch in sich zu sein schien. Sie hatte ihre häusliche Umgebung gemalt, eine nähende Frau, Bäuerinnen, die Möwen rupften. Und mit derartigen Motiven hatte sie Anerkennung als Malerin erlangt. Nicht nur in der Künstlerkolonie in Skagen an der nördlichsten Spitze des Landes, wo sie zu Hause gewesen war, sondern weit darüber hinaus. Ohne zu schockieren, ohne aufzurütteln. Es war das Licht, vermutete Signe, dieses wunderbare Licht in Anchers Bildern, das auch die rebellischsten Kollegen verzaubert haben mochte. Hellgelb mit einem Stich Blau. Genau wie das erfrischend kühle Licht von Åsgårdstrand.

Eines Morgens wartete Christen vor der Tür des Ateliers auf sie.

»Ich weiß nicht, was ich machen soll«, begann er sofort. »Du sagtest, mit Fleiß lässt sich viel erreichen, nur ohne Talent bleibt man dennoch Mittelmaß. Woher soll ich wissen, ob ich Talent habe? Weiß ich es nicht erst, wenn mein Studium abgeschlossen ist? Dann habe ich Jahre meines Lebens der Malerei geopfert.«

»Das war nur meine Meinung, Christen.« Er sah regelrecht verzweifelt aus, der arme Kerl. »Ich muss nicht recht haben.« Sie dachte kurz nach. »Ist die Malerei denn nicht das, was du unbedingt tun willst? Bereichert sie nicht dein Leben?«

Er nickte, seine Wangen brannten. »Doch, aber natürlich, ich kann mir nicht vorstellen, etwas anderes zu tun.«

»Warum sagst du dann, du hättest die Jahre der Malerei geopfert?«

»Was ist, wenn es trotz Fleiß, trotz theoretischer Studien und Fingerübungen nicht reicht? Um eine Familie durchzubringen, meine ich.«

»Ach, das ist deine Sorge.« Sie lächelte.

»Ja, das!« Er war laut geworden. So kannte sie ihn nicht. »Entschuldige, aber was das angeht, hat Bjørn ganz recht, ihr Frauen habt es leichter als wir. Du bist verheiratet, habe ich gehört, musst dich nicht selbst ernähren. Du kannst den lieben langen Tag malen, auch wenn keiner deine Bilder kauft.«

»Ich war verheiratet«, stellte sie richtig. »Ich habe mich scheiden lassen und auf Unterhalt verzichtet.« Es ging ihn nichts an, aber sie hatte dieses Gerede über Frauen und Männer allmählich satt. Die einen behaupteten, die Frauen würden unterdrückt und könnten ihr Leben nicht so leben, wie sie wollten. Die anderen meinten, sie hätten es in allem leichter. Beides Unfug.

»Das wusste ich nicht«, sagte er kleinlaut.

Signe musste an Pola Gauguin denken. »Du könntest vielleicht unterrichten«, schlug sie vor. »An der Volksschule etwa. Dänisch und Kunst zum Beispiel. Ich kann mir vorstellen, dass du gut mit Kindern umgehen kannst.«

Christen nickte langsam. »Das wäre eine Möglichkeit. Die könnte sogar meinem Vater gefallen.« Er lachte traurig. »Mein Vater wollte, dass ich Medizin studiere. Schon der Gedanke an Blut dreht mir den Magen um.«

»Ich nehme in Kristiania Stunden bei Pola Gauguin«, erzählte sie. »Er fährt mehrgleisig, ist Maler und Autor, Kritiker und Lehrer mit eigener Malschule. Ich denke, er kommt sehr gut zurecht und ist ein angesehener Mann.«

Christen sah sehr erleichtert aus. »Danke, Signe.« Plötzlich stutzte er. »Du bekommst keinen Unterhalt, nichts? Wovon lebst du? Entschuldige, das geht mich nichts an. Ich frage mich nur, was du tust, falls du mit deinen Werken nicht genug verdienst.« Er hatte schon recht, Künstler war bestimmt kein Beruf, auf den man sich verlassen konnte. Aber worauf schon? Wenn sie Zweifel hatte, würde sie es sicher nicht schaffen. Aber das musste sie!

»Ich will einfach nichts anderes tun, verstehst du? Ich verdiene mir mit Schreibarbeiten etwas, ich kann rechnen und mit Geld umgehen, und ich brauche nicht viel. Ich werde nie in die viel zu großen Fußstapfen meines Onkels treten können. Aber ohne die Malerei könnte ich nicht leben.« Es würde funktionieren, es musste einfach.

Am Abend unternahm sie einen langen Spaziergang. Die Luft war wie aus hellblauer Seide, so konnte Signe einfach nicht widerstehen, lief immer weiter und weiter, bis sie den Tivoli erreicht hatte, einen der ältesten Vergnügungsparks der Welt. Die etwas zu schrille Musik aus der Jahrmarktorgel, die bunten Lichter, die auf und ab springenden Pferdchen, die ständig im Kreis fuhren, waren für sie wie ein Gemälde. Hübsch anzuschauen, doch unmöglich zu betreten. Signe schaute lieber hin, beobachtete. Wenn ihr Kopf alles sortiert und verarbeitet hatte, würde sie die Szene vielleicht malen. Die meisten Kinder waren um diese Zeit schon im Bett. Nur noch Paare standen dort, Hand in Hand, eng umschlungen manche. Nicht Signes Welt. Aber die Blumenbeete und Hecken gefielen ihr gut, die Gerüche, auch die Klänge der Orgel, wenn man erst eine Gasse Abstand zu ihr erreicht hatte. Sie gönnte sich ein Brot mit geräuchertem Hering und Eigelb, ehe sie sich auf den Heimweg machte.

Als sie am Rathaus entlangspazierte, drängte sich plötzlich ihre Mutter in ihre Gedanken. Unfug, Anna Munch war seit

Signes Ankunft in Kopenhagen da gewesen, nur war es Signe bisher gelungen, sie in einem hinteren Winkel ihrer Erinnerungen in Schach zu halten. Nun hatte sie sich also doch befreit. Anna war in dieser Stadt gewesen, als Signe dreizehn oder vierzehn Jahre alt war. Es war eine schwere Zeit für Mutter gewesen. Und für sie. Zwar war es ihr vertraut, ihre Mutter wochenlang nicht zu sehen, Signe war keine zehn, als die Eltern sich hatten scheiden lassen. Annas Schuld, weshalb sie das Recht verlor, ihr Kind bei sich zu haben. Signe hatte gelernt, mit der Sehnsucht nach der Mutter zu leben, freute sich über jede Gelegenheit, in der es Anna eben doch gelang, Signe zu holen, sich Stunden mit ihr zu stehlen. Aber damals, als Anna wochenlang nach Kopenhagen verschwand, blieben diese Gelegenheiten aus. Signe konnte noch nicht einmal auf eine kurze Begegnung hoffen. Und diese Hoffnungslosigkeit war das Schlimmste für sie. Wenn sie jetzt daran dachte, wie sich das damals angefühlt hatte, zogen sofort wieder dunkle grüngraue Wolken durch ihre Seele. Dann die Rückkehr nach Kristiania und damit die Rückkehr der Hoffnung auf gemeinsame Zeit, auf die Wärme ihrer Mutter, wenn es davon auch nicht viel gab. Doch Signes Freude währte nicht lange. Oh, sie erinnerte sich, als sei es gestern geschehen. Ganz Kristiania tuschelte darüber: »Schon gehört? Hamsun wird von einer Frau beobachtet und belästigt. Täglich schreibt sie ihm Briefe. Welch ein unmoralisches Weib!« Saß sein Hemd nicht perfekt oder hatte er womöglich einen Krümel im Bart, so wisse diese Frau es sofort und verbreite genüsslich jede Kleinigkeit, hieß es. »Sie tut alles, um ihn in einem schlechten Licht dastehen zu lassen. Das scheint ihr einziges Interesse zu sein. Pfui Teufel!« Alle waren sich sicher: Anna Munch war diese Frau. Man redete über sie, taxierte sie mit schiefen Blicken. Es war ganz egal, dass Anna es gar nicht hätte seien können. Woher hätte sie wissen können, ob Knut Hamsun in Kristiania einen Fleck auf dem Hemd hatte, wenn sie doch in Kopenhagen war? Man hatte ein Opfer gefunden. Signe erinnerte sich an eine Unterhaltung, die sie erlauscht hatte.

»Wie kann er es wagen?«, hatte ihre Mutter sich entrüstet. »Ich soll mich also geistig untersuchen lassen, ja? Lächerlich! So weit ist es schon.« Anna war auf und ab gelaufen, als würde sie es einfach nicht an einer Stelle aushalten. »Vielleicht ist es der feine Herr Hamsun selbst, der sich diese Briefe geschickt hat. Höchstwahrscheinlich ist es sogar so. Ihm reicht die Aufmerksamkeit nicht mehr, die er bekommt. Also versucht er es auf diese Weise. Am besten, er lässt sich selbst mal geistig untersuchen, wenn er sich ständig verfolgt fühlt!« Signe wusste genau, dass die Wut ihrer Mutter vor allem eins war: Verletztheit. Anna war verzweifelt. Nicht genug, dass sie diesen Mann noch immer auf eine verrückte Art liebte und vermisste, jeder Schritt auf die Straße wurde noch mehr zum Spießrutenlauf. Die Leute machten sich nicht die Mühe, logisch zu denken, wenn es doch so viel einfacher war, dummes Zeug nachzuplappern. Sie weideten sich an der skandalösen Geschichte. Niemals hätten sie auf dieses Vergnügen verzichtet, nur um den Ruf einer Frau zu retten, der doch ohnehin verloren war.

Und nun war Signe an diesem Ort. Sie konnte sich weder vorstellen, dass eine Frau einem Mann derartig auf den Fersen war, ihm täglich Briefe schrieb, seine Nähe suchte, selbst wenn sie sich daran wieder und wieder verbrannte. Noch, dass eine Liebe, eine unerfüllte obendrein, so lange Zeit überdauern konnte.

113

Signe seufzte. Was wusste sie schon über die Liebe? Insgeheim wünschte sie sich manchmal sehr, dieses große, alles überragende Gefühl ebenfalls zu empfinden. In den finstersten Stunden hätte sie sogar eine unerfüllte Liebe in Kauf genommen, nur um ein einziges Mal zu spüren, was alle Welt außer Rand und Band brachte. Dann wieder war sie froh, durch nichts von ihrer Kunst abgelenkt zu sein. Sie war zu der Erkenntnis gelangt, dass die große Liebe keine Selbstverständlichkeit war. Sie gehörte nicht einfach so dazu wie das Ausfallen der ersten Zähne, sondern wurde nur den wenigsten zuteil. Die meisten Menschen heirateten aus vernünftigen Gründen, viele mochten sich sicher auch leiden, respektierten sich. Signe verglich die Liebe mit Talent. Nicht wenige konnten leidlich malen, brachten anständige Bilder zustande, die ansehnlich waren. Nur die wenigsten hatten eine echte Gabe, waren genial. Vielleicht war ja die Kunst ihre große Liebe? Ihre Gedanken wanderten zu Birger. Wäre es nicht nett, wenn sich mehr daraus entwickeln würde als nur Freundschaft, wie sie auch unter Männern möglich war? Was, wenn sie Birger Lasson doch lieben könnte? Er war angenehm, sie war gerne mit ihm zusammen. Es fühlte sich anders an als mit Torstein. Aber Birger war so viel jünger als sie. Es war ja gar nicht möglich, dass er etwas anderes von ihr wollte als ... Als was eigentlich? Signe schüttelte den Gedanken ab. Birger wollte sich selbst einen Namen machen, er würde ihre ganze Unterstützung fordern und ihre kreative Kraft aussaugen.

Außerdem: Signes eigene Seele beanspruchte doch schon so viel Raum, da war kein Platz mehr in ihr für eine zweite. Die Seele eines geliebten Menschen aber nicht in sich aufzunehmen, sie draußen stehenzulassen, den Stürmen des Lebens ausgesetzt, wäre ihr falsch vorgekommen. Signe zog den Schal ein wenig fester. Es kühlte merklich ab. Was, wenn doch mehr in ihr steckte, fragte sie sich, als sie endlich wieder das Haus betrat, in dem die Studenten ihre Zimmer hatten. »Kann schon sein, dass du irgendwo mehr bist als nur Mittelmaß, aber ganz gewiss nicht in der Liebe. Also reiß dich zusammen, Signe Munch, und verkleistere dir nicht länger das Hirn damit!« Sie hatte sich entschieden, Malerin zu sein. Das war die Bühne, auf der sie einen winzigen Abdruck hinterlassen konnte. Darum war sie hier. Um sich zu entwickeln. Um zu lernen und Tag für Tag, Stunde um Stunde ein bisschen besser zu werden. Und genau darauf würde sie sich jetzt wieder konzentrieren.

Signes großes Thema waren Licht und Schatten. Beinahe wie in ihrer letzten Stunde in Kristiania bei Pola Gauguin. Sie probierte den Impressionismus, wie Claude Monet ihn beherrscht hatte, quälte sich, August Macke vor Augen, durch expressionistische Versionen. So vergingen auch die letzten Tage ihres Stipendienaufenthalts, und ihre Heimreise rückte näher. Signe kam, wie schon an einigen Tagen zuvor, an dem verschnörkelten Telefonkiosk vorbei. Ihre Mutter Anna lebte in Dänemark, Signe wusste nicht einmal ganz genau wo. Doch sie hatte eine Telefonnummer, unter der Anna zu erreichen sein sollte. Vielleicht wohnte sie gar nicht weit entfernt von Kopenhagen. Sie hätten sich sehen können. Wenn Signe gleich am ersten Tag angerufen hätte. Vielleicht lebte Mutter auch bei Skagen oder an einem anderen abgelegenen Zipfel dieses aus mehreren Inseln bestehenden Landes, die wie zwischen Norwegen, Schweden und Deutschland in Nord- und Ostsee geworfen aussahen. Wahrscheinlich gehörte der Anschluss, dessen Nummer Signe fast immer bei sich trug, längst jemandem, der weder den Namen Anna Munch noch Anna Dahl je gehört hatte. Wieder ließ sie die Chance verstreichen und eilte in die Akademie.

Es war der letzte Tag in Kopenhagen. Signe arbeitete an ihrem letzten Bild. Ein blau gestrichener Raum mit einem Fenster. Sie wollte warmes Sonnenlicht malen, das die Scheibe durchbrach und den Boden benetzte. Alles sollte leuchten. Ihre Hand, die den Pinsel hielt, bewegte sich von ganz allein von dem Wasserglas zur Palette mit den Farben, zum Papier und wieder zurück, während sie tief in ihren Gedanken war. Ob Anna bei Sigurd Mathiesen geblieben war? Es lief nicht gut zwischen den beiden. Wenn man es harmlos ausdrücken wollte. Sie hätte ihn nicht heiraten sollen. Wollte sie ja auch nicht. Lange hatte sie sich geweigert. Sigurd war ihr ein guter Freund, wie Torstein einer für Signe war. Sigurd war bekannt für Liebschaften mit Männern. Ein absurder Einfall, ihn zu heiraten. Nur lebten Anna und er unglücklicherweise zusammen. Eine reine Provokation. Ein grauenvoller Skandal. Anna war des Kämpfens irgendwann müde geworden, konnte den Druck wohl nicht noch einmal aushalten. Sigurd Mathiesen und Anna Munch heirateten 1910, im gleichen Jahr, in dem Signe die Frau von Johannes Landmark wurde. Sie hätten es beide besser sein lassen sollen. Signe spülte gründlich ihre Pinsel aus. Wie so oft war sie alleine, alle anderen Studenten hatten sich bereits verabschiedet. Einige hatten ihr eine gute Heimreise gewünscht, Christen hatte schüchtern den Wunsch geäußert, in Verbindung zu bleiben.

Sie hatte ihm ihre Adresse in Kristiania gegeben, doch sie glaubte nicht an ein Wiedersehen. Wie immer, wenn ein Werk abgeschlossen war, kostete sie diesen goldenen Moment voll aus, reinigte sämtliches Werkzeug, räumte um sich herum auf, ehe sie sich vor der Staffelei aufbaute und genau hinsah. So tat sie es auch jetzt und betrachtete das fertige Bild. Eine finstere Kammer, deren Vorhänge zugezogen waren.

Der Koffer war gepackt, das letzte dänische Smørrebrød, mit Remoulade dieses Mal, gegessen. Ein letzter Spaziergang. Er führte sie zum Telefonkiosk. Natürlich. Signe hatte kurz überlegt, Birger ein Souvenir mitzubringen oder Pola, Lilla oder Torstein. Dann hatte sie sich nicht entscheiden können, wer etwas bekommen, wer dagegen leer ausgehen sollte. Alle konnte sie nicht bedenken, sie musste ihr Geld zusammenhalten. Für ein Landesgespräch würden die Kronen wohl reichen. Mit jedem Schritt wurde ihr die Brust enger. Wie lange war es her, dass sie miteinander gesprochen hatten? Zu lange, das war gewiss. Signe hatte gewartet, hatte sich so sehr gewünscht, dass ihre Mutter sich gemeldet hätte. Anna hatte die Nummer der Nationalgalerie, kannte die Zeiten, in denen Signe mit hoher Wahrscheinlichkeit in der Schreibstube der Vereinigung Junger Künstler anzutreffen war. Sie hatte nie angerufen. Doch Signe wollte nicht dickköpfig sein. Es war bestimmt keine böse Absicht, Anna war eben mit sich selbst beschäftigt. Das war ihr ganzes Leben so gewesen, es würde sich nicht ändern, nachdem sie die sechzig lang überschritten hatte.

»Guten Abend.« Die Dame, die neben dem Kiosk auf einem Stuhl auf Kundschaft gewartet hatte, erhob sich. Wie groß sie

117

war! Auffallend groß für eine Frau, das erkannte man erst, wenn sie vor einem stand. Das zu einem Knoten gedrehte Haar wies erste graue Strähnen auf, um die freundlich blickenden Augen lagen bereits einige Falten. »Was kann ich für Sie tun, werte Dame? Erwarten Sie eine Botschaft, oder möchten Sie eine übermitteln?«

»Guten Abend. Ich würde gerne telefonieren.« Signe holte den abgegriffenen Zettel mit der Nummer hervor.

»Kennen Sie schon mein neustes Angebot?«, wollte die Kiosk-Dame wissen. »Sie können nicht mehr nur auf meinem Apparat angerufen werden, Sie können auch Nachrichten erhalten, die Ihnen mein Bote an Ihrer Haustür, oder wo immer Sie wünschen, übergibt. Schon drei Boten sind für mich unterwegs. Mit Fahrrädern«, erklärte sie voller Stolz. »Was sagen Sie nun?«

»Das ist wirklich fortschrittlich.«

»Das ist es. Wenn Sie einer Person nur eine Information zukommen lassen möchten, dann brauchen Sie dafür auch nicht mehr extra herzukommen. Meine Kuriere holen sie bei Ihnen ab, und ich gebe sie telefonisch durch.« Sie hatte ihren kleinen Verkaufsvortrag beendet, dann blickte sie kurz auf den Zettel, den Signe ihr hingehalten hatte, und anschließend in Signes Gesicht. »Sie sind nicht von hier. Sie werden meinen Service wohl nicht in Anspruch nehmen, was?« Sie zuckte mit den Achseln.

»Eher nicht.« Signe lächelte. »Ich möchte nur einmal telefonieren, und ich würde gern selbst mit der Person sprechen.«

»Die altmodische Art. Na schön.« Die Frau stellte die Verbindung her, ließ Signe allein in dem kleinen Kiosk und schloss die Tür.

118

»Mutter?« Signes Herz klopfte viel zu heftig. Hoffentlich konnte sie die Stimme am anderen Ende überhaupt verstehen. Sie konnte.

»Ist da etwa meine liebe Signe?« Da war etwas Krächzendes. Von zu viel Alkohol vielleicht. Oder einfach von den vielen Jahren.

»Ja, Mutter, ich bin's. Ich bin in Kopenhagen, weißt du. Nur kurz.« Plötzlich schämte sie sich aus tiefstem Herzen. Sie hätte sich gleich am ersten Tag melden müssen. Sie hätten ein paar Mal miteinander sprechen, sich womöglich sogar verabreden können. Signe spürte den Schweiß auf ihrer Stirn, während sie nach Worten suchte, um zu erklären. Doch sie brauchte nichts zu sagen.

»Es ist so schön, deine Stimme zu hören. Ach Signe, meine liebe Signe, du kannst dir nicht vorstellen, was es für ein Leben ist mit Sigurd. Er ist jetzt Anfang fünfzig und rennt den Männern noch nach wie ein junger Bock. Alten Männern. Du hast ja keine Ahnung, wie unappetitlich das ist. Und dann der ständige Streit. Ich habe eine Idee für ein neues Buch. Glaubst du, ich kann vernünftig mit ihm darüber reden? Er verbietet mir das Schreiben natürlich nicht, wie dein Vater es getan hat, aber er interessiert sich auch nicht dafür. Nicht für meine Projekte. Als ob es weniger wert wäre, was ich zustande bringe. Er hat nur seine Texte im Kopf.«

»Das ist nicht schön, Mutter.«

»Nicht wahr? Ach, wärst du nur hier, du würdest mir zuhören. Du hättest Verständnis. Sigurd ist so auf sich bezogen.« Ein Laut drang durch die Leitung, der ihren Missmut unterstrich. Signe konnte sie vor sich sehen, wie sie den Kopf schüttelte. Wie alt war sie jetzt? Mitte sechzig.

»Leider kann ich nicht kommen. Ich muss zurück nach Kristiania. Ich werde in diesem Jahr an der Herbstausstellung teilnehmen.« Sie hielt den Atem an. Die Herbstausstellung, das war schon etwas.

»Verdammtes Kristiania! Ich hatte weiß Gott nicht vor, mit seinen Menschen zu brechen, für immer fortzugehen.«

»Wer weiß schon, was für immer ist?«, sagte Signe leise.

»Nein, keine zehn Pferde bekommen mich da mehr hin. Ich verstehe wirklich nicht, wie du es mit diesen Kleingeistern aushältst. Selbst Stavern war noch nicht weit genug weg, um in Ruhe leben zu können. Bis nach Dänemark mussten wir fliehen.« Wieder dieses Geräusch. Pure Bitterkeit. Die langsam zu Signe kroch, sich in ihr einzunisten drohte.

»Ich fürchte, ich muss mich verabschieden, Mutter, ich weiß nicht, ob meine Kronen sonst reichen.«

»Und du kannst wirklich nicht kommen? Wir haben uns viel zu lange nicht gesehen. Meine einzige Tochter.« Es schnitt Signe ins Herz. Das war die hilflose, die zarte Anna, nach der sich Signe ihr ganzes Leben gesehnt hatte. »Ich würde so gerne mit dir über meine neue Buchidee sprechen. Ich verrate dir, worum es geht, ganz kurz nur …«

»Tut mir leid, Mutter, wirklich. Ein anderes Mal, ja?« Sie zögerte, dann sagte sie leiser: »Ruf mich doch an, wenn du magst. In ein paar Tagen. Du hast die Nummer der Nationalgalerie noch?« Stille. »Dann werden wir uns einiges zu erzählen haben«, fuhr sie betont fröhlich fort, obwohl ihr nicht danach zumute war. »Ich kann dir von der Herbstausstellung berichten …«

»Ach, die alljährliche Nabelschau. Es werden ja doch wieder

nur Männer vertreten sein, deren Bilder man ohnehin überall zu sehen bekommt.«

»Nein, Mutter, es werden auch Frauen ... Ich werde ...«

»Ärgerlicher Firlefanz!«, schimpfte sie. »Die Bohèmiens haben der etablierten Kunstwelt die Stirn geboten. Am Anfang. Aber dann haben sie den gleichen Klüngel gebildet. Entweder du gehörst dazu oder nicht. Davon hängt dein Erfolg ab. Und von deinem Geschlecht. Nicht von deinem Können.«

»Ruf mich an, ja?« Signe wartete die Antwort nicht ab, legte auf und ging. Nach der verbitterten Anna sehnte sie sich nicht.

KAPITEL 6

Kristiania, Herbst 1922

Zurück in Kristiania stürzte sich Signe in die Arbeit. Einerseits fühlte sie sich von den Eindrücken, die sie in Kopenhagen gewonnen hatte, in ihrem naturalistischen Malstil bestätigt. Andererseits spürte sie den Drang in sich, Neues zu wagen. Wie wäre es, beides zu verbinden? Nicht wie Anna Ancher, die mit ihren Bildern aus Skagen zu beeindrucken gewusst hatte, sondern auf ganz andere Art. *Die Dame* aus dem Grand Café war ein guter Anfang. Sie so zu malen, wie sie aussah, den Tisch, an dem sie saß, die grellorangefarbene Wand im Hintergrund, und durch das farbliche Betonen ausgewählter Details dem Betrachter zu verstehen zu geben, wofür die Dame stand: *Eitelkeit.* Wenn Signe das gelang, hätte sie etwas Modernes vollbracht, vielleicht sogar eine ganz neue Richtung kreiert, an der sich andere Künstler orientieren würden. Vielleicht war das ihr Auftrag als Künstlerin? Den Menschen einen Spiegel vorhalten, sie auf ihre Laster stoßen, damit sie erkennen und bessere Menschen werden konnten. Die Vorstellung nahm ihr den Atem. Kribbelnde Aufregung machte sich in ihr breit. Der Gedanke fühlte sich wahr an, richtig, gleichzeitig schwindelte ihr vor seiner Größe. Es wäre ein Sinn, für den es sich Tag und Nacht zu arbeiten lohnte. Oder es war schlicht Größenwahn.

Für die Herbstausstellung beließ sie es bei ihrer Scheune mit Pferden davor und zwei Landschaftsbildern. Natürlich, denn so war es vereinbart. Die Bilder, zumindest die Motive, waren im Vorfeld ausgewählt worden. Selbst wenn nicht, hätte Signe nicht den Mut gehabt, Besucher und Kollegen mit *Der Dame* zu konfrontieren. Man erwartete anderes von ihr. Und Signe fühlte sich am sichersten, wenn sie Erwartungen erfüllen konnte.

Kurz nach ihrer Rückkehr bot Torstein ihr an, das Sekretariat und die Position des Schatzmeisters für die Vereinigung der Jungen Künstler zu übernehmen.

»Gegen Bezahlung natürlich«, sagte er ernst. »Du kennst unsere finanzielle Lage, Signe. Es ist nicht viel, was ich dir anbieten kann. Aber die Zahl unserer Mitglieder ist schnell gestiegen und mit ihr die Anerkennung, die wir genießen. Du hast einen klugen Kopf, kannst organisieren und bist einer der zuverlässigsten Menschen, die mir je begegnet sind. Du würdest mehr von dem tun, was du ohnehin schon für den Verein getan hast. Du hättest ein regelmäßiges Einkommen. Ich wüsste niemanden, dem ich diese Stelle lieber geben würde.«

»Das ist sehr nett von dir, Torstein. Zu nett womöglich. Wie sollte ich deinen Erwartungen nur gerecht werden?«

»Indem du bist, wie du bist«, hatte er schlicht geantwortet und ihr erklärt, dass er natürlich nicht alleine darüber entscheiden könne, sondern die restlichen Vorstandsmitglieder einbeziehen müsse. »Ich habe keinen Zweifel, dass sie dich ebenfalls für die perfekte Besetzung halten. Überleg es dir also in Ruhe, ehe du Ja sagst.« Typisch Torstein. Absagen kamen in seiner Gedankenwelt nicht vor. Wenigstens hatte er ihr freiwillig Bedenkzeit eingeräumt. Und Zeit brauchte sie wirklich, um sich ganz auf die Ausstellung konzentrieren zu können.

Abends traf sich Signe mit Lilla, die aus ihrer Enttäuschung darüber, dass Signe sich in Kopenhagen nicht verliebt, sich nicht einmal eine unbedeutende Affäre geleistet hatte, keinen Hehl machte. Sie dagegen war für einen Regisseur entflammt, der am Nationaltheater zu Gast war.

»Mal sehen, wenn ich ihm sehr gefalle, gibt er mir sogar eine Rolle«, verkündete sie fröhlich.

»Du bist keine Schauspielerin, Lilla, du studierst Malerei.«

»Wennschon! Wir Frauen sind alle Schauspielerinnen. Es liegt uns im Blut, wir müssen das nicht lernen. Denkst du nicht?«

Ob Lilla dem Regisseur doch nicht gut genug gefallen hatte oder ob sie seiner nur überdrüssig geworden war, ehe er sie besetzen konnte, fand Signe nie heraus. Jedenfalls war es zwischen ihnen aus, ehe der September vorüber war.

Auch Birger sah Signe recht bald nach ihrer Rückkehr wieder.

»Ich danke Ihnen für den Rat, mir das Museum von Thorvaldsen anzusehen. Es war ein Erlebnis, das ich nie vergessen werde.«

»Nicht wahr? Ich wusste, Sie würden meine Begeisterung teilen, meine liebe Signe. Am liebsten wäre ich dabei gewesen. Sind seine Skulpturen nicht geradezu perfekt? Kein Körper aus Fleisch und Blut kann so vollendete Proportionen haben«, schwärmte er. Seine Energie und sein Enthusiasmus berührten Signe auf seltsame Weise. Konnte aus der gemeinsamen Liebe zur Kunst eine andere Liebe entstehen? Aber nein, sie musste aufhören, sich das Hirn mit solchem Unfug zu verstopfen.

124

In der Woche darauf nahm sie ihn mit zu Pola Gauguin. »Ich weiß nicht, wie ich Ihnen danken kann«, sagte er, als sie die Malschule hinter sich ließen. »Gauguin ist ein so freundlicher Mann mit einer außergewöhnlichen Begabung. Ich wüsste nicht, bei wem ich lieber und vor allem mehr lernen könnte.« Da saß er vor ihr und sah sie aus grauen Augen an, die kindlich leuchteten. Sein rotes Haar rahmte sein Gesicht ein und verschwamm vor ihrem Blick mit seinem Bart zu einer einzigen lodernden Fläche. Sie fühlte Wärme und Zufriedenheit in sich.

Sosehr sie Lilla dafür hätte verwünschen mögen, dass sie Birger einfach so in Signes Leben gelassen hatte, so dankbar war sie ihr jetzt. Liebe hin oder her, Signe ging gerne mit Birger Lasson aus, stundenlang konnten sie über ein einziges Bild reden. Noch traute sie sich nicht, ihm von dem Gedanken zu erzählen, den sie bezüglich *Der Dame* hatte. Noch war es zu früh. Doch mit jeder gemeinsam verbrachten Minute schöpfte sie mehr Vertrauen. Bis zu dem Abend vor der Herbstausstellung.

Sie waren nicht verabredet, dennoch stand Birger vor ihrer Tür.

»Verzeihen Sie mir den Überfall, liebe Signe. Ich musste nur dauernd an Sie denken. Ich habe mir vorgestellt, wie nervös Sie sein müssen. Ich wäre es jedenfalls.« Er lachte. »Da kann ein wenig Ablenkung nicht schaden. Was meinen Sie?«

»Ich weiß nicht recht. Ich glaube nicht …«

Weiter kam sie nicht. Er hatte sie längst durchschaut, hatte ihr angesehen, wie richtig er lag. Das Herz schlug ihr bereits seit dem Morgen stürmisch in der Brust, ihr Atem ging viel zu schnell. Mehr als einmal hatte sie schon innehalten und tief Luft holen müssen, um nicht in Ohnmacht zu fallen. Sie war gewiss

125

nicht der zerbrechliche Typ, doch ihre Nerven waren zum Zerreißen gespannt und stellten mit ihrem Körper an, was sie wollten. Signe hatte nichts dagegen in der Hand.

»Wir gehen nur rasch auf einen Tee um die Ecke. Vielleicht ein kleiner Happen dazu. Haben Sie überhaupt schon gegessen heute?«

»Eine Kleinigkeit. Heute Morgen«, gab sie zu.

»Dann wird es höchste Zeit. Sie brauchen für den großen Tag Ihre ganze Kraft. Kommen Sie, geben Sie sich einen Ruck!«

»Also schön, aber nur kurz.« Sie legte sich einen Schal um, er half ihr in den Mantel. Sie spürte die Wärme seines Körpers und bemerkte, wie sie mit einem Schlag ruhiger wurde.

Sie gingen über den Fredensborg- und Møllerveien bis zum Kanal, machten kehrt und besuchten auf dem Rückweg auf der Møllergata ein Lokal, in dem er sie zu einem Imbiss einlud.

»Morgen also«, begann er, nachdem sie ihren Spaziergang nahezu komplett schweigend verbracht hatten, »Ihr großer Tag. Ich freue mich so für Sie! Wird Ihr Onkel auch kommen?« Sein Blick ließ sie erstarren. Dieser Blick. Sie kannte ihn nur zu gut. Aber nicht von ihm. Von Menschen, die es darauf abgesehen hatten, Edvard Munch kennenzulernen, ihm ihre Bilder zeigen zu dürfen. Welche Enttäuschung. Lange starrte sie ihn an.

»Ich weiß es nicht, ich …«

Ehe sie weitersprechen konnte, lachte er laut auf. »Aber natürlich wird er kommen. Das lässt er sich doch gewiss nicht entgehen. Die Herbstausstellung ist ein Ereignis. Seine geliebte Nichte zum ersten Mal dabei!«

»Ich bin kein kleines Kind mehr. Es ist nicht nötig, dass die Familie zum Klatschen kommt.«

Sein Augenlid flatterte.

Das also wollte er. Wie so viele andere auch. Und wenn sie sich doch vertan hatte? Hatte er sich nicht all die Monate so aufmerksam um sie bemüht, ohne Edvard je zu erwähnen? Vielleicht lagen einfach ihre Nerven blank.

»Seine Reise nach Zürich war sehr anstrengend«, erklärte sie sanfter. »Gut möglich, dass er sich noch ausruhen muss.«

Wie sehr sie sich wünschte, dass Edvard da sein würde, sagte sie nicht. Sie sagte gar nichts mehr, denn die Plauderei, auf die sich Birger mit einem Schlag verlegte, war ohne Substanz und schmeckte schal. Signe ahnte den Grund. Er bohrte sich stahlgrau in ihr Herz.

––––––

Am Morgen der Eröffnung wusste Signe kaum, wie sie den Tag überstehen sollte, so nervös war sie. Doch schon bei der Begrüßungsrede des Kurators Hans Peterssen verwandelte sich ihre Aufregung in Freude. Die wuchs mit jeder Minute. Vor allem, als Christian Krohg auftauchte.

»Sehr schön, liebe Frau Munch«, sagte er, nachdem er ihre Bilder angesehen hatte. »Sie haben ein sehr gutes Gefühl für Farben und für Harmonie. Wirklich hübsch.« Er war nicht der Einzige, der sie lobte. Die Menschen strömten zahlreich durch den Saal. Einige kannte sie vom Sehen, wusste aber ihre Namen nicht, andere waren ihr fremd, wieder andere waren Freunde. Aus der Vereinigung der Jungen Künstler schauten fast alle wenigstens kurz herein, unter ihnen natürlich auch Torstein und ein Vorstandskollege Eilif.

»Du hast es schon lange verdient, bei der Herbstausstellung

zu hängen«, stellte Torstein fest. »Du hast längst die Qualität erreicht.« Es tat ihr unendlich gut. Die Stunden flogen nur so dahin, während sie mal mit dem redete, dann mit jenem. Reporter stellten ihre Fragen. Und dann tauchte ein Galerist auf, seinen Namen hatte Signe nicht verstanden.

»Wir sollten uns in den nächsten Tagen einmal ganz in Ruhe treffen und unterhalten. Ich mag Ihre Arbeiten. Sie passen gut in meine Galerie und zu meinen Kunden.«

»Wirklich? Das würde mich sehr freuen.« Gerade wollte sie nach seinem Namen fragen.

»Unbedingt. Meine Kunden schätzen figürliche Darstellungen, auf denen man auch erkennen kann, was man sieht.« Er lächelte über das pausbackige Gesicht. »Mit experimentellem Zeug kommen die nicht zurecht. Sie bevorzugen gute alte Hausmannskost sozusagen.« Jetzt lachte er fröhlich. »Und sie bezahlen ordentlich dafür.« Eine Dame trat zu ihnen und hörte so indiskret zu, dass Signe zunächst glaubte, es handele sich um die Frau des Galeristen. Doch er hatte mit ihr offenbar nichts zu tun. »Melden Sie sich, ja?«, sagte er und ging. Signe ließ ihn ziehen, ohne sich nach seiner Adresse zu erkundigen. Das Wort Hausmannskost klebte in ihrem Gehirn wie eine Schmeißfliege, die sich einfach nicht abschütteln ließ.

»Nicht, dass Sie denken, ich hätte gelauscht.« Die Frau kam Signe so nah, dass sich ihre Schultern berührten. Signe trat einen Schritt zur Seite, doch die Frau rückte augenblicklich hinterher. »War das ein Galerist?«

»Ja.«

»Würde es Ihnen etwas ausmachen, mir seine Anschrift zu nennen? Ich male nämlich auch, müssen Sie wissen. Ganz ähnlich wie Sie. Ehrlich gesagt, könnten die meisten unsere Bilder vermutlich nicht auseinanderhalten.« Sie begann einen Vortrag darüber, welche Motive sie bevorzugte und wie sie es schaffte, dass ihre Porträts einen so lebensechten Ausdruck erreichten.

»Herzlichen Glückwunsch, meine Liebe!« Anita Matheson war aus dem Nichts aufgetaucht. Sie trug Hose, Weste und Anzugjacke wie ein Mann. Ihre Lippen dagegen waren knallrot geschminkt. Die Frau, die meinte, ebenso gut zu malen wie Signe, blickte sie konsterniert an.

»Ein Mitglied der Jungen Künstler bei der Herbstausstellung. Welch ein Glück, ein bisschen Ruhm färbt vielleicht auch auf den Rest von uns ab.« Anita sprach zu laut, was gar nicht nötig war, um sämtliche Aufmerksamkeit wenigstens für einen Moment auf sich zu lenken.

»Ich habe auch schon darüber nachgedacht, der Vereinigung beizutreten«, meldete sich die Frau zu Wort. Himmel, was für eine unangenehme Person! Merkte sie denn gar nicht, dass sie störte?

»Da tritt man nicht einfach bei, gute Frau«, ließ Anita sie kühl wissen. »Sie müssen fünf Arbeiten einreichen, die geprüft werden.« Anita sah an ihr herunter. »Außerdem sind Sie zu alt, nehme ich an.« Ihr süßes Lächeln. »Aber das täuscht natürlich manchmal, wenn sich jemand sehr altmodisch kleidet.«

»Unverschämtheit!« Die Frau holte tief Luft und streckte das Kreuz durch. »Ich bin nicht älter als Frau Munch, und das da kriege ich auch hin.« Ihre Hand schnellte in Richtung von Signes Scheune mit Pferd.

»Hören Sie mal zu, Sie eingebildete Pute«, fauchte Anita, »wenn Sie nur halb so gut wären wie Signe Munch, würden Sie als Künstlerin hier sein und nicht als Besucherin. Leute wie Sie können wir in der Vereinigung nun wirklich nicht gebrauchen.« Damit drehte sie ihr den Rücken zu. »Eine von uns ist Teilnehmerin der Herbstausstellung, das müssen wir feiern!«, wiederholte Anita, an Signe gewandt. »Los, komm, hier ist doch sowieso gleich Schluss. Darf ich bitten?« Sie machte eine galante Verbeugung, wie ein Kavalier, der Signe entführen wollte.

Aus dem Augenwinkel sah Signe die Frau davonstolzieren. Signe musste lachen. Sie würde sich von einem dreisten Galeristen und einer noch dreisteren Neiderin nicht den Abend verderben lassen! Anitas Auftritt hatte ihre Laune gerettet, und sie freute sich, diesen wundervollen Tag mit Kollegen ausklingen zu lassen. Birger war den ganzen Nachmittag da gewesen, von der offiziellen Begrüßung bis zum Schluss. Sie hatten noch keine Gelegenheit gehabt, mehr als einzelne Worte miteinander zu reden. Signe war aufgefallen, dass er sich ständig umgesehen hatte, als würde er auf jemanden warten.

»Was ist mit Ihnen, Birger, begleiten Sie uns?« Signe lächelte ihn an. Sie hätte ihn gern dabei.

»Danke, das ist sehr nett, aber ich habe leider noch zu tun.«

Signe wollte einfach nicht, dass sich bedrückende Dunkelheit in diesen leuchtenden Tag mischte. Sie wollte nicht wahrhaben, was sie doch längst wusste.

»Ach kommen Sie!«, forderte sie ihn auf und hakte sich sogar bei ihm unter.

Anita war sofort auf seiner anderen Seite: »Seien Sie kein Spielverderber.« Ihre Augen funkelten. »Signe ist heute der Stern am Kunsthimmel. Sie dürfen ihr nichts ausschlagen.«

»Gestern haben Sie dafür gesorgt, dass ich brav bin und etwas esse, heute müssen Sie brav sein und mit mir anstoßen«, sagte Signe.

»Es tut mir wirklich leid, die Damen.« Seine Augen waren eiskalt, er befreite sich aus den Griffen der beiden. »Es geht nicht.«

»Dann eben nicht.« Anita zuckte gelangweilt mit den Achseln. »Selbst Schuld, wenn er morgen alles wirklich Interessante in der Zeitung lesen muss.«

In einem kleinen Lokal nur wenige Schritte von der Nationalgalerie entfernt saßen nicht nur Håkon, Thora und ein paar andere Mitglieder der Jungen Künstler, auch Lilla war da. Welch eine schöne Überraschung! Als Signe eintrat, begannen sie alle zu klatschen. Sie drehte sich irritiert um und löste damit fröhliches Gelächter aus. Sie dachten wohl, Signe machte Scherze, doch sie begriff erst jetzt, dass tatsächlich sie gemeint war.

»Nicht doch, das habe ich nicht verdient«, lag ihr auf der Zunge. Sie schluckte es herunter. Ein dummer Satz. Sie hatte es verdient, hatte viele Jahre dafür gearbeitet. Sie hatte sich sogar scheiden lassen und eine finanziell unsichere Zukunft auf sich genommen für die Kunst. Sie hatte es verdient!

»Als du die Ausstellung verlassen hast, hatte ich mich schon gewundert, dass du nicht einmal vorschlägst, heute noch zu feiern«, sagte sie mit einem Zwinkern zu Lilla und setzte sich neben sie.

»Reingefallen!« Lilla strahlte. »Natürlich muss dein Erfolg gefeiert werden. Deine Bilder sind gut. Es ist keine Ehre für dich, neben Krohg oder Thaulow zu hängen, es ist eine Ehre für sie.«

»Wahrscheinlich waren sie deshalb in diesem Jahr nicht vertreten.« Signe lächelte spöttisch. »Sie hätten gar nicht gewusst, wie sie mit so viel Ehre klarkommen sollten.«

»Das ist der Grund!«, stimmte Lilla ihr übermütig zu.

»Tja, dann wollen wir mal auf eine erfolgreiche Ausstellung trinken. Die erste Runde übernehme ich«, verkündete sie laut. Signe schluckte. Es waren wirklich viele gekommen, es würde eine sehr hohe Rechnung werden. Na und, man musste auch mal unvernünftig sein. Sie war immer sparsam gewesen. Musste der alte Mantel eben noch ein Jahr länger halten. Das Geld, das sie für einen neuen beiseitegelegt hatte, würde sie an diesem Abend brauchen.

Der Wein wurde serviert, Signe hob ihr Glas und dankte allen für ihr Kommen.

»Auf Signe, die Fleißigste und womöglich die Begabteste von uns allen«, rief Anita.

»Auf eine gemeinsame Ausstellung«, sagte Thora, schenkte Signe ein Lächeln und tätschelte ihr den Arm, dass einem übel werden konnte.

»Auf die glücklichen Momente«, stimmte Håkon finster ein und hielt sein Whiskyglas hoch. »Sie sind rar gesät.«

»Wir trinken natürlich auf Signe Munch«, stellte Lilla resolut fest. »Auf ihre Zukunft, ihre Gesundheit, auf die Liebe!«

Gläser klirrten, die Stimmen schwollen an.

»Wie gefiel euch dieses eigenwillige Bild mit dem See?«, fragte jemand.

»Das ging ja noch, aber habt ihr das mit dem doppelgesichtigen Wesen gesehen? Eine künstlerische Entgleisung. Wie hat es das bloß in die Herbstausstellung geschafft?«

Lilla stupste Signe in die Seite. »Das habe ich mich bei dem einen oder anderen Gemälde auch gefragt. Du kannst sehr stolz auf dich sein. Deine Werke sind über jede Kritik erhaben.«

»Solide Hausmannskost«, entgegnete sie.

»Bitte?« Lilla bekam einen Lachanfall.

»Nichts, schon gut.« Signe würde sich ihre heitere Stimmung auf keinen Fall verderben lassen.

Am nächsten Tag schlief Signe länger als gewöhnlich. Als der Briefträger an ihre Tür klopfte, musste sie sich eilig Rock und Bluse überziehen. Sie erkannte die Handschrift auf der Stelle.

Liebe Signe,
ich hoffe, du hast gespürt, dass ich gestern in Gedanken bei dir war. Meine körperliche Abwesenheit war hoffentlich kein allzu großer Verlust. Ich bin ein alter Mann, die Knochen bereiten mir Schmerzen, mal hier, mal dort. Und meine Augen wollen auch nicht mehr so. Das bereitet mir die größte Sorge. Immerhin, denken kann ich noch. Und ich habe an dich gedacht. Ich bin sicher, ich hätte Spaß gehabt, deine Bilder in der Herbstausstellung zu sehen. Verzeih deinem alten Onkel. Ich würde mich freuen, wenn du mich in Villa Ekely besuchen würdest.
Viele Grüße, dein Edvard Munch

Typisch Onkel Edvard. Als ob es nötig wäre, seinen Nachnamen dazuzusetzen. Trotzdem tat er es. Immer. Natürlich war seine Abwesenheit eine Enttäuschung gewesen. Eine kleine, denn Signe hatte sehr wohl gespürt, dass er an sie gedacht hatte. Seine Zeilen freuten sie sehr und dämpften das bedrückende Gefühl, das sich in ihr einnistete, sobald Birger Lasson ihr in den Sinn

133

kam. Er war nicht mitgegangen, um mit ihr zu feiern, hatte ihr nicht einmal gratuliert. Würde er wieder vor ihrer Tür stehen, einfach so, um mit ihr auszugehen? Ihr Verstand behauptete, die Antwort zu kennen, doch sie hörte ihm nicht zu. Außerdem gab es Wichtigeres. Ihre Kunst. Ja, sie hatte jede Menge Lob bekommen. Und, ja, sie freute sich aufrichtig darüber. Aber es gab eben auch diese Stimmen, die von solider Technik, von Hausmannskost gesprochen hatten. Diese Worte bohrten sich in ihr Gemüt. Es wurde allerhöchste Zeit, *Die Dame* fertigzustellen. Außerdem brauchte sie ein zweites Motiv für diese Bilderreihe. Ihr Puls beschleunigte sich bei der Vorstellung, sie könne wahrhaftig eine ganze Reihe von Bildern schaffen, die einen völlig anderen Stil hatten, als man es von ihr gewohnt war. Sie würde etwas ganz Neues machen, das gleichzeitig technisch und handwerklich solide war, nicht angreifbar. Signe legte den Stoff auf den Holzboden, stellte die Staffelei darauf. Da stand sie, wartete auf Inspiration, auf einen Blitz, der ihr vom Hirn in die Finger schoss. Sie zwang sich, nicht wegzugehen, bis schließlich ihr Rücken schmerzte und die Farben vor ihren Augen verschwammen.

Schließlich trat sie ans Fenster, horchte auf das Lärmen aus den anderen Wohnungen. Sie beobachtete die Wolken, die über Kristiania rasten, als gäbe es etwas zu sehen, was nie zuvor am Himmel zu sehen gewesen war. Es hatte keinen Zweck. Sie kochte sich einen Tee, setzte sich auf ihr Sofa, um ihn zu trinken, begann anschließend von Neuem mit ihrem Versuch. Und scheiterte wiederum. So ging es Tag um Tag. Und mit jedem Wegräumen der Staffelei, jedes Mal, wenn Signe *Die Dame* an ihren Platz zwischen Sofa und Wand schob, drückte ihr der

Kummer mehr auf die Seele. Wieso ließ sie sich von ihren lächerlichen und gänzlich unbedeutenden Befindlichkeiten derartig vom Wesentlichen abbringen? Oder schlummerte da etwa nichts in ihr, was sie auf die Leinwand hätte bringen können? War sie doch nur Durchschnitt? Was fing sie mit dieser Einsicht an? Auf jeden Fall sah sie ein, dass es klug war, Torsteins Angebot anzunehmen. Sekretärin und Schatzmeisterin der Vereinigung der Jungen Künstler, das war eine sinnvolle Aufgabe. Und es war ein sicheres bescheidenes Auskommen. Sie würde zu ihm gehen und ihm ihre Entscheidung mitteilen.

Torstein hatte nichts anderes erwartet. Trotzdem ließ er sie seine Freude und seine Wertschätzung, die er ihr entgegenbrachte, deutlich spüren. Noch kostbarer war ihr, was er eher nebenbei erwähnte: »Gerade weil du eine von uns bist, Künstlerin durch und durch, sehe ich dich so gern in dieser Position. Du kennst die Sorgen und Nöte und Freuden der Malerkollegen. Das halte ich für unerlässlich.« Künstlerin durch und durch. Manchmal glaubte sie selbst daran. Aber warum gelang ihr dann über Tage kein einziger Pinselstrich? Es war spät geworden, als sie sich am Vestbane Pladsen von Torstein verabschiedete.

Der Herbst machte seinem Namen alle Ehre. Sturm fegte über Kristiania hinweg und verwandelte den Hafen in ein wild wütendes Meer, das Signe Angst machte. Sie konnte schwimmen. Nie hatte sie sich als Kind im Wasser gefürchtet. Es war ihr ein vertrautes Element seit frühester Jugend an. Zu gern erinnerte sie sich an ihre Besuche in Åsgårdstrand. Mit den Kindern des Ortes, mit weitläufigen Cousins und Cousinen und den

Sprösslingen der Kristiania-Familien, die sich hier ein Sommerhaus leisteten, hatte sie im Meer getollt. Lustig gestreifte Badeanzüge hatten sie getragen, die ganz Kleinen waren nackt gewesen. Die Steine unter den Füßen taten beim ersten Mal noch weh, bis sich genug Hornhaut gebildet hatte, um federleicht darüberzulaufen und sich in die Fluten zu stürzen. Als Kinder mussten sie sich nicht hinter den weißen Stoffbahnen verbergen, die als Sichtschutz am Badehaus gespannt waren. Auch brauchten sie nicht auf die weiße Fahne zu achten, die meist nach zwölf Uhr gehisst wurde und die Badezeit der Damen anzeigte. Kinder hatten immer Badezeit. Nun war Signe erwachsen. Sie wusste, dass Naturgewalten alles andere als Spielkameraden waren. Und wenn sie graue Wogen sah, die sich auftürmten, die zornig schäumten, dann war ihr nur allzu bewusst, wie unbedeutend und klein ein Mensch war, dass er den Fluten nichts entgegenzusetzen hatte, wenn sie ihn verschlingen wollten.

Gerade warf sich eine Möwe schreiend gegen eine Bö. Es gelang ihr, nicht rückwärtsgetrieben zu werden, sondern sich auf dem Fleck zu halten. Mehr nicht. Wie ein unsichtbares Monster war der Sturm aufgetaucht, ein Wesen, das einem aus purer Lust die Haare zerwühlte, an den Kleidern riss, den Schirm umklappte. Das waren seine harmlosen Späße. Das Ungeheuer ruckelte an Fenstern, ließ mit erschreckender Leichtigkeit Scheiben zerbersten oder Bäume umstürzen. Gefährlicher Schabernack.

Ihr Leben war sonst wie in einem Goldfischglas, doch nun steckte sie plötzlich mitten im Ozean. Als würden die Herbststürme ihr Inneres spiegeln. Ob Möwe oder Mensch, es war ein ungleicher Kampf gegen eine übermächtige Kraft. Sie stemmte sich bei jedem Schritt gegen die Böen, wurde immer wütender. Ein Sturm aus dunklem Violett und beinahe schwarzem Grün braute sich in ihr zusammen. Wenn nur nicht der ganze Herbst so werden würde! Doch Signe befürchtete es. Inmitten des Tosens und Brausens, um Luft ringend, einen Arm vor das Gesicht gehalten als Schutz vor wirbelnden Staubkörnern, die sich in ihre Augen, ihre Nase, ihren Mund legten, wurde ihr mit einem Schlag klar, warum sie sich nicht auf ihre Arbeit hatte konzentrieren können. Birger Lasson. Er hatte seit der Vernissage nichts von sich hören lassen. Also war er auch einer von denen, die sich um Signe bemüht, aber Edvard gemeint hatten. Du hast doch nicht ernsthaft geglaubt, dass er etwas für dich empfinden könnte. Für ihn bist du eine alte Frau. Signe spürte eine unbestimmte Angst, die ihr die Kehle zuschnüren wollte. Sie ließ den Hafen endgültig hinter sich. Du musst deine Gefühle und Gedanken in deinem Kopf sicher verwahren, Signe Munch. Dann hat all die Wut, die Angst einen Sinn. Denn dann kannst du all das irgendwann malen. Ob auch Onkel Edvard diese Beklemmung an einem stürmischen Tag in den Straßen Kristianias empfunden hatte? Sie sah sein Gemälde vor sich, das den Titel *Der Sturm* trug: Eine gesichtslose Frau in weißem Kleid tritt aus einem festlich beleuchteten Haus in die unbestimmte, beklemmende Schwärze der Nacht. Neben ihr andere Frauen, ängstlich aneinandergekauert, die Hände vor die Gesichter geschlagen. Aber das hatte er nicht gemalt, das machte das Auge des Betrachters daraus. Edvard brachte die Menschen dazu, das zu sehen, was er sie sehen lassen wollte, ohne dass er es wirklich malen musste. Brillant. Zusammengekauert, so fühlte sich Signe tief in ihrem Inneren. Nach außen versuchte sie, die mutige Frau in dem weißen Kleid zu sein. Den Schal fest um den Hals gewickelt, wie zum Schutz, die Schultern gestrafft, rannte sie beinahe nach Hause, als sei der Teufel hinter ihr her.

KAPITEL 7

Kristiania, Winter 1922

Signe besuchte Edvard an dem Tag, an dem Fridtjof Nansen im Nobelinstitut der Friedenspreis überreicht wurde. Der einstige Polarforscher hatte ihn sich mit seiner hingebungsvollen Arbeit zur Rückführung von Kriegsgefangenen und mit seinem Einsatz für unzählige Russen, die von tödlichem Hunger bedroht waren, mehr als verdient. Als würde sich der Himmel darüber freuen, strahlte die Sonne unentwegt aus leuchtendem Blau. Eine Seltenheit in einem Dezember in Kristiania. Gleiches galt für die Temperaturen. Minus zehn Grad zeigte das Thermometer. Es hatte Schnee gegeben, viel Schnee. Deshalb hatte Signe sich für die Bahn entschieden. Zwei Stationen waren es von Vestbane raus nach Skøyen, wo ihr Onkel sich vor sechs Jahren ein riesiges Stück Land gekauft hatte, das einmal eine Gärtnerei gewesen war. Vom Bahnhof stapfte sie eine gute Weile bergauf, bis sie Ekely endlich erreichte. Sie trat durch die Pforte zu dem weitläufigen Gelände und ließ den Blick schweifen. Die Sicht auf den Fjord war unvergleichlich. Ganz sicher war dieses einer der schönsten Flecken in den westlichen Randbezirken der Stadt. Bygdø war gut zu sehen, in einen weißen Mantel gehüllt. Die Villa war ein Wohnhaus im Schweizer Baustil. Ein geräumiges Wohnhaus zugegebenermaßen, mit einer großen Zahl Zimmer, wie alle Welt wusste. Wenn einige Räume auch eine andere Bezeichnung trugen, waren sie doch samt und sonders Arbeitszimmer für Edvard. Signe ging auf den Eingang zu. Es war lange her, dass sie hier gewesen war. Das letzte Mal war sie unangekündigt gekommen, um ihm Torsteins Idee vorzustellen, mit den Jungen Künstlern herzukommen. Für einen Austausch, der beide Seiten bereichern sollte. Doch sie hatte ihn nicht angetroffen.

Gerade wollte sie hineingehen, als ihr die Spuren im knöchelhohen Schnee auffielen. Frisch waren sie, wie erst gerade mit klobigen Stiefeln in die gleißende harschige Masse getreten. Sie führten von der Villa weg in eine Richtung, aus der sie Geräusche hörte. Also folgte sie den Abdrücken kräftiger in Leder verpackter Männerfüße. Sie endeten an einer Art Unterstand, halb offen, nur mit einem recht schmalen hölzernen Dach versehen, das so eben vor Regen schützen konnte, wenn der senkrecht fiel. Auf dem hölzernen Boden standen Gemälde stapelweise an die Wand gelehnt. Das Poltern kam aus den Tiefen eines Schuppens gleich neben dem Unterstand. Signe konnte nicht fassen, was sie sah: Der Schuppen schien bis in den letzten Winkel des Dachs voller Bilder zu sein. Sie wollte gerade näher treten, um sich davon zu überzeugen.

»Ich muss mir unbedingt ein Winteratelier bauen lassen«, hörte sie Edvard sagen, ehe sie ihn überhaupt zu Gesicht bekam. Dann tauchte er zwischen den hintereinander und übereinander aufgetürmten Gemälden auf, blieb mit dem Fuß an einem hängen und schob es, nicht eben sanft, zur Seite. »Kein Mensch kann bei diesen Temperaturen in einem Freiluftatelier arbeiten.« Jetzt stand er vor ihr. Die vollen weichen Lippen ein

140

interessanter Gegensatz zu dem kantigen Kinn, der harten geraden Nase. Sein Haar war grau und wurde bereits schütter, seine Ausstrahlung hatte an Kraft nichts eingebüßt. Edvard Munch hatte schon immer etwas Aristokratisches gehabt. Selbst auf seinem Sterbebett würde er noch eine Erscheinung sein, die einem Respekt abnötigte, dachte sie, und erschrak vor der Erkenntnis, dass auch er sterblich war.

»Guten Tag, Onkel.«

»Guten Tag, Signe. Du hättest nicht kommen sollen. Oder du gehst recht bald wieder. Sonst wirst du dich nur auf den Tod erkälten.«

»Verträgst du diese eisigen Temperaturen etwa besser?« Er zuckte mit den Schultern, machte kehrt und räumte weiter Bilder hin und her. »Was tust du überhaupt hier draußen?«

»Arbeiten.« Natürlich, was sonst? »Ich will die Entwürfe für die Universitätsaula verändern und möglicherweise weitere hinzufügen.«

Die Wandbilder in der Aula der Universität waren längst fertiggestellt. Dennoch überraschte es Signe nicht, dass er weiter daran arbeiten wollte. So war er eben. Er ließ sich von ihnen zu Neuem inspirieren. Er wollte sie perfektionieren. Nur weil ein Bild in einem Museum oder im Speisezimmer einer reichen Familie hing, bedeutete es lange nicht, dass es in Edvards Augen fertig war. Signe hauchte sich gegen die vor Kälte schon steifen Finger und sah staunend zu, wie ihr Onkel Entwürfe und fertige Werke aus dem Schuppen holte und nebeneinander in dem Unterstand aufreihte. Eine Ausstellung, schoss ihr durch den Kopf, eine Ausstellung nur für sie. Hauptsächlich nackte Körper waren zu sehen. Sie hatten nichts von den perfekten Skulpturen eines Thorvaldsen. Die hier waren dick oder von Krankheit gezeichnet. Ein Akt, mehr breiige Fläche als Mensch, dazu ein Gesicht, das diese Bezeichnung nicht verdiente. Und doch. Diese Farben! Inmitten der weißen Winterlandschaft leuchteten gelbrote geschwungene Linien, kräftigstes Grün, als sei der Frühling mit dem Bild aus dem Schuppen gekommen, tiefes Blau wie eine herrliche stille Nacht. Eben stellte ihr Onkel ein Aquarell in die Reihe. Ein nackter Mann. Mehr erkannte sie nicht, denn das Bild neigte sich nach vorn und fiel zu ihrem Entsetzen in den frischen Schnee. Sie trat sofort einen Schritt darauf zu.

»Lass nur, meine Bilder sind es gewöhnt. Es macht ihnen nichts aus.«

»Ich weiß nicht, mir scheint, die Lagerung bei Wind und Wetter ist nicht gerade bekömmlich für deine Gemälde.« Sie entdeckte hier ein Loch, da hatte ein Tier genagt.

»Ach wo, das spielt keine Rolle. Ein gutes Bild darf ein Loch haben. So wie eine schöne Frau ein spitzes Kinn oder eine Warze auf der Nase.«

Signe bückte sich und richtete das umgefallene Gemälde wieder auf. Ein zweiter Schreck, als sie die Zeichnung betrachtete. Ein Selbstporträt. Edvard Munch mit schlaffer, faltiger Haut, grauem Bart und grauem Haar, auf dem Boden eines kargen Zimmers sitzend. Wie zerbrechlich er wirkte, schutzlos, vergänglich.

Auch im Haus war es kalt. Wie hielt er es hier nur aus? Kein Wunder, wenn seine Knochen schmerzten. Aquarelle, Bleistiftskizzen, Zeichnungen in allen Größen – auch hier wimmelte es vor Bildern, eilig mit Reißnägeln an Wände und Zimmertüren geheftet.

»Komm«, sagte er, »komm!« Eine schnelle Handbewegung,

142

fahrig beinahe. Sie folgte ihm in ein Zimmer, in dem es einen Kachelofen gab. Gottlob! Edvard legte Holzscheite hinein. Nur ein Stuhl stand vor dem Ofen, einen zweiten holte er von irgendwoher. Signe rieb sich die Arme, während sie auf ihn wartete. Da war nichts Überflüssiges im Raum, kaum bewegliche Gegenstände, nur der Kachelofen, der rettende Wärme abstrahlte, ein Schrank und eben dieser Stuhl. Etwas war da doch noch. Eine Kiste am Fenster, die sie sich näher anschauen wollte, doch da kam Edvard schon zurück.

»Komm«, sagte er wieder, »komm her. Wir reden ein bisschen.«

Es klang, als habe er einmal gelernt, wie man mit Besuchern umzugehen hatte, als müsse er sich konzentrieren, um sich des Erlernten zu entsinnen. Sie saßen ganz nah beieinander. Obwohl sie sich so selten sahen, war sie erfüllt von warmer Vertrautheit. Es knisterte, wenn das Holz in Flammen aufging, ab und zu ächzte das alte Haus.

»Erzähl mir von der Herbstausstellung«, bat er. Und Signe erzählte. Von den Künstlern, die mit ihren Werken vertreten waren, von der Vereinigung Junger Künstler und Torstein Rusdal, der ihr vorstand, von ihrer eigenen Arbeit. Seine klugen Augen hielten sie fest, studierten sie. Er fragte nach den Besuchern der Vernissage, fragte nach ihrer Mutter.

»Wie geht es ihr, schreibt sie noch?«

»Oh ja, das tut sie. Zumindest hat sie eine neue Idee.«

»Tüchtig, tüchtig.« Damit war für ihn der Fall erledigt, und er wollte wieder etwas über Signe wissen.

»Ich war im Sommer in Kopenhagen. Mein zweites Stipendium nach Paris.«

143

»Du bist fleißig«, sagte er ernst, »das ist sehr gut. Und du bist neugierig, wie mir scheint. Es ist wichtig, die Grenzen unseres Landes hinter sich zu lassen, zu sehen, was die anderen so tun. Überall, ob in Frankreich, Italien oder in Dänemark. Nutze jede Gelegenheit, die sich dir bietet.«

Der Gedanke, der sie seit geraumer Weile umtrieb, drängte sich mit Macht in ihr Hirn. Niemand konnte ihr besser etwas dazu sagen, als Edvard Munch. Nur traute sie sich nicht, den Gedanken auf sich selbst zu beziehen.

Also sagte sie: »Ich habe mir das Museum von Bertel Thorvaldsen angesehen.« Er nickte. »Als ich seine Skulpturen sah, kam mir in den Sinn, dass …« Sie räusperte sich. »Ich frage mich, ob wir Künstler selbst so viel Einfluss auf unser Werk haben, wie wir glauben. Ist es möglich, dass da etwas Größeres ist, etwas, das uns benutzt, um den Menschen auf diese Weise etwas zu sagen?« Er zog kurz die Stirn kraus, musterte sie aufmerksam. »Ich weiß nicht, vielleicht ist es dumm«, sprach sie eilig weiter.

»Etwas Größeres.« Er wirkte nachdenklich. »Sprichst du von Gott?« Sie zuckte die Achseln. Ehe sie etwas sagen konnte, sprach er weiter: »In meinem Elternhaus hat Gott eine große Rolle gespielt, wir waren sehr gläubig. Ich nehme nicht an, dass deine Mutter und dein Vater dich sonderlich religiös erzogen haben.«

»Nehmen wir an, diese höhere Macht wäre Gott. Würde er seine Geschöpfe nicht viel zu sehr lieben, um sie zu willenlosen Werkzeugen zu machen?« Sie suchte nach den richtigen Worten. »Oder ist es umgekehrt, und er tut das, weil er sie so liebt.« Sie brach ab. Er musste sie ja für vollkommen verdreht halten.

»Mit Gottes Liebe ist es so eine Sache. Ich hatte einen Freund in Løten, Ole Thingstad. Er besaß ein Huhn. Oder seine Eltern besaßen es wohl eher, aber es war ein besonderes Huhn für ihn. Es hatte auf einer Seite fünf Zehen. Alle anderen Federviecher hatten jeweils nur vier Zehen. So konnte Ole es leicht wiedererkennen, und er hatte ihm einen Namen gegeben. Eines Tages kam ich zu ihm. Er war gerade dabei, das Huhn zu rupfen. Immer hatte er es gefüttert und sich um das Tier gesorgt. Trotzdem hat er es geschlachtet.« Es blitzte amüsiert in seinen Augen. »Mit Gottes Liebe zu den Menschen ist es nicht anders. Er hat uns gern, sorgt gut für uns. Wenn es notwendig ist, schlachtet er uns dennoch.« Mit einem Mal schien ihm wieder einzufallen, wie er auf Ole Thingstad und sein Huhn gekommen war.

»Spielt es eine Rolle, ob eine höhere Instanz durch Künstler spricht oder ob ihr Schaffen aus ihrer eigenen Seele kommt, und wer es dort eingepflanzt hat?«

»Wahrscheinlich nicht.« Sie lächelte. »Nur bin ich immer hin- und hergerissen. Soll ich nur malen, was in mir ist, woher auch immer es kommen mag, oder soll ich mehr auf das schauen, was das Publikum will? Immerhin muss ich hoffen, dass die Leute meine Bilder kaufen. Wovon sollte ich sonst leben?«

»Es findet sich immer jemand, der dir das Nötige gibt. Das ist vielleicht Gottes Liebe, dass er uns gibt, was wir brauchen, ohne dafür etwas zu verlangen. Oder hast du gesehen, dass eine Amsel zur Arbeit geht? Sie findet trotzdem Regenwürmer, oder nicht?«

»Eine Amsel braucht für ihr Nest aber auch keine Miete zahlen.« Und diejenigen, die Edvard ohne Gegenleistung mit dem Nötigsten versorgten, wenn er mal wieder nichts verkaufen mochte, waren seine Schwester Inger und Tante Karen, ein offenes Geheimnis innerhalb der Familie.

Edvard lachte. »Klug gesprochen.«

»Du bewahrst in deinem Schuppen zig Gemälde auf. Verkaufst du nur eins davon, kannst du die nächsten Monate beruhigt leben, so viel ist jedes einzelne wert.«

Er schüttelte vehement den Kopf. »Aber wie soll ich mich entwickeln, wenn ich nicht nachsehen kann, was ich vor fünfzehn, vor zehn Jahren oder letzte Woche gemalt habe? Nein, Signe, wenn jemand ein Bild von mir haben will, soll er mir eine Wand zur Verfügung stellen. Was ich auf Leinwand male, gebe ich ja doch nicht her.«

Es war, als hätte er sich von einem Moment zum anderen entspannt. Plötzlich plauderte er leicht über Angebote, die man ihm gemacht hatte, über Geschäfte, die zu seiner großen Erleichterung geplatzt waren, weil er sich nicht von dem Werk, um das es gegangen war, trennen brauchte.

Nach einer Weile sagte er: »Das göttliche Element in der Kunst. Womöglich hast du damit recht, Signe. Musik zum Beispiel. Ich denke manches Mal, dass etwas darin wohnt, das größer ist, als jeder Komponist sein kann.« Er erhob sich schwerfällig. Erst nach zwei Schritten gelang es ihm, sich vollständig aufzurichten, die Knie durchzudrücken. »Ich glaube, ich bin heute musikalisch aufgelegt. Mal sehen, ob wir Glück haben.« Er trat an die Kiste am Fenster, die Signe aufgefallen war, und drehte an einem Knopf. Nach einer Weile rauschte es, knisterte. Ein Rundfunkgerät also. Typisch Onkel Edvard. Neue Entwicklungen faszinierten ihn. Sein Haus war eines der ersten in Åsgårdstrand, die über Strom und Telefon verfügten. Edvard Munch, der Maler, stand im Telefonbuch. Die Damen in der Familie

146

zerrissen sich gern das Maul darüber, dass derartige Spielzeuge, wie sie es nannten, ein Heidengeld kosteten. Anstatt sich jemanden zu leisten, der für ihn kochte und putzte, anstatt sich prächtige Möbel zu kaufen, schaffte er sich lieber derlei Schnickschnack an. »Ich habe es aus Berlin mitgebracht«, sagte er, als habe er ihre Gedanken gelesen. Fröhlich wie ein kleiner Junge, der eine dampfbetriebene Modelleisenbahn geschenkt bekommen hatte. Ein Stück von Prokofjew tönte ein wenig scheppernd aus dem Kasten. Signe bekam eine Gänsehaut. Sie hörten zu, schwiegen angenehm. Einmal legte Edvard Holz nach.

»Ich habe schon überlegt, ob ich jene Bilder, die mich nicht mehr befriedigen, nicht einfach verbrennen sollte«, erklärte er nachdenklich. »Das gäbe Platz und es wäre hier drinnen hübsch warm. Andererseits. Ich könnte sie auch weitermalen, bis sie mich befriedigen. Wie soll ich wissen, ob das nicht noch gelingen kann?«

Als es Zeit war zu gehen, brachte er sie zur Tür. Im Flur sagte er finster: »Warum nur musst du auch malen?« Sie wandte sich ihm zu. Wie sanft er aussehen konnte. »Wir haben es uns nicht ausgesucht, nicht wahr?«, fragte er mit leicht schief gelegtem Kopf und lachte leise. »Vielleicht haben die Leute recht, und es kann eine Therapie sein. Therapeutisch ist meine Kunst womöglich, aber gewiss nicht krankhaft, wie dieser Johan Scharffenberg meint.« Sie fragte nicht nach, sie wusste auch so nur zu gut, was er meinte.

Signe öffnete die Tür der Villa Ekely, es hatte wieder geschneit. Die leuchtend bunte Ausstellung lag unter dickem Weiß. Edvard machte in der Verabschiedung kehrt, holte einen Strohwisch aus dem Schrank und stapfte, nur mit Pantoffeln an den Füßen, zum Unterstand. Er fegte alle Bilder einmal grob ab, ehe er sie in den Schuppen nebenan trug.

»Auf Wiedersehen, Onkel«, rief Signe.

»Ja, ja«, rief er zurück.

Sie ging, drehte sich noch einmal um. Er trug gerade sein Selbstporträt davon. Dieser letzte Blick auf Edvard begleitete sie noch lange, nachdem sie längst zurück in der Keysersgate 3 war.

TEIL II

DER KUSS

KAPITEL 8

Oslo 1928

Lilla und Torstein erklärten sie beide für komplett verrückt. »Wie kannst du deine Wohnung im Herzen der Stadt aufgeben?« Lilla hatte sie angestarrt, als habe Signe angekündigt, auf die kleinste der Färöer-Inseln ziehen zu wollen. »Åsaveien? Das ist ziemlich weit vom Zentrum entfernt«, stimmte Torstein zu. »Du wirst für jede Ausstellung, für jedes Treffen vom nördlichen Rand nach Oslo kommen müssen. Hoffentlich wird dir das nicht irgendwann zu viel und du verzichtest ganz darauf, an Veranstaltungen teilzunehmen«, gab er zu bedenken.

»Du weißt, wie wichtig Kontakte sind!« Auch Lilla ließ nicht locker. Aber Signe war sich ihrer Sache so sicher wie selten zuvor. Vielleicht hatte es mit der Art zu tun, wie sie diese Wohnung gefunden hatte. Es war einer dieser Tage gewesen, als Selbstzweifel sie beinahe zerrissen hatten. Signe hatte mehr als einmal mit ihrem Pinsel an das Holz der Staffelei geklopft, doch ihr Ritual hatte kläglich versagt. Keine Inspiration, keine Konzentration, kein Fünkchen Mut. Es war immer schlimmer geworden, eine Zeit in gedämpften Farben, ohne Leuchten. Hin und wieder hörte sie etwas von Birger Lasson, der anscheinend Anschluss an die Künstlerszene gefunden hatte. Auch die Erinnerung an ihn war inzwischen zu einem gedeckten Farbbrei geworden. Das Flattern in ihrem Inneren, später die Stiche, wenn sie an ihn dachte, beides vorbei. In dem Maß, in dem sie eine gewisse Gleichmütigkeit erfasste, drückte eine Schwere Signe immer mehr zu Boden. Wie die kochende Lava unter einer Erdkruste braute sich etwas zusammen. Sie spürte es und konnte doch nichts dagegen tun, denn das Brodeln und der Druck waren nicht fassbar. Ebenso gut hätte sie versuchen können, einen Regenbogen zu berühren. Zuerst war da eine bleischwere Erschöpfung, die es ihr von Tag zu Tag schwerer machte, ihre Pflichten zu erfüllen. Dann kam eine innere Unruhe dazu, ein Gefühl der Nervosität, was sie sich hätte erklären können, wenn eine bedeutende Ausstellung bevorgestanden hätte. Nur war das nicht der Fall. Sie schlief schlecht, brach immer öfter mit Einbruch der Dunkelheit ohne erkennbaren Grund in Tränen aus, fühlte sich verzweifelt und nutzlos. Immer seltener verließ sie das Haus, lehnte Verabredungen mit Lilla ab und meldete sich bei Torstein wiederholt krank. Schon Kleinigkeiten konnten sie komplett aus der Fassung bringen.

Sie glaubte noch immer daran, dass der Zyklus über die Laster der Menschen der richtige Weg war. Ihr Weg in der Kunst. Das war es, wofür sie brennen konnte. Sie wollte einen Spiegel schaffen, in den die Besucher ihrer Ausstellung schauen, in dem sie den Abgrund der eigenen Seele erkennen würden. Das wäre weit mehr, als nur alles naturalistisch abzubilden, was sie sah oder gesehen hatte. Und genau das war das Quälende. Mit der Idee zu diesem Zyklus hatte sie endlich ihre Identität als Künstlerin gefunden. Und gleichzeitig war sie wie gelähmt, sobald sie sich an die Umsetzung machen wollte. Verzweifelt packte sie sämtliche hilflosen Skizzen von Geiz, von Stolz oder Völlerei immer wieder zur Seite. Ihr fehlte einfach der Mut. An diesem Tag in der Keysersgate war sie ganz sicher gewesen, dass sie etwas Grundlegendes ändern musste. Sie musste sich endlich wieder in den Griff bekommen. Es gab nur einen Ort, der wie kein anderer dafür geeignet war, Abstand zu gewinnen. Also fuhr sie hinauf auf den Holmenkollen. Wenn sie für einen einzigen Tag oder nur eine Stunde ein Tier sein könnte, wäre sie ein Adler. Sich einfach in die Lüfte erheben, lautlos gleiten und von sehr hoch oben auf die Welt hinabschauen, das wäre etwas. Ein bisschen so fühlte es sich an, wenn sie hierherkam, auf den Berg, der sich über Oslo erhob. Dass ihr dieser Ausflug nicht nur frische Gedanken, sondern eine neue Wohnung bescheren sollte, hätte sie damals nie für möglich gehalten. Sie musste lächeln, als sie daran dachte. Denn genau so war es gekommen. Die Luft war klirrend und klar gewesen. Jeder Atemzug fühlte sich an, als würde ein Finger aus Eis ihre Lungen berühren. Signe kümmerte sich nicht um das Skimuseum, das man vor einigen Jahren eröffnet hatte. Auch nicht um die gute alte Sprungschanze, die einem gewiss das Gefühl vermitteln konnte, wie ein Adler zu schweben. Wenn man irre genug war, den steilen Anlauf hinabzurasen und den Schanzentisch mit Schwung hinter sich zu lassen. Sie ging nur einige Schritte bis zu einem Aussichtspunkt, die Hände tief in den Taschen ihres Mantels vergraben, den Kragen hochgeschlagen, zog sie sich den Schal bis über die Lippen. Unter ihr erstreckte sich die ganze Stadt, der Hafen, Bygdø. Auch Ekely war irgendwo da unten. Signe stand ganz ruhig da.

»Schön, was?« Die Stimme eines Jungen. Ganz nah bei ihr.

153

Eines noch sehr kleinen Jungen. Signe brauchte eine Weile, ehe sie begriff, dass sie gemeint war. Sie blickte überrascht in ein durch und durch offenes Gesicht. Freundliche blaue Augen, zart geschwungene Lippen, unter einer dicken Strickmütze lugte helles Haar hervor. Der Knirps könnte Lillas Sohn sein. Er lächelte noch immer, wartete geduldig auf eine Antwort.

»Ja, es ist wunderschön.«

»Fährst du auch Ski?«, wollte er wissen.

»Nein. Du?«

»Na klar!« Seine Augen leuchteten, die Wangen kleine rote Kugeln. »Irgendwann springe ich da runter«, erklärte er ernsthaft und deutete mit dem Arm vage in Richtung Schanze. »Wenn ich größer bin.« Das klang nicht mehr ganz so energisch. Signe musste lächeln. Auf einmal überkam sie große Lust, dieses Kind zu porträtieren. Er mochte vielleicht fünf, höchstens sechs Jahre alt sein. Sehr gut war sie nicht darin, das Alter eines Kindes zu schätzen. Sie sah sich um. Er war doch wohl nicht allein hier oben auf dem Berg.

»Eigil, wo steckst du nur wieder?«, rief in dem Augenblick eine Frauenstimme.

»Ich bin hier, ich unterhalte mich mit einer netten Frau«, rief der Knirps zurück. Eine Dame, der man die gutbürgerliche Herkunft schon von Weitem ansah, kam eilig näher. Als sie Signe und den Jungen erreicht hatte, zog sie eine Hand aus dem Fellmuff, streckte sie ihm entgegen und packte seine Finger, die in einem kleinen wollenen Fäustling steckten, als würde sie ihn nun nicht mehr so schnell loslassen.

»Tut mir leid, wenn er Sie belästigt hat.« Die gleichen freundlichen Augen.

»Aber das hat er nicht, im Gegenteil. Es war mir ein ausgesprochenes Vergnügen, mit dem jungen Mann zu plaudern.« Der Knirps sah zu ihr auf und strahlte. Signe ging das Herz auf. »Eigil zu beaufsichtigen ist schwerer, als mit bloßen Händen eine Forelle zu fangen.« Die Frau lachte. »Aber jetzt wird nicht mehr weggelaufen. Hast du mich gehört?« Sein Gesichtsausdruck sagte sehr deutlich, dass er zwar gehört hatte, die nächste Gelegenheit dennoch nicht ungenutzt verstreichen lassen würde.

»Auf Wiedersehen, nette Frau«, sagte er, als seine Mutter ihn mit sich zog.

»Auf Wiedersehen, Eigil!«

»So, nun müssen wir aber los. Die Bahn fährt mal wieder nicht, dein Vater hat uns einen Wagen bestellt.«

»Die Bahn fährt nicht?«, rief Signe. Eigils Mutter blieb stehen und sah sie an. »Verzeihung, ich wollte nicht lauschen, aber ...«

»Nein, schon gut, war ja nicht zu überhören, nehme ich an.« Wieder dieses freundliche Lachen. »Wollten Sie etwa die Bahn nehmen, runter in die Stadt? Es hat wohl einen Unfall gegeben oder eine Panne. Genaues weiß man noch nicht.«

»Das ist wirklich dumm. Ja, ich muss in die Stadt. Keysersgate.«

»Die nette Frau kann doch mit uns fahren, Mama.« Eigil sah zu seiner Mutter auf. Der Blick musste selbst die strengste Person der Welt zum Schmelzen bringen.

»Nein, wirklich, ich komme schon irgendwie ...« Signe dachte nach. Zu Fuß würde es ein langer Marsch werden. Sie würde nach Einbruch der Dunkelheit zu Hause sein, selbst wenn sie sich jetzt sofort auf den Weg machte.

»Mein Sohn hat schon recht. Wir können Sie bis zur Mittel-
schule im Ullevoldsveien mitnehmen, wenn Ihnen das etwas
hilft.«

»Das wäre sehr freundlich.« In der Tat, eine große Hilfe. Sie
würde ein gutes Stück sparen.

»Sag ich doch. Komm, nette Frau!« Ein Fäustling streckte sich
Signe entgegen. Es fühlte sich seltsam vertraut an, als sie die
kleine Hand in ihre nahm.

Von der Schule war es noch immer ein ordentlicher Fußmarsch
gewesen. Unglücklicherweise zog der Himmel immer mehr zu.
Singe erinnerte sich gut daran, dass es sich fast schwarz in der
Ferne zusammenbraute. Eigentlich hatte sie durch den Ullevoldsveien gehen wollen. An dem auf einer Anhöhe gelegenen
Park St. Hanshaugen vorbei wäre es der direkte Weg nach Hause
gewesen. Doch sie entschied sich für einen Umweg, der über
eine der Hauptstraßen führen würde und die größte Chance
bot, auf ein Taxi zu treffen. Eilig lief sie den Kirkeveien entlang.
Sie kannte die Gegend nicht sonderlich gut. Hübsch war es hier,
ruhig. Gestutzte Kopfweiden vor vierstöckigen gepflegten Häusern. Balkone mit geschwungenen Eisengeländern, dezent ge-
drechselte Haustüren statt pompöser Portale. Signe war langsa-
mer geworden. Sie mochte die Straße. Noch mehr mochte sie
die kleineren Gassen, die von ihr abzweigten. Åsaveien, las sie
und bog in den Weg ein, sah sich um. An einem Haus zog ein
Schild ihre Aufmerksamkeit auf sich. Im Grunde war es nur ein
Blatt Papier, handbeschrieben, das jemand an die Tür geheftet
hatte. Eigil. Der Name sprang ihr förmlich ins Auge. So hatte
der Junge geheißen. Sie trat näher heran. Eigil Olafson, Makler.

Signes Herz schlug schneller. Sie machte einen weiteren Schritt, da ging die Tür auf. Signe trat erschrocken zurück.

»Hoppla! Verzeihung, ich wollte Sie nicht umrennen.« Ein Mann, vielleicht Mitte fünfzig.

»Mir ist nichts passiert. Ich wollte nur …« Sie deutete auf das Papier.

»Interessieren Sie sich für die Wohnung?« Eine Wohnung, hier. Der Gedanke gefiel ihr. »Eilif Olafson.« Er streckte ihr die Hand hin. Sie runzelte die Stirn. »Ich bin der Makler. Leider habe ich es ziemlich eilig. Wenn Sie interessiert sind, kommen Sie doch morgen in mein Büro.« Er reichte ihr eine Karte.

»Ja, danke.« Sie schloss die Finger fest um das Kärtchen.

»Also dann, bis morgen!«

Signe konnte den Blick nicht von dem Namen auf dem Papier an der Tür nehmen. Eilif. Eben hatte da Eigil gestanden. Ganz sicher. Das war natürlich unmöglich. Ihr Hirn hatte ihr einen Streich gespielt. Sie las die kurze Beschreibung des Angebots. Die Wohnung war etwas größer als ihre eigene, zwei Zimmer. Aber deutlich günstiger. Kein Wunder, der Åsaveien lag längst nicht so zentral wie die Keysersgate. Dafür war es hier ganz sicher ruhiger. Veränderung, das war es. Signe brauchte dringend Veränderung. Und Eigil hatte sie hierhergeführt. Sie hatte aus tiefstem Herzen gewusst, dass es richtig war.

Signe bereute den Entschluss keinesfalls. Sie würde weite Wege in Kauf nehmen müssen. Umso besser, denn damit waren auch die Verlockungen der Stadt schwächer. Sie würde sich nicht so schnell überreden lassen, auf einen Kaffee auszugehen. Jede Minute, ihre volle Konzentration für die Kunst! Das Beste: Sie hatte jetzt ein eigenes Badezimmer und einen Arbeitsraum mit zwei Fenstern! Signe kaufte sich ein einfaches Bett, das in der schmalen Kammer seinen Platz bekam. Der Kleiderschrank passte in eine Nische im Flur. Ihr Sofa, das sie nun nicht mehr ständig umbauen musste, stand in dem größeren der beiden Zimmer, das Atelier und hin und wieder auch Wohnraum sein würde. Wenn Lilla mal über Nacht bleiben wollte, was vermutlich nie geschehen würde, könnte sie dort schlafen. Das Wichtigste aber waren das Licht und der Umstand, die Staffelei nicht ständig wegräumen zu müssen. Und sie war ja auch nicht gleich nach Sandvika gezogen, was wirklich außerhalb lag. Signe lebte noch immer in Oslo, das seit einigen Jahren seinen neuen Namen trug. Genau genommen, war er nicht neu. 1924 hatte die Stadtverwaltung beschlossen, Kristiania seinen ursprünglichen Namen zurückzugeben. Dass sich die Schreibweise änderte, war ebenfalls nichts Neues. In der ersten Hälfte des 17. Jahrhunderts, nach dem verheerenden Stadtbrand, war das damalige Oslo unter dem dänischen König Christian IV. an leicht versetzter Stelle wiederaufgebaut worden. Die Stadt wurde nach ihrem Erbauer Christiania genannt. 1877 führte der schwedisch-norwegische König Oskar II. die Schreibweise mit K ein. Und jetzt also wieder Oslo.

Auch einer dieser immerwährenden Kämpfe, bei denen Signe nicht wusste, auf welcher Seite sie stehen sollte, ob überhaupt auf einer. Sie erinnerte sich noch gut daran, dass ihre Mutter ihr immer und immer wieder eingebläut hatte, welche Bedeutung Sprache habe.

»Worte, und wie du sie kombinierst, haben nicht nur eine einzige Bedeutung, die du im Lexikon nachschlagen könntest.

Sie haben immer auch einen Unterton. Man muss diesen Unterton ganz bewusst einsetzen.«

Auch eine Landessprache war weit mehr als ein Verständigungsmittel. In Norwegen war sie Ausdruck eines wachsenden Selbstbewusstseins. Nach Hunderten Jahren unter dem Einfluss Dänemarks war man in Politik und Kultur endlich eigenständig. In mehr als einem Familientreffen wurde erbittert darüber debattiert, ob man auf der Grundlage alter norwegischer Dialekte eine völlig neue Sprache schaffen solle, unabhängig von der dänischen. Diese Idee hatte zum Beispiel Edvards Onkel Peter Andreas Munch vertreten, einer der großen Köpfe der Familie und des ganzen Landes. Eine Sprache, die seit dem Mittelalter nicht mehr gebraucht wurde, jedenfalls nicht in der Menge der Bevölkerung, das sei unsinnig, sagten andere.

»Das Dänische ist Hunderte Jahre Teil von uns gewesen, das kann man nicht einfach ausmerzen, geschweige denn ignorieren!«

Signe hatte den bedeutenden Historiker Peter Andreas Munch nie kennengelernt, er war lange vor ihrer Geburt gestorben. Seine Einstellung war für sie, genau wie die seiner Kontrahenten, abstrakt. Das galt auch für den Namen ihres Wohnorts. Oslo. Natürlich hatte Signe ihn schon gehört, doch er war nicht mehr als ein Relikt aus dem Schulunterricht. Für sie, wie für alle Einwohner der Stadt, war er alles andere als vertraut. Aus der Zeit, in der Kristiania Oslo geheißen hatte, lebte längst niemand mehr. Wer konnte diesen Namen also zurückhaben wollen?

Trotzdem wurde am ersten Januar 1925 aus dem Plan Realität. Signe mühte sich, auf Briefe und in Formulare nicht nur eine neue Jahreszahl, sondern nun auch noch einen neuen Ortsnamen zu schreiben. Und sie hatte viele Briefe zu schreiben. Die Gesellschaft Junger Künstler gewann immer mehr an Bedeutung. Gemeinsam mit Torstein schrieb sie Monat um Monat wohlhabende Einwohner der Stadt an, um sie als Förderer zu gewinnen. Sie nahm Kontakt zu Galerien und Museen auf, erstellte Vereinbarungen für das Ausleihen von Kunstobjekten auf bestimmte Zeit. Signe schickte Pressetexte an die Redaktionen der *Aftenposten* und des *Dagbladet*. Unbemerkt hatte sich Signe an Oslo gewöhnt, als hätte die Stadt nie anders geheißen.

An ihre neue Umgebung fern vom Zentrum hatte sie sich ebenfalls schnell gewöhnt. Signe freute sich über das gesparte Geld, denn die Miete war deutlich geringer. Und eine gesparte Krone musste nicht verdient werden. Außerdem hatte sich Signe mit dem Umzug eine Art Routine angeeignet. Die erste Stunde eines jeden Arbeitstages gehörte dem Experimentieren. Sie versuchte sich an Techniken, von denen sie gelesen oder von denen einer ihrer Künstlerfreunde erzählt hatte. Mal riss sie Schnipsel aus der *Aftenposten* und klebte sie auf eine Leinwand, die sie mit ineinander verlaufenden Farben vorbereitet hatte. Sie starrte so lange auf das Ergebnis, bis sich ihr eine Gestalt offenbarte, zu der sie die Schnipsel verband. Dann wieder zeichnete sie Formen vor, Kreise, Vierecke, in sich verschlungene Bänder, und kolorierte sie mit Hilfe einer Walze, die sie mit verschiedenen Materialien umwickelte. Fingerübungen, die sie nicht selten belustigten, noch häufiger allerdings zur Raserei trieben. Unfug, das alles, dummes hässliches Zeug, das sie niemandem zeigte. Im Großen und Ganzen entstand nichts, was Signes Interesse wecken konnte. Die bunten Verrücktheiten sagten nichts aus und waren nicht schön genug, um eine Wand zu zieren. Dennoch hielt sie eisern an dem morgendlichen Ritual fest. Sie wollte lernen, jede Chance nutzen, sich zu entwickeln. Erst wenn sie mindestens eine Stunde auf für sie völlig ungewöhnliche Weise gearbeitet hatte, machte sie sich einen Kaffee. Die übrige Zeit des Tages nutzte Signe, um für sie typische Kunst herzustellen. Auftragsarbeiten, die etwas einbrachten. Porträts, Ansichten von Oslos Gassen, das Nordlicht über dem Fjord. Sie malte Bilder in kleinem bis mittleren Format, das sehr gefragt war. Ländliche Szenen mit Pferden gingen besonders gut. Je mehr sie davon anfertigte, je mehr Routine sie entwickelte, desto weniger Zeit benötigte sie, um die Proportionen der Tiere, die Schattierungen der saftigen Weiden und des knisterig-trockenen Strohs zu ihrer Zufriedenheit zu vollenden.

Eigentlich führte sie ein gutes Leben. Kein aufregendes, kein über die Maßen umwerfendes Leben, aber doch eines, mit dem sie zufrieden war. Das galt auch für ihre Werke. Sie passten zu ihr, fand sie. Noch war die Arbeit daran lauter als die Stimme in ihr. Du drückst dich, du lenkst dich ab, nur um nichts zu riskieren. Du hältst dein wahres Talent zurück. Du bist ein Feigling, Signe Munch.

Gewann die Stimme einmal Oberhand, brachte Signe sie zum Schweigen. Der Zeitdruck half ihr dabei. Mancher Käufer hatte sich kurzfristig entschieden, ein Bild zu einem bestimmten Anlass zu erwerben. Signe malte von Termin zu Termin. So eilig tauchte sie manches Mal den Pinsel in das Glas, dass sie es umstieß und das dunkelgraue Wasser von dem Tischchen hinab auf das schon über und über gefleckte Stück Stoff tropfte, das sie längst hätte gegen ein neues austauschen müssen. Acht Stunden und mehr stand sie an manchem Tag vor ihrer Staffelei. Sechs, sogar sieben Tage pro Woche. Ihre Augen tränten, ihr Nacken fühlte sich an, als sei er aus Eichenholz gezimmert, ihre Finger zitterten. Es kam vor, dass Signe erst am Abend bemerkte, wie hungrig sie war. Dann fiel ihr auf, dass sie seit dem Morgen nicht gegessen hatte. Dafür hatte sie es sogar manchmal mit einem Gläschen Aquavit probiert. Womöglich lag in dem Lebenswasser der Schlüssel zur Genialität. Doch es hatte nur in ihrem Hals gebrannt und ihr Übelkeit verursacht. Sie war in diese Wohnung gezogen, um sich ganz der Kunst zu widmen. Und das tat sie doch, oder nicht?

Ihr Leben war eine weiche lange Linie mit Hügeln und Tälern ohne Spitzen, an denen man sich doch nur verletzte. Nett, beschaulich, keine Gefahren, keine Risiken, keinerlei Chancen. Signe ballte die Fäuste. Verdammt, wie viele Jahre lag die Herbstausstellung jetzt schon zurück? Es war nicht die einzige geblieben, an der sie hatte teilnehmen dürfen. Sie hatte den Erfolg genossen und die Tatsache, dass ihr Platz in der Kunstwelt immer sicherer wurde. Beinahe wie der reservierte Tisch des Herrn Ibsen. Niemand machte ihr ihren Platz streitig. Aber was war das für ein Platz? Hinter einer Säule, wo Signe kaum gesehen und von den Kellnern vergessen wurde, so fühlte es sich an. Sie lief zum Fenster. Licht, weniger Ablenkung, bessere Bedingungen zum Malen. Sie hatte diese Wohnung doch nur dafür genommen. Warum veränderte sie dann nichts? Wollte sie für immer das bleiben, was sie im Moment war? Eine Randerscheinung der Osloer Malerei. Sie rüttelte nicht auf, fiel nicht auf, sie hatte sich mit Fleiß und angepasster Hausmannskost ihr kleines Territorium erkämpft und konnte darin vermutlich bleiben, bis sie verrottete. Von Tag zu Tag fiel es ihr schwerer, an ihrer Routine festzuhalten.

Eines Tages erhielt sie eine Nachricht von Lilla:

Liebe Freundin,
gerade las ich Interessantes über einen Stummfilm mit dem Titel
»Laster der Menschheit«. Es soll ein irrsinnig langes Werk sein,
das direkt nach seiner Fertigstellung mit Jugendverbot belegt
wurde. Ein Skandal wie das Buch von Hans Jæger, über das Du
mal gesprochen hast. Als ich den Titel las, musste ich an Dich
denken. Hast Du mir nicht erzählt, Du planst ein Werk zu diesem
Thema? Oder irre ich mich? Mir scheint, Du solltest Dich rasch
darum kümmern. Kann doch sein, dass Du den goldenen Riecher
hast und genau das bearbeitest, was in der Luft liegt. Wäre das
nicht ein Glücksfall?
Melde Dich mal wieder! Ich vermisse unseren Austausch.
Liebste Grüße,
Lilla

Signe ließ die Nachricht fallen, als würde sie ihr die Finger verätzen. Warum hatte sie Lilla nur von ihrer Idee erzählt? Womöglich hatte die ihren Mund nicht halten können. Unsinn. Es war nicht Lillas Schuld. Jemand war Signe zuvorgekommen. Wenn sie jetzt ihren Zyklus voranbrachte, selbst wenn sie Tag und Nacht daran arbeitete, würde es Monate dauern, ehe sie ihn der Öffentlichkeit präsentieren konnte. Es würde heißen, sie habe kopiert. Sie habe das Thema gestohlen, sich angehängt, um Aufmerksamkeit zu bekommen. Aber so war es nicht. Es war seit Jahren in ihr gewesen. Doch sie hatte es nicht fertiggebracht, die Idee umzusetzen, ihr hatte der Mut gefehlt. Nur sie selbst war schuld. Signe lief in ihrem Atelier-Zimmer auf und ab, ging an das große Fenster, starrte hinaus, konnte den Lärm aus der Wohnung über ihr plötzlich nicht mehr ertragen. Woher kam dieses Getöse auf einmal? Das war ja schlimmer als in ihrer alten Wohnung! Sie ging zu dem kleinen Tisch neben der Staffelei, schnappte sich die Pinsel. Schlechte Qualität. Die Borsten gingen aus, klebten auf der Leinwand. Sie musste neue besorgen. Wofür? Für ihre braven Bilder mit Pferdchen und Sonnenuntergang? Dafür waren die hier noch immer gut genug. Zu spät, hämmerte es in ihrem Kopf. Du hast dich einfach nicht um die Bilder gekümmert. Chance verpasst. Jetzt kannst du *Die Dame*, die *Eitelkeit* verbrennen und dich wenigstens noch daran wärmen. Du brauchst den *Geiz* nicht fertigstellen, mit *Neid* oder *Faulheit* erst gar nicht mehr beginnen. Wie viele Jahre hast du die Idee vor dir hergeschoben? Und du willst jetzt jammern, dass dir einer zuvorgekommen ist? Lachhaft!

Dieser Lärm, wenn nur endlich der Lärm aufhören würde. Sie schleuderte die Pinsel auf den Boden. Aus der Nische neben dem Herd schnappte sie sich einen Besen und schlug mit dem Ende des Stiels gegen die Decke.

»Ruhe! Bitte, wollen Sie endlich ruhig sein! Wie soll man denn bei diesem Getöse etwas zustande bringen?«, schrie sie. Die Erschöpfung war so groß, kam so unvorbereitet, dass ihr der Besen aus der Hand glitt und sie Mühe hatte, es bis zum Sofa zu schaffen. Die mürrische Antwort von oben gelangte nur bis zu ihren Ohren, nicht bis in ihr Hirn.

164

Signe ließ sich auf die Couch fallen. Zu ihren Füßen lag Lillas Brief. Sie konnte ihn nicht aufheben. Keine Kraft. Musste sie auch nicht. Sie hatte jedes Wort im Kopf. Rasch darum kümmern. Goldener Riecher. Auch das war denkbar. Das Thema lag womöglich wirklich in der Luft, wie Lilla meinte. Es würde Bücher dazu geben, Musik. Sie wäre die Erste, die es in Farbe und Form umgesetzt hätte.

Male, was du gesehen hast! Der gute Onkel Edvard hatte natürlich recht. Jetzt zahlte es sich aus. Es war genau richtig, dass sie so lange gewartet hatte. Große Werke mussten reifen. Signe war mit einem Satz auf den Beinen, sammelte die Pinsel auf. Gelb, sie brauchte viel Gelb für den Geiz. Die Farbe grinste sie hämisch von der Palette an, auf der sich über die Jahre eine dicke Kruste gebildet hatte. Wie erkaltete Lava. Was in der Luft lag, das wurde auch besonders unter die Lupe genommen. Die Kritiker würden sich darauf stürzen, würden mit Lust die Schwächen aufdecken. Ausgerechnet die Munch! Die hat bisher doch nur Pferde gemalt und Scheunen, mal ein Porträt vielleicht oder das Nordlicht über dem Fjord. Aber doch nicht so etwas! Signe hatte so lange nur dagestanden und auf das schreiend gelbe Würmchen gestarrt, bis es eingetrocknet war und ihr nichts mehr tun konnte.

Sie hatte keine Ahnung, wie viele Stunden vergangen waren. Einfach aufgeben, das war das Beste. Was sollte dieser Unfug mit etwas völlig Neuem? Ihre Bilder waren in immer mehr Ausstellungen zu sehen. Die Stimmen der Lästerer waren weniger geworden, leiser. Immer mehr Menschen schätzten ihren feinen Umgang mit dem Pinsel, ihre sorgfältig komponierten Farben. Grund genug für etwas Dankbarkeit und Zufriedenheit. Oder etwa nicht?

Plötzlich zwei Gesichter. Signe blinzelte.

»Onkel Edvard?« Da war niemand, natürlich nicht. Trotzdem sah sie diese Fratze ganz deutlich vor sich. Eine Gänsehaut ließ sie schaudern. Eine Fratze aus zwei Gesichtern. Edvard und gleichzeitig seine sterbende Schwester Sophie, die er so lange mit sich herumgetragen hatte, bis der richtige Zeitpunkt gekommen war, sie zu malen. Sein erster großer Erfolg.

Dazu eine Stimme in ihr, hässlich krächzend, böse: »Siehst du, das macht den Unterschied. Er hat es getan, wenn es ihm auch noch so wehgetan hat, sich das Bild seiner geliebten Sophie auf dem Totenbett ins Gedächtnis zu rufen, in jeder grausamen Einzelheit. Du schaffst es nicht mal, menschliche Laster darzustellen, du Nichts!«

Signe spürte plötzlich eine Unruhe in sich, die sie zu zerreißen drohte. Sie musste die grauenhafte Maske aus Edvard und dem todkranken Mädchen vertreiben. Mit einem Schlag wollte Signe alles riskieren. Sie hatte ungeheure Lust auf Zacken in ihrer Lebenslinie, auf ein Auf und Ab mit scharfen Spitzen und Kanten, an denen man sich die Finger aufreißen konnte, die Brust, das Herz. Sie hatte sich viel zu lange geschont. Wie dumm das gewesen war! Dabei musste man doch Schmerz spüren, um zu wissen, dass man noch lebt. Unter den Blicken ihres Onkels und Sophies toter Augen trat Signe erneut an die Skizze vom *Geiz* heran. Jetzt musste es sein. Nie zuvor hatte sie ein solches Brennen in den Eingeweiden gespürt. Wenn Onkel Edvard es immer in sich trug, es ihn antrieb bei jedem seiner Bilder, musste er innerlich ganz zerfetzt sein. Sie kannte seine Medizin.

Sie würde auch ihr helfen. Ein Segen, dass sich das Volk gegen die Prohibition entschieden hatte. Kluge Norweger! Manchmal musste man sich eben betäuben, um das Leben auszuhalten oder um Großes zu schaffen. Sie schenkte zwei Gläser voll. Eines mit Wasser für den Pinsel, das andere mit Aquavit für die Seele. Der erste Schluck brannte noch mörderisch in ihrer Kehle. Gerade richtig. Feuer mit Feuer bekämpfen. Das Brennen in ihren Eingeweiden verwandelte sich in eine nie gekannte Wärme, geballte Kraft, die es kaum erwarten konnte, sich in all ihrer Schönheit zu zeigen. Leuchtende Gelb- und Orange-Töne, giftiges Grün, der gesamte Hintergrund in geizigem Grau. Aber so war es nicht richtig, im Grand Café gab es keine einzige graue Wand. Na und? Signe schuf diesen Kosmos. Niemand hatte ihr zu sagen, wie die Wirklichkeit war. Ihr Pinsel flog über die Leinwand, das Zittern ihrer Hände war vorüber. Sie konnte gar nicht so schnell malen, wie das Bild vor ihrem geistigen Auge Gestalt annahm.

Der zweite und dritte Schluck liefen schon leichter ihre Kehle hinab. Mehr Farbe, in dicken Schichten. Der *Geiz* scheffelte, sammelte Farbe, gab nur nichts davon ab. Er selbst hatte reichlich. Dick auftragen, hier durfte sie es. Ihre Finger griffen nach der Flasche, nach dem Glas. Die Wärme, die Kraft durften nicht verlöschen. Sie musste ihnen Nahrung geben. Zweimal hatte sie das Wasser zum Reinigen der Pinsel ausgetauscht. Beim zweiten Mal hatte sie sich im Flur festhalten müssen, am Türrahmen zuerst, dann tastend an der Wand, ehe sie das Badezimmer erreicht hatte. Da war das Glas, das sie ausgießen wollte, schon leer. Auf gleiche Weise zurück. Mehr Farbe, den Buckel noch ein wenig größer, die Nase länger und mit einem kräftigen

Schatten geradezu scharfkantig. Und die Brillengläser. Sie sollten funkeln. Wie ein Schatz. Eine Farbtube verklebt. Signe drückte, schlug damit gegen das Holz der Staffelei, eine neue Tube musste her. Sie wischte sich den Schweiß von der Stirn. Durst. Griff zum Glas, trank. Welch eine Brühe! Dunkelbraun. Schmeckte nach allen Lastern dieser Welt, nach allen Farben. Kaum herunter, drängte sie wieder nach oben. Signe begriff, rannte los, stieß mit der Schulter hart gegen den Türrahmen, taumelte, riss die Tür auf. Treppen. Wohin führten diese Treppen. Falscher Weg. Sie drehte um und erbrach sich im Flur. Vor der Toilette fiel sie ungebremst auf die Knie. Trauer, Wut, Angst, Einsamkeit schossen sauer durch ihren Hals. Dann nichts mehr als Schwärze.

»Ach du liebe Zeit! Frau Munch, sind Sie etwa tot?« Nein. Oder doch? Wäre vielleicht das Beste. »Hören Sie mich? Herrje, was mach ich denn jetzt mit der?« Nein, der Tod war nicht das Beste. Noch nicht sterben, erst fertig malen, fertig leben. Ein Stöhnen drang aus Signes Brust. »Na, Gott sei Dank, Sie sind ja doch noch nicht ganz tot. Dann waren Sie das also letzte Nacht, dieses Getöse und Gerumpel. Angst und bange konnte's einem ja werden. Machen Sie das bloß nicht wieder.«

Ruhe, bitte, konnte sie nicht still sein? Die Stimme ... in Signes Kopf pochte es lauter und lauter, hämmerte, dröhnte. Und dann die Faust, die sich in ihrem Magen ballte. Was, wenn sie sich öffnete? Signe kam irgendwie auf alle viere, würgte, keuchte. »Pfui, Teufel!« Nur Leere und Säure und Scham.

Ihre Nachbarin, deren Namen sie noch nicht einmal kannte, murmelte vor sich hin: »Na, da haben wir ja einen schönen

Fang gemacht. Am Ende kommen noch mehr Künstler, saufen und nehmen Drogen und legen unser Haus in Schutt und Asche.« Wie sollte Signe ihr je wieder unter die Augen treten? Ihr war elend wie nie zuvor. Nicht einmal bei der Beerdigung ihres Vaters war so viel Grauen, so tiefe Verzweiflung in ihr gewesen. Am liebsten hätte sie sich verkrochen. Unmöglich. Reiß dich zusammen, Signe Munch. Mühsam kam sie auf die Füße, kämpfte gegen den Schwindel und die quälende Übelkeit. Sie hatte keine Ahnung, wie sie in den Flur gekommen war. Und warum stand ihre Wohnungstür überhaupt offen? Lieber Himmel, wie es hier aussah! Sie schleppte sich ins Bad. Sie musste sich den Mund ausspülen. Am Waschbecken klammerte sie sich fest. Wenn es nur aufhören würde, sich um sie herum zu drehen. Nachdem sie den schauderhaften Geschmack los war, füllte sie einen Eimer mit Wasser. Sie konzentrierte sich auf den Geruch von Seife. Erst als Bad und Flur sauber waren, ging sie in ihr Atelier-Zimmer. Hatte sie allein dieses Trümmerfeld angerichtet? Wie war der Stoff, mit dem sie auch hier stets den Boden vor der Farbe schützte, auf das Sofa gekommen? Das Parkett hatte ordentlich was abgekriegt, musste vielleicht sogar abgeschliffen werden. Sie würde dafür aufkommen, natürlich würde sie das. Mit vorsichtigen Bewegungen sammelte sie die Scherben ein, die einmal eine Schnapsflasche gewesen waren. Auch den Lampenschirm würde sie ersetzen müssen. Gottlob war die Staffelei ungeschoren davongekommen. Signe holte tief Luft. Sie konnte sich nicht einmal erinnern, ob sie nur getrunken oder auch gemalt hatte. Doch, ja, Gelb blitzte in ihren Gedanken auf, Orange. Hatte sie es fertiggestellt? Ihr wurde die Brust eng, sie musste kurz ein Fenster öffnen. Köstlich eisig strömte Sauerstoff in ihre Lungen. Mit geschlossenen Augen stand sie einige Sekunden dort. Dann schloss sie das Fenster und drehte sich ganz langsam um. Nur Mut, du musst es ja niemandem zeigen. Es kam ihr vor wie eine Ewigkeit, ehe sie sich der Staffelei zugewendet hatte. Signe schnappte nach Luft. Das war unmöglich. Hatte sie das gemalt? Edvard musste hier gewesen sein, oder ihre Hand geführt haben. Sie lachte laut auf, erschrak, musste wieder lachen. Sie konnte sich kaum beruhigen, lachte und schlug sich die Hände vor das tränennasse Gesicht.

KAPITEL 9
Oslo 1928

Signe hatte Lilla viel zu lange nicht gesehen. Dabei hatte ihr die Freundin in den letzten Jahren so oft zur Seite gestanden, wenn die Zweifel Signe fast um den Verstand brachten.

»Was kümmert's dich, ob deine Bilder Aufsehen erregen oder nicht?«, hatte Lilla immer wieder gesagt. »Du bist nicht für deine skandalösen Motive bekannt und nicht für deinen skandalösen Lebenswandel. Letzteres bedaure ich hin und wieder«, hatte sie hinzugefügt und lachend die Nase kraus gezogen, sodass ihre Sommersprossen hüpften. »Na und, dafür hast du dir mit deiner ganz eigenen Interpretation des naturalistischen Stils einen Namen gemacht. Und vor allem durch dein Händchen für geradezu perfekt aufeinander abgestimmte Farbtöne. Die Leute reißen sich nicht gerade um deine Werke, aber sie kaufen genug, um dir dein Auskommen zu sichern. Was willst du mehr?«

Signe erinnerte sich, als hätte sie erst vor wenigen Tagen geantwortet: »Ich will etwas Einzigartiges schaffen, etwas, das die Menschen berührt, vielleicht sogar verändert. Ein kleines bisschen. Lilla, ich kann nicht länger nur die Erwartungen meiner Käufer erfüllen. Ich muss etwas bewegen, muss das auf die Leinwand bringen, was sich in mir angesammelt hat. Das ist es, was ich will.«

Wie sehr sie darunter litt, ihren Onkel nicht stolz machen zu können, hatte sie nicht gesagt. Auch nicht, wie es ihr zu schaffen machte, dass das in ihr einfach nicht rauskommen wollte. Nun war es also herausgekommen. Und es erschreckte Signe.

Wie lange war es genau her, dass sie Lilla zuletzt gesehen hatte? Das schlechte Gewissen packte sie. Ausgerechnet jetzt willst du zu ihr gehen? Wo du sie so lange vernachlässigt hast? Weil du komplett durcheinander bist und Angst vor dir selbst hast? Weil du ihre Bestätigung brauchst, ehe du zu glauben wagst, dass dir wirklich endlich gelungen ist, wofür du so lange gearbeitet hast? Sie wird sich ganz bestimmt sehr darüber freuen. Obendrein fiel Signe ein, dass es auch schon Tage gegeben hatte, an denen Lilla Signes Zweifel sogar noch verstärkt hatte. Einmal etwa regte sie sich furchtbar darüber auf, dass in der Akademie nur eine Kunst unterrichtet werde, die kein Mensch mehr wolle. Lilla hatte ihr Studium inzwischen längst beendet, es musste also einige Jahre her sein. Signe wusste nur noch, dass es im Herbst gewesen war und die Stürme die letzten Boten des Sommers davonfegten. »Kühe und Pferde in einem Gatter! Ich bitte dich, Signe, wer soll sich so etwas denn noch an die Wand hängen?« Pferde, ausgerechnet. Signe hatte darauf gewartet, dass Lilla ihre Taktlosigkeit bemerkte. Doch das geschah nicht. Oder Lilla war es in ihrer direkten Art gleichgültig, ob sie ihrer Freundin auf die Füße trat. »Kunst muss radikal sein, um sich so nennen zu dürfen«, erklärte sie und setzte einen Blick auf, den Signe noch nicht an ihr bemerkt hatte. Arrogant, gleichzeitig ein wenig dümmlich. Aus ihr sprach keine Überzeugung, sondern Lilla plapperte etwas nach. Wer mochte sie gerade so beeinflussen? Höchstwahrscheinlich war Lilla derzeit in einen jungen Wilden, einen Maler mit extremen Ansätzen, verliebt. »Selbst die Dadaisten sind nicht radikal genug«, sagte sie gelangweilt. »Und irgendwie sind sie auch schon wieder aus der Mode, finde ich.«

»Natürlich sind sie das.« Das war keine erwähnenswerte Erkenntnis. Jeder wusste es. »Die Franzosen haben uns den Surrealismus gebracht. Nicht uninteressant, finde ich.«

»Hirnriss«, wetterte Lilla. »Viel zu verträumt. Glaube mir, diese Strömung ist vorüber, ehe sie so recht Fuß gefasst hat. Kein namhafter Maler wird sich ernsthaft mit diesem phantastischen Zeug befassen. Der sogenannte Surrealismus wird niemanden von wirklicher Bedeutung hervorbringen.« Es stand ihr nicht, irgendwo aufgeschnappte Sätze zum Besten zu geben, als habe sie das Kunstverständnis der ganzen Welt löffelweise verspeist. Was Signe damals wirklich Sorgen bereitete, war der Umstand, dass Lilla, statt ihr Handwerk zu lernen und an ihrer Technik zu feilen, ihre Zeit mit dem Versuch verbrachte, etwas völlig Neues zu schaffen.

»Etwas Eigenes«, erklärte sie atemlos. »Lilla-Stil.« Bedauerlicherweise war dieser Lilla-Stil eine Mischung aus Bernhard Hasler, jenem Berlin-Maler, der mit seiner Stricheltechnik mehr andeutete als zeigte, und dem frühen Kubismus eines Picasso. Signe hatte sich damals wirklich Sorgen gemacht, gleichzeitig beneidete sie ihre Freundin um die Leidenschaft, mit der sie sich in das Abenteuer stürzte. Und ihren Mut. Besonders um den Mut. Was, wenn Lilla den *Geiz* nicht radikal genug fand, wenn sie ihn kleinredete?

Noch auf dem Weg zu ihrer Freundin zweifelte Signe daran, ob sie wirklich zu ihr gehen konnte. Warum wohl nicht? Sie machte sich

173

immer zu viele Gedanken. Sie brauchte jetzt jemanden, der sie kannte und gern hatte. Und wenn sie noch länger wartete, war es irgendwann zu spät. Dann würde sie nie mehr zu Lilla gehen. Kein angenehmer Gedanke. Also fasste sie sich ein Herz und klopfte.

Lilla öffnete die Tür. »Signe!« Grenzenloses Erstaunen, das in Sorge umschlug. »Was ist denn geschehen?« Sie war älter geworden, fiel Signe auf. Auch die hübsche, stets jugendlich-frische Lilla wurde älter. Es stand ihr gut, sie wirkte reifer, war weniger zappelig, als sie vorweg in das kleine Wohnzimmer ging. »Erst lässt du unsere Verabredungen platzen, reagierst nicht auf meine Nachrichten, und jetzt stehst du einfach vor der Tür.« Kein Vorwurf. Gott sei Dank. »Sag schon: Was ist los?«

»Ich hätte nicht herkommen sollen.« Sie sah, wie Lilla eine Schnute zog. Doch noch die alte immer junge Lilla. »Nicht ohne mich vorher anzumelden«, setzte Signe rasch hinzu. »Dumme Idee.«

»Hirnriss, die beste, die du seit Langem hattest, wette ich.« Sie legte keck den Kopf schief. Ihr Haar war wieder gewachsen. Es fiel ihr in sanften Wellen auf die Schultern. Zwei Kämme hielten es aus dem Gesicht. Lilla war fülliger geworden. Nicht dick, nur weniger kantig und schmal. Alles an ihr wirkte irgendwie weicher. »Tee?«

»Gerne. Danke, Lilla.«

»Wofür? Für den Tee, den ich erst noch zubereiten muss? Oder dafür, dass ich dich nicht hinauswerfe?« Sie lächelte. »Wir sind Freundinnen, Signe. Wenn ich in den letzten Monaten auch manches Mal daran gezweifelt habe. Ich dachte schon, ich habe dich verärgert. Aber dann habe ich mir überlegt, dass das völlig ausgeschlossen ist.« Sie plauderte unbeschwert, während sie den

174

Kessel mit Wasser füllte und Tee in ein Sieb löffelte. »Wie sollte ein so zauberhaftes Wesen wie ich dich verärgert haben?« Ihr helles Lachen tat Signe gut, als würde es ihr die Schläfen massieren. »Es tut mir leid, ich habe mich schrecklich benommen. Ich hätte längst mit dir reden müssen. Nur wusste ich ja selbst nicht, was mit mir los ist.« Wo sollte sie nur anfangen? Glücklicherweise war ihr Verstand noch nicht in der Lage, die Führung zu übernehmen.

»Ich weiß nicht mehr weiter, Lilla. Ich habe das Gefühl, viele kostbare Jahre weggeworfen zu haben und gleichzeitig auf dem richtigen Weg zu sein. Als hätte ich als Künstlerin genau die richtige Richtung eingeschlagen und eben doch verpasst.« Alles sprudelte mit einem Mal aus ihr heraus. »Erinnerst du dich an meinen neununddreißigsten Geburtstag?«

Lilla legte die Stirn in Falten. »Natürlich, wir waren im Grand Café. Ich erinnere mich sogar ganz genau. Wir hatten es nämlich eine Weile gemieden.«

»Weil du meintest, man träfe dort doch nur noch traurige vergessene Gestalten, die jegliche Bedeutung in der Gesellschaft verloren hätten, falls sie sie überhaupt je besessen hatten.«

»War es nicht so?«

»Darum geht es nicht. Worauf ich hinauswill: Ich hatte damals schon die Idee für Bilder, die die Kunstwelt erschüttern sollten.« Sie schluckte. War das nicht etwas dick aufgetragen? Nein, es war genau, was sie fühlte. »Ich wollte nicht nur ein bisschen mit dir feiern, ich wollte die Gelegenheit nutzen, um mein Motiv zu studieren.«

Lilla sah sie an. »Ein Motiv im Grand, das die Kunstwelt erschüttert?« Jetzt gingen ihre Augenbrauen in die Höhe.

»Ja, eine Frau. Ich erkläre es dir später. Jedenfalls habe ich sofort gesehen, dass sie nicht da war, gleich, als wir hereingekommen sind. Das hat mich … völlig durcheinandergebracht.«

»Ich erinnere mich, dass uns ein übrigens auffallend gelangweilter Kellner zu unseren Stühlen brachte. Du bist stehengeblieben, als wärst du gegen eine Wand gelaufen.«

So hatte es sich damals auch angefühlt. Signe hatte nämlich nicht nur festgestellt, dass die *Dame* nicht auf ihrem Stammplatz saß, sondern dass an ihrer Stelle ein Mann hockte: der *Geiz*. Sie war wie elektrisiert gewesen. Der Mann mit der langen spitzen Nase, dem Buckel und den Äuglein hinter runden Gläsern verkörperte dieses Laster so perfekt, dass sie glaubte, er habe *Die Dame* abgelöst, um Signe als weiteres Motiv für ihren Zyklus über die Schwächen der Menschen zu dienen. An diesem Abend war Signe ganz sicher, das nächste Motiv ihrer Reihe gefunden zu haben, die ja noch gar keine war. Sie war überzeugt, den Wink des Schicksals zu nutzen, um sich endlich an einen Zyklus heranzutrauen, der weit entfernt von Landschaftsmalerei und von üblichen Porträts war.

»Signe?« Lilla stand mit der Teekanne vor ihr. »Wo bist du nur mit deinen Gedanken?«

»Bitte, entschuldige, Lilla.« Sie reichte ihr ihre Tasse.

»Daran erinnere ich mich übrigens auch sehr gut, dass du genau wie eben gerade mit deinem Kopf mal wieder ganz woanders warst. Du hast dem Kellner im Weg gestanden, der mit unserer Garderobe vorbeiwollte, und einem Paar, das gerade eingetroffen war und nicht zu seinem Platz kam, weil du den Gang blockiert hast wie ein Bollwerk.« Sie zwinkerte fröhlich.

»Du hattest dir gerade deine Haare abgeschnitten. Neues Jahr, neuer Schopf, hast du gesagt. Stand dir gut, aber so mag ich es noch lieber.« Signe deutete auf Lillas blonde Locken.

»Danke!« Sie sah Signe in die Augen. »Ich habe einen Toast auf dich gesprochen und dir einen netten Mann gewünscht, der dich glücklich macht. Ist es das, worüber du mit mir reden willst?«

Signe schüttelte energisch den Kopf. »Niemand macht dich glücklich, wenn du es nicht selbst tust. Daran glaube ich noch immer. Es ist die Malerei, die mich glücklich macht. Und gleichzeitig habe ich das Gefühl, sie bringt mich um«, sagte sie finster. Sie musste dringend ihre Gedanken ordnen. Noch immer brummte ihr Schädel und machte es ihr nicht gerade leichter. »Ich habe dir gesagt, dass mein Motiv, das ich malen wollte, eine Frau war.«

»Sie war an diesem Abend nicht da.«

»Nein, aber auf ihrem Platz saß ein Mann.«

»Also doch!« Lilla lächelte triumphierend.

»Lilla, bitte! Ich war mir an diesem Abend ganz sicher, dass ich auch ihn malen muss. Jedes Detail habe ich mir eingeprägt. Gelb! Die dominierende Farbe würde Gelb sein. Selbst das war mir schon klar«, rief sie.

»Wo lag denn dann dein Problem? Ich verstehe nicht ganz.« Lilla hielt sich an ihrer Tasse fest.

»Mein Problem war der Graben zwischen Anpassung und Wagnis, zwischen solider kunsthandwerklicher Arbeit und Provokation. Ich konnte ihn nicht überwinden, ich habe es einfach nicht geschafft. Lilla, ich hatte immer große Angst davor, Edvard zu enttäuschen. Noch mehr Angst hatte ich aber …« Wie sollte sie es nur sagen?

»Raus damit!«, forderte Lilla.

»Edvard hat einmal gesagt, bei seiner Geburt hätten drei dunkle Engel an seinem Bett gestanden. Sie hießen Sorge, Schmerz und Tod. Was ist, wenn sie sein Genie ausmachen, wenn sie ihn diese Bilder malen lassen? Dann gibt es doch nur zwei Möglichkeiten, Lilla. Entweder werde ich niemals gut genug für ihn sein. Oder ich bin ihnen auch ausgeliefert. Onkel Edvard ist ein großer Geist und eine verlorene Seele.« Ihre Stimme wurde brüchig wie getrocknete Farbe. »Und was bin ich?« Ehe ihre Freundin antworten konnte, sprach Signe weiter: »Ich habe getrunken, Lilla. Gestern Nacht. Bis zur Besinnungslosigkeit.«

»Ach du liebe Güte. Das also ist passiert, deshalb siehst du so elend aus.« Sie lächelte mitleidig. »Obwohl … Bis zur Besinnungslosigkeit, sagst du? Dafür geht's.«

Signe beschrieb in knappen Worten, was sie am Morgen vorgefunden hatte. Über das Bild sagte sie kein Wort. »Ich kann doch niemandem je wieder unter die Augen treten«, schloss sie.

»So ein Unfug!«, sagte Lilla sanft. »Was ist schon groß geschehen? Dein erster Rausch, na und? Andere betrinken sich ständig. Das Einzige, wofür du dich schämen solltest, ist, dass du so alt werden musstest, ehe du mal so richtig über die Stränge geschlagen hast. Das ist eigentlich eine Erfahrung für eine Zwanzigjährige.«

Sie saßen lange beisammen. Irgendwann bereitete Lilla eilig etwas zu essen zu.

»Dein Magen braucht feste Nahrung«, erklärte sie bestimmt. Sie war einfach wunderbar, hörte Signe zu und verzichtete da-

178

rauf, ihr gute Ratschläge zu erteilen. Stattdessen stellte sie behutsam ihre Fragen, um Signe verstehen zu können.

»Du hast an deinem neununddreißigsten Geburtstag also schon die Idee zu diesem Bilder-Zyklus gehabt. Ich meine, sogar Einzelheiten waren schon in deiner Phantasie vorhanden. Signe, das ist jetzt über fünf Jahre her. Was ist passiert, warum gibt es die Gemälde noch nicht?«

»Ich war ja mehrfach ganz kurz davor.« Signe seufzte. »Einmal zum Beispiel wollte ich nach meiner Stunde bei Pola daran arbeiten. Als wir uns verabschieden, sagt er zu mir: Ich habe beschlossen, meine Malschule nicht weiterzubetreiben. Sieben Jahre sind genug, denken Sie nicht? Nein, mir waren sieben Jahre nicht genug!« Sie rang die Hände. Noch immer wühlte sie die Erinnerung auf, denn Pola Gauguin hatte ihren Plan mit einem Satz zunichtegemacht. Sie wollte nach der Stunde an der *Eitelkeit* arbeiten. Vor allem aber wollte sie Pola das Bild zeigen. Und die anderen natürlich, die folgen sollten. Er war ihr Lehrer, sie vertraute ihm. Er konnte ihr sagen, ob sie auf dem richtigen Weg war, konnte ihren Kurs sanft korrigieren, wenn nötig. »Verstehst du, ich wünschte mir plötzlich nichts sehnlicher, als dass ich mein Vorhaben bereits in die Tat umgesetzt hätte. Nur das hatte ich nicht. Und dann war es zu spät.«

»Wie das klingt, als hättest du ohne ihn nichts zustande gebracht. Wenn du meine Meinung hören willst, ich fand schon lange, dass du seinen Unterricht nicht mehr nötig hast.«

Signe lächelte matt. »Das hat er auch gesagt. Er meinte, was er mir beibringen konnte, hätte ich verinnerlicht. Was er mir wirklich gern beibringen würde, wollte ich nicht lernen.« Sie seufzte tief. »Kann schon sein, dass er recht hatte. Seine Auffassung von

179

Kunst war von meiner schon sehr verschieden. Ich kann ja verstehen, dass er sich lieber mit jemandem austauschen wollte, der den gleichen Blick auf die Malerei hatte wie er.«

»Birger Lasson vielleicht? Hattest du die beiden nicht miteinander bekanntgemacht?«

»Das habe ich, und er war auch eine Zeit lang sein Schüler. Allerdings hat Pola ihn nicht lange unterrichtet.«

»Warum nicht?« Lilla schob sich ein Stück Brot in den Mund.

»Er hielt nicht viel von Lassons Talent. Um es auf den Punkt zu bringen, sagte Pola damals: Ich glaube, er hat keins, jedenfalls nicht für das Malen.«

»Oha!« Lilla zog eine Grimasse und schmunzelte. »Dabei waren seine Skulpturen wirklich hübsch, finde ich.«

»Ja, er hätte bei der Bildhauerei bleiben sollen. Jedenfalls mochte er sich das von Pola wohl nicht gern sagen lassen. Pola meinte, Lasson würde es mit seinem Geld vielleicht zu etwas bringen, wenn er sich die richtigen Lehrer leistet.«

»Hast du eigentlich mal wieder etwas von ihm gehört?«

»Er soll nach Paris gegangen sein. Mehr weiß ich auch nicht.«

»Und Gauguin, wieso wollte er Lassons Geld nicht? Wäre leicht verdient gewesen.«

»Er wollte seine Zeit zum Schreiben nutzen. Er sagte, es könne kein Zufall sein, dass er von großen Talenten und Persönlichkeiten umgeben ist. Sein Vater, Christian Krohg und natürlich mein lieber Edvard. Er wollte über sie schreiben, um dem Wesen des Genies auf die Schliche zu kommen.« Signe erinnerte sich plötzlich an das, was Pola ihr zum Abschied gesagt hatte: »Viel Glück, liebe Signe. Wir werden uns in Oslo sicher immer wieder begegnen. Wer weiß, vielleicht schreibe ich irgendwann über Sie.«

»Sie wollen Ihre Leser doch nicht zu Tode langweilen«, hatte sie erwidert und gelacht, obwohl ihr danach nicht zumute gewesen war.

Und dann hatte er sie ernst angesehen und gesagt: »Hören Sie auf, sich kleinzumachen, Signe. Erkennen Sie sich endlich!«

Der Besuch bei Lilla war ihr eine größere Hilfe gewesen, als sie zu hoffen gewagt hatte. Signes Gemüt hatte ihn gebraucht und sich einfach geholt, ohne lange mit ihrem Verstand darüber zu verhandeln. Nachdem sie stundenlang mit ihrer Freundin gesprochen, zwischendurch geweint und irgendwann auch endlich wieder gelacht hatte, war das Schlimmste überstanden. Am Ende hatte Signe sogar von dem Bild erzählt, das in der Nacht entstanden war. Und Lilla hatte ihr das Versprechen abgerungen, es ihr zu zeigen. Sie verabredeten sich für den übernächsten Tag. Erst erschien es Signe unerträglich, jemandem zu offenbaren, was sie, beseelt von etwas Fremdem, Zerstörerischem womöglich, fabriziert hatte, doch dann geschah etwas mir ihr. Ihr Körper fühlte sich jung und kraftvoll an, als wären all die Jahre nicht verloren gegangen. Es war nicht so, dass sie sonst mit ihrem Alter haderte. Sie fühlte mit jedem Jahr mehr Sicherheit, mehr Freiheit. Nur dass die Zeit immer mehr an Fahrt aufzunehmen schien, bereitete ihr Sorge. Allzu bald konnte ihre Mutter sterben, Onkel Edvard, sie selbst. Mit dieser Vorstellung haderte sie dann doch. Sie fand, es war noch nicht der richtige Zeitpunkt für Edvard zu gehen. Für einen wie ihn würde dieser Zeitpunkt nie kommen. Es wäre immer zu früh. Und sie selbst? Sie war noch nicht so alt, dass sie sich wirklich schon Gedanken darüber machen musste. Und nun ergriff sie mit Macht das Gefühl, es gäbe für sie noch so viel zu tun. Ihren Laster-Zyklus. Und noch etwas, nur was? Es flatterte wie ein Schmetterling, den sie im Augenwinkel wahrnahm. Im nächsten Moment setzte er sich und klappte die Flügel zusammen. Unsichtbar. Und doch wusste sie, dass er da war. Signe hatte keine Zeit zu verlieren. Sie stellte die *Eitelkeit* auf die Staffelei und schloss endlich ab, was sie vor Jahren begonnen hatte. Es kostete sie beinahe ebenso viele Stunden, wie sie zuvor mit Lilla geredet hatte. Als Signe fertig war, fühlte sie sich erschöpft, als sei sie vom Hafen zu Fuß bis hinauf auf den Holmenkollen gelaufen. Sie schleppte sich in ihre Kammer, zog nur Rock und Bluse aus, die ordentlich Farbspritzer abbekommen hatten, und ließ sich in ihr Bett fallen. Geschafft! Ganz ohne dunkle Mächte, ohne Aquavit. Erleichtert fiel sie in einen tiefen Schlaf.

———

Signe war ganz aufgekratzt an diesem elften März, einem Sonntag, an dem sie Lilla erwartete. In einem Anflug von Übermut hatte Signe auch Torstein eingeladen. Er wusste nicht, ob er es schaffte.

»Du wohnst am Ende der Welt«, hatte er gesagt. »Aber ich werde versuchen, zumindest später noch vorbeizuschauen. Seit dem Morgen lief Signe immer wieder zu ihrem Bild *Der Geiz*. Seit es in dieser irrwitzigen Nacht entstanden war, hatte sie es unzählige Male betrachtet, hatte die Fehler und Schwächen darin gesucht. Es gab überraschend wenige. Wäre es das Bild eines anderen Malers, würde sie es in höchsten Tönen loben. Doch es war von ihr, falls kein Wunder geschehen und irgendjemand in jener Nacht unbemerkt in ihre Wohnung eingedrungen war. *Die Eitelkeit* war auf jeden Fall von ihr, sie hatte sie bei vollem Bewusstsein geschaffen. Perfekt waren natürlich beide nicht. Signe fand die Bilder nicht im klassischen Sinn schön. Wer sollte sich so etwas an die Wand hängen? Trotzdem. Beide Arbeiten waren gut, daran gab es nichts zu rütteln. Es war wie mit der Mode. Was auf dem Laufsteg Aufsehen erregte, trug im Alltag auch kein Mensch. Ihre Werke waren für den Laufsteg gedacht, für Kunsthallen, Museen. Sie brannte darauf, Lillas und Torsteins Meinung zu hören. Und sie hatte große Angst davor.

Ein helles Läuten, wie fröhlich aneinandergestoßene Gläser. Die Türglocke, ganz fremd noch. Seit sie hier wohnte, hatte sie noch nicht oft Besuch bekommen. Und so früh. Lilla kam für gewöhnlich eher zu spät. Eine ganze Stunde vor der Zeit? Signe lief die Stufen aus dem ersten Stock hinab und öffnete die Haustür. Birger Lasson. Ein in altrosafarbenes Papier gewickeltes Päckchen mit einer großen Schleife in einer Hand, eine Mappe unter dem anderen Arm.

»Guten Tag.« Seine Haare waren anscheinend noch störrischer geworden. Das war das Erste, was ihr auffiel. Aber den Bart hatte er gestutzt. Seine Augen, exakt so stechend, wie sie sie in Erinnerung hatte. Sie durchbohrten Signe. »Ich hoffe, es ist kein schlechtes Zeichen, dass es Ihnen die Sprache verschlagen hat.« Er probierte ein Lächeln, das seine Augen kalt ließ.

»Ich wusste nicht, dass Sie wieder in Oslo sind.«

»Sie wissen also, dass ich in Paris war?« Er wartete ihre Antwort nicht ab. »Unter anderem. Ich war eine ganze Weile unterwegs. Wie Ihr geschätzter Onkel.« Sie standen noch immer an der geöffneten Haustür. Signe sah an ihm vorbei nach draußen,

183

als erwartete sie Lilla, die hinter einem Baum beobachtete, ob Signe ihn ein zweites Mal aufnehmen würde wie einen ausgesetzten Hund. Vor dem Haus standen niedrige Bäume und eine ordentliche Hecke. Wie hübsch hier alles sein würde, wenn erst der Frühling die Welt in Farbe tauchte. Aber bis dahin dauerte es noch. Sie fröstelte. »Darf ich hereinkommen? Ich habe Ihnen etwas mitgebracht. Und ich möchte gewiss nicht, dass Sie sich den Tod holen.« Signe hatte keine große Lust, sich mit ihm zu unterhalten. Trotzdem öffnete sie die Tür weiter und trat zur Seite. »Danke.« Sie ging vor ihm die Stufen hoch. Ein paar Minuten, nicht länger. Dann würde sie ihn auffordern zu gehen. »Hier, für Sie. Nur eine Kleinigkeit.« Er reichte ihr das Päckchen mit der Schleife.

»Danke.« Sie standen in dem kleinen Flur. »Ich bin noch nicht ganz fertig. Mit der Wohnung, meine ich. Ich wohne noch nicht lange hier.« Woher kannte er überhaupt schon diese Adresse? »Es gibt noch keine Garderobe.« Sie öffnete den Schrank, während er den Mantel auszog. Sein Mantel gehörte nicht zwischen ihre Kleider. Sie schloss die Tür wieder und hängte ihn von außen an das Eichenmöbel. Den schwarzen Schal hatte Birger umbehalten, ein Ende auf dem Rücken, das andere auf der Brust. Er deutete mit dem Kopf auf das Präsent, das sie noch immer festhielt.

»Oh.« Sie löste die Schleife, wickelte es aus. »Schokolade. Wie nett.« Der Storchenvogel auf der Verpackung verriet sofort die Herkunft. Freia-Schokolade. Onkel Edvard hatte große Gemälde für die Speisesäle der Mitarbeiter der Freia-Schokoladenfabrik mit Motiven aus Åsgårdstrand gestaltet. Dass die Figuren auf seinen Bildern keine Gesichter hatten, konnten die

184

Arbeiter und Arbeiterinnen wohl akzeptieren, nicht aber, dass es an den Häusern keine Fenster und Türen gab. So jedenfalls hatte Signe die Geschichte gehört. Edvard Munch erklärte sich bereit, nachträglich Türen zu malen. Irgendwann musste es dann aber zum Zerwürfnis gekommen sein, oder er hatte einfach anderes zu tun, das ihm wichtiger erschien. Jedenfalls gab es wohl noch immer Häuser auf den Gemälden in den Speisesälen von Freia, die weder Fenster noch Türen besaßen.

»Sie scheinen sich wirklich besonders zu freuen«, sagte Birger und klang verärgert.

»Entschuldigen Sie, ich war mit den Gedanken nur gerade ... Nein, wirklich, die mit Krokant esse ich am liebsten.« Sie bot ihm keinen Platz an und keinen Tee. Er sollte es sich gar nicht erst bequem machen.

»Ich muss mich bei Ihnen entschuldigen, dass ich einfach fortgegangen bin, ohne mich zu verabschieden, liebste Signe.« Liebste Signe. Hatte er auf seinen Reisen keine moderne Sprache gelernt? Er klang noch so gestelzt wie früher, nur fand sie es nicht mehr charmant. Es war so viele Jahre her.

»Schon gut«, sagte sie sanft.

»Gar nicht gut. Darf ich?« Er deutete auf das Sofa. Sie nickte, und er setzte sich. Ob er gleich um einen Kaffee oder ein Glas Wasser bitten würde? »Ich habe eine Weile vergessen, wofür das C in meinem Namen steht. Casper. Wissen Sie noch?«

»Der Hüter der Schätze.«

»Sie haben es sich gemerkt.« Es freute ihn wirklich. »Sie sind ganz bestimmt ein Schatz, liebste Signe. Es ist unverzeihlich, dass ich es zugelassen habe, Sie aus den Augen zu verlieren.

Und ich will mich für noch etwas entschuldigen.« Sie mochte nicht neben ihm auf dem Sofa sitzen, das noch vor Kurzem ihr Bett gewesen war. Also zog sie sich einen Stuhl heran und setzte sich zu ihm. »Es war nicht recht, dass ich gehofft habe, durch Sie Kontakt zu dem großen Edvard Munch zu bekommen. Sie haben natürlich gemerkt, dass es so war. Ich kann verstehen, dass Sie deswegen schrecklich böse waren. Ich könnte auch verstehen, wenn Sie meine Entschuldigung nicht annehmen würden.« Er sah sie zerknirscht an. Nicht so, als täte es ihm von Herzen leid, sondern so, wie er glaubte, sie ansehen zu müssen, damit sie ihm verzieh. Signe wollte nur, dass er verschwand.

»Aber das tue ich«, sagte sie darum. »Ich nehme Ihre Entschuldigung an.«

»Wirklich? Sie sind mir nicht böse?«

»Nein.« Sie spürte ihren Worten nach. Nein, sie war ihm nicht mehr böse.

»Sie ahnen ja nicht, wie erleichtert ich bin!« Vor allem hatte sie keine Ahnung, warum er so aufatmete. Was wollte er jetzt wieder von ihr? Auf jeden Fall hatte er es nicht eilig, sich zu verabschieden. »Würde es Ihnen etwas ausmachen, einen Kaffee aufzusetzen? Mir ist ein wenig blümerant. Die Aufregung wahrscheinlich.« Signe stand wortlos auf. Es wäre unhöflich, einem Gast diese Bitte auszuschlagen. Da konnte sie noch so sehr daran zweifeln, dass dieser kräftige Kerl vor Aufregung wackelig auf den Beinen war. Er erzählte ausgiebig von Paris und von Deutschland, wo er lange gewesen war. »Stellen Sie sich vor, jetzt bin ich erst seit wenigen Monaten zurück in der guten alten Heimat, und schon werde ich an einer Ausstellung teilnehmen«, sagte er gerade als sie den Kaffee einschenkte. »Gut, es ist nicht

186

die Herbstausstellung, aber immerhin.« Beinahe atemlos berichtete er von einer kleinen Galerie und einer großen Chance. »Liebe Signe, ich gebe es zu, ich wollte durch Sie Ihrem berühmten Onkel näherkommen.«

»Das sagten Sie schon.«

»Sie müssen mir glauben, dass ich Sie jedoch sehr schätzen gelernt habe.«

Nicht genug, um den Signe-Schatz zu hüten.

»Sie sind eine wundervolle Frau, Signe, das sage ich aus vollem Herzen.« Sie lächelte. »Außerdem ist mir klar, dass Sie sein Talent geerbt haben.« Signe holte Luft, doch er ließ sie nicht zu Wort kommen. »Ich sage nicht, dass Sie seinen Stil geerbt haben, aber sein Talent. Und darum ist mir Ihre Meinung so wichtig.« Mit einem Handgriff löste er die Bänder, die seine Mappe verschlossen gehalten hatten, und öffnete den Deckel. »Sehen Sie sich meine Bilder in Ruhe an. Was halten Sie davon?«

Das also wollte er von ihr? Schon breitete er Blätter vor ihr aus, bedeckte das gesamte Sofa und legte sie auch vor ihr auf den Boden. Grelle wilde Flächen stürmten auf sie ein. Störrisch wie Birgers Schopf. »Denken Sie nicht auch, ich habe mich in den letzten Jahren entwickelt?« Wie konnte sie das wissen? Sie kannte seine frühen Bilder nicht einmal. Ständig nestelte er an dem albernen Schal herum, der für die Jahreszeit zu kalt, für die Wohnung zu warm war. Wie sollte sie seine Malereien in Ruhe betrachten, wenn er jetzt schon ein Urteil von ihr hören wollte?

Sie ließ ihren Blick von einer Zeichnung zur nächsten gleiten. Lange und konzentriert. Sie wünschte, sie könnte etwas darüberlegen, das diese schrillen Kleckse dämpfen würde. Gesichter mit perspektivisch völlig falschen Nasen, die Augen auf unterschiedlichen Höhen. Ein Selbstporträt in kubistischer Manier. Tiere, mit einem einzigen Strich gezeichnet und mit breitem Pinsel vollkommen gefühllos übergetüncht. Wenn Birger auch eigene Ansätze hatte, schrie jeder dieser ungelenken Versuche: Picasso. Drei Bilder fast komplett in Blau, gestrichelte wellenförmige Linien mit gelben Klecksen darin.

»Sie spannen mich aber wirklich auf die Folter, liebe Signe. Aber ich sehe es in Ihren Augen, die Bilder gefallen Ihnen. Ich habe mich entwickelt!«, stellte er sehr zufrieden fest.

»Zu kopieren heißt nicht, sich zu entwickeln«, sagte sie ruhig. Stille. Dann zog er scharf die Luft ein.

»Sie sind mir doch böse. So muss es sein. Sonst würden Sie nicht so ungerecht und unehrlich reden.«

Er wartete noch, ließ die Bilder, wo sie waren.

»Ich war enttäuscht damals, das ist richtig. Doch es ist so lange her und hat längst keine Bedeutung mehr.« Sie hatte keine Lust, länger mit ihm zu reden. Es führte ja zu nichts. »Was ich über Ihre Bilder denke, hat nichts mit der Vergangenheit zu tun. Ich sehe sie jetzt. Und ich denke jetzt.«

»Das hätte ich nicht von Ihnen erwartet.« Nun begann er doch, die Blätter zusammenzuklauben und zurück in die Mappe zu legen. »Nein, für so nachtragend hätte ich Sie nicht gehalten. Ich weiß, ich muss noch lernen, aber ich habe inzwischen durchaus einige Förderer und … Ja, ich würde sagen: Bewunderer.«

»Das freut mich für Sie.«

Birgers Stimme, die sie noch immer an das Knurren eines

Raubtiers erinnerte, floss zwischen seinen Lippen hervor und überflutete jeden Winkel des Zimmers. Signe hörte ihm kaum zu. Sie wünschte, er würde endlich gehen. Er prahlte mit den Namen seiner Lehrer in Paris, bedeutender Künstler in Deutschland, mit denen er gearbeitet hat. Außerdem habe er einen Mäzen in Essen. Terboven. Sein guter alter Freund Josef. Allmählich nahm sie wieder auf, was er sagte. Sie erinnerte sich an den Sandstein und an einen Freund in Deutschland, der ihm bei der Beschaffung geholfen hatte. Sein Name war Josef gewesen.

»Sie waren häufig in der Zeitung, Signe. Obwohl … Sie werden mir das hoffentlich nicht übelnehmen … Ihre Bilder nun wirklich nichts Besonderes sind. Sie müssen gute Kontakte zur Presse haben. Diesbezüglich könnte ich noch etwas Nachhilfe gebrauchen.«

Welch eine Frechheit, auf diese Weise wollte er jetzt also Nutzen aus ihr schlagen. Glaubte er ernsthaft, sie würde ihm helfen, während er sie auch noch beleidigte? »Überlegen Sie es sich, Signe! Sie sind doch noch für die Jungen Künstler tätig?« Sie nickte knapp. »Dann wissen Sie nur zu gut, wie kostbar Kontakte sind. Lassen Sie mich an Ihren teilhaben, und ich lasse Sie von meinen profitieren.«

So einfach war das also. Signe überlegte kurz. Womöglich konnten seine Beziehungen nach Paris und Deutschland wirklich interessant für sie sein. Nur hatte sie nicht im Geringsten Lust, mit ihm zu kooperieren.

»Und was machen Sie so?« Erst jetzt schien er die Bilder wahrzunehmen, die unter Tüchern verborgen an der Wand lehnten. »Lassen Sie mal sehen!«

»Sie sind noch nicht fertig.« Eine Lüge, die ihn doch nicht aufhalten konnte. Schon hatte er mit einem Schwung die Stoffe beiseitegefegt. Sein Mund öffnete sich, doch die knurrige Raubtierstimme kam nicht hervor. Ein Atemzug, ein zweiter. Dann ein Flüstern: »Herrgott, das ist großartig!«

KAPITEL 10

Oslo 1928/1929

Die Reaktionen von Lilla und später von Torstein waren nicht weniger begeistert.

»Ich habe die Frau im Grand Café selbst oft genug gesehen. Mir ist nie aufgefallen, wie eitel sie ist. Unfassbar.« Lilla hatte mit weit aufgerissenen Augen vor dem Bild gestanden und sich keinen Zentimeter gerührt.

»Die Frau, die du gesehen hast … Sie ist es ja nicht. Ich meine, ich habe sie nur als Vorbild gewählt.« Signe würde das Gemälde nie in der Öffentlichkeit zeigen können. Nicht auszudenken, wenn auch andere *die Dame* erkannten und für bare Münze nahmen, was Signe ihr mit Pinsel und Farbe angedichtet hatte.

Torstein zerstreute ihre Bedenken ein wenig: »Sie sind doch nur Symbole. Kein Mensch, der nur ein wenig Verstand besitzt, wird annehmen, du würdest dieser Dame oder diesem Herrn unterstellen, sie seien über die Maßen eitel oder geizig.« Er wandte sich ihr zu. »Wie hast du das nur gemacht, Signe? Es sind einfach nur zwei Personen, die du gemalt hast. Nicht einmal in irgendeiner Form abstrakt, sondern beinahe naturalistisch. Aber irgendwie hast du es geschafft, dass jeder sofort erkennt, was du wirklich auf die Leinwand gebracht hast: ein Laster.« Er schüttelte beinahe ungläubig den Kopf.

191

»Du musst mehr davon machen. Das wirst du doch tun, nicht wahr?«

»Das hatte ich vor.«

»Wunderbar. Wir werden eine Einzelausstellung daraus machen. Nur deine Laster, sonst nichts.« Ihm fiel auf, was er gerade gesagt hatte, Torstein lachte laut auf. »Wer hätte das gedacht?« Dann wurde er wieder ernst. »Bei Blomqvist. Was meinst du?«

»Ich meine, dass du dir mit der Planung getrost Zeit lassen kannst. Es sind bestimmt fünf oder sechs Jahre vergangen von meiner ersten Idee bis zu diesen zwei fertigen Bildern. Du kannst dir ausrechnen, wie lange es dauern wird, ehe alle acht Motive fertig sind, die mir vorschweben.«

»Dann wirst du dich eben ein bisschen beeilen müssen.« Damit war die Sache für ihn klar.

Und Signe beeilte sich. Das war nur die halbe Wahrheit. Es gab in der Vereinigung der Jungen Künstler so viel zu tun. Überhaupt, immer mehr Organisationen, seien sie staatlich oder privat, schlossen sich zusammen, kooperierten. Und Signe befand sich mitten im Herzen all dieser Aktivitäten. Hier bat man sie, sich an einer Ausstellung zu beteiligen, dort wurde sie als Rednerin angefragt, die durch eine Vernissage führen sollte. Zu ihrer großen Überraschung bot Birger ihr an, die *Eitelkeit* und den *Geiz* in der Galerie zu zeigen, in der auch seine Werke für einen Monat zu sehen sein würden. Eine Galerie mit gutem Ruf. Dennoch lehnte Signe ab. Sie teilte Torsteins Meinung, den Zyklus erst zu präsentieren, wenn er vollständig sein würde. Sie gewann sogar ein solches Zutrauen zu dem Projekt, dass sie ihm einen größeren Rahmen wünschte. Die *Laster* sollten im Mittelpunkt stehen, anstatt als Begleitprogramm eines anderen Künstlers die zweite Geige zu spielen. Trotzdem: Birgers Angebot schien freundlich gemeint zu sein. Darum besuchte sie ihn an dem Tag, an dem seine Werke in der Galerie aufgehängt wurden. Sie hatte verstanden, dass Birger mit seinem Geld oder seinem forschen Auftreten in der Lage war, interessante Kontakte zu knüpfen, die auch ihr nützlich sein konnten. Nachdem sie wusste, dass sie seine Gefühle nicht verletzen konnte, weil er für Signe keine hatte, sondern nur für sich selbst, fiel es ihr leicht, die Beziehung rein sachlich zu betrachten. Nach seinem Besuch war ihr eins absolut klar geworden: So schmeichelhaft die Komplimente eines Mannes auch sein mochten, so bereichernd in mancherlei Hinsicht seine Gesellschaft, so wenig hatte all das in Signes Leben einen Platz. Es würde sie nur von ihrer Kunst abhalten, wenn sie die Werke eines Mannes betrachten und loben, wenn sie ihm Kaffee zubereiten musste. Sie war es gründlich leid, am Bügelbrett statt an ihrer Staffelei zu stehen, einen Kochlöffel in der Hand zu haben statt eines Pinsels. Nie wieder würde ein Mann über ihrer Kunst stehen! Wenn sie sich mit Birger traf, dann nur noch, weil sie sich etwas davon versprach.

Signe traute ihm nicht völlig über den Weg, aber sie akzeptierte ihn als Kollegen, der in der Kunstszene immer mal wieder ihren Weg kreuzte.

Sie begegneten sich beispielsweise einmal in der Nationalgalerie, wo gerade ein Gemälde von Harald Oskar Sohlberg gezeigt wurde.

»Ein Ritterschlag, meinen Sie nicht? Wenn die Nationalgalerie einem Maler ein Kaufangebot macht, so ist das ein Ritterschlag.« Birger war ganz erfüllt von diesem Gedanken. Signe dagegen konnte sich nicht von Sohlbergs *Winternacht in Rondane* lösen. Welch eine Kraft! Das Blau sog sie geradezu in das Bild. Kein bisschen naturalistisch und doch, als würde sie in einer klirrend kalten Winternacht aus einer Hütte in den Bergen auf die vom Mond beschienenen Gipfel schauen.

Ehe Signe sich's versah, war das erste Jahr in ihrer neuen Wohnung vergangen. Es war ein Märztag im Jahr 1929, in dem die Hoffnung eines ganzen Lebens lag. Die Sonne hatte bereits Kraft und gaukelte einem vor, Kälte und Frost seien Vergangenheit. In den kleinen Beeten vor dem Haus schoben Blausternchen, Wildkrokus und Schneeglöckchen ihre Köpfchen so keck aus der Erde, dass man meinen konnte, der Frühling sei nicht mehr aufzuhalten. Amsel und Blaumeise wetteiferten mit ihrem Gesang, hatten jedoch gegen den Zaunkönig keine Chance, der mit seinem melodischen Gezwitscher jedes Herz im Sturm eroberte. Signe war von einem Hochgefühl ergriffen. Als sei in dieser grauenvollen Nacht, in der sie den *Geiz* gemalt hatte, die dunkle Mauer der Zweifel eingestürzt. Seither schien ihr alles hell und klar und freundlich. Signe war noch nicht endgültig zufrieden mit ihren Arbeiten, aber sie wusste jetzt, dass da noch viel mehr in ihr steckte, und würde sich von niemandem aufhalten lassen, es ans Tageslicht zu bringen. Ihre Laune stieg umso mehr, wenn der Frühling sein blaues Band flattern ließ, wie es in diesem Künstlerroman hieß. Müsste es nicht heißen: sein buntes Band? War das Wesen des Frühlings nicht gerade das Bunte, das sich nicht zügeln ließ, das Blau und Gelb und

Grün nach Herzenslust kombinierte? Gleichgültig. Hauptsache hinaus! Signe beschloss, einen langen Spaziergang zu unternehmen und zum Mittagessen zu gehen. Mit etwas Glück entdeckte sie jemanden, der ihr als Vorbild für die *Völlerei* dienen konnte. Nicht im Grand Café, das war zu weit weg. Außerdem spürte sie überdeutlich, wie gut es war, Neues kennenzulernen. Sie würde die Gegend um den Åsaveien erkunden. Dafür hatte sie sich doch tatsächlich noch keine Zeit genommen. Sie spazierte die Straße in Richtung Süden bis zum Ende, bog links ab, dann gleich wieder rechts und hielt sich weiter südlich. Signe musste an Torstein denken. Ein Zitronen-Tag war es nicht gerade. Nein, Torstein nannte es Italien-Tag. Sie lächelte versonnen. Zitronen oder Italien, für beides war es definitiv zu kalt. Sie hatte sich von dem blauen Himmel und den verheißungsvollen Sonnenstrahlen täuschen lassen und eine viel zu dünne Jacke gewählt. Ihrer Fröhlichkeit konnte die Kälte jedoch nichts anhaben. Vor ihr lag der Stensparken, der auf dem Gelände einer ehemaligen Schnapsbrennerei angelegt worden war. Bisher war Signe immer nur daran vorbeigegangen, jetzt ging sie mit schnellen Schritten den kleinen langgezogenen Hügel hinauf und hoffte, dass ihr dadurch wärmer würde. Den Bäumen fehlte noch das Laub, und die Grünflächen waren noch von Graubraun durchzogen. Auch hier sorgten Narzissen und Krokusse für hübsche Farbkleckse. Zwischen dem Rasen verliefen sauber angelegte Wege. Wie schön würde es hier im Sommer sein, wenn man sich auf einer Bank im Schatten von Buchen und Linden ausruhen konnte und die Kinder den Spielplatz mit ihrem Lachen beleben würden.

Kinder. Ein Gespräch fiel ihr ein, das sie vor vielen Jahren mit Lilla geführt hatte. Es war im Grand Café gewesen, ein junges Ehepaar mit einem Kinderwagen eilte über den Bürgersteig und zwang Lilla und Signe, einen Bogen darum zu laufen.

»Wolltest du eigentlich nie Kinder haben?«, hatte Lilla unvermittelt gefragt, als sie es sich wenig später auf ihren Sesselchen bequem gemacht hatten.

»Nein!« Signe erinnerte sich, das sie ohne Zögern geantwortet hatte.

»Aber warum nicht? Bleibt es nicht, trotz aller Entwicklungen zum Vorteil von uns Frauen, unsere Bestimmung, Mütter zu werden?«

»Bestimmung? Vor allem ist es eine Verantwortung. Hättest du keine Angst, deine Tochter oder deinen Sohn zu enttäuschen? Ich meine, was erwartet man nicht alles von einer Mutter? Sie soll da sein, wenn das Kind schlecht geträumt hat, soll zur rechten Zeit die Decke umdrehen, damit die kühle Seite nach unten und die verschwitzte an die Luft kommt. Sie muss bei aufgeschlagenen Knien trösten, bei Streit mit Klassenkameraden und dem ersten Liebeskummer.« Lilla hatte sie konzentriert angesehen, in ihren Augen ein verräterischer Schimmer. »Eine Mutter soll ihr Kind Selbstbewusstsein lehren und Manieren, ihm einen Freiheitsdrang ebenso mitgeben wie die Fähigkeit, sich anzupassen. Kinder sollen sich entfalten und doch Rücksicht nehmen. Welch eine Aufgabe!«

»Du wärst eine wunderbare Mutter geworden«, sagte Lilla betrübt. »Du weißt ganz genau, worauf es ankommt.«

»In der Theorie, Lilla, in der Theorie.« Signe hatte gelacht und das Thema gewechselt.

Sie ging weiter, denn es war noch zu kalt, um sich zu setzen. Sie dachte, dass Lilla einmal eine gute Mutter sein konnte, wenn es endlich einem Mann gelang, sie festzuhalten. Nachdem sie einen weiteren Park durchquert hatte, fand Signe sich schließlich am Ufer des Akerselven wieder. Erst jetzt wurde ihr bewusst, wie weit sie gegangen war. Da hätte sie ebenso gut zum vertrauten Grand Café laufen können, wenn sie eine südlichere Richtung eingeschlagen hätte. Nun musste sie etwas Neues ausprobieren. Gut so, genau das wolltest du, erinnerte sie sich. Allein ein Restaurant zu betreten, sich an einen Tisch zu setzen, kostete sie noch immer Überwindung. Aber Signe war hungrig. Sie entdeckte ein Lokal direkt am Fluss, das sie beinahe übersehen hätte. Es lag ein wenig versteckt zwischen hohen Bäumen. Erst als sie das alte Fachwerkgebäude betreten hatte, wurde ihr klar, wie groß es war. Mehrere Gasträume gingen ineinander über. Die meisten der Tische, mit rot-weiß karierten Servietten darauf, waren belegt. Hinter einem großen runden Tisch, reserviert, wie ein kleines Schild anzeigte, fand Signe noch ein Plätzchen. Um keinen Preis wäre sie wieder gegangen, ohne etwas gegessen und getrunken zu haben. Außerdem strahlte ein Holzofen herrliche Wärme ab. Es gefiel ihr hier. Es machte ihr nicht einmal etwas aus, ohne Begleitung zu sein, stellte sie erfreut fest. Signe bestellte Tee und Fisch mit gestampftem Gemüse. Ihre Füße brannten, und sie musste die gesamte Strecke noch zurückgehen. Sie würde morgen jeden Muskel spüren. Zufriedenheit flutete warm durch ihren Körper. Und Stolz. Stolz, auch ein Laster. Obwohl … Torstein hatte sie mehr als einmal ermahnt, dass sie mit Bescheidenheit nicht weiterkäme. Was war so schlecht daran, stolz auf seine Leistung zu sein? Und wo genau lag der Unterschied zwischen Eitelkeit und Stolz? Gab es überhaupt einen? Vielleicht war Stolz einfach der charmantere Zwilling, derjenige, der kein bisschen besser war als seine Schwester Eitelkeit, der im Gegensatz zu ihr allerdings geliebt wurde. Für den *Neid* hatte sie bereits eine Skizze gemacht, für die *Völlerei* hatte sie Ideen. Es würde nicht einfach werden, die Feinheiten herauszuarbeiten, die Stolz und Eitelkeit unterschieden. Hamsun kam ihr in den Sinn, wie er im Grand Café davon gesprochen hatte, dass ihm der Nobelpreis nach den vielen Jahren doch wirklich zustand. Verdient hatte er ihn. Das war seine Meinung. Und es war gewiss beides, Eitelkeit und auch Stolz. Was war mit ihrer Mutter, wäre nicht auch sie ein geeignetes Vorbild für diese Laster? Anna Munch war mächtig stolz auf jede ihrer Veröffentlichungen.

Signe war tief in ihre Gedanken versunken, da öffnete sich die Tür des Lokals und eine Gruppe Menschen trat ein. Man konnte sie nicht ignorieren, denn sie diskutierten angeregt. Die Härchen an Signes Körper stellten sich auf. Gerade hatte sie noch leicht gefröstelt und sich ihren Schal um die Schulter legen wollen, jetzt bemerkte sie, wie ihr der Schweiß ausbrach.

»Ich bleibe dabei: Mit dem Kieler Frieden wurde der Grundstein für Norwegens Souveränität gelegt. Gleichzeitig fiel Grönland an Dänemark.« Welch eine Stimme! Gänsehaut überzog Signes Arme und ihren Nacken. Sie schauderte. Eine Frau lachte. Am liebsten hätte Signe dieser Frau verboten, auch nur einen Ton von sich zu geben, damit die Stimme nachklingen konnte. Stühle wurden hinter Signes Rücken über den Boden geschoben. Mäntel raschelten, als zwei Kellner den neu eingetroffenen

198

Gästen die Garderobe abnahmen. Der Mann, dessen Ausstrahlung Signe schon beim Eintreten gespürt hatte und dessen Stimme sie dermaßen in Aufruhr versetzte, stand ganz nah hinter ihr. Sie fühlte es, als hätte er ihr die Hände auf die Arme gelegt, nein, als würde sich sein ganzer Körper sanft gegen ihren lehnen, gegen ihren Nacken, ihre Schultern. Sie konnte sich unmöglich umdrehen, dachte sie, während sie sich bereits umwandte. Ihre Blicke trafen sich. Ein Fremder. Und doch erkannte sie ihn. Tiefe Vertrautheit.

Er nickte ihr zu, seine Lippen verzogen sich zu einem freundlichen Lächeln, als er sie ansprach: »Was sagen Sie dazu? Wir streiten gerade gehörig über Ost-Grönland. Die einen sagen, die Dänen haben ein allzu einnehmendes Wesen. Es steht ihnen nicht zu, die Oberhoheit über Grönland zu beanspruchen. Die anderen dagegen sind der Ansicht, die Dänen hätten sehr wohl das Recht dazu.«

Signe hätte ihm stundenlang zuhören können. Es spielte keine Rolle, worüber er redete, aber seine Stimme war Musik. Die schönste Musik, die sie je gehört hatte. Es war nicht nur die Stimme, wurde ihr klar, es war die Art, wie er betonte, wie er einige Buchstaben präzise artikulierte, andere dagegen weich über die Lippen fallen ließ. Er wartete auf eine Antwort. Zwischen seinen Augenbrauen entstand eine zarte Falte und war auch schon wieder verschwunden. Signe hatte es die Sprache verschlagen. Als hätte ein Stromschlag überall in ihrem Körper kleine Feuer entzündet. Wie war das nur möglich? War ihre Welt bis zu dieser Sekunde nicht schwarz-weiß gewesen? Jetzt war sie bunt. Als wäre in Signes Innerem der Frühling ausgebrochen, als wären alle Knospen gleichzeitig aufgesprungen.

»Entschuldigung«, sagte er und lächelte wieder. »Ich wollte Sie nicht überfallen.« Er war so zart. Sie konnte ihren Blick nicht von seinen Lippen wenden. Volle Lippen wie die einer Frau. Welch ein Kontrast zu der Stärke und der Entschlossenheit, die in seinen blauen Augen wohnten. Pure Männlichkeit. Das kurze blonde Haar trug er nach hinten gekämmt. Wie ein Weizenfeld, durch das der Wind streicht. Signe bemerkte, dass die anderen sich verstohlen anstießen.

»Verzeihung.« Ein Glück, sie brachte Töne heraus. »Grönland, sagen Sie?« Er war jünger als sie, deutlich jünger.

»Ja, Grönland«, antwortete eine Dame die das Haar altmodisch zu einem Knoten gedreht trug. Dennoch wirkte sie modern und ebenfalls um viele Jahre jünger, als Signe war. »Das ist doch keine schwere Frage.«

»Möglicherweise nicht«, gab Signe zögernd zurück. »Ich weiß nicht. Warum fragen Sie das gerade mich?«

»Sie werden doch wohl eine Meinung haben.« Die Dame mit dem Knoten verzog spöttisch die Mundwinkel.

»Nein.«

»Nein?« Die Knoten-Dame wandte sich an die anderen. »Seit sechzehn Jahren haben wir Frauen in diesem Land das Wahlrecht, und sie hat keine Meinung!«

Der Mann mit der Musikstimme sagte leise: »Ich hätte Sie nicht überfallen dürfen. Bitte, verzeihen Sie. Ich hätte nur so gerne eine Entscheidung gehabt.« Er seufzte. »Wir diskutieren schon eine Weile. Nun, es steht gerade fünfzig fünfzig …«

»Tut mir leid, ich fürchte, ich kann Ihnen nicht helfen.« Signe hätte liebend gern etwas Kluges gesagt. Was würde Lilla an ihrer Stelle tun? Wahrscheinlich würde sie darum bitten, mehr zu erfahren, in die Diskussion einbezogen zu werden. In null Komma nichts hätte sie bei diesem Mann am Tisch gesessen. Das wäre …

»Ich müsste darüber nachdenken, mir mehr Informationen beschaffen«, sagte sie stattdessen und schickte sich an, sich wieder umzudrehen.

»Sie sind Signe Munch, nicht wahr?« Das war ein Mann auf der anderen Seite der runden Tafel. Sie nickte.

»Signe Munch, wirklich?«, rief die Knoten-Dame aus. »Dann ist es ja kein Wunder. Sie sind bekannt für Ihre Heimatbilder, ist es nicht so? Warum lernen Sie nicht von Ihrem Onkel und malen Ihr Inneres? Oder gibt's da vielleicht nichts Interessantes?«

Sie blickte zustimmungsheischend in die Runde.

»Vielleicht malt sie ja ihr Inneres.« Die melodiöse Stimme. Augenblicklich wurde Signe wieder lockerer, die sich gerade noch angespannt hatte.

»Pferde und Blumen?« Nun lachten einige am Tisch. Leise nur, doch sie lachten über Signe.

»Was ist, wenn sie erfüllt ist von der Natur, von ihrer Heimat?« Die blauen Augen blickten herausfordernd von einem zum anderen. »Ich verstehe nicht viel davon. Aber darf man sein Inneres nur malen, wenn es finster ist und verkommen?«

»Typisch Einar«, meinte eine andere Dame. Sie hatte eingefallene Wangen und sah seltsam traurig aus. »Er kann es nicht ertragen, wenn jemand angegriffen wird. Du solltest ihm dankbar sein«, sagte sie zu der Knoten-Frau. »Wenn er dich nicht ab und zu bremsen würde, würdest du mit deiner unverschämten Art noch viel öfter anecken. Außerdem solltest du dich entschuldigen, finde ich.«

201

Die mit dem Knoten plapperte los, eine Entschuldigung war nicht darunter, wenn Signe nicht irrte. Gewettet hätte sie nicht, denn sie hörte einfach nicht zu. Sie war ganz ausgefüllt von einem Satz, von einem Moment.

»Einar Siebke«, stellte sich der Mann mit dem Weizenhaar vor, »freut mich sehr, Sie kennenzulernen, Signe Munch.« Er reichte ihr die Hand.

Signe hätte nicht sagen können, wie sie nach Hause gekommen war. Von weitem Weg keine Spur. Einmal war sie sogar zu früh abgebogen, sodass sie noch einige Meter weiter gelaufen war als nötig. Es machte ihr nichts aus. Die ganze Zeit hatte sie sein Gesicht vor Augen, seine Stimme im Kopf und in ihrem Herzen. Das änderte sich auch in den folgenden Tagen nicht. Was war nur los mit ihr? Eine Unruhe hatte sie ergriffen, die gleichzeitig unendlich viel Energie bedeutete. Kaum auszuhalten und wunderschön. Ganz gleich, ob Signe Gemüse putzte oder ein Bild beendete, sie dachte bei jedem Handgriff an ihn. Signe fühlte sich, als hätte sie ein Vögelchen in ihren Eingeweiden eingesperrt, das aufgeregt flatterte.

»Ich werde noch wahnsinnig«, vertraute sie Lilla ein paar Tage später an. »Ich muss unbedingt ein neues Bild anfangen, ein neues Laster. Glaubst du, ich kann mich konzentrieren? Nein, kann ich nicht! Ich habe schon alles versucht, ständig entgleiten mir meine Gedanken.«

»Was ist denn nur los mit dir?«

»Ich habe jemanden getroffen.« Signe erzählte von der Begegnung, atemlos, mit brennenden Wangen.

»Du hast dich verliebt«, sagte Lilla, nachdem sie ihr eine

Weile zugehört hatte, ohne sie ein einziges Mal zu unterbrechen. »Es ist wirklich passiert.«

Signe lachte auf, im nächsten Moment schossen ihr Tränen in die Augen. »Ja, Lilla«, sagte sie leise. »Ich wusste ja nicht, wie das ist. Jetzt verstehe ich die ganze Aufregung darum. All die Lieder, die Bücher, die Bilder. In Wirklichkeit fühlt es sich noch viel schöner an.«

»Nicht wahr? Es gibt nichts Besseres. Ach, Signe, ich freue mich so für dich. Du musst ihn wiedersehen. So schnell es geht.«

Signe erschrak. Sie kannte seinen Namen, es würde wohl möglich sein, etwas über ihn herauszufinden, seine Adresse sogar. Und dann? Er kannte ihren Namen ebenfalls und hatte nichts unternommen, um sie wiederzusehen. Er konnte verheiratet sein, Kinder haben. Das war sogar höchstwahrscheinlich. Selbst wenn nicht, was sollte sie sagen? Ich habe mich zum ersten Mal in meinem Leben verliebt. Zwar bin ich schon ein bisschen alt dafür, aber es wäre nett, wenn Sie es trotzdem mit mir versuchen würden. Eine brillante Idee mit gewiss größter Aussicht auf eine Abfuhr. Irgendetwas in der Art, wie er sie angesehen hatte, als er ihr die Hand gereicht hatte, gab ihr Hoffnung, dass er ihr keine Abfuhr verpassen würde. Er freute sich, sie kennenzulernen. Das war durch und durch aufrichtig gewesen. Sie stellte sich vor, mit ihm ins Museum zu gehen, ins Theater, zum Essen. Sie konnten über Kunst reden, über Politik sogar. Eine schöne Vorstellung, nur würde es ihr nicht genügen.

»Signe, bist du noch da?« Lillas Stimme knisternd durch das Telefon, das sich Signe kürzlich angeschafft hatte.

»Ja, ja, natürlich. Ich muss nur … Vielleicht könnten wir uns sehen? Irgendwann in den nächsten Tagen.«

»Du hast wohl wirklich nur noch ihn im Kopf.« Lilla lachte auf. »Wir sehen uns übermorgen, schon vergessen?« Lillas erste Ausstellung. Nichts Großes, aber für sie natürlich von ungeheurer Bedeutung.

»Das habe ich nicht vergessen. Nur wirst du übermorgen keine Zeit haben, mit deiner alten Freundin zu plaudern. Asael wird doch bestimmt auch da sein.« Lilla war schon eine gute Weile mit Asael zusammen, länger als mit jedem anderen davor. Es schien etwas Ernstes zu sein zwischen ihr und dem Schuster.

»Komm einfach ein bisschen früher. Asael hat länger zu tun, er wird mich abholen. Dann wollen wir ein wenig feiern gehen. Du kannst mir vor der Ausstellung von deinem Angebeteten erzählen, hinterher begleitest du uns in ein schickes Lokal.«

Signe versuchte, wenigstens mit dem Rest des Tages noch etwas Sinnvolles anzufangen. Sie nahm sich den vierten Teil ihres Gemäldezyklus vor, die *Völlerei*. Es war wie mit der *Eitelkeit* und dem *Stolz*, ging ihr durch den Kopf. Die Ähnlichkeiten waren groß. Mit der *Völlerei* und der *Gier* war es nicht anders. Plötzlich hatte sie Birger vor Augen, gierig nach Erfolg, nach Komplimenten, nach Kontakten. Gierig nach Ruhm. Sie würde eine Skizze machen. Während sie den Bleistift behutsam mit einem Messer anspitzte, verschwamm Birger, als würde sie sein Gesicht im Spiegel einer Wasserfläche sehen, in die jemand einen Stein geworfen hatte. Je ruhiger die Oberfläche wieder wurde, desto deutlicher zeigte sich ein anderes Antlitz: Einar Siebke. Auf der Stelle war die Erkenntnis wieder da: Sie wollte mehr von ihm als eine harmlose Freundschaft. Es würde ihr nicht genügen, mit ihm auszugehen. Die Signale ihres Körpers waren eindeutig. Nie gekannt und doch unmissverständlich. Herrgott, sie war fünfundvierzig Jahre alt! Ein bisschen spät, um einen Mann zu verführen. Noch dazu einen jungen, äußerst attraktiven Mann. Signe warf den Bleistift auf den Tisch und wanderte von einem Fenster zum anderen und wieder zurück. Johannes Landmark hatte seine ehelichen Rechte eingefordert. Nicht sehr häufig glücklicherweise. Es war auszuhalten gewesen. Von Verführung verstand sie ungefähr so viel wie vom Segeln, von den Ansprüchen auf Grönland oder der japanischen Sprache.

Aber Männer erwarteten heutzutage doch mehr von einer Frau, als es zu Zeiten ihrer unglückseligen Ehe noch der Fall gewesen war. Bis jetzt hatte es ihr nie etwas ausgemacht, so unerfahren zu sein. Nun hasste sie es. Selbst Lilla, achtzehn Jahre jünger als sie, hatte ihr auf diesem Gebiet unendlich viel voraus.

»Es muss nicht immer gleich die große Liebe sein, ein guter Liebhaber zwischendurch ist doch auch eine Freude«, hatte Lilla früher oft gesagt. Wenn schon Frauen derartige Ansprüche hatten, was erwarteten dann erst die Männer? Signe wünschte sich brennend, Einar Siebke würde ihr zeigen, was er von einer Frau wollte. Ein vollkommen unmöglicher Gedanke. Sie hatte diesen Mann ein Mal gesehen und verzehrte sich schon jetzt danach, ihn zu berühren. Gleichzeitig brachte die Angst davor sie beinahe um.

Tags drauf zwang Signe sich, vor der angefangenen Skizze der *Gier* stehen zu bleiben. Ganz gleich wie lange es dauern würde, wie oft sie ihre Sinne wieder auf die fast weiße Leinwand vor sich konzentrieren musste, sie würde nicht nachgeben. Erst zwei fertige Bilder und zwei unvollständige Skizzen. Von acht Motiven insgesamt. Höchste Zeit, konsequent bei der Sache zu bleiben. Gier. Einar Siebke tauchte vor ihr auf. Sanfte Züge, die mit Gier rein gar nichts zu tun hatten. Reiß dich zusammen. Freut mich sehr, Sie kennenzulernen, Signe Munch. Musik in ihrem Kopf. Nein, nein, nein. Gier. Was macht die Gier aus? Sie starrte auf ihre Bleistiftstriche, bis die Struktur des Gewebes vor ihren Augen verschwamm. Bis die melodische Stimme sich veränderte, härter wurde, älter. Onkel Edvard kam ganz von alleine zu ihr. Male, was du gesehen hast! Mit ihm kamen Bilder in ihr hoch, Fratzen, die sie vor Jahrzehnten erschreckt hatten. Erst noch im Nebel, wurden sie langsam schärfer und klarer. Jetzt sah sie es ganz deutlich vor sich. Weihnachten. Sie mochte vielleicht drei oder vier Jahre alt gewesen sein. Ihre Eltern waren mit Signe zu Verwandten gefahren, um dort den Vorweihnachtsabend zu verbringen. Der Duft von Lebkuchen, Zimt und natürlich von zerlassener Butter für die Risengrynsgrøt füllte ihre Nase aus, als wäre er wirklich hier, in ihrer Wohnung im Åsaveien. Sechs Erwachsene waren es damals gewesen, erinnerte sich Signe, und acht Kinder. Wie lange hatte sie keine Risengrynsgrøt mehr gegessen. Nicht einmal mehr daran gedacht, hatte sie. Doch jetzt fiel ihr wieder ein, dass man ein Schälchen davon immer nach draußen gestellt hatte. Für Julenisse. Der Wichtel mit roter Mütze und weißem Bart passte nicht nur auf, dass Haus und Bewohnern kein Leid geschah, sondern er war es auch, der die Geschenke brachte. Nur eine kleine Portion für Julenisse, eine große Schüssel der Grütze, mit Zucker, Zimt und brauner Butter ein Gedicht, war für die Menschen bestimmt. Eine köstliche Erinnerung, die sich lange in einem Winkel von Signes Gedächtnis verborgen hatte. Ihre Kehle schnürte sich zu, als der Rest der Erinnerung an den Vorweihnachtsabend zurück in ihr Bewusstsein drängte. Sie sah vor Gier hässlich verzogene Mienen. Jeder, ob Mann oder Frau, ob Alt oder Jung, wollte die eine Mandel haben, die, so bestimmte es der Brauch, in der Grütze versteckt war. Signe fiel wieder ein, dass ihr der Appetit gründlich vergangen war. Nicht einen Löffel hatte sie haben wollen, als sie mit ansah, wie die anderen sich auf die große Schale stürzten. Jeder wollte sich zuerst nehmen. Und dann stocherten sie in der Masse herum, dass die Butter über das blütenweiße Tischtuch spritzte. Auch von dem köstlichen Brei landete einiges neben den Kristallschälchen. Es schien niemanden zu stören. Die Gier hatte Signe aus jedem der Augenpaare angeschrien. Das alles für ein Marzipanschwein, den Lohn für jenen, der die Mandel in seinem Brei fand. Erschöpft ließ Signe den Bleistift sinken. Die Skizze war fertig. Ein paar Ergänzungen hier und da, doch im Großen und Ganzen war es getan. Sie hatte sogar schon notiert, was sie in welcher Farbe malen würde. Ein helles Gelb mit einem Grünstich würde sie brauchen, dazu etwas Kaltes, Metallisches, silbriges Grau.

Natürlich gelang es Signe und Lilla nicht, sich vor Beginn der Ausstellung über diesen offenbar ganz ungewöhnlichen Mann zu unterhalten, wie Lilla sich ausdrückte, der Signe das Herz geraubt hatte. Selbst wenn Lilla nicht in jeder Sekunde etwas anderes eingefallen wäre, was noch zu erledigen sei, und obwohl sie wirklich tausend Fragen hatte – Wie genau sieht er aus? Worüber habt ihr gesprochen? Habt ihr euch überhaupt unterhalten, oder war es nur eine flüchtige Begrüßung? –, blieb keine Ruhe für auch nur eine einzige vernünftige Antwort. Am liebsten hätte Signe von ihren Ängsten gesprochen, ihren Befürchtungen, was sie alles falsch machen konnte, wenn sie mit ihm alleine wäre. Wie gerne sie mit ihm alleine wäre! Auch das hätte sie Lilla gern anvertraut, doch es war unmöglich. Immer war jemand in ihrer Nähe, ständig bestand die Gefahr, dass jemand etwas aufschnappte.

»Tut mir so schrecklich leid.« Lilla setzte eine zerknirschte Miene auf. »Kannst du es morgen einrichten? Dann komm doch auf einen Tee zu mir. Ich verspreche, ich nehme mir alle Zeit der Welt für dich.«

»Ja, mal sehen.«

»Bitte nicht böse sein.« Lillas Blick konnte einen Baumstamm in Wachs verwandeln. Armer Asael. Unmöglich, dass er ihr je eine Bitte ausschlug. »Du gehst doch trotzdem heute Abend mit uns aus, ja?«

»Weißt du, Lilla, ich denke, Asael wird sich freuen, deinen Erfolg mit dir allein zu begießen. Da störe ich nur.« Sie hatte nicht im Geringsten Lust, das fünfte Rad am Wagen zu spielen. Ehe Lilla Einspruch erheben konnte, sagte sie: »Jeder würde stören, ich nehme das nicht persönlich.«

»Fräulein Schweigaard, könnten Sie bitte kurz kommen? Der Herr von der *Aftenposten* ist da.«

Lilla verdrehte die Augen und lachte. »Fühlt sich fast schon ein bisschen an, als wäre ich berühmt«, flüsterte sie. »Wem sage ich das? Für dich ist das alles kalter Kaffee. Nicht weglaufen! Vor allem reden wir noch mal über heute Abend. Ich würde mich wirklich freuen, wenn du mit uns kämst.« Sie huschte davon. Lilla ging auf die dreißig zu und bewegte sich geschmeidig wie eine Elfe.

Der Redakteur von der *Aftenposten* machte seine Arbeit offenbar sehr gründlich. Lilla blieb lange fort. Die ersten Gäste kamen, die Ausstellung wurde offiziell eröffnet. Signe nahm ein Glas Wein, das ein junges Mädchen mit Häubchen und Schürze reichte. Sie sah sich ein Bild nach dem anderen an. Ein bisschen Expressionismus, ein bisschen Romantik, wenig Experimentelles. Lillas Gemälde, eine Gasse in Oslos Hafenviertel, ein Reh im Herbstwald und zwei Mädchen am Strand, konnten sich sehen lassen. Vor allem im Vergleich zu den anderen noch unbekannten Künstlern hatte sie eine klare Handschrift, einen unverkennbaren Pinselstrich. Lillas Fröhlichkeit sprang geradezu aus all ihren Werken. Signe musste lächeln. Das war es, was diese Bilder fertigbrachten, sie steckten mit der Lilla-Laune an und zogen selbst die störrischsten Mundwinkel nach oben. Signe spürte diesem faszinierenden Effekt nach, stand ganz still vor den beiden Mädchen am Strand. Von einer Sekunde auf die andere stellten sich ihre Nackenhaare auf. Signe schnappte nach Luft. Sie hatte ihn nicht gesehen oder gehört, doch sie wusste, dass er da war. Signe fuhr herum. Einar Siebke stand noch an der Tür. Er hob den Kopf, sah sie an. Das Lächeln begann in seinen Augen, ehe es die Lippen erreichte. Signe musste schlucken, ihr Atem ging schnell, viel zu schnell. Er kam direkt auf sie zu.

»Guten Tag, Signe Munch. Wie schön, Sie hier zu treffen. Ich hatte es mir gewünscht.«

»Herr Siebke. Ich freue mich auch. Sehr.« Sie nahm die Hand, die er ihr reichte. Was tat er denn, um Himmels willen? Er zog sie sanft an sich und küsste sie auf die linke, dann auf die rechte Wange. Nun ja, Küsse waren es nicht, aber doch eine Begrü-

209

ßung, die unter Freunden üblich war, unter Vertrauten. Sie konnte ihn riechen, seine weiche Haut an ihrer spüren. Er hatte sich gewünscht, sie hier zu treffen. Signe hatte nicht einmal das gewagt.

»Willst du uns nicht bekanntmachen?« Die Stimme einer Frau riss Signe aus ihrer Seligkeit.

Er sah kurz zu der Dame, mit der er offenbar gekommen war. »Verzeihung. Liv, das ist Signe Munch. Frau Munch, Liv Holm. Sie ist Schauspielerin.«

»Sehr erfreut«, sagte Liv mechanisch, ihre Augen sagten etwas anderes. Ihr Blick wanderte zu den beiden Mädchen am Strand. »Ist das von Ihnen?«

»Nein. Die Künstlerin heißt Lilla Schweigaard. Wenn Sie sie kennenlernen möchten ...«

»Nicht unbedingt.« Liv blickte sich gelangweilt um. »Ist sie eine Freundin von Ihnen?«

»Ja, das ist sie.«

»Nun ja. Nette Bilder. Was meinst du, Einar?«

»Sie strahlen eine große Fröhlichkeit aus.«

Alles um ihn herum verblasste.

»Nicht wahr?« Signe hätte in diesen blauen Augen versinken mögen. »Interessant, dass Sie es auch so sehen, obwohl Sie Lilla nicht kennen. Ich glaubte, ich sei voreingenommen.«

Liv schlenderte an Lillas Bildern vorbei zum nächsten Maler. »Nehmen Sie es mir bitte nicht übel, aber mir scheint, es gibt hier nichts Aufregendes zu sehen.«

»Schönheit liegt im Auge des Betrachters, sagt man wohl«, Signe räusperte sich. Ihre Wangen brannten. Hoffentlich waren sie nur halb so rot, wie sie sich anfühlten.

210

»Solides Handwerk dagegen erkennt jeder Fachmann. Meiner Meinung nach beherrschen die Künstler, die hier ausstellen, ihr Handwerk sehr ordentlich.« Liv verzog unwillig das Gesicht. »Nun ja, wenn ein Bild in der Lage ist, eine bestimmte Emotion auszustrahlen ...« Sie sah scheu zu Einar herüber. »Als kleines Kind verstand ich die Bilder meines Onkels Edvard noch nicht«, erzählte sie. »Trotzdem habe ich in jedem genau das Gefühl erkannt, das er damit zum Ausdruck bringen wollte.« Herrje, was redete sie da, das interessierte doch keinen.

»Edvard Munch ist Ihr Onkel?« Liv wandte sich ihr zu und betrachtete sie, als sähe sie Signe zum ersten Mal. »Er ist ein wahrer Künstler. Er legt sein Innerstes in seine Werke, ist es nicht so? Von ihm sollten diese Pinselakrobaten lernen!« Sie fing einen Blick von Einar auf. »Entschuldigung, das ist nicht gegen Ihre Freundin. Ich wünschte jedenfalls, ich hätte diese Tiefe, die in Edvard Munchs Seele schlummert, und könnte sie auf die Bühne bringen.« Signe schauderte. Drei Engel an Edvards Bett, Sorge, Schmerz und Tod. Wenn Liv wüsste, würde sie gern auf die Tiefe verzichten.

»Man sollte sehr vorsichtig sein mit seinen Wünschen«, sagte Signe ruhig. »Seien Sie dankbar, wenn Sie keinen Abgrund in sich tragen, wenn Sie stattdessen Leichtigkeit auf die Bühne bringen können und Freude. Ich denke übrigens, auch Bilder dürfen Freude bereiten. Ich sah in Kopenhagen Bertel Thorvaldsen und Anna Ancher. Seine Skulpturen und ihre Bilder erfreuen die Seele.«

Lilla war zu ihnen getreten, doch Liv kümmerte es nicht. »Ach du liebe Güte, Freude!«, rief sie ungerührt aus. »Kunst muss den Betrachter bewegen, muss aufrütteln.« Ihr Lachen klang aufgesetzt. Schauspielerin eben. Signe seufzte müde. Die alte Leier. Sie mochte diesen Unfug nicht länger hören. »Freude, meine Liebe, macht auch das Lachen eines Kindes, das von nichts eine Ahnung hat. Muss Kunst nicht viel mehr leisten?« Signe sah die fröhlich blitzenden blauen Augen eines Jungen mit Wollmütze auf blondem Haar vor sich. Ein Gesicht, das einem das Herz öffnete.

»Ich denke, wenn Kunst das Gleiche bewirken kann, was das Lachen eines Kindes in uns auslöst, dann fehlt es ihr an nichts.«

Liv stutzte. »Ich sehe mal, ob es doch noch etwas zu entdecken gibt«, sagte sie schnippisch und ging davon.

Signe sah scheu zu Einar herüber. Liv war immerhin seine Begleitung. Es war nicht richtig, sie zu verärgern oder womöglich zu beleidigen. Er jedenfalls sah nicht verärgert aus oder beleidigt. Im Gegenteil. Dieser Blick. Er wärmte ihr das Herz.

»Klug gesprochen, liebe Freundin.« Lilla strahlte sie an. »Kein Wunder, diese Diskussion kann dich wohl nicht mehr schrecken, so oft, wie du sie hast führen müssen.« Sie sah keck von Signe zu Einar und wieder zu Signe.

»Oh, Entschuldigung, ich … Darf ich Ihnen meine Freundin Lilla Schweigaard vorstellen, die diese drei Bilder hier gemalt hat? Und das ist Einar Siebke!«

»Wie er dich angesehen hat!« Lilla hockte auf ihrem Sofa, die Füße unter den Po gezogen. »Als du sagtest, wenn Kunst das Gleiche auslösen könne wie das Lachen eines Kindes, dann mangele es ihr an nichts. Ha, da ist es um ihn geschehen!« Sie schlug triumphierend mit der flachen Hand auf ihren Oberschenkel.»Wenn du nicht schon früher sein Herz erobert hast, dann in diesem Augenblick.« Signe wollte es zu gerne glauben. »Mein Fall ist er nicht«, sagte Lilla leichthin, »ein bisschen zu harmlos. Aber bestimmt sehr nett, das steht fest.«

»Ja, das ist er, ein durch und durch freundlicher Mensch. Und sehr klug. Er kann über den Mathematikerkongress ebenso etwas sagen wie über die Nordischen Ski-Weltmeisterschaften.«

»Was macht er beruflich?«

»Er ist Lehrer.«

Ehe sie mehr dazu sagen konnte, rief Lilla:»Das passt sehr gut. Oh, wie sein Gesicht geleuchtet hat, als von Kindern die Rede war. Gewiss will er einen ganzen Stall voller Schreihälse. Jede Wette! Und er will dich.« Sie schlang die Hände um ihre Knöchel und strahlte. Signe dagegen fröstelte. Kinder.»Werdet ihr euch wiedersehen? Natürlich werdet ihr, ihr müsst! Gibt es schon eine Verabredung?« Lilla war aufgeregt, als ginge es um sie und einen neuen Verehrer.

»Er hat mich zu seinem Geburtstag eingeladen.«

»Das ist wundervoll. Ich hoffe doch, es wird eine Feier unter vier Augen.« Sie lächelte verschmitzt.

»Nein, Lilla, das wird es ganz sicher nicht. Sie denken am Ende noch, ich habe nur schreckliche Freunde, hat er gesagt.«

»Er möchte, dass du seine Freunde kennenlernst? Noch besser!« Lilla konnte ihre Begeisterung nicht zügeln, ihre Stimme überschlug sich und war ohnehin schon noch eine Nuance höher als gewöhnlich.»Hoffen wir mal, diese Liv Holm gehört nicht dazu. Eine schreckliche Person, findest du nicht?«

Signe nickte.»Sie ist seine Schülerin und hat lange in Stockholm gelebt. Genau wie er. Jetzt ist sie zurück in Norwegen. In

Oslo ist sie fremd, darum geht er ab und zu mit ihr aus. Um es ihr leichter zu machen, sich einzuleben.«

Lilla legte die Stirn in Falten. »Sie ist seine Schülerin? Als du sagtest, er sei Lehrer, habe ich mir kleine Hosenscheißer vorgestellt. Was unterrichtet er?«

»Ich weiß es nicht genau. Er sagte etwas von Musik oder Sprache.« Signe versuchte sich zu erinnern. »Ich weiß es einfach nicht mehr. Lieber Himmel, Lilla, ich bin vollkommen durcheinander und führe mich auf wie ein Backfisch!«

Mit Lilla darüber zu lachen, dass sich Signe trotz ihres Alters gebärdete wie ein junges Mädchen, das sich zum ersten Mal verguckt hatte, war eine Wohltat gewesen. Später, als sie allein war, verging Signe das Lachen gehörig. Lilla war zwar reifer geworden, sie redete trotzdem noch, wie ihr der Schnabel gewachsen war. Manches Mal noch immer, ohne nachzudenken. Was, wenn sie recht hatte? Er will Kinder, und er will dich. Lillas Worte. Zu schön, um wahr zu sein, und gleichermaßen eine Katastrophe. Beides konnte dieser Herr Siebke nicht haben. Sosehr es sie schmerzte, sie war zu alt, um ihm dieses Geschenk zu machen. Diese Einsicht war natürlich nicht überraschend, stürzte sie deshalb aber nicht weniger in Verzweiflung. Am besten, Signe beendete das Ganze, ehe es überhaupt anfing. Sie musste ihm eine Nachricht zukommen lassen, dass sie leider nicht zu seiner Geburtstagsfeier kommen konnte. Er käme darüber hinweg, er konnte sich nach einer Frau umsehen, die jung genug war, ihm Kinder zu gebären. War Egoismus nicht auch ein Laster? Natürlich war es so. Und auch wenn es eine Todsünde wäre, könnte sie sich nicht dagegen wehren. Sie wollte hingehen. Unbedingt. Sie wünschte es sich so sehr. Einar Siebke war ein erwachsener Mann, der seine Entscheidungen gut alleine treffen konnte. Noch wusste sie nicht einmal, was er überhaupt von ihr wollte. Noch hatte sie keine Vorstellung davon, ob er bereits Kinder hatte. Vielleicht war er früh Witwer geworden. Es gab nur einen Weg, Antworten zu finden, Signe würde seine Einladung annehmen.

KAPITEL 11
Oslo 1929

Der 25. April war ein milder Frühlingstag. Überall verhei-
ßungsvoll dicke Knospen, rosa schimmernd. Alles war einerseits zart, sprühte andererseits vor Kraft und Energie. Und
dann dieser süße, frische Duft! Einar hatte in die Lyder Sagens
Gate Nummer zwei geladen. Welch eine Überraschung! Signe
musste den Åsaveien nur bis zum Ende gehen, kurz abbiegen,
schon stand sie vor dem roten Holzhaus. An dem Tag, an dem
Einar ihr zum ersten Mal begegnet war, war es ihr schon aufgefallen. Man konnte es unmöglich übersehen, zwei Stock-
werke plus Dachgeschoss, überdachte hölzerne Balkone, zum
Garten raus eine Veranda. Nicht verspielt, aber elegant verziert
und ochsenblutrot gestrichen. Die Holzhäuser verschwanden
mehr und mehr aus Oslos Straßen. Vernünftig, denn wenn
wieder ein so verheerendes Feuer ausbrechen würde, wie es
schon mehrfach geschehen war, zuletzt 1624, würde erneut die
ganze Stadt in Flammen aufgehen. Steinhäuser boten einfach
den besseren Schutz. Trotzdem mochte Signe diese mit Schnit-
zereien versehenen alten Fassaden. Sie erzählten von früher,
sie erinnerten sie an Åsgårdstrand. Hier also lebte er, nur einen
Steinwurf von ihr entfernt, ganz nah am Stensparken, dem be-
grünten Hügel auf dem Gelände einer ehemaligen Schnaps-

brennerei. Sie öffnete die Pforte, ging die wenigen Schritte zur
Eingangstür. Wenn ihr Herz doch nur aufhören würde, derartig zu rasen. Sie atmete tief ein und aus, noch einmal ein
und ... Ein blank poliertes Schild fiel ihr auf. *Barratt Due
Musikkinstitutt* war darauf zu lesen. Hatte sie etwas falsch verstanden? Wohnte er am Ende gar nicht hier? Die Tür flog auf,
er stand vor ihr. Signe musste noch einmal nach Luft schnap-
pen.

»Wie schön, dass Sie gekommen sind. Ich freue mich sehr
darüber, Signe.« Seine Augen leuchteten.

»Danke für die Einladung. Und vor allem: Alles Gute zum
Geburtstag, Einar.« Sie streckte ihm die Hand hin, neigte sich
im gleichen Augenblick vor. Er zögerte nicht, sie an sich zu ziehen und ihr zur Begrüßung Küsse auf die Wangen zu hauchen.
Dieses Mal waren es Küsse. In der Galerie hatte er nur seine
Wange an die ihre gelegt, ein Moment, den sie nie vergessen
würde. Jetzt spürte sie seine weichen Lippen. Für Signe ein einziges wunderbares Versprechen.

Sie folgte ihm durch einen großzügigen Flur mit sehr hoher Decke, von dem mehrere Türen abgingen. Nachdem er eine davon
geöffnet hatte, schwollen Stimmen an, verschluckte ein Strudel
Signe mit Haut und Haaren. Es war wie eine starke Meeresströ-
mung. Widersetzte man sich ihr, ließen früher oder später die
Kräfte nach und man ging unter. Ließ man sich jedoch von ihr
treiben, wurde man an ein rettendes Ufer gespült. Signe hatte
wahnsinnige Angst gehabt, man würde sie anstarren und wegen
ihrer Kunst angreifen. Doch das geschah nicht. Offenes Interesse und Freundlichkeit trugen sie durch den Abend und setz-

217

ten sie an dessen Ende behutsam wieder ab. Signe hatte als Geschenk ein Bild des Akerselven gemalt, in der Hauptsache den Fluss mit dem birkenbestandenen Ufer, an einer Seite einen Winkel des Lokals, in dem sie sich zum ersten Mal begegnet waren. Als er das Seidenpapier abwickelte und das Gemälde betrachtete, wäre sie am liebsten geflohen. Eine Erinnerung an ihre erste Begegnung. Das kam einem Liebesgeständnis gleich. Oder nicht? Wie hatte sie das nur wagen können? Ihr Gesicht brannte, ihr Herz in ihrer Brust ebenfalls. Sie schämte sich entsetzlich. Seine Freunde sahen ihm neugierig über die Schulter.

»Sehr hübsch«, sagte jemand. »Diese Farben. Unglaublich, wie harmonisch sie aufeinander abgestimmt sind.«

»Ja, und diese weichen Formen. Als ob die Bäume mit dem Himmel verschmelzen würden. Phantastisch.« Ein Mann mit einem Bart, der Signe im ersten Moment an Birger erinnert hatte, nickte anerkennend.

»Mir gefällt es auch. Sehr sogar.« Einar sah ihr direkt in die Augen. »Irgendwann wirst du mir verraten, wieso du gerade dieses Motiv gewählt hast.« Er lächelte, und ihr wurde wohlig warm. Die Scham löste sich auf. Signe hatte das Gefühl, sie könne es ihm jetzt sofort sagen. Sie konnte ihm ihre Liebe gestehen, es wäre das Selbstverständlichste der Welt.

In der Mitte des Raums vor einem Bücherregal, das eine komplette Wand beanspruchte, war eine lange Tafel mit weißer Decke vorbereitet. Zwei Frauen, die Einar als Kolleginnen des Musiklehrerverbandes vorgestellt hatte, holten Platten mit geräuchertem Fisch, mit Salaten, Obst und Käse. Signe fiel auf, dass Einar stets darauf achtete, ob die Gläser seiner Gäste gefüllt waren. Er brachte Karaffen mit Wasser und Wein, er besorgte Servietten oder was sonst immer fehlen mochte. Ein sonderbarer Anblick. Nie hatte ihr Vater sich um derartige Dinge gekümmert. Auch Johannes Landmark wäre in seinem ganzen Leben nicht auf die Idee gekommen, solche, wie er es nannte, Frauenarbeiten zu erledigen.

Zwischendurch machte Einar Signe mit Mary Barratt Due bekannt, die später eingetroffen war. Signe erinnerte sich, ihren Namen auf dem Schild am Eingang gelesen zu haben. Die Pianistin hatte das kurze wellige Haar aus dem Gesicht gekämmt, was ihr ein strenges Aussehen verlieh. Jedoch nur auf den ersten Blick, ihre Augen strahlten Wärme und Güte aus. Mit zehn war sie bereits vom Musikkonservatorium der Stadt aufgenommen worden, erzählte sie, mit vierzehn war sie für fünf Jahre nach Rom an die Akademie der heiligen Cäcilia gegangen. Sie prahlte nicht damit, es schien ihr ein echtes Bedürfnis zu sein, zu erklären, wie wichtig gute Lehrer in ihrem beruflichen Leben gewesen waren. Genau wegen der intensiven Erfahrungen mit diesen Mentoren und Förderern hatte sie mit ihrem Mann Henrik eine Musikschule gegründet.

»Es ist so wichtig, Kindern Kunst nahezubringen, meinen Sie nicht?«

Signe nickte. »Ja, das ist es wirklich.«

»Man kann nicht früh genug damit anfangen, finde ich. Wenn ich nur daran denke, wie viele Stunden es mich gekostet hat, ehe meine Finger mit den Tasten so vertraut waren, dass ich sie im Schlaf und mit verbundenen Augen hätte treffen können.« Sie lachte. »Und dann das Gefühl für Tempo, für die Tonstärke. Wann forte, wann pianissimo? Dieses Wissen entwickelt sich so langsam. Ist es in der Malerei auch so?«

Signe dachte nach. »Nun, ich glaube, es ist durchaus vergleichbar. Es gehen schrecklich viele Stunden dahin, ehe Bleistift oder Pinsel keine Fremdkörper mehr sind, sondern organisch werden, wie ein Teil der Hand. Auch das Gefühl für Farben und Formen entwickelt sich nur, wenn man immer wieder probiert. Aber auch, wenn man viele unterschiedliche Gemälde zu sehen bekommt, glaube ich.«

»Das gilt ganz sicher auch für die Musik«, stimmte Mary ihr zu. »Neben den Fingerübungen ist es ganz wichtig, dass Kinder Musik hören. Nicht nur Kinderlieder, ruhig auch schon ganze Opern. Mein Mann und ich wollen zusätzlich zu unserem bisherigen Unterricht einen Musik-Kindergarten ins Leben rufen.«

»Das ist großartig.« Signe war vollkommen begeistert von dieser Idee. Wie viel früher hätte sie ansehnliche Bilder zustande gebracht, wenn sie schon als kleines Mädchen in Museen hätte gehen können, wenn man ihr schon vor der Schule den Zugang zur Malerei ermöglicht hätte. Stattdessen hatte sie mit ihrer Mutter Stunden in Cafés und Lokalen zugebracht, in denen ein Kind nichts zu suchen hatte.

Als der Abend bereits fortgeschritten war, gesellte sich ein Mann zu ihnen, den Signe augenblicklich für einen jüngeren Bruder Einars hielt. Blaue Augen, weiche volle Lippen, weizenblondes Haar. Auffällig waren die fast weißen Augenbrauen.

»Darf ich vorstellen?« Mary führte ihn zu Signe. »Mein Mann Henrik Adam Due. Henrik, Lieber, das ist Signe Munch.«

Sie wechselten ein paar Worte, Signe versicherte ihm, wie gut ihr die Idee eines musikalischen Kindergartens gefiel. Er betrachtete das Bild, das sie für Einar gemalt hatte.

»Das Lokal am Fluss! Ich hoffe, Sie haben unsere Begegnung dort nicht in allzu schlechter Erinnerung. Leider gibt es noch immer sehr viele, die Unverschämtheit mit Selbstbewusstsein verwechseln. Das gilt besonders für Schauspielerinnen«, raunte er ihr zu. Signe konnte sich gar nicht erinnern, dass Henrik an dem Tag am Fluss auch an der runden Tafel gesessen hatte. Natürlich nicht. Sie konnte sich an niemanden erinnern außer an Einar. Nicht einmal das Gesicht der Dame mit dem Knoten im Haar wollte sich ihr mehr zeigen. Da konnte sich Signe noch so sehr anstrengen. »Ich nehme an, ich habe das Geburtstagsständchen bereits verpasst«, setzte Henrik an.

»Nein, mein Lieber, wir haben auf dich und deine Geige gewartet. Das Klavier konnte ich schlecht durch das halbe Haus schieben.«

Er zog die weißen Augenbrauen hoch. »Eine unhaltbare Ausrede«, sagte er an Signe gewandt. »Das macht sie immer. Als ob sie nicht wüsste, dass man Menschen ganz leicht durch ein halbes Haus bewegen könnte, um zu ihrem Instrument zu gelangen.« In gespielter Verzweiflung seufzte er, machte sich aber sofort auf den Weg, seine Geige zu holen. Nur wenige Minuten später war der Raum erfüllt von den feinen Klängen der Violine und den kraftvollen Stimmen, mit denen Einars Gäste ihm ein Ständchen brachten.

Es wurde gesungen, gelacht, geredet, hitzig debattiert, geneckt. Signe war kein besonders geselliger Mensch, sie hatte wenig Übung darin, mit Fremden zu plaudern. Doch unter Einars Freunden und in seiner Anwesenheit fühlte sie sich wohl. Es war, als gehörte sie schon immer zu ihnen. Zu sehr fortgeschrittener Stunde stimmten einige die Nationalhymne an. Nach all den ausgelassenen, manchmal sehr lauten Stunden, kehrte damit eine Melancholie ein, die Signe Gänsehaut über den gesamten Körper jagte. Schon immer hatte die Melodie, einem Choral gleich, sie zutiefst berührt, hatte für sie etwas Feierliches gehabt, das sonst wohl nur der Heilige Abend verbreitete. In Verbindung mit Einars Stimme versetzten die Klänge Signe in innere Aufruhr. Tränen stiegen ihr ohne Vorwarnung in die Augen und rannen ihre Wangen hinab. Es war so schön. Die Vorstellung, dass es zu Ende gehen würde, überwältigte sie beinahe.

»Denken an unseren Vater und Mutter«, sang sie leise mit. »Sicher, wir waren nicht viele, aber doch genug, als wir mehrere Male geprüft wurden, und es stand auf dem Spiel.« Der Chor schwoll an, die Männer und Frauen in diesem Raum sangen voller Kraft, als müssten sie einen Saal von hundert Menschen und mehr erreichen. »Weil wir lieber das ganze Land entflammten, als dass es zu Fall kommen lassen.« Große Worte. Doch in diesem Moment konnte man glauben, dass eine Handvoll mutiger Leute ein ganzes Land zu verteidigen imstande sein könnte. »Ja, wir lieben dieses Land, wie es aufsteigt, zerfurcht und wettergegerbt aus dem Wasser ...« Die letzte Strophe, dann Gläserklirren, ein letztes Mal stießen sie miteinander an.

»Du hast einen schönen Mezzosopran«, sagte Einar zu Signe, der irgendwann den Platz neben ihr erobert hatte. »Aber du quetschst ein bisschen. Du traust dich nicht recht, deiner Stimme Raum zu geben. Das ist schade.«

»Und du bist wohl in jeder Sekunde Gesangslehrer.«

»Oh nein, manchmal bin ich auch ein alberner Junge, ein wütender Mann oder einfach nur ein Kerl, der seinen Geburtstag

222

genießt.« Er lachte. »Aber du hast schon recht, ich kann schlecht raus aus meiner Haut.«

»Eins verstehe ich nicht ganz. Du sagtest, Liv Holm sei deine Schülerin. Ich dachte, du unterrichtest Kinder.«

»Auch, aber nicht nur. Junge Stimmen auszubilden, ist das eine. Das andere ist die Sprechtechnik von Menschen zu verfeinern, die Sprache für ihren Beruf benötigen. Schauspieler.« Er erzählte von Sprech- und Atemübungen, die jeden in die Lage versetzen konnten, einen Text so laut und deutlich vorzutragen, dass er noch in der letzten Reihe des Nationaltheaters zu hören war. »Einige Stücke dauern Stunden. Eine große Rolle gleicht da einem Langstreckenlauf.« Signe lächelte. »Doch wirklich«, sagte er, »du brauchst dafür ebenso viel Luft und Kraft. Ich zeige den Schauspielern, wie sie beides trainieren können. Je eher man damit anfängt, desto besser.«

»Das sagte Mary auch. Dass es gut ist, wenn schon Kinder sich in der Musik oder überhaupt in der Kunst üben. Ich denke, sie hat recht. Und ich muss es wissen, denn ich habe erst sehr spät mit dem Malen angefangen.«

Er sah sie an, ein Blitzen in den blauen Augen. »Du sparst dir das Beste wohl immer bis zum Schluss auf, was?« Signe schluckte. Ging es hier wirklich noch um die Malerei? Sein Blick sagte etwas anderes.

»Ich weiß nicht. Nein, ich hätte mir gewünscht, früher …« Sie wagte nicht, es auszusprechen.

»Ich meinte den Käse.« Er lächelte frech und deutete auf ihren Teller, wo ein Stückchen Brunost darauf wartete, verspeist zu werden. Tatsächlich gehörte Signe nicht zu den Menschen, die das Beste zuerst aßen. Sie wollte lieber möglichst lange die

Vorfreude auskosten. Und diesen Käse mit seinem kräftigen Karamellgeschmack mochte Signe besonders gern.

»Für mich wird es Zeit, ins Bett zu gehen.« Mary reichte Signe die Hand. »Es hat mich gefreut, Sie kennenzulernen. Ich hoffe, wir sehen uns wieder.«

»Ja, das wäre sehr schön.«

Auch die anderen verabschiedeten sich. Du solltest auch gehen, mahnte Signe sich und machte doch keinerlei Anstalten. Das Flattern, das im Laufe des Abends immer weniger geworden und einer großen zufriedenen Ruhe gewichen war, kehrte mit einem Schlag zurück. Die Gäste gingen. Nicht mehr lange, und sie würde allein mit ihm sein. Signe Munch, du wirst nicht darauf warten, dass er dich auffordert zu gehen.

»Es ist spät geworden.« Sie ging ihm entgegen, nachdem er die letzten Gäste hinausgebracht hatte. »Danke für den schönen Abend. Ich habe ihn sehr genossen.«

»Das freut mich. Dann denkst du jetzt also nicht mehr schlecht über meine Freunde?«

»Das habe ich nie getan. Wenn ich es richtig sehe, habe ich erst heute wirkliche Freunde von dir getroffen.«

»Henrik war schon bei unserer ersten Begegnung dabei. Er hätte für dich Partei ergreifen und die liebe Stina in die Schranken weisen können. Nur ist es nicht seine Art, einer Frau den Mund zu verbieten. Wie könnte er auch? Diese Zeiten sind hoffentlich endgültig vorbei. Die meisten Frauen, mit denen wir zu tun haben, haben gelernt, sich selbst zu verteidigen. Allerdings konnten wir noch nicht wissen, ob du eine dieser modernen Frauen bist oder ob du noch Schutz gebraucht hättest.« Er sah ihr in die Augen. »Glücklicherweise gehörst du zur ersten Gruppe.« Sie konnte nicht verhindern, dass ihre Brauen kurz hochhüpften. »Du bist eine selbstständige Künstlerin, unabhängig. Du kannst dich gut selbst gegen dumme Provokationen verteidigen, nehme ich an.«

»Sicher. Außerdem ist ja nichts gewesen. Diese Stina provoziert gerne, vermute ich? Ich messe dem keine große Bedeutung bei.«

»Sehr richtig.« Sie standen einander gegenüber. Es wäre nur ein Schritt. Wenn sie jetzt gehen wollte, musste sie an ihm vorbei. Was, wenn er ihr in den Weg treten, sie küssen würde? Sei nicht albern, Signe!

»Wie gesagt, es ist spät geworden«, setzte sie an und wünschte sich nichts sehnlicher, als dass er sie überreden würde zu bleiben. Sie kannten sich kaum, es wäre unerhört. Aber sie hatten doch so viel nachzuholen.

»Erlaubst du, dass ich dich nach Hause bringe?«

»Es sind nur ein paar Meter, ich wohne gleich um die Ecke im Åsaveien.«

»Tatsächlich? Das ist wirklich nicht weit.« Er strahlte. »Wie schön! Na dann, gehen wir.«

»Ich habe rasend gern viele Menschen um mich«, sagte er, als sie in die blauschwarze Nacht hinaustraten. »Der Nachteil ist, dass ich nicht für jeden so viel Zeit hatte, wie ich gerne gehabt hätte. Ich wünschte, ich hätte mich sehr viel mehr mit dir unterhalten.«

»Dann hättest du gemerkt, dass ich nicht besonders interessant bin«, antwortete sie leise. »Nun kann ich diese Tatsache noch eine Weile verbergen.« Einar lachte.

Es war feucht, die Temperatur kräftig gefallen. Signe schauderte. Trotzdem, sie wünschte, der Weg würde niemals enden.

»Dir ist kalt«, stellte er fest, schlüpfte auch schon aus seinem Mantel und legte ihn ihr um.

»Jetzt ist mir warm, und du wirst dich erkälten«, protestierte sie halbherzig.

»Unsinn. Ich rücke einfach näher und wärme mich an dir.« Sein Arm schlüpfte unter ihrem hindurch und legte sich um ihre Taille. Fest aneinandergeschmiegt gingen sie weiter. Signe bebte am ganzen Körper. Unmöglich, dass er es nicht bemerkte. Hoffentlich meinte er, es sei noch immer die Kälte schuld daran.

»Es hat etwas für sich, in der Schule zu wohnen, in der man unterrichtet, nicht wahr?« Sie wusste nicht, was sie sonst sagen sollte, und konnte die Stille nicht ertragen. Verschenkte Zeit, in der sie lieber seine Stimme hören wollte.

»Durchaus, aber es soll nicht ewig so sein. Irgendwann werde ich mir eine Wohnung suchen. Ich bin noch nicht lange zurück in Oslo.«

»Wo warst du vorher?«

»Ich habe fast zehn Jahre in Stockholm gelebt.«

»Was hast du dort gemacht, warst du schon Gesangslehrer?«

»Zuerst habe ich Architektur studiert.«

»Wirklich? Ich war eine Zeit in der Kunsthandwerks- und -industrieschule. Ich habe die angehenden Architekten immer sehr darum beneidet, zuerst eine Zeichnung zu machen und später in das Gebäude treten zu können, das ihrer Phantasie entstammt.«

»Und ihrer Berechnung, hoffentlich.«

»Ja, natürlich.« Sie lächelte.

»Das Entwerfen und Zeichnen hat mir viel Freude gemacht, das Rechnen weniger.« Er setzte eine zerknirschte Miene auf. »Ich konnte mir nicht vorstellen, mein Leben mit Zahlen zu verbringen. Ein kreativer Geist braucht etwas anderes. Ich nehme an, du verstehst das.«

Sie nickte. »Hast du das Studium abgebrochen?«

»Nein. Wenn ich etwas anfange, bringe ich es für gewöhnlich auch zu Ende. Aber ich habe nebenbei schon Gesang studiert. Bei Agnes Ekholm. Vielleicht hast du mal von ihr gehört.«

»Ich glaube nicht, nein.«

»Eine großartige Person. Sie muss jetzt vierundsechzig oder fünfundsechzig Jahre alt sein und sprüht vor Energie.« Sie waren vor dem Haus im Åsaveien angekommen. »Ich habe erst bei ihr Unterricht genommen und später für sie gearbeitet«, er erzählte einfach weiter, als wäre es das Normalste der Welt, mitten in der Nacht auf dem Gehsteig zu stehen und zu plaudern. »Nun bin ich also hier, treibe kleinen Quälgeistern schiefe Töne aus und gewöhne Schauspielern das Lispeln ab.« Er lächelte fröhlich.

»Das klingt nach einer schönen Aufgabe.«

»Der ich morgen unmöglich gewachsen bin, wenn ich jetzt nicht nach Hause gehe.« Er ließ sie los, nahm seinen Mantel von ihren Schultern.

»Danke für die freundliche Begleitung«, sagte sie und studierte die rauen Steinplatten unter ihren Füßen. »Und natürlich für den warmen Mantel.«

»Danke für das Bild«, entgegnete er ruhig. Signe sah auf. Die Straßenbeleuchtung ließ Schatten über sein Gesicht huschen. »Der Ort, an dem wir uns zum ersten Mal begegnet sind.«

»Ja«, sagte sie heiser, »ein schöner Ort.«

»Das ist er. Ich bin so froh, dass ich dich gefunden habe.« Er nahm sie sanft bei den Schultern und küsste sie auf die Wange. »Gute Nacht, Signe.«

Signe hätte nicht sagen können, wann sie zum vertrauten Du übergegangen waren. Als sie sich an diesem Abend verabschiedeten, benutzten sie es beide ganz selbstverständlich, als wäre es schon immer so gewesen. Alles andere wäre ihr töricht vorgekommen. Genauso unbemerkt und ohne Absprache geschah es, dass sie sich von seinem Geburtstag an mindestens einmal die Woche trafen. Er fragte sie, ob sie Interesse habe, ihn zu einem Konzert zu begleiten. Sie lud ihn zu einer Ausstellung ein. Mary und Henrik eröffneten ihren musikalischen Kindergarten und schickten Signe eine Einladung. Außer zarten Berührungen und vorsichtigen Küssen auf die Wange war nichts zwischen ihnen geschehen. Dabei wünschte sich Signe so viel mehr. Andererseits wurde sie nach und nach immer entspannter. Es fühlte sich an, als wären sie ein Paar, das sich noch etwas aufhob. So verging eine glückliche Woche nach der anderen. Es wurde Sommer, dann Herbst.

»Was machen wir am Sonntag?«, fragte Einar, als sie sich einmal nicht gesehen hatten. »Wir waren nicht an einem einzigen Tag aus. Hast du schon genug von mir?«

»So ein Unsinn. Es hat sich nur nicht ergeben. Ich meine, mir war nicht klar, …« Wie sagte sie es am besten?

Er kam ihr zuvor: »Wir müssen uns nicht so oft sehen. Falls dir das zu viel ist, brauchst du es mir nur sagen.«

»Aber so ist es ja nicht. Ich dachte nur, es ist dir vielleicht zu viel.«

»Das würde ich dir sagen«, erklärte er schlicht. »Also dann sehen wir uns am Sonntag? Wie wäre es in dem Lokal am Fluss?«

Sie saßen an dem kleinen Tisch, an dem Signe damals allein gesessen hatte.

»Sieh dir das an«, sagte er amüsiert und deutete auf die *Aftenposten*, die, eingeklemmt in einem Holzstab, an der Wand hing. »Ein Restaurant wird wegen Renovierungsarbeiten geschlossen und bekommt dafür eine Schlagzeile.« Er schüttelte den Kopf. Die Lichtreflexe, die die hereinstrahlende Herbstsonne in sein Haar zauberte, hüpften. Sie bekam Lust, ihn zu malen. Irgendwann.

Signe drehte sich um und las. »Es ist nicht einfach nur ein Lokal, es ist das Grand Café.«

»Ich hatte den Eindruck, es hat ein wenig von seiner Bedeutung verloren, während ich in Stockholm war.«

»Enttäuscht, dass es nicht so ist?« Sie lächelte spöttisch.

Er zog kurz die Stirn kraus, dann verstand er. »Aber natürlich, sehr. Ich war siebenundzwanzig, als ich Oslo den Rücken gekehrt habe. Pardon, Kristiania damals. Ein angehender Architekt in den besten Jahren. Welch ein Verlust für das Grand Café!« Er sprang auf, schnappte sich die Zeitung. »Im Ernst, ich dachte, die Glanzzeiten sind vorbei.«

»Es hat nicht mehr die Bedeutung, die es um die Jahrhundertwende besessen hat, so viel steht fest.«

»Davon scheint die *Aftenposten* nichts bemerkt zu haben.« Er verdrehte die Augen und las: »Ohne das Grand ist es fast nicht mehr Oslo!« Er ließ das Blatt sinken. »Meine Güte.« Plötzlich sah er sehr konzentriert aus. »Wann warst du das erste Mal dort?«

»Mit sechs oder sieben Jahren vielleicht, ich weiß es nicht mehr genau.«

»Wann war das, in welchem Jahr?«

»Warum fragst du mich nicht einfach, wie alt ich bin?«, sagte sie beklommen. Sie hatte lange auf diesen Moment gewartet, irgendwann hatte er kommen müssen.

»Ich wollte wirklich wissen …« Er stutzte, dann sah er sie fröhlich an. »Eigentlich fragt man eine Dame nicht nach ihrem Alter, aber wenn es dir nichts ausmacht …«

Es machte ihr etwas aus. Nur würde er es früher oder später doch erfahren. »Ich werde sechsundvierzig im Januar«, gab sie zu, Kopf und Stimme gesenkt.

»Du bist neun Jahre älter als ich. Hätte ich nicht gedacht.« Sie blickte auf, um in seinem Gesicht zu lesen, doch er war schon wieder in Bewegung, brachte die Zeitung zurück und schlug die Speisekarte auf.

»Und?« Sie wollte es nicht hören, aber nun, wo es schon mal geschehen war, wollte sie auch wissen, wie er über den Altersunterschied dachte.

Einar sah sie nicht einmal an. »Was?«

»Na ja, neun Jahre. Das ist keine Kleinigkeit.«

»Das meinst du.« Machte er Scherze? Er tat gerade so, als wäre das kein Thema, das ihn länger als eine Sekunde beschäftigte. »Für ein Mädchen von elf Jahren und einen zwanzigjährigen Jungen sind neun Jahre die Welt. Aber irgendwann verschwimmt es, finde ich. Du weißt doch, ich bin kein großer Freund von Zahlen.« Damit war für ihn die Sache erledigt.

Sie bekamen ihr Essen. »Diese Pommes frites sind gut«, sagte er. »Hier, die musst du kosten.« Schon schob er ihr ein Kartoffelstäbchen in den Mund. Signe blickte sich verstohlen um. Vertraulichkeiten dieser Art waren ihr nicht geheuer, nicht in der Öffentlichkeit. Und doch fühlten sie sich unendlich gut an.

»Sie sind wirklich köstlich«, stellte sie fest und stibitzte sich ein weiteres Kartoffelstück von seinem Teller.

»Hey! Bist du immer so gierig?« Ein ungehöriges Funkeln in seinen Augen. »Ja, ich glaube, das bist du. Wenn du erst mal auf den Geschmack gekommen bist, bist du unersättlich. Habe ich recht?«, sagte er leise. Seine Stimme war tief und ein bisschen rau. Signe musste schlucken. Wie funktionierte dieses Spiel mit dem Feuer bloß? Sie hatte einfach keine Ahnung. Sie hatte vor allem eins: Angst, etwas falsch zu machen. Denn für sie war das hier kein Spiel. »Bei mir ist es jedenfalls so«, raunte er ihr zu und beugte sich über den Tisch. »Du wirst mich bremsen müssen, sonst nehme ich mir einfach alles.« Blitzschnell spießte er ein Stück Karotte auf ihrem Teller auf, schob es sich in den Mund und grinste zufrieden. Signe musste lachen. Sie nahm das Tuscheln und die Blicke der anderen Gäste wahr. Es machte ihr schon viel weniger aus.

»Nimm dir, was immer du magst«, gab sie zurück und sah ihn an. »Ich habe keine Sorge, nicht auf meine Kosten zu kommen.«

Für einen Moment erstarrte er in der Bewegung, dann leuchtete sein Gesicht, und er fing an zu lachen. Signe war erleichtert. Sie lachte mit ihm. Unbeschwert und glücklich, wie sie es sich nie mit einem Mann hätte vorstellen können.

———

Signes Welt war heller geworden. Sie liebte es, dass Einar auf all die albernen Kosewörter und Schnörkel verzichtete, mit denen

231

andere Männer ihr auf die Nerven gefallen waren. Birger zum Beispiel. Sie schätzte es sehr, dass Einar zwar Interesse an Edvard Munch zeigte, deutlich mehr jedoch an Signe Munch. Einmal fragte er sie nach ihm.

»Du bist seine Nichte, und du bist eine großartige Malerin. Ich nehme an, du hast viel von ihm gelernt.«

»Ja, ich denke schon. Aber nicht so, wie du es dir jetzt vielleicht vorstellst. Er hat mich nicht unterrichtet, jedenfalls nicht direkt. Aber ich habe natürlich viel von ihm abgeschaut. Obwohl ...« Sie dachte an ihren Zyklus über die Laster. Steckte darin ein Fünkchen Edvard? Nein, eher nicht. Signe war schon einmal kurz davor gewesen, Einar diese Bilder zu zeigen, hatte es dann aber doch verschoben. »Ich habe ihn schon lange nicht mehr gesehen, das letzte Mal war ...« Sie musste kurz nachdenken, dann fiel es ihr ein. »Ja, natürlich, es war, als Fridtjof Nansen den Friedensnobelpreis bekommen hat. Am Tag nach meinem Besuch las ich in der Zeitung, dass er das gesamte Preisgeld der Flüchtlingshilfe spenden wollte. Deshalb erinnere ich mich so genau daran.«

Er legte den Kopf schief. »Das ist einige Jahre her.«

»Viel zu lange, ja. Wir haben zusammen Musik gehört und über Kunst geredet.« Sie lächelte. »Er ist zwar nur ein Vetter meines Vaters, aber ich habe den Eindruck, unsere Seelen sind eng verwandt. Das hört sich vielleicht albern an.«

»Überhaupt nicht. Ich verstehe nur nicht, warum ihr dann so wenig Kontakt habt.«

»Ich sollte ihn wirklich häufiger besuchen. Er ist nicht mehr der Jüngste und leider nicht gerade vernünftig. Edvard achtet nicht besonders gut auf sich.« Sie holte tief Luft. »Aber was soll ich machen, er ist erwachsen und muss wissen, was er tut.« Jetzt lachte sie. »Außerdem ist er ständig unterwegs. Er steckt voller Tatendrang. Trotz seines Alters. Dauernd ist er auf Reisen. Nach Göteborg, Berlin, Zürich, Stuttgart.«

»Klingt so, als wäre es wirklich schwierig, ihn zu treffen.« Sie nickte. Einar sah sie lange an. »Aber er fehlt dir.«

»Ja, sehr sogar. Und ich habe seinetwegen ein schlechtes Gewissen.«

»Warum das?«

Sie hatte das noch niemandem erzählt. »Edvards Schwester Laura ist gestorben. Es ist schon eine Weile her.« Sie zögerte. »Laura hat viele Jahre ihres Lebens in einer Anstalt zugebracht. Es ist ein Jammer. Sie war melancholisch«, erklärte sie stockend. »Nein, ich muss das Kind wohl beim Namen nennen. Sie war geisteskrank. Onkel Edvard hat, von dem Moment an, als er es sich leisten konnte, seiner jüngeren Schwester Inger Geld gegeben, damit Laura gut versorgt war. Der Tod war für sie wahrscheinlich eine Erlösung. Ich bin sicher, dass Edvard das auch so gesehen hat. Trotzdem hat er bestimmt furchtbar gelitten.«

»Und du warst nicht bei ihm?« Signe schüttelte den Kopf. Wie oft hatte sie gedacht, es wäre gut, zu ihm zu gehen, ihm ihr Mitgefühl auszudrücken oder einfach nur still bei ihm zu sitzen. Doch sie hatte es nicht gewagt. Edvard Munch ziehe sich immer mehr in die Isolation zurück, hatte man in Oslo gemunkelt. Er spreche manchmal tagelang kein Wort, ehe er wieder wie besessen eine Ausstellung vorbereitete. Sie wusste, dass die Gerüchte wahr waren.

»Die Geisteskrankheit hat in seiner Familie mehr als einen erwischt. Er hatte immer höllische Angst davor, dass sie sich ihn auch holt.« Sie sah Einar an. »Das ist der Grund, warum er nie Kinder gehabt hat. Wahrscheinlich sogar dafür, dass er keine dauerhafte Beziehung zu einer Frau eingegangen ist. Zu mehr als einer Verlobung hat er es nicht gebracht, dann hat er sich zurückgezogen, ehe er womöglich doch noch Vater wurde.«

»Du hast mir noch nicht erklärt, warum du nicht zu ihm gegangen bist.«

»Ich war zu feige«, sagte sie traurig. »Ich wusste einfach nicht, was mich erwartet.« Sie ließ den Kopf hängen und senkte die Stimme. »Um ehrlich zu sein, hatte ich schreckliche Furcht, dass er sich mir öffnet, mit Haut und Haar, verstehst du? Was hätte ich denn tun sollen, wenn mein starker Onkel Edvard geweint hätte oder geschrien?«

»Du hättest ihn doch nur in die Arme nehmen müssen.«

Signe nickte. »Ich weiß, du hast recht. Deshalb habe ich ja ein so schlechtes Gewissen. Er hat sich dann noch mehr in seine Arbeit gestürzt. Nach Lauras Tod fuhr er nach Lübeck, wahrscheinlich zu seinem Freund Dr. Linde.« Der war ihm schon einmal ein würdiger Ersatz für seinen Freund Aquavit gewesen.« Sie seufzte. »Dann ging es weiter nach Berlin, Venedig und Gott weiß wohin noch. Er war ruhelos, reiste und malte mit beängstigender Besessenheit. Ich redete mir ein, das war für ihn der beste Weg, mit der Trauer fertigzuwerden. Und ein bisschen konnte ich mein Gewissen damit beruhigen. Wie soll man jemanden in den Arm nehmen, der ständig auf Reisen ist? Eine dumme Ausrede, ich weiß.«

»Wenn du dir dessen bewusst bist, machst du es das nächste Mal besser. Darauf kommt es an.«

So war Einar. Voller Verständnis. Er machte ihr keine zusätzlichen Gewissensbisse, sondern sorgte dafür, dass sie sich in jeder Situation besser fühlte. Das Wichtigste aber war, dass er sie in ihrer Kunst nicht einschränkte. Im Gegenteil. Wenn er sie zur verabredeten Zeit abholte und Signe noch mit Tuben und Palette hantierte, obwohl sie eigentlich aufbrechen wollten, ermunterte er sie, erst ihre Arbeit abzuschließen.

»Dann werden wir womöglich zu spät zu Mary und Henrik kommen«, wandte sie einmal ein und machte Anstalten, ihre Utensilien aufzuräumen.

»Sie verstehen das. Du bist keine Buchhalterin, die an der gleichen Stelle später wieder ansetzen kann. Du bist Künstlerin. Wenn du jetzt inspiriert bist, dann solltest du den Fluss deiner Gedanken nicht unterbrechen. Später tröpfelt er vielleicht nur noch dahin.«

»Aber es ist unhöflich …«

»Es ist nur eine Verabredung mit Freunden, Signe, keine bedeutende Konferenz, nicht einmal der Besuch eines Konzerts, das zu einer bestimmten Zeit anfängt. Deine Arbeit ist wichtiger!«

Einar war einfach perfekt. Signe konnte mit ihm über alles reden, ob über einen Neubau, der mitten in der Stadt aus dem Boden wuchs und die Gemüter erhitzte. War das nun modern und prächtig oder misslungen und protzig? Oder über eine Uraufführung im Nationaltheater, ihre Bilder oder auch über Dinge, die irgendwo auf der Welt geschahen. Sie konnte von seiner Stimme noch immer nicht genug bekommen. Nur über ihre Gefühle zu ihm sprach sie mit ihm nicht. Manches Mal spürte Signe einen Drang, aus sich herauszukommen, ihm zu offenbaren, was doch ohnehin auf der Hand lag, wie sehr sie ihn liebte. Auch ihre Zweifel, die bezüglich ihrer Kunst noch immer in ihr wohnten, klopften immer lauter, kratzten an den Kerkertüren ihrer Seele, wollten hinaus, wollten zu Einar, der sie erlösen könnte. Und dann war da noch etwas in ihr, das sie nicht einmal hätte benennen können. Eine Kraft, die bisher nur einmal ausgebrochen war, in jener Nacht, in der Signe bis zur Besinnungslosigkeit getrunken hatte. Diese Kraft machte ihr Angst. Es lockte, sie freizulassen. Und mit Einar an ihrer Seite konnte ihr nichts Schlimmes passieren. Was, wenn doch? Was, wenn er damit überfordert war, sich erschrocken von ihr abwendete? Ihre Mutter war mutig gewesen, und es hatte die Familie zerstört. Signe würde sich hüten, den gleichen Fehler zu machen.

———

»Was ist das mit euch?«, wollte Lilla eines Tages wissen. Der Herbst hatte der Stadt ein oranges Kleid angezogen, Signe und Lilla bummelten die Karl Johans Gate herunter, um Besorgungen zu machen.

»Was meinst du, was soll es sein? Ich weiß es nicht, Lilla, es gibt keinen Namen dafür.«

»Du weißt genau, was ich meine. Habt ihr es getan?«

Signe spürte, wie ihr Körper sich in Ablehnung versteifte. »Er küsst mich zur Begrüßung und wenn wir uns verabschieden. Manchmal sogar zwischendurch«, flüsterte sie. Und laut setzte sie hinzu: »Alles Weitere geht dich nichts an.«

Dieser Blick, verletzt, enttäuscht. Lilla war eine Freundin, sie meinte es gewiss nicht böse. Signe hatte kein Recht, sie derartig zurückzuweisen. »Ich weiß es ja auch nicht«, sagte sie zögernd. »Ich kann dir nur sagen, dass wir gern zusammen sind. Es geht uns gut miteinander.«

Lilla betrachtete sie lange von der Seite. »Du hast recht«, sagte sie schließlich, »es geht mich nichts an. Bitte entschuldige.« »Nein, ich muss mich entschuldigen. Ich hätte nicht laut werden dürfen.«

»Nein, es war mein Fehler«, entgegnete Lilla im jammernden Ton eines kleinen Kindes. Signe sah sie an und blickte in frech funkelnde Augen. Lilla warf den Kopf zurück und lachte. »Was sind wir nur für schreckliche Frauenzimmer!« Sie schüttelte den Kopf, ihr blondes Haar flog. Es reichte ihr inzwischen wieder bis über die Schultern. »Ich freue mich für dich.« Sie wurde wieder ernst. »Das ist das Wichtigste, dass es euch gut miteinander geht.« Das Funkeln in ihren blauen Augen war zurück. »Alles Weitere finde ich selbst heraus.«

»Was soll das heißen?« Signe war nicht sicher, ob ihre Freundin nur Spaß machte.

»Lass uns etwas unternehmen. Zu viert. Du und dein Einar, Asael und ich. Dann kann ich ihm auf den Zahn fühlen.«

»Das wirst du schön bleiben lassen!«

»Ganz diskret natürlich. Was denkst du denn? Du kennst mich doch, Signe.«

»Das ist es, was mir Sorgen macht.«

Lilla hatte schließlich einen Kinobesuch vorgeschlagen. Unverfänglich, urteilte Signe, und sagte zu. Sie trafen sich an einem klirrend kalten Novemberabend vor dem Colosseum, einem weißen Bau mit mächtiger Kuppel, der einem Palast aus Tausendundeiner Nacht glich. Eine geeignete Form für einen Ort, an dem Träume über eine riesige Leinwand flimmerten, seit Neuestem sogar hin und wieder mit Ton. Die Luft war frisch wie ein Eisbonbon.

»Mutig, mutig«, sagte Lilla zur Begrüßung und sah an Signe herunter. Signe reckte keck das Kinn. Sie hatte den knallroten Mantel vor Jahren gekauft, hatte sich aber nie getraut, ihn zu tragen. Die giftgrünen Stiefel dazu waren neu. Eine gewagte Kombination? Schon möglich, aber Signe gefiel sie nun einmal. Außerdem hatte sie keine Lust mehr, unsichtbar zu sein.

Einar und Asael verstanden sich auf Anhieb. Sie hatten den gleichen Humor. Wie alte Freunde heckten sie gemeinsam Dinge aus, mit denen sie die beiden Frauen aufs Glatteis führen konnten. Es bereitete ihnen diebische Freude, wenn die Damen ihnen tatsächlich auf den Leim gingen.

»Ich bin vor allem auf die Szene mit dem Seiltanz gespannt«, begann Einar zum Beispiel, als sie im Foyer auf den Einlass warteten.

»Ja, ja, das soll die beste Szene im ganzen Film sein«, stimmte Asael sofort ernsthaft zu. »Deswegen wird der neue Chaplin auch im größten Saal gezeigt. In den kleinen Sälen hätte man schlecht ein Seil spannen können.«

»Ihr nehmt uns auf die Schippe«, wandte Lilla mit gerunzelter Stirn ein. Sie trug einen taubenblauen Hosenanzug, in dem sie umwerfend aussah, wie Signe fand. »Ein Film ist ein Film und keine Zirkusveranstaltung.«

»Das macht den Film ja so besonders«, erklärte Einar mit großen Augen. »Mitten während der Vorstellung findet die Handlung plötzlich nicht mehr auf der Leinwand, sondern direkt im Theater über den Köpfen der Zuschauer statt.«

»Das wusste ich nicht. Klingt aufregend«, sagte Signe. Dann sah sie, wie die Männer amüsierte Blicke wechselten. »Pfui, wie hinterlistig. Lilla hatte vollkommen recht, ihr nehmt uns auf die Schippe.«

»Letztes Jahr in New York bei der Premiere war es so«, beteuerte Asael. »Ich habe in der Zeitung davon gelesen.«

»Aber Oslo ist nun mal nicht New York«, stellte Lilla fest. »Leider.«

Das Publikum hatte gebrüllt vor Lachen über Charlie Chaplin, den Clown wider Willen. Signe dagegen war froh, als der Film zu Ende war. Dieser Chaplin hatte sie zutiefst berührt. Ein trauriger Clown, der ausgelacht wurde, der sich gegen die Gewalt eines prügelnden Mannes aufgelehnt hatte und am Ende doch verlor. Während der Vorstellung hatte sie Einars Hand genommen und sich daran festgehalten, als wäre es die Sicherungsleine, mit der ihr Vater sie als kleines Mädchen während der Ausflüge ins Fjell in den Schneestürmen davor bewahrt hatte, in weißer Orientierungslosigkeit verloren zu gehen.

»Dürfen wir uns auf einen Schlummertrunk zu dir einladen, Signe?«, fragte Einar, als sie nach dem Film wieder vor dem Colosseum auf dem Gehsteig standen. »Wir können auch gerne zu mir gehen, aber das ist weiter.«

»Zehn Schritte«, neckte Signe ihn. »Ich müsste noch eine Flasche Rotwein haben. Wenn ihr mögt?« Sie sah in die Runde.

»Eine Flasche …« Asael tat, als müsse er überlegen. »Wie weit genau ist es von ihr zu dir?«, wollte er dann von Einar wissen.

»Du bist unverschämt«, tadelte Lilla ihn lachend.

Im Åsaveien zogen sich die Frauen sofort in die Küche zurück.

»Er ist längst nicht so harmlos, wie ich dachte«, wisperte Lilla dicht neben Signe. »Und er betet dich an!« Signes Herz hüpfte.

»Wie Asael dich«, flüsterte sie. »Es ist wirklich etwas Ernstes zwischen euch.«

Lilla nickte, die Wangen von der Kälte der Nacht gerötet. Oder von der Wahrheit. »Ja, Signe, das ist es.«

»Dass ich das noch erleben darf!« Signe zwinkerte ihr zu, dann stellte sie Schalen mit Nüssen und Knäckebrot auf den Tisch, Einar hatte bereits eingeschenkt. Asael und er konnten nicht nur miteinander scherzen, wie es aussah. Gerade beendete Asael einen Vortrag über Leder und darüber, warum handgefertigte Schuhe nicht drücken durften.

Lilla verdrehte die Augen. »Schuhmacherdynastie, vierte Generation«, erklärte sie und pustete sich eine Locke aus der Stirn. »Wenn er mit dem Thema einmal anfängt, hört er den ganzen Abend nicht mehr auf.«

»Ist euer Geschäft von Anfang an in Oslo gewesen?«, wollte Einar wissen.

Asael hatte den Arm um Lilla gelegt, ihren Kopf an seine Schulter gebettet. Er fuhr sich durch den rötlich braunen Bart, der aussah, als wäre er aus Draht.

»Es gibt mehrere Geschäfte«, sagte er, »wir sind über die ganze Welt verteilt.«

»Das klingt interessant«, sagte Signe.

»Ich finde es eher traurig. Juden haben keine Heimat. Seit ich denken kann, müssen sie sich ihren Platz zum Leben erobern. Oft genug wurden sie im Lauf der Geschichte verjagt.«

»Das ist in Oslo anders, oder nicht?« Signe fühlte sich hilflos. Sie kannte keine Juden oder hatte zumindest noch mit keinem über seine Herkunft oder Religion gesprochen. »Ich dachte, die Stadt hat sogar eine recht große Gemeinde, eine Synagoge. Die Zeiten sind doch vorbei, in denen Norwegen dieses schreckliche Einreiseverbot verhängt hat.«

Asael nickte. Er hatte gütige Augen und sah mit seinen Geheimratsecken und den fleischigen Wangen aus wie ein zu groß geratener Weihnachtswichtel. Welch ein Gegensatz zu der Bitterkeit in seiner Stimme: »Einerseits. Andererseits glauben noch immer so viele Osloer Bürger an eine Invasion der Juden, wie die Russen sie seit Jahrzehnten unermüdlich ankündigen. Oder denkt nur an das neue Gesetz, das das Schächten verbietet. Welchen Nachteil habt ihr Christen, wenn wir die Tiere, deren Fleisch wir essen wollen, auf unsere Weise töten? Keinen. Der Nachteil ist allein auf unserer Seite, wenn das Schächten nicht mehr erlaubt ist.«

Lilla tätschelte ihm die Hand. Signe hätte ihm gar nicht zugetraut, dass er sich so ereifern konnte. Man durfte sich von seinem gemütlichen Äußeren nicht täuschen lassen. »Aber du hast schon recht«, sagte er versöhnlicher, »in Norwegen, gerade hier in Oslo, sind wir noch ganz gut dran. Meine Verwandten in Deutschland haben mehr auszustehen. Sie schreiben, dass die Ablehnung der Juden immer schlimmer wird. Ganz offen werden sie manches Mal auf der Straße beschimpft. Schon die Kinder in der Schule sind Beleidigungen ausgesetzt. Jüdische Geschäfte und Restaurants verlieren Kunden, ihre Schaufenster werden beschmiert. Wohin soll das nur führen?«

»Das sind Einzelfälle, oder nicht?« Einar sah Asael über den Rand seiner Brillengläser an.

»Vielleicht sind es noch Einzelfälle, Einar. Wahrscheinlich ist

241

es sogar so, dass die meisten Deutschen ihr Verhalten nicht verändert haben, dass sie mit ihren jüdischen Nachbarn gut zusammenleben wie schon seit Jahren. Aber jeder Fall ist einer zu viel. Es macht ihnen Angst, und ich kann das verstehen.«

»Wenn die Ablehnung jüdischer Mitbürger zunimmt, und sei es nur in geringstem Maße, ist das eine schauderhafte Entwicklung, das steht fest.« Einar nickte nachdenklich und griff Signes Hand. »Die Deutschen sind kluge Leute. Sieh dir nur ihre Ingenieure an oder ihre Komponisten und Dichter. Ich bin sicher, es ist nur eine Phase, eine vorübergehende unbegreifliche Phase. Das hält nicht an, Asael.«

»Ich bete, dass du recht hast. Nur lässt mich die Vergangenheit zweifeln.«

KAPITEL 12

Oslo 1930

»Ich möchte mit dir wegfahren, Signe.« Einar hatte Signe abgeholt, um gemeinsam ein Klavierkonzert zu hören, das Mary im Haus eines Industriellen vor den Toren der Stadt gab. Es war weniger ein Haus als ein kleines privates Kulturzentrum, in dem berühmte Künstler ebenso gern auftraten wie junge Talente. Es war Frühling. Sie saßen in der Bahn Richtung Norden. »Meine Familie hat ein Sommerhaus oben in Tanum. Wir könnten dort den Tag verbringen und später runter nach Sandvika fahren. Dort nehmen wir ein Boot und feiern die Johannisnacht auf dem Wasser. Was meinst du?«

»Das hört sich wundervoll an.«

»Es sind Ferien. Vielleicht bleiben wir gleich ein paar Tage«, schlug er vor. »Wenn du es dir auch einrichten kannst, natürlich nur. Oder hast du eine Ausstellung, die du vorbereiten musst, oder ein Bild abzuliefern?«

Wie Signe ihn allein dafür liebte, dass er sich in ihre Lage versetzte, dass er auch an ihre Seite der Medaille dachte. Ihre Pläne und Vorhaben waren ebenso wichtig wie seine. Bisher war Torstein der einzige Mann gewesen, der sie ebenbürtig behandelt hatte, der nicht ständig etwas von Verehrteste oder Gnädigste geschwafelt hatte. Torstein ging mit ihr um wie mit einem Mann.

243

Auch Einar verzichtete auf albernes Süßholzraspeln. Er verstand es, ihr Komplimente zu machen, die sie wirklich freuten. Bei ihm fühlte sie sich gleichberechtigt und dennoch als Frau. Und sie musste nichts dafür tun.

»Signe?«

»Entschuldige. Ich musste kurz nachdenken. Nein, da ist nichts, was nicht vorher erledigt sein müsste oder sonst warten könnte.«

»Sehr schön!« Da war sein Strahlen, das ihr zuverlässig das Herz wärmte. »In den Wäldern kann man herrliche Spaziergänge unternehmen. Du kannst für mich kochen, und ich revanchiere mich mit ein paar Atemübungen. Du solltest deine Stimme wirklich trainieren. Und dann singst du mit mir in einem Chor. Wäre das nicht großartig?«

»Ich fürchte, eine Sängerin machst du nicht aus mir. Dann lieber Köchin.«

»Auf keinen Fall. Dann werden wir eben gemeinsam kochen und gemeinsam Zeit haben, zu tun, was immer wir wollen. Ich lese, und du malst. Von dort oben hast du einen unvergleichlichen Blick auf den Fjord. Wenn das kein Motiv ist!«

Sie wollte ihn fragen, ob es in dem Sommerhaus zwei Schlafzimmer gab, wie er sich das vorstellte, sie beide allein über Nacht? Doch sie kam sich töricht vor und schwieg. Auch in den nächsten Tagen ließ sie jede Gelegenheit verstreichen, darüber zu sprechen. Ehe sie sich's versah, war der einundzwanzigste Juni da, der Tag, an dem sie nach Tanum aufbrechen wollten. Sie hatte sich ein neues Kleid gekauft, mit Matrosenkragen und Seidenbändern. Es reichte ihr über die Knie und hatte kurze Ärmel. Genau das Richtige für die Johannisnacht. Einar holte sie im Wagen ab.

244

»Auf in die Ferien!«, rief er und umarmte sie, als hätten sie sich monatelang nicht gesehen. »Ich habe Mary und Henrik gesagt, dass ich vielleicht nicht wiederkomme. Wenn es dir dort oben so gut gefällt wie mir, bleiben wir vielleicht für immer.« Signe fiel der Wohnungsschlüssel klirrend auf den Gehsteig. Schon den ganzen Morgen war sie schrecklich fahrig.

»Ist der Gedanke so furchtbar?«, scherzte er. »Ich wollte dich nicht erschrecken.« Er verstaute ihre Tasche im Wagen.

Signe ging nicht darauf ein. »Was haben sie gesagt? Mary und Henrik, meine ich.«

»Dass uns die Kälte spätestens Anfang September schon zurück in die Stadt treiben wird.« Er schaute zerknirscht drein. »Ich fürchte, sie haben recht. Die Hütte hat keine Heizung.«

Die Hütte, wie er es genannt hatte, war ein Ferienhaus von angenehmer Größe. Kein Palast, das hatte Signe auch keinesfalls erwartet, doch etwas stattlicher als Onkel Edvards Glückshaus in Åsgårdstrand. Viele Osloer Familien, die es sich leisten konnten, kauften sich hier oben ein wenig Land mit einer mehr oder weniger komfortablen Behausung darauf. Jedenfalls die, denen die frische Luft eines bewaldeten Hügels und vor allem wohl die Nähe zur Stadt sympathischer waren als ein Seebad, das ein gutes Stück entfernt am Fjord lag. Vier steinerne Stufen führten hinauf zu einer weiß gestrichenen Holztür. Auch die Fensterrahmen waren weiß getüncht, hier und da blätterte die Farbe ab. Der Rest der Holzfassade war rot, beinahe wie das Gebäude des Musikinstituts, in dem Einar lebte. Er bückte sich und zog einen Schlüssel hervor.

»Wusste ich's doch, dass er noch da ist.« Signe zog die Augenbrauen hoch. »Ich hatte sicherheitshalber einen Ersatzschlüssel mit, aber wir haben ihn immer auf die Verlattung der Treppe zwischen das hintere Brett und die Hauswand gelegt. Das ist praktisch, falls man mal spontan nach dem Rechten sehen oder hier oben übernachten will.« Das Schloss schien ein wenig eingerostet zu sein. Einar hatte Mühe, es zu öffnen. »Merke dir den Platz gut«, sagte er, »falls du mal allein herkommen willst.«

Endlich, ein bedrohliches Quietschen der störrischen Angeln, als er öffnete. Auch der Holzboden knarrte beängstigend, als wolle er sich beschweren, dass es mit seiner Ruhe nun vorbei war. »Mein Haus ist dein Haus. Solange du keinen anderen Mann hierherbringst, bist du immer willkommen.« Einar zog mit schnellen Handgriffen Stoffbahnen von den Möbeln. Staub wirbelte auf, tanzte im Sonnenlicht, das seine milchigen Finger durch die Fenster streckte. Signe musste husten.

»Ist lange niemand mehr hier gewesen«, entschuldigte er sich. Sie begann die Tücher zusammenzulegen, die er achtlos hatte fallen lassen. »Das musst du nicht machen.«

»Aber ich helfe dir gern. Dann geht es schneller, und du kannst mir eher die Gegend zeigen.«

»Einverstanden. Aber erst zeige ich dir das Schlafzimmer, damit du dich einrichten kannst.« Ihr Herz wechselte von gemächlichem Klopfen in einen stampfenden Rhythmus. »Dein Schlafzimmer«, betonte er lächelnd und ging voraus. Sie folgte ihm, eine Faust um ihre Kehle, die ihr das Atmen schwer machte. Zwei Türen einander gegenüber. »Hier schlafe ich«, sagte er und deutete zu der einen. Hinter der anderen befand sich ein gemütlicher kleiner Raum, in dem ein Doppelbett, eine zierliche Kommode und ein schmaler Kleiderschrank gerade eben so Platz fanden.

»Es ist sehr hübsch. Ich hoffe, deins ist ebenso schön.«

»Finde es heraus, wann immer du magst.«

»Dann werde ich rasch auspacken, und dann gehen wir nach draußen, ja?«

»So machen wir's!«, rief er fröhlich, schloss die Tür hinter sich und schaffte offenbar seine Tasche in sein Zimmer. Signe stand einfach nur da und nahm den Raum in sich auf. Die dunklen Holzdielen, die Spitzengardinen, denen ein Grauschleier das Strahlen nahm, die Möbel, dunkel und derb wie aus einer Bauernstube, mit dicken Federbetten und mehreren Kissen, die ungeheuer bequem aussahen. Irgendwann würde sie dieses Zimmer malen. Ob Einars Eltern hier früher geschlafen hatten? Ob er mit anderen Frauen hier gewesen war? Welch eine Erleichterung, dass sie getrennte Schlafkammern hatten. Welch eine Enttäuschung! Der Raum berührte sie auf merkwürdige Weise. Signe hatte schon oft gedacht, dass Einar ihr Fluchtort war, ihr Seelen-Zuhause. Dieses kleine kuschelige Zimmer in diesem ihr bisher völlig fremden Ferienhäuschen fühlte sich ähnlich an. Als wäre Signe angekommen. Als schließe sich hier ein Kreis. Plötzlich fröstelte sie, als hätte eine eisige Hand sich auf ihre Schulter gelegt. Sie wollte hinaus in die Sonne. Jetzt sofort.

Sie gingen lange spazieren. Der Schatten der hohen Bäume schützte vor der Sonne, Signe trug eine Strickjacke über den Schultern gegen die kühle Brise, die ab und zu vom Fjord heraufwehte. Es roch nach Harz, nach dem Frühsommergrün der Blätter, nach braungefleckten Pilzen und Moos, das so weich war, dass Signe sich am liebsten darauf ausgestreckt hätte. Von einer Lichtung aus hatten sie einen atemberaubenden Blick auf die Stadt, das glitzernde Meer und auf die Schärenküste. Ostøya, die größte Insel, die man von hier sehen konnte, war rot, weiß und gelb getupft. Ferienhütten, wie es sie hier oben gab. Irgendwann würden sämtliche Ufer dicht bebaut sein. Dann hatte jeder seinen Platz am Fjord, an der Nord- oder Ostsee. Aber was war dann noch übrig von der Schönheit der Natur? Ein tiefes langgezogenes Grollen riss sie aus ihren Gedanken. Signe fuhr herum.

Einar lächelte gequält. »Mein Magen«, sagte er. »Ich habe schrecklichen Hunger.«

»Ich hoffe, du willst nicht mich verspeisen.« Sie musste lachen. »Für eine Sekunde dachte ich wirklich, es gibt Bären hier oben.«

»Kehren wir um?«

»Bevor ich noch einem Raubtier zum Opfer falle, gern.«

Sie schlenderten einen anderen Weg zurück, dieses Mal ging es häufiger auf glattem Stein statt auf weichem Waldboden entlang. Nadelgehölz reckte sich den kleinen weißen Wolken entgegen, statt der Birken und Buchen, die auf dem Hinweg ihre Begleiter gewesen waren. Woran mochte sich Einar orientieren? Sie wusste es nicht und sie hatte keine Lust, darüber nachzudenken. Ihre Mutter hatte sich oft auf Signe verlassen, selbst als die noch ein kleines Mädchen gewesen war. Bei Einar konnte Signe die Zügel aus der Hand geben, sich ihm einfach anvertrauen, ohne zu denken. Ein fremdes, ein schönes Gefühl.

Mit einer karierten Tischdecke und einem Strauß aus wilder Möhre, Beinwell, Ackerwinde und echter Kamille, die ihren süßen Duft ins Haus brachte, wurde aus der kargen Wohnküche ein Heim. Die Bewegung und die frische Luft hatten auch Signe hungrig gemacht. Sie aßen Bauernbrot mit Butter und Schinken vom Hirsch. Zum Dessert etwas karamellig-würzigen Brunost. Einar hatte ihn besorgt. Er hatte sich gemerkt, wie gern Signe ihn hatte.

»Gehört das Haus schon lange deiner Familie?«

»Schon viele Jahre.«

»Ich weiß kaum etwas von deiner Jugend. Haben deine Eltern auch etwas mit Musik zu tun, mit Gesang?«

»Nein.« Er lachte. »Na ja, meine Mutter singt ganz gerne, wenn sie kocht und backt und die Wäsche macht. Sie hat eine kräftige Stimme.« In seinem Lächeln lag die Liebe eines Sohnes zu seinen Eltern. Er mochte eine unkompliziertere Kindheit gehabt haben als sie. »Oder sollte ich besser sagen: sie hatte. Meine Frau Mutter geht auf die siebzig zu, da ist es inzwischen manchmal wohl eher ein Schnaufen als ein Singen, denke ich.« Einar erzählte von seinem Bruder, der Apotheker war, und von dessen Frau. Es gab einige Kinder im Hause Siebke, Signe schwirrte der Kopf, so viele Namen von Brüdern und Schwestern, von angehenden oder langjährigen Schwagern und Schwägerinnen. Es schien turbulent zugegangen zu sein in der Familie des Bankbuchhalters Siebke und seiner Frau Christine. Einar zeichnete ein glückliches Bild, um das sie ihn beneidete. Eine Schwester wäre schön gewesen, dachte sie plötzlich. Mit ihr hätte sie die Sehnsucht nach der Mutter teilen können, ebenso die Last, die Anna Munch manchmal bedeutet hatte. Je länger er sprach, desto deutlicher wurde Signe die Distanz, die seine Jahre in Stockholm zwischen ihn und seine Familie gebracht hatten. Er liebte sie alle, doch er lebte sein eigenes Leben. Sie redeten lange. Signe nutzte die Chance, ihn zu betrachten, seine feinen

Hände, die reine Haut, ganz ohne Rötungen oder auch nur raue trockene Stellen, die Augen, so lebendig, das blonde Haar, das ihn beinahe jugendlich aussehen ließ. Bald würden die Jahre Silberstreifen hineinmalen, wie in Signes Haar. Es würde ihm wundervoll stehen. Sie wünschte sich von ganzem Herzen, dass sie dann auch noch an seiner Seite sein durfte. Auch dann noch, wenn sein gesamter Schopf silbrig-weiß wäre.

Als Signe am nächsten Morgen erwachte, tanzten ihr die Sonnenstrahlen bereits auf der Nase herum. Aus der Küche drang das Klappern von Geschirr an ihre Ohren. Sie hatte ganz vergessen, wie schön es war, wenn jemand im Haus, wenn man nicht allein war, weder beim Einschlafen noch beim Aufstehen. Neben dem geschäftigen Werkeln war Einars Stimme zu hören. Er summte eine Melodie. Ihre Lippen verzogen sich automatisch zu einem Lächeln. Nur eine Minute noch hier liegen und hören und das warme leuchtende Rot ansehen, das sich vom Schein des hellen Sommertages unter ihren geschlossenen Lidern gebildet hatte. Plötzlich kam ihr in den Sinn, dass Einar in ihr Zimmer kommen könnte, wenn sie nicht endlich aufstand. Sollte sie es darauf ankommen lassen? Also wirklich, Signe Munch, er wird dich für eine Langschläferin halten. Sie öffnete die Augen, schlüpfte aus dem Bett und trat ans Fenster. Im Vorhang hatte es sich eine kleine Spinne bequem gemacht. Signe zog den Stoff behutsam zur Seite. Welch ein herrliches Wetter, höchste Zeit, hinauszugehen in den Wald oder runter an den Strand. Ferien!

Energie durchströmte sie violett und blau und orange, in schnell wirbelnden Strudeln. Innerhalb kürzester Zeit war sie fertig und betrat die kleine Wohnküche. Der Frühstückstisch war schon gedeckt. Es gab frisches Brot, Eier, Preiselbeersaft. Hatte er das alles im Wagen mitgebracht, oder war er schon in aller Frühe unterwegs gewesen?

»Guten Morgen!« Einar lächelte ihr zu, während er den Kaffee aufgoss.

»Guten Morgen. Du hättest mich wecken sollen.« Jetzt dachte er sicher, sie wäre faul und würde sich bedienen lassen.

»Warum sollte ich? Anscheinend hast du gut geschlafen.«

»Das habe ich, aber ich hätte dir helfen können. Jetzt hast du die ganze Arbeit allein gemacht.«

Er sah sich kurz um. »Das Bisschen? Nicht der Rede wert. Wer weiß, vielleicht schlafe ich morgen länger, dann bist du an der Reihe.«

»Einverstanden.« Sie fühlte sich schon besser.

»Aber einen Kuss hätte ich gern, wenn es dir nichts ausmacht.«

»Überhaupt nicht.« Sie ging zu ihm und küsste ihn zart auf die Wange. Einar drehte sich zu ihr, sah ihr in die Augen. Sie küsste ihn scheu auf die Lippen.

»Danke sehr. So könnte von mir aus jeder Tag anfangen.« Er öffnete das Fenster. Mit der würzigen Waldluft wehte auch das Zwitschern unzähliger Vögel herein.

Was hatte Einar gesagt? Wenn es dir auch so gut gefällt wie mir, dann bleiben wir vielleicht für immer. Oh, bitte, ja, mehr wollte sie nicht vom Leben. »Also, Frau Malerin, was denkst du, gibt es hier draußen ein paar Motive, die dich reizen?«

»Ganz sicher. Ich würde gerne meinen Block mitnehmen und ein paar Skizzen machen, wenn wir gleich hinausgehen. Nur wenn du nichts dagegen hast, natürlich.«

251

»Was sollte ich dagegen haben? Ich bin gespannt, was du malen wirst.« Er trank einen großen Schluck Kaffee. So könnte jeder Tag anfangen. Nichts lieber als das. »Ich werde mich auf die Veranda setzen und lesen, denke ich. Freie Zeit nur für mich.« Er rieb sich die Hände. »Die beste Zeit des Jahres!«

»Ich kann hierbleiben«, schlug Signe vor. »Ich meine, wenn du erst lesen willst, kann ich auch später ...«

»Nein, geh du nur. Du willst malen? Dann tu es! Ich werde hier sein, wenn du nach Hause kommst.« Nach Hause. Du bist mein Zuhause, Einar Siebke, mein Fluchtort, den ich ein Leben lang vermisst habe. Sie musste schlucken.

»Alles in Ordnung? Wäre es dir lieber, wenn ich dich begleite?«

Sie lächelte. »Alles in Ordnung, mir könnte es nicht besser gehen.« Sie hatte große Lust zu malen. In den letzten Wochen und Monaten war sie viel zu selten dazu gekommen, nur so zum Vergnügen ein paar Skizzen zu machen. Die Vereinigung Junger Künstler hatte ein Vermögen angehäuft, das ihr mehr Arbeit machte, als sie je geglaubt hätte. Dann die Zeit mit Einar. Sie hatte ihrer Leinwand und der Palette viel zu lange den Rücken gekehrt. Und wenn sie gemalt hatte, dann meist Auftragsarbeiten. An ihre Serie über die Laster durfte sie nicht einmal denken, so sehr hatte sie sie vernachlässigt. Das musste sie ändern, sobald sie wieder zurück in der Stadt waren. Aber jetzt waren sie erst einmal hier. Es würde herrlich sein, sich einfach von der Landschaft inspirieren und überraschen zu lassen. »Ich gehe gern allein und freue mich, dich hier vorzufinden, wenn ich zurückkomme«, sagte sie rasch. Das war die Wahrheit. In der ersten Sekunde hatte sie sich nicht von ihm trennen wollen, keinen

252

winzigen Moment mit ihm verpassen. Sie hatten nur diese paar Tage zusammen. Doch als sie jetzt in sich hineinspürte, bemerkte sie, wie gut ihr der Gedanke gefiel, allein durch die Gegend zu streifen und zu wissen, dass jemand auf sie wartete. Ein festes Band, das ihr die Freiheit ließ, die sie brauchte. Sie hätte nie gedacht, dass sich das Leben so leicht anfühlen konnte.

Signe hielt sich nördlich und blieb auf dem Hauptweg. Am Vortag hatte sie eine kleine Ansammlung weiterer Ferienhütten gesehen. Von dort würde sie den Weg zur Lichtung leicht wiederfinden. Der Boden unter ihren Füßen fühlte sich weich an, als ginge sie auf Wolken. Einmal skizzierte sie einen Specht, der an einem Baumstamm hoch über ihr saß und emsig den Schnabel in das Holz schlug. Ein hübsches Motiv, nur kein günstiger Blickwinkel. Für die perfekte Perspektive müsste sie auf einen der anderen Bäume klettern. Eine drollige Vorstellung. Signe schlenderte weiter. Plötzlich hörte sie Lachen und Kinderstimmen. Sie blieb stehen. Zwischen den Buchen und Birken huschten kleine Gestalten hindurch, kicherten, drückten sich an Stämme. Ein gutes Stück entfernt erkannte sie die kleine Siedlung der Sommerhäuschen. Sie wollte gerade weitergehen, als ein Junge ihr direkt vor die Füße stürmte. Lautlos war er über kleine Kiesel und Wurzeln gesprungen. Nur hatte er den Fehler gemacht, sich im Lauf umzudrehen, um zu sehen, wie dicht ihm seine Verfolger auf den Fersen sein mochten.

»Hoppla!« Signe musste lachen. Der Knirps war mit voller Wucht gegen sie geprallt und sah vollkommen verdattert zu ihr auf.

»Pst!«, machte er und legte den Zeigefinger an die Lippen. Diese blauen Augen, das blonde Haar. Signe hatte das Gefühl,

253

den Jungen zu kennen. »Wir müssen uns verstecken«, flüsterte er ihr zu, nahm ihre Hand und zog sie zwischen die Äste einer stattlichen Fichte. Diese Stimme. Sie kannte ihn, ganz sicher.

»Du bist Eigil«, platzte es aus Signe heraus.

»Pssst, sonst finden sie uns«, wies er sie zurecht. Dann legte er den Kopf schief, Nase und Stirn in Falten gelegt. »Du kennst mich?«

»Wir haben uns oben auf dem Holmenkollen getroffen«, wisperte sie. »Ihr wart so freundlich, mich mit dem Wagen ein Stück mitzunehmen, weil die Bahn in die Stadt nicht fuhr.« Der Kleine sah weder ängstlich noch skeptisch aus, doch es lag auf der Hand, dass er mit ihren Ausführungen nicht viel anfangen konnte. Natürlich nicht, er mochte jetzt vielleicht ach oder neun sein, und ihre erste Begegnung war Jahre her. Du redest mit ihm wie mit einem Erwachsenen, Signe. Du glaubst doch nicht, dass er sich erinnern kann. Ameisen kletterten von den Zweigen, die Signe pikten, auf ihre Arme. Es roch harzig und ein bisschen süßlich, um sie herum war ein Summen und Knistern. Die anderen Kinder riefen nach Eigil.

»Wir hören auf mit Verstecken! Hörst du? Wir müssen gleich zum Mittagessen nach Hause. Komm raus, deine Mutter wartet sicher auch schon auf dich.« Er rührte sich nicht.

»Du solltest ihnen sagen, dass du hier bist, sie machen sich nur Sorgen«, sagte Signe leise.

»Ach was!« Er machte eine wegwerfende Handbewegung. Ein helles Trillern hoch über ihnen lenkte sofort Eigils Aufmerksamkeit auf sich.

»Einige Nadeln sind ziemlich spitz, was?« Signe trat zwei Schritte zur Seite und klopfte sich Grünzeug und einen Käfer von der Bluse. Der fiel ins Moos, landete auf dem Rücken und strampelte mit den Beinchen. Eigil bückte sich und drehte ihn mit der Fingerspitze um, sodass der bronzefarben schillernde kleine Kerl sich davonmachen konnte. Der Junge sah ihm kurz nach, wie er im Unterholz verschwand, dann strahlte er Signe fröhlich an. Im gleichen Augenblick entdeckte er den Zeichenblock, den sie unter den Arm geklemmt trug.

»Was ist das?«

»Ich bin Malerin.« Sie schlug das Deckblatt nach hinten. »Das habe ich vorhin gemalt. Gefällt es dir?«

»Ein Specht«, rief er.

»Genau. Du kennst dich gut aus.«

»Specht ist einfach«, ließ er sie wissen. »Keiner sonst klopft mit dem Schnabel an den Stamm, um zu fragen, ob jemand zu Hause ist.«

»Da hast du recht.« Die Freude über das überraschende Wiedersehen breitete sich in ihrem Bauch und ihrem Brustkorb aus und erfüllte sie schließlich vollkommen.

»Warum ist er nicht bunt?«

»Weil ich zuerst Skizzen mit dem Bleistift mache. Später, wenn ich zu Hause bin, male ich die Flächen farbig aus.«

»Bist du hier in der Nähe zu Hause?«

»Ja.« Ja, das war sie. »Nun ja, eigentlich wohne ich in der Stadt, aber ich mache hier Ferien.«

»Wir auch. Kannst du mich malen? Dauert das lange?« Er blickte in Richtung der Hütten. Wahrscheinlich war ihm wieder eingefallen, dass er zum Essen kommen sollte. Alle anderen Kinder waren bereits fort.

»Ich würde dich sehr gerne malen. Die Skizze dauert nicht

lange, aber wir müssten uns noch einmal sehen, damit ich dann die richtigen Farben aussuchen kann.«

»Einverstanden!«, rief er. »Du musst aber auch Bäume malen. Die Bäume sind meine Freunde.« Damit setzte er sich im Schneidersitz vor dem Stumpf einer Fichte auf den Boden, sah ihr direkt in die Augen und hielt still, ohne dass sie ein einziges Wort sagen musste. Mit schnellen Strichen brachte Signe ihn auf das Papier. Sie kniete in vertrockneten Blättern, auf winzigen Ästen und morscher Rinde. Die Feuchtigkeit drang rasch durch den Stoff ihres Rockes, es kümmerte sie nicht. Ihre Augen flogen von dem Jungen zu ihrem Block und wieder zurück. Als seine Mutter das zweite Mal nach ihm rief, war es geschafft.

»Fertig!« Signe lächelte ihm zu. Er sprang auf, ließ sich neben ihr auf den Boden fallen und betrachtete, eine Hand auf Signes Bein, sein Porträt. »Gefällt es dir, bist du zufrieden mit meiner Arbeit?«

Er ließ sich Zeit. Schließlich nickte er, und ein Strahlen erschien auf seinem Gesicht. »Ja, das hast du gut gemacht, nette Frau.« Signe bekam eine Gänsehaut. Erinnerte er sich etwa doch an sie? »Ich bin Eigil Maartmann«, sagte er und sprang auf die Füße, als seine Mutter erneut nach ihm rief. »Falls wir uns in den Ferien nicht mehr treffen, musst du mich in der Stadt besuchen kommen.«

»Einverstanden.«

»Versprichst du es?«

»Ich verspreche es«, sagte sie feierlich.

Einar war so in sein Buch vertieft, dass er sie erst bemerkte, als sie bereits die Stufen zur Veranda heraufstieg. Sofort schlug er es zu und sah sie erwartungsvoll an.

»Ich hatte mir schon Sorgen gemacht, dass du nicht zurück-
kommst. Du warst lange fort. Ein gutes Zeichen?«

»Ein sehr gutes.« Sie beugte sich zu ihm herunter und küsste
ihn auf den Mund. Nicht mehr scheu, sondern lange und zärtlich. Sein Buch fiel zu Boden, als er die Arme um sie schlang
und sie auf seinen Schoß zog. Sein warmer weicher Körper ganz
nah. Signe bebte. Es war gut, da war niemand, der sie sehen
konnte. Sie brauchte sich nicht zurückzuhalten wie sonst immer. Einar strich ihr Haar hinter ihr Ohr und küsste ihren
Mund, als wolle er nie mehr damit aufhören.

»Ich denke, ich werde dich öfter zum Malen fortschicken«,
murmelte er und erkundete mit seinen Lippen ihre Wangen,
ihren Hals. Nicht ein Vögelchen, sondern ein ganzer Schwarm
flatterte in ihr auf und nieder. Nie hatte sie vorher ein solches
Verlangen in sich gespürt. »Diese Begrüßung hinterher gefällt
mir ausgesprochen gut.« Sie fühlte seine Zungenspitze in der
kleinen Grube unter ihrem Kehlkopf, seufzte und neigte den
Kopf nach hinten. Einar lachte leise. »Wir sollten hineingehen«, sagte er heiser. »Ich glaube, ich bekomme gerade Appetit.« Den hatte Signe schon lange. Trotzdem überfiel sie eine
Unsicherheit, die so groß war, dass ihr Verstand mit einem
Schlag wieder die Führung übernahm. Es war lange her, dass
sie mit Johannes zusammen gewesen war. Damals hatte sie
nichts getan, als sich hinzulegen und die Augen zu schließen.
Das würde Einar nicht genügen. Und sie wollte ihm ja auch
viel mehr geben. Schon dieser Vorgeschmack hatte ihr beinahe
den Verstand geraubt. Was, wenn sie die Kontrolle komplett
verlor? Würde er sie auslachen, würde er sie für eine Hure halten? Sie stand auf.

»Willst du nicht sehen, was ich gemalt habe?« Einar sah sie an, ein dunkler Schatten in seinen Augen.

»Ja, lass sehen!«, sagte er dann und lächelte. Der Schatten war fort. Sie setzte sich in den Stuhl neben ihm und reichte ihm ihren Block.

Als er die erste Skizze sah, stutzte er. »Ein Specht? Ich hatte erwartet, dass du einen Pilz gemalt hast oder einen Schmetterling im Moos.«

»Wie kommst du darauf?«

»Darum.« Er deutete auf ihren Rock. Über ihren Knien zwei dunkle Stellen.

Sie lachte. »Daran ist er schuld.« Sie blätterte um.

»Du warst gar nicht alleine? Du hast dich mit einem anderen getroffen?« Er zog eine Augenbraue hoch. »Raus mit der Sprache: Wie lange kennt ihr euch schon?«

»Seit Jahren«, sagte sie leichthin.

»Na, warte!« Er packte ihren Arm, zog sie zu sich heran und neigte sich gleichzeitig herüber. Aus dem Kuss wurde nichts, denn Einar musste mit den Armen rudern, um nicht mit dem Stuhl umzukippen. »Du bringst mich völlig aus dem Gleichgewicht, siehst du?«

Signe erzählte von Eigil, von ihrer ersten Begegnung. »Der Junge scheint ein echter Wildfang zu sein. Er ist so freundlich, und er liebt die Natur.«

»Seine Eltern werden ein Vermögen für das Porträt bezahlen. Ein Original von Signe Munch ist etwas wert.« Sie wusste, dass er sie aus der Reserve locken wollte. Schon oft hatten sie darüber gesprochen, dass sie zwar exzellent rechnen konnte, deshalb aber noch lange keine gute Geschäftsfrau war. Für die Mitglieder der Jungen Künstler holte sie stets raus, was möglich war, mit den Preisen für ihre eigenen Werke dagegen blieb sie weit unter ihren Möglichkeiten.

»Sie werden keine Øre dafür bezahlen. Eigil ist mein Freund, von Freunden nimmt man kein Geld.«

Er seufzte theatralisch. »Wenn du so weitermachst, wirst du mir noch irgendwann auf der Tasche liegen.«

»Sobald du weißt, dass ich die besten Boller mit Zimt backe, die du in ganz Oslo und Umgebung finden kannst, wird es dir nichts mehr ausmachen.« Sie stand auf. »Und ehe du wirklich Hunger hast, werde ich jetzt welche backen. Ich habe einmal deinen Magen knurren gehört, ich werde das nicht wieder riskieren.«

»Boller mit Zimt also.« Er sah vergnügt aus.

»Oder hast du sie lieber mit Rosinen?«

»Ich denke, ich hätte sie am liebsten mit Signe.« Sie beugte sich zu ihm herunter und küsste ihn. Nur einmal seine weichen Lippen mit der Zungenspitze berühren. Das war himmlisch.

»Versprichst du mir, dass ich zum Nachtisch mehr davon bekomme?« Sie lächelte, blieb ihm die Antwort schuldig und ging ins Haus.

Butter, Milch, Zucker, Mehl und ein Ei. Auch Hefe war da, Zimt und sogar Rosinen. Sehr gut. Signe fand eine große Schüssel und einen Rührbesen. Sie musste sich konzentrieren. Zuerst die Butter schmelzen, Milch dazugießen, ein wenig abkühlen lassen, dann die Hefe darin auflösen. Ihre Gedanken wanderten immer wieder zu Einar. Sie trat ans Fenster, von dem aus sie ihn auf der Veranda sitzen sehen konnte. Er hatte das Buch wieder vor der Nase. Sobald sie seine Lippen betrachtete oder seine Hände, war dieses süße Ziehen zurück. Herrje, dass es so etwas geben konnte. Wenn Johannes in sie eingedrungen war, hatte sie auch ein Ziehen gespürt, schmerzhaft allerdings. Sie hatte versucht, so locker wie möglich zu liegen, damit er es leicht hatte. Je mehr er sich hatte anstrengen müssen, desto stärker hatte es ihr wehgetan. So sehr, dass sie immer gehofft hatte, es würde schnell vorübergehen. Undenkbar, dass es mit Einar ähnlich sein könnte. Das Ei mit dem Zucker verrühren, eine Prise Salz und kräftig Zimt hinzu, schließlich das Mehl unterheben. Signe knetete gründlich den Teig. Schön geschmeidig war er. Wie gut Einars Lippen geschmeckt hatten. Sie seufzte. Plötzlich legten sich Arme von hinten um ihren Bauch. Sie schrie auf.

»Ich habe dich gar nicht gehört.« Sie wollte sich zu ihm umdrehen, ihm einen Kuss geben, doch sie steckte mit beiden Händen im Teig. Und Einar hielt sie fest.

»Aber du hast an mich gedacht«, flüsterte er an ihrem Hals. Er küsste ihren Nacken. Auf der Stelle war das Ziehen zurück, steigerte sich zu einem Pochen, als er sich gegen sie presste. Er ließ eine Hand warm auf ihrem Bauch liegen, die andere tastete sich aufwärts, erreichte Signes Brust. Sie stöhnte, legte ihren Kopf gegen seine Schultern. Er liebkoste die Spitze ihrer Brust immer weiter, sie spürte, wie sie sich aufrichtete, ganz fest wurde. Die Hand löste sich von ihrem Bauch. Sie ersehnte den Moment, in dem er auch die andere Brust streicheln würde, doch das tat er nicht. Plötzlich war sein Finger an ihren Lippen. Signe fühlte den cremigen Teig daran, öffnete den Mund ganz automatisch, schmeckte die Süße und den Zimt und konnte gar nicht genug davon bekommen. Sie hielt die Augen geschlossen, wollte sich durch nichts von dem ablenken lassen, was mit ihr, was in ihr geschah. Gab seinen Finger frei und spürte, wie seine Hand über ihre Kehle glitt, kurz in den Ausschnitt ihrer Bluse, doch gleich zurück und auf dem Stoff entlang über ihre Schultern, ihren Arm. Er zog ihre rechte Hand behutsam aus der Schüssel. Sie streckte sie ihm entgegen, und er nahm einen Finger in den Mund.

»Köstlich«, stöhnte er an ihrem Ohr. »Das ist unglaublich gut.« Seine Zunge tastete sich sanft vor, dann wieder leckte er kräftig, bis er auch das letzte Bisschen Teig ergattert hatte. »Ich fürchte, das ist mir nicht genug Signe. Ich will dich jetzt, wenn du mich auch willst.«

»Mehr als alles andere!« Sie hatte keine Sekunde darüber nachgedacht.

Blitzschnell drehte er sie herum, Teigstückchen flogen durch die Luft. Er lachte. Im nächsten Moment drängte er wieder gegen sie. Signe spürte den Spülstein hart im Rücken. Ohne ihre Lippen freizugeben, wischte er ihr nur grob den Teig von den Händen. Wie geschickt er war. Dann umarmte er sie, drückte sein Gesicht an ihren Hals, küsste sie, während er gleichzeitig ihre Bluse aus dem Rock zog. Signes Hände machten sich von ganz allein auf Wanderschaft. Sie hatte plötzlich die Skulpturen von Thorvaldsen vor Augen, diese makellosen Männerkörper. Dieser hier war um so vieles schöner, dessen war sie sicher. Sie wollte es sehen. Sie wollte spüren, wie sie damals bei Birger den Sandstein gespürt hatte. Schnell hatte sie sein Hemd aufgeknöpft, zog es ihm von den Schultern, sah ihn kurz an. Dann küsste sie seinen Hals, seine Brust, den Bauch. Er seufzte, streichelte ihr liebevoll durchs Haar.

»Ich kann nicht mehr«, hauchte er plötzlich, »ich kann nicht länger warten.« Er nahm ihre Hand, zog sie mit sich zu ihrem Zimmer. »Du hast das breitere Bett«, raunte er ihr zu und lachte leise. Signe zog ihre Bluse über den Kopf und ließ sie achtlos fallen, sie öffnete den Rock, der ihr von den Hüften glitt. Einar hob sie auf die Matratze und war sofort über ihr. Sie reckte die Arme über den Kopf und genoss jeden seiner Küsse, mit denen er ihren gesamten Körper bedeckte. Sie stöhnte und flüsterte und versuchte gar nicht erst zu verbergen, wie sehr sie all das erregte. Sein Mund auf ihrer Brust, saugend, sanft streichelnd. Sie schrie auf, schlang die Arme um ihn. Signe hatte nicht einmal bemerkt, dass er aus der Hose geschlüpft war. Doch als er ihr jetzt die Wäsche abstreifte, spürte sie, dass er bereits nackt war. Schöner als jede Marmorstatue, warm und weich und doch voller Kraft. Sie zog ihn an sich, so fest sie nur konnte, öffnete sich ihm voller Vorfreude. Es tat nicht weh, als er endlich in sie eindrang. Es entzündete ein Feuer in ihr, von dem sie keine Vorstellung gehabt hatte, wie sehr es in ihr zu lodern vermochte. Ihre Hände auf seinem Po forderten, stachelten ihn an. Sie hatte keine Kontrolle mehr, wand sich unter ihm, schrie, schluchzte. Dann eine Explosion von Farben, die Signe noch nie gesehen hatte. Ein Strudel, der sie beide mitriss. Einar bäumte sich auf, Signe riss den Kopf vom Kissen, drängte ihm entgegen, hielt ihn umschlungen, bis sie beide erschöpft und schweißnass auf das Laken sackten.

Der Johannistag stand bevor, der Tag der Sommersonnenwende. Sie fuhren mit dem Wagen runter nach Sandvika, bummelten durch das Städtchen und aßen auf der Terrasse eines kleinen Restaurants. Einar zog sie damit auf, dass er verhungern würde, wenn er darauf wartete, dass sie ihm Boller backte.

»Es war deine Schuld«, verteidigte sie sich lachend. »Du hast mich davon abgebracht.« Da war es wieder, dieses köstliche Prickeln. Wenn sie nicht raus aufs Meer fahren, sondern die restliche Zeit ausschließlich im Bett verbringen würden, wäre es ihr mehr als recht. Signe war froh, dass ihre Gedanken in ihrem Kopf sicher aufgehoben waren. Nach dem Essen kaufte Einar in der Nähe des Bahnhofs eine Flasche Wein, dann schlenderten sie zur Uferpromenade. Während er ein Boot besorgte, beobachtete Signe zwei Mädchen, die Blumen pflückten. Hübsch herausgeputzt waren sie mit ihren adretten Kleidchen und roten, blauen und weißen Bändern in den blonden langen Zöpfen. Sie stießen sich an, tuschelten, kicherten. Eine hielt jubelnd eine rosa Blüte in die Höhe. Sieben verschiedene Wildblumen mussten sie finden, so wollte es der Brauch. Sie würden sich Kränze daraus binden und im Haar tragen. Zur Nacht würden sie diese dann unter ihre Kopfkissen legen und sich am kommenden Morgen, dem Johannistag, ganz gewiss aufgeregt darüber austauschen, was sie geträumt hatten. Denn, so hieß es, sie würden im Traum ihren Zukünftigen zu sehen bekommen. Signe lächelte.

»Worüber amüsierst du dich?«

Signe deutete mit dem Kopf in die Richtung der Mädchen. »Sieh sie dir nur an. Sie glauben noch, dass das Leben leicht und die Ehe ein reines Vergnügen sei.«

Einar hob die Augenbrauen. »Ist es denn nicht so?« Er setzte eine erschrockene Miene auf. »Du machst Witze!«

»Ich habe andere Erfahrungen gemacht.«

Er legte ihr eine Hand unter das Kinn und zwang sie, ihm in die Augen zu sehen. »Du bist noch jung genug, bessere Erfahrungen zu machen.« Sie wollte etwas sagen, doch er sprach weiter: »Was vergangen ist, ist vorüber, Signe, es zählt nicht mehr.« Plötzlich trat ein breites Grinsen auf sein Gesicht. »Was vergangen ist, ist vorüber? Habe ich das wirklich gerade gesagt?« Sie nickte. »Du hast dir einen klugen Mann ausgesucht, daran besteht kein Zweifel.« Er schüttelte amüsiert den Kopf. Sie konnte nicht widerstehen, fuhr ihm mit den Fingern durch sein dickes Haar.

»Das habe ich. Die beste Wahl meines Lebens.«

Schon am Nachmittag füllte sich die kleine geschützte Bucht mit immer mehr Menschen. Paare, Familien mit Kindern strömten von allen Seiten über die glatt gewaschenen Felsen zu dem schmalen Sandstreifen, auf dem die Boote lagen. Einige der Männer hatten sich mit Ölmänteln ausgerüstet, Frauen trugen Picknickkörbe. Jedes Holzschiffchen hatte sich mit einer norwegischen Fahne geschmückt, die im Wind flatterte. Signe sah sich nach Eigil und seinen Eltern um, konnte sie aber nirgends entdecken.

»Das hier ist unseres«, verkündete Einar mit leuchtenden Augen und führte sie zu einer weiß lackierten Nussschale, deren Bug sicher auf dem Sand lag. Er verstaute die Papiertüte mit der Flasche Wein und ihre Jacken unter einer der Sitzbänke. Noch war es mild, später würden sie bestimmt etwas überziehen müssen. »Brauchen wir noch etwas, soll ich noch etwas besorgen?« Er wirkte aufgedreht wie ein kleiner Junge. »Wie wäre es mit ein paar Boller mit Zimt?« Er lächelte verschmitzt.

»Wie lange werde ich mir das anhören, Einar Siebke? Und

wie lange wird es dauern, bis du endlich gestehst, dass du das Gelingen der Milchbrötchen verhindert hast?«

»Antwort eins: Bis wir alt und grau sind, falls Gott mir die Gnade gewährt, mit dir alt und grau zu werden, und mich dann noch daran zu erinnern. Antwort zwei: niemals!«

»Mit Gebeten solltest du vorsichtig sein, am Ende bekommst du noch, was du willst.«

»Lass uns rausfahren«, schlug er vor, »die frische Seeluft bläst dir vielleicht deine krausen Gedanken aus dem Kopf.«

Die ersten Boote verließen bereits die Bucht, einige umrundeten schon die kleine Landspitze von Høvikodden.

»Einverstanden.« Signe machte Anstalten, mit Einar den kleinen Kahn weiter ins Wasser zu schieben.

»Was tust du denn? Das ist meine Aufgabe«, beschwerte er sich.

»Willst du mir nicht ständig beibringen, dass Frauen und Männer gleichberechtigt sind, dass beide gemeinsam die Aufgaben im Haus übernehmen müssen? Aber jetzt soll das nicht gelten?«

»Nein, schwere körperliche Arbeit ist Männersache.«

Sie lächelte spöttisch. »Wer von uns hat hier krause Gedanken?«

Einar half ihr hinein. »Bin gleich zurück«, sagte er auf einmal und lief zu einem Boot, das ein Stück von ihnen entfernt festgemacht war. Dort war gerade eine Familie mit drei Kindern dabei, sich startklar zu machen. Die Mutter war schon an Bord, das Jüngste auf ihrem Schoß. Der Vater hievte soeben Nummer zwei in die Höhe, während Nummer drei offenbar der Ansicht war, alleine das Schiffchen entern zu können. Es war ein kleiner

Junge, anscheinend ebenso quirlig und forsch wie Eigil. Ehe der Knirps bis zu den Knöcheln im Wasser stand, schnappte Einar ihn und wirbelte ihn einmal durch die Luft. Der Junge quietschte vor Überraschung und Vergnügen. Nachdem sich das zweite Kind neben seine Mutter gesetzt hatte und das Schaukeln weniger geworden war, stellte Einar auch Nummer drei sicher auf die Planken. Die Eltern bedankten sich, wechselten ein paar Worte mit ihm, lachten. Was hatte Lilla gesagt? Ich wette, er will einen ganzen Stall voller Schreihälse. Gut möglich. Signe fühlte die Leichtigkeit zerfließen, als würde sie sich wie ein einziger Tropfen Farbe im Meer auflösen. Sicher war Signe jung genug, noch wundervolle Erfahrungen in ihrem Leben zu machen. Nur war Einar deutlich jünger, und er war ein Mann. Ihm blieb noch viel Zeit, er könnte noch Kinder haben. Mit einer anderen Frau, nicht mit ihr. Sie sah ihm zu, wie er auf dem Rückweg im Vorbeigehen den Kopf eines kleinen Mädchens tätschelte. Es wäre schön, wenn er Kinder hätte, er wäre ein großartiger Vater. Alles andere wäre Verschwendung. Sie schluckte hart. Nur würde das mit ihnen dann aufhören müssen. Sie wollte nicht egoistisch sein, sie durfte es einfach nicht. Die Dämmerung setzte langsam ein am Tag der Sommersonnenwende. Doch über Signe brauten sich schwarze Wolken zusammen. Einar war ihr Glück. Sie konnte ihn nicht gehen lassen. Ihr Blick fiel auf die Flasche Wein. Am liebsten hätte sie sie auf der Stelle ganz allein geleert.

»Was ist los mit dir?« Sie waren rausgerudert, zwischen Høvikodden und Kalvøya hindurch, und hielten jetzt auf das Inselchen Saraholmen zu. Einar stand der Schweiß auf der Stirn. Er hatte die Hemdsärmel aufgekrempelt, seine Haut glänzte feucht.

Er war keiner dieser Muskelprotze, sondern eher von zartem Körperbau. Doch er war drahtig, und Signe wusste, welche Kraft er entfalten konnte.

»Signe?«

»Entschuldige, ich fürchte, ich habe geträumt.«

»Gegrübelt, trifft es besser, denke ich.« Er zog die Ruder ein und sicherte sie. Ihr kleiner Kahn wurde ganz ruhig, man hörte das leise Glucksen der Wellen, die von anderen Schiffchen ausgelöst über das Wasser irrten. Irgendwo schrie eine Möwe, der Himmel war taubenblau mit rosaroten Streifen. Vom Ufer wehten die grauen Fahnen unzähliger Johannisfeuer herüber. Einige konnte man sehen wie orangeflackernde Lampen am Strand. Der Wind trug die Stimmen der singenden und feiernden Menschen hinaus aufs Meer. Die anderen Boote hatten sich verstreut. Hier und da lag eines über dem unendlichen Grüngrau des Fjords. Ab und zu tauchten Ruderblätter klatschend ein und ließen unzählige Tropfen durch die Luft schießen. Signe kam die vergangene Nacht in den Sinn. Pure Leidenschaft. Und auch der Tag. Alles könnte so perfekt sein. Dies hätte der romantischste Ausflug ihres ganzen Lebens werden können, sie müsste glücklich sein. Doch da war diese Dunkelheit in ihr, die ihr Angst machte. Also hatte Einar sie doch nicht für immer aus Signes Leben vertrieben.

»Willst du mir nicht ein Glas Wein anbieten?« Sie bemühte sich um ein Lächeln, konnte jedoch in seinen Augen lesen, dass er ihr nicht glaubte.

»Warum nicht?« Er machte keine Anstalten. Stattdessen beugte er sich zu ihr und wischte ihr die Tränen von der Wange. »Wenn ich nur wüsste, was in deinem Kopf vorgeht, Signe Munch.«

Das war zu viel für sie, das alles war viel zu viel.

»Ich liebe dich, Einar Siebke. Ich liebe dich mit meinem vollen Herzen und ganzem Verstand«, sagte sie heiser.

»Ich weiß. Ich liebe dich auch, Signe Munch.«

Plötzlich war es, als sei die Last, die sich klammheimlich angeschlichen hatte, wieder von ihr genommen. »Warum hast du es mir nie gesagt?«, flüsterte sie.

»Das habe ich. Eben gerade.«

»Bis jetzt, meine ich. Du hast es bis jetzt kein einziges Mal ausgesprochen. Warum musste ich es zuerst sagen?«

»Ich dachte, es wäre klar, auch ohne Worte.«

KAPITEL 13

Oslo 1930

Sie waren nicht in Tanum geblieben. Natürlich nicht. Nicht für immer, nicht einmal bis zum September. Vor ihrer Abreise hatte Signe das Porträt von Eigil fertiggestellt und seinen Eltern ins Ferienhaus gebracht.

»Das ist wundervoll, Frau Munch. Diese Ähnlichkeit, als wäre es eine Fotografie.« Frau Maartmanns Augen glänzten verräterisch. Mutterstolz und Begeisterung. »Sie haben ihn perfekt getroffen. Ein wahres Kunstwerk.«

»Sie haben einen großartigen Jungen. Er streift wohl wieder durch den Wald, nehme ich an?«

»Ja, er hat Hummeln im Hintern. Stillsitzen und lernen ist nicht gerade seine Stärke. Umso erstaunlicher, dass er für Sie stillgesessen hat.«

»Ich musste ihn nicht einmal darum bitten.«

»Er ist ein guter Junge«, sagte der Vater und nickte nachdenklich. »Im Moment liegt er uns allerdings noch in den Ohren, dass er Forscher werden will, sieht aber nicht ein, dass man dafür seine Nase in Bücher stecken muss. Das wird er noch begreifen müssen.«

»Grüßen Sie ihn bitte von mir.« Signe wandte sich zum Gehen.

»Das Bild«, rief Eigils Mutter. »Sie haben es … Sie haben nicht gesagt …« Sie blickte betreten zu Boden.

Ehe auch noch ihr Mann nach Worten suchte, erklärte Signe: »Es ist ein Geschenk für Eigil.«

»Nein, auf keinen Fall, das geht nicht.« Herr Maartmann wirkte sehr entschlossen.

»Es geht nicht, dass ich auch nur eine Krone dafür nehme«, erwiderte Signe. »Eigil hat mich gefragt, ob ich ihn malen kann, ich habe es getan. Ich hätte das Bild behalten können oder ihm sagen müssen, dass es etwas kostet, wenn er sein Porträt haben möchte.« Sie lächelte. »Ich glaube kaum, dass er einfach nur gemalt werden wollte, er wollte das fertige Ergebnis auch jederzeit ansehen können. Und ich würde mich sehr freuen, wenn es bei ihm einen Platz bekäme.«

Zurück in Oslo gingen Einar und Signe wieder ihrem Alltag nach. Torstein brauchte Signe, weil er hoffte, der Vereinigung Junger Künstler ein Haus sichern zu können. Der Besitzer war verstorben und hatte schriftlich festgelegt, die Immobilie den Künstlern zu vererben. Dummerweise war diese Erbschaft mit kniffeligen Bedingungen verknüpft, und die Tochter des Verstorbenen schien alles daranzusetzen, die Einhaltung unmöglich zu machen. Erschwerend kam hinzu, dass es Torstein seit geraumer Zeit nicht gut ging. Sein Körper verlor immer mehr an Kraft, und kein Arzt hatte bisher den Grund dafür herausgefunden.

Die Schulferien dauerten an, sodass Einar noch wenig zu tun hatte. Nur seine Schauspieler und Schauspielerinnen verlangten ihre Stunden. Am Abend lud er Signe zum Essen ein, oder sie trafen sich bei ihm. Manchmal kam er auch zu ihr, aber seine Wohnung mit der schönen großen Stube und dem üppig gefüllten Bücherregal war einfach gemütlicher. Sie mussten nicht immer erst die Staffelei beiseiteräumen, an der sie wieder täglich arbeitete. Außerdem besaß Einar das größere Bett. Wenn sie am nächsten Morgen keine ausgesprochen frühen Termine hatte, genoss Signe es, die Nacht bei und mit ihm zu verbringen. Den Gedanken, es könne ihm irgendwann leidtun, ihretwegen auf Kinder verzichtet zu haben, schob sie von sich. Er wirkte glücklich, also wollte sie es auch sein.

Eines Morgens lief sie gerade am Sportplatz vorbei in Richtung Sofies Gate, als Birger plötzlich ihren Weg kreuzte.

»Liebe verehrte Signe, das ist eine Freude«, begrüßte er sie. Sein Bart war verschwunden. Jedenfalls der größte Teil davon. Nur die Oberlippe zierte noch das rote Haar, eigenartig gezwirbelt.

»Birger Lasson. So eine Überraschung.«

»Sie haben mich vernachlässigt, ich müsste Ihnen eigentlich böse sein.«

»Aber Sie sind es nicht«, stellte sie fest und lächelte. Dabei hatte er recht, seit Einars Geburtstagsfeier hatte Birger sie mehrfach gebeten, ihn zu einer Veranstaltung zu begleiten. Zuerst hatte sie immer eine Ausrede gefunden, dann hatte sie auf ein Kärtchen in ihrem Briefkasten nicht einmal mehr geantwortet. Er hatte wahrhaftig guten Grund, gekränkt zu sein. Sie hatte sich nicht gerade anständig aufgeführt.

»Wie könnte ich?« Der Schmelz in seiner Stimme wollte kein bisschen zu dem stechenden Blick passen, der sie zu durchbohren schien. »Aber auch meine Gutmütigkeit hat Grenzen. Ich würde Sie am liebsten auf der Stelle auf eine Tasse Kaffee entführen, nur habe ich leider zu tun.«

»Ja, ich auch.«

»Dafür müssen Sie heute Abend mit mir essen gehen.«

»Ich würde gern, Birger, aber leider passt es nicht«, sagte sie zögernd.

»Dann morgen«, beharrte er. Merkte er wirklich nicht, dass sie kein Interesse mehr an weiteren Verabredungen hatte? Und wofür sollte das überhaupt gut sein? Sie hatte seine Kontakte nicht nötig, und er hatte sich längst ein eigenes Netz aufgebaut. Auch zu Reportern hatte er geschickt seine Verbindungen geknüpft. Sie brauchten einander nicht, hatten sich nie gebraucht.

Signe beschloss, ihm die Wahrheit zu sagen: »Tut mir leid, Birger, aber ich gehe jetzt mit jemandem aus. Wir … Sie wissen ja, wie in dieser Stadt geredet wird. Es gäbe den Gerüchten nur wieder Nahrung, wenn ich mal mit ihm und mal mit Ihnen gesehen würde.« Signe erschrak, so hart war sein Blick auf einmal. Seine Kieferknochen mahlten.

»Es wird geredet, in der Tat. Man hört, Ihr Verehrer soll sehr viel jünger sein als Sie.«

»Er ist nicht mein Verehrer, er ist …« Was eigentlich? Zukünftiger?

»Nichts für ungut, liebe gnädige Frau, aber eine ältere Dame und ein junger Kerl, wie lange soll das wohl gut gehen?« Sie schnappte nach Luft. »Er hat Augen im Kopf, nehme ich an, er wird die jungen Dinger nicht ewig übersehen und zurückweisen. Verstehen Sie mich nicht falsch, ich kenne Ihren Kavalier nicht einmal. Ich meine nur, Sie sollten nicht allen alten Freunden vor den Kopf schlagen, sonst stehen Sie womöglich mit einem Mal alleine da. Überlegen Sie es sich!« Er tippte mit einem Finger an seinen Hut und ließ sie stehen.

Seine dummen Worte nagten lange an ihr. Er kannte Einar nicht einmal. Eben. Wie konnte er sich dann erdreisten, sich ein Urteil zu erlauben? Wie Nacktschnecken krochen die Gedanken an ihr hoch, die sie gehabt hatte, als ihre Mutter und Sigurd zusammengezogen waren, als sie dann auch noch geheiratet hatten. Dieser Altersunterschied. War es nicht nur eine Frage der Zeit, bis er sie betrog oder gleich verließ? Es gefiel Signe nicht, es sich einzugestehen, dass sie genau so gedacht hatte. Es brodelte giftgrün und speiendgelb in ihr. Sie musste sich abreagieren, arbeitete wie lange nicht mehr an ihren *Lastern*. Drei fertige Bilder gab es bereits, dazu vier Skizzen. Fehlte nur noch die *Wollust*. Signe scheute sich, sie in Angriff zu nehmen. Was sollte an etwas so Herrlichem wohl lasterhaft sein? Sofern man sie nur mit einem Mann auslebte, konnte sie an der sexuellen Begierde nichts Schlechtes erkennen. Zwei Menschen, die sich einander hingaben, nicht in der Öffentlichkeit, sondern ganz für sich, die sich derartige Genüsse schenkten, das konnte nicht verwerflich sein, sondern durch und durch gut. Ihr Pinsel flog über die Leinwand, tauchte die *Völlerei* in üppige Farben. Natürlich war die Wollust auch ein Laster, eine Sünde sogar.

Mit einem Mal hatte Signe ihren Vater im Ohr, wie er ihre Mutter anschrie: »Schämst du dich denn gar nicht? Alle Welt weiß, warum du mich verlassen willst. Weil du eine Hure bist. Du willst mit ihm unter die Decke kriechen. Mit wem noch? Du bist nichts anderes als ein Tier, wenn dein Verlangen und dein

273

Trieb dich lenken. Wenn sie deinen Verstand ausschalten.« Signe war noch ein Kind gewesen. Nie würde sie vergessen, wie ihre Wangen bei diesen Worten gebrannt hatten. Jetzt dachte sie, dass es vielleicht auf das Maß ankam. Sie tauchte die Wölbung eines mächtigen Bauchs in leuchtendes Blau, tupfte fliederfarbene Knöpfe. Allein der Gedanke an ihr eigenes Verlangen brachte ihr ein verheißungsvolles Kribbeln zurück. Wie gerne hätte sie Einar jetzt bei sich. Übernahm ihre Lust auch schon das Zepter und brachte ihre Vernunft zum Schweigen? Das Maß und die Kontrolle, das war es, was sie in der letzten ihrer acht Skizzen zum Ausdruck bringen musste. Erst wenn Maß und Kontrolle verloren gingen, wurde aus dem großartigsten körperlichen Erlebnis ein Laster. Sie stellte sich eine Frau vor, die sich vollkommen unbeherrscht zur Schau stellte. In der Öffentlichkeit. Die Frau hatte das Gesicht ihrer Mutter.

Einige Tage nach der Begegnung mit Birger Lasson spazierten Einar und Signe von einem Besuch bei Lilla nach Hause. Asael war natürlich auch dort gewesen und brav mit ihnen gemeinsam aufgebrochen. Kaum zu glauben, dass er nicht schon hin und wieder bei Lilla schlief.

»Die beiden werden sicher bald heiraten und Kinder haben«, sagte Einar.

»Ich wundere mich, dass das nicht längst passiert ist. Es wird höchste Zeit.« Lilla wollte heiraten, und sie wollte Mutter werden. Oft genug hatten sie darüber gesprochen. Es war mehr als verwunderlich, dass es noch nicht dazu gekommen war.

»Sie passen gut zueinander, das steht fest. Ich mag Asael.« Einar legte den Arm um Signe, sie schmiegte sich an ihn. »Ich mag auch Lilla, aber Asael habe ich ganz besonders gern. Seinen Humor kann ich gut leiden.« Es nieselte schon den ganzen Tag, auch jetzt noch, als sich der Abend schwarz über Oslo gelegt hatte. Sie gingen die Møllergata entlang und wollten einen Wagen rufen. Aus dem Justisen, einem Lokal, das vor zwei Jahren eröffnet hatte und ebenso modern wie gemütlich war, fiel warmes Licht auf den Gehsteig. »Was hältst du von einem Schlummertrunk?«, fragte Einar plötzlich. Es war ein langer Tag gewesen, Signe war erschöpft. Ein Blick in seine Augen, und schon konnte sie nicht widerstehen.

»Warum nicht? Aber nur einen einzigen.« Er küsste sie, doch sie hatte den Kopf schon wieder gedreht, sodass seine Lippen auf ihrer Wange landeten. Viele Gäste waren zu dieser Zeit nicht mehr da, eine Gruppe Männer hier, ein Pärchen dort. Sie wählten einen Platz in der Nähe einer Treppe, die nach oben zu einer weiteren Etage voller Sitzgelegenheiten führte. Das Licht des Kronleuchters über ihnen brach sich in seinen unzähligen Kristallen und tupfte helle Flecken auf den schwarz-weiß gekachelten Boden. Einar hatte ihre Mäntel an die Garderobe gebracht und bestellt. Mit zwei Gläsern in den Händen kam er zurück und setzte sich neben sie.

»Was ist aus der Sache mit dem Haus geworden?«, wollte er wissen. »Diese Erbschaft. Könnt ihr die Bedingungen erfüllen, um euch das Gebäude zu sichern?« Er sah sie aufmerksam an.

»Es sieht nicht gut aus. Torsteins Erkrankung. Ich habe dir ja davon erzählt.«

»Es ist nicht besser geworden?«

Sie schüttelte betrübt den Kopf. »Im Gegenteil. Es geht ihm immer schlechter.« Es war beängstigend, wie dieser dynamische Mann, mit dem Signe immer so gern zusammengearbeitet und so viel auf die Beine gestellt hatte, durch seine Krankheit an Energie verlor. »Er hat nicht die Kraft, gegen die Erbin zu kämpfen. Er hat vorgeschlagen, auf das Haus zu verzichten.«

»Was? Das wirst du nicht zulassen, richtig? Ich meine, du hast selbst gesagt, es wäre ideal, mindestens vier Künstler könnten sich dort Ateliers einrichten, und ihr hättet sogar noch einen Ausstellungsraum zur Verfügung.«

»Es wäre wunderbar, es auf diese Weise zu nutzen.« Sie blickte durch die Tischplatte hindurch. »Andererseits muss man auch die Tochter des Verstorbenen verstehen. Sie ist dort aufgewachsen.«

»Nur geht es nicht um Verständnis für sie, sondern um den letzten Willen ihres Vaters. Muss der nicht über allem stehen, ganz gleich, ob er nachvollziehbar ist oder nicht?«

»Torstein und mir ist sehr daran gelegen, die Sache für alle zur Zufriedenheit zu regeln. Die Tochter soll ja nicht leer ausgehen, sondern bekommt ein Barvermögen, das sich sehen lassen kann. Ich möchte ihr vorschlagen, uns einen Geldbetrag zu geben. So viel, dass ihr noch genug bleibt.« Sie sah ihn an. »Mit dem, was wir schon besitzen, reicht es vielleicht, um ein Anwesen zu erwerben. Wenn das überhaupt nötig ist.« Signe lächelte. »Das Ansehen unserer Vereinigung ist ebenso gewachsen wie unser Vermögen. Ich halte es für denkbar, dass die Stadt Oslo uns früher oder später Räumlichkeiten zur Verfügung stellt. Das wäre mir am liebsten, wir könnten unser Geld sparen und für Stipendien, Ausstellungen und Werbung einsetzen.«

»Was habe ich doch für eine kluge Frau an meiner Seite!« Schon neigte er sich zu ihr herüber und zog sie an sich. Signe zuckte zurück. Er sah sie fragend an.

»Wir sind nicht allein, Einar«, flüsterte sie und deutete auf den Tisch mit den Herren.

»Sie achten gar nicht auf uns. Und wennschon.« Er legte den Arm um sie und küsste sie. Warum musste er das tun? Warum musste er sich darüber hinwegsetzen, wenn es ihr unangenehm war? Signe merkte, wie ärgerlich sie wurde. Sie wollte nach Hause, sich ausruhen und sich nicht in einem intimen Moment von Männern anstarren lassen. Wollust. Ihre Mutter mit leicht geöffneten Lippen völlig entrückt, umgeben von sabbernden glotzenden Kerlen. Ein Schaudern lief über ihren Körper. »Was ist nur manchmal los mit dir?« Einar löste seinen Griff und rückte ein Stück von ihr ab.

»Du weißt, dass ich Zärtlichkeiten in der Öffentlichkeit nicht ausstehen kann. Nicht zwischen uns, bei Ehepaaren ist das etwas anderes.«

Er schüttelte den Kopf. »Manchmal frage ich mich, ob du die aufgeklärte moderne Frau bist, für die ich dich von Anfang an gehalten habe.«

»Ich habe dir nie etwas vorgemacht«, gab sie schnippisch zurück und ärgerte sich im nächsten Augenblick. Hastig griff sie nach ihrem Glas. Einar stieß stumm mit ihr an. Er sah enttäuscht aus. Wie lange würde es dauern, bis er jungen Dingern nicht mehr widerstehen konnte? Birgers Stimme ließ sich nicht im Wein ertränken. Was wäre, wenn eine der Schauspielerinnen, eine von dieser selbstbewussten Sorte, Einar schöne Augen machte? Am liebsten hätte Signe ihn mit einem langen leidenschaftlichen Kuss überrascht. Jetzt und hier. Ganz gleich, ob der Kellner, die anderen Gäste oder die ganze Welt es sah. Doch der Sprung über ihren Schatten wollte einfach nicht gelingen. Sie war jetzt schon neun Jahre rechtmäßig geschieden. Sie konnte tun und lassen, was immer sie wollte. Oda Krohg kam ihr in den Sinn. Die große Königin der Kristiania-Bohème. Es musste kurz vor Signes Geburt geschehen sein, trotzdem kannte sie die Geschichte, als sei sie selbst dabei gewesen. Immer wieder hatte es jemanden gegeben, der sie erzählt hatte. Oda hatte sich nach zwei Jahren Ehe mit dem Unternehmer Engelhardt von Christian Krohg küssen lassen. Vor aller Augen. Da war sie noch nicht einmal geschieden. Eine einzige Provokation in einer Zeit, in der nur verheiratete Frauen in Begleitung ihrer Ehemänner ab einer bestimmten Uhrzeit noch auf der Straße sein durften. Wer danach allein angetroffen wurde, beim Promenieren oder schlimmer noch in einem Kaffeehaus, der galt als Prostituierte. Oda war das egal. Sie ging ohne ihren Ehemann ins Café, sie erlaubte dem großen Maler Krohg, den jedermann in der Stadt kannte, dass er sie küsste. Und damit nicht genug, sie fing obendrein, nachdem sie Krohg geheiratet hatte, eine Affäre mit Hans Jæger an, dem skandalösen Schriftsteller, dem Schlimmsten der Bohème.

»Ist es wirklich so schwer?« Einar hatte sie anscheinend schon eine Weile beobachtet.

»Ich kann nicht so einfach aus meiner Haut. Vielleicht bin ich längst nicht so modern, wie du dachtest.« Sie starrte auf die Lichtreflexe, die über den Boden huschten, wenn die Tür sich öffnete und ein Windhauch durch den Lüster fuhr.

»Doch, das bist du«, erklärte er sanft. »Es ist deine Geschichte, die dir manchmal im Weg steht.« Er nahm ihre Hand. »Aber das ist kein Hindernis, das wir nicht gemeinsam aus dem Weg schaffen könnten.« Sie sah ihn an und verstand nicht. Seine Augen leuchteten voller Wärme, auf seinen Lippen lag ein wundervolles Lächeln. »Wenn es dir die Sache leichter macht, schaffen wir eben klare Verhältnisse. Wir kommen Lilla und Asael zuvor. Was hältst du davon?« Jetzt blitzte es vor Vergnügen in seinem Blick.

»Was meinst du damit?« Es gab nur eine einzige Erklärung. Ein Schmetterling begann in ihrem Magen zaghaft zu flattern. Aber diese Erklärung war völlig unmöglich. Einer seiner Scherze?

»Lass uns heiraten!« Kein Scherz, er meinte es wirklich ernst. Sie musste schlucken, lachen. Sie wollte ihm sagen, wie überwältigt sie war, doch sie brachte kein vernünftiges Wort heraus.

»Warum nicht? Es ist ohnehin der richtige Schritt. Worauf wollen wir noch warten?«

»Ich glaube, jetzt brauche ich doch mehr als einen Schlummertrunk«, brachte sie hervor.

Einar lachte auf. »Ich weiß nicht, ob wir noch etwas bekommen, es ist spät. Musst du den Schock herunterspülen oder die Freude?«

Sie antwortete nicht. »Hast du dir das wirklich gut überlegt?«, fragte sie stattdessen.

»Nein, es war ein spontaner Einfall, um dich endlich in der Öffentlichkeit küssen zu können. Mehr nicht.«

»Ich meine es ernst, Einar. Mit einer jungen Frau könntest du noch Kinder haben.« Es war raus, ehe sie lange darüber nachdenken konnte. Aber sie musste es einfach ansprechen.

»Wer sagt, dass ich Kinder will?« Einar sah tatsächlich überrascht aus.

»Wer will keine Kinder haben?«

»Aber ich habe doch welche, Signe, in meinen Gesangsklas-

279

sen. Ich brauche keine eigenen. Glaube mir, nicht alle von ihnen sind reizend. Bei einigen bin ich sehr froh, wenn ich sie nach der Stunde wieder abgeben kann. Man weiß vorher nie, welche Sorte man bekommt.« Er zwinkerte und lachte wieder. Signe konnte nicht anders, sie musste mitlachen. Plötzlich griff er sein Glas und setzte sich gerade hin. Ihr wurde ganz feierlich zumute, wie zu Weihnachten oder wenn die norwegische Hymne spielte oder beides auf einmal. »Ich will dich heiraten, Signe Munch. Hätte das Schicksal uns früher zusammengebracht, hätten wir vielleicht Kinder bekommen«, sagte er ruhig. »Aber so ist es nicht. Dann wird sich das Schicksal wohl etwas dabei gedacht haben.«

KAPITEL 14

Oslo/Åsgårdstrand 1931

Sie heirateten am zwanzigsten Juni des Jahres 1931 im kleinen Kreise. Signe war zunächst der Meinung, sie bräuchten niemanden, sie wären sich zu zweit genug. Doch Einars Familie gehörte selbstverständlich dazu. Und je näher der Tag rückte, desto öfter malte sie sich aus, wie schön es wäre, die Freude und diesen ganz besonderen Moment mit Freunden zu teilen. Als sie Johannes Landmark geheiratet hatte, da war es die Erfüllung der Erwartung gewesen, die ihr Vater an sie gestellt hatte. Signe hatte entsetzliche Angst vor der Hochzeitsnacht gehabt und davor, mit einem ihr im Grunde fremden Mann den Rest ihres Lebens zu teilen. Sie hatte sich damals eingeredet, dass das der Lauf der Dinge war, das übliche Schicksal einer Frau. Es war gut, versorgt zu sein, mehr hatte sie nicht zu erwarten oder womöglich zu verlangen. Jetzt war alles anders. Sie fieberte dem Moment entgegen, in dem sie vor der Öffentlichkeit Ja zu Einar Siebke sagen durfte. Einar war der anständigste Mensch, den sie kannte. Wenn er sie zur Frau nahm, dann mit Haut und Haaren, mit all ihren dunklen Seiten, von denen er wahrscheinlich mehr ahnte, als ihr lieb war. Er hatte sich für sie entschieden, er würde vor aller Welt Ja zu ihr sagen. Wenn das kein Grund zum Feiern war?

Die Zeremonie auf dem Standesamt war schnell erledigt. Signes Mutter war nicht gekommen, und das war gut so. An diesem Tag standen Signe und Einar im Mittelpunkt. Damit hätte Anna Munch schwer leben können. Einars Eltern und einige Geschwister waren gekommen. Sie blieben zu Kaffee und Gebäck in Einars Wohnung, wo sie als Ehepaar zunächst zusammenwohnen würden. Nachdem die Familie gegangen war, fuhren sie in die Møllergata, um im Justisen zu essen. Sie hatten einen kleinen Raum im ersten Stock gemietet. Golden-braune Tapeten mit großen Blumen, Ton in Ton, Ölgemälde in schweren Holzrahmen. Auf dem Tisch stand ein Schild: *Herr und Frau Einar Siebke und Signe Munch Siebke.* Lillas Handschrift. Torstein, Mary und Henrik und drei Kolleginnen und Kollegen des Musiklehrerverbandes waren gekommen. Und natürlich Lilla und Asael. Signe hatte lange überlegt, Edvard dann aber nicht eingeladen. Er wäre ohnehin nicht gekommen. Nicht, wenn von der Familie sonst niemand dort war. Sie hatte ihm nur die Hochzeitsanzeige geschickt und ihm versprochen, dass sie ihn besuchen würden.

»Hast du ein Glück, dass du die Braut bist«, raunte Lilla Signe zu. »Eigentlich bin ich nämlich böse auf dich.« Signe hob fragend die Augenbrauen.

»Wie stehen Asael und ich jetzt da? Als könnten wir uns nicht entschließen. Als wären wir zögerliche Personen.« Sie setzte eine strenge Miene auf. Wie hübsch sie war, das blonde Haar zu einem Kranz gesteckt, die Lippen im gleichen hellen Rosa wie das Kleid. »Du hättest mir wirklich rechtzeitig einen kleinen Hinweis geben können, dann wären wir schneller gewesen.«

»Ihr könnt es uns gerne nachmachen. Wir werden mit Freude kommen, um mit euch zu feiern.« Signe lachte.

»Wenn das so einfach wäre.« Lilla seufzte. »Asael ist durch und durch Jude, seine Familie akzeptiert keine Christin als seine Ehefrau. Sie wollen, dass er sich eine Jüdin sucht und mit ihr eine Familie gründet.«

»Aber das ist ...«

»... Hirnriss«, sagten sie beide gleichzeitig und lachten.

Lilla wurde gleich wieder ernst. »Es vergeht kaum ein Tag, an dem wir nicht darüber reden. Es ist möglich, zum Judentum überzutreten, sehr schwierig, aber möglich. Das wäre eigentlich auch Asaels Wunsch.«

»Wärst du denn bereit dazu?«

Sie nickte. »Ja, ich denke schon. Ich habe mich viel damit beschäftigt. Es ist eine gute Religion. Die ersten Christen waren Juden«, sagte sie leise und zuckte mit den Achseln. »Es gibt Gemeinsamkeiten.«

»Aber?«, fragte Signe sanft.

»Wenn Asaels Herz es sich auch wünscht, ist sein Verstand doch dagegen. Er will mir die Ablehnung, die die Juden erfahren, nicht zumuten. Er ist davon überzeugt, dass es in Zukunft noch schlimmer wird.«

»Ach, Lilla, das scheint wirklich kompliziert zu sein, es tut mir so leid.«

Wieder nickte Lilla betrübt, dann strahlte sie Signe an. »Heute wollen wir uns nicht den Kopf darüber zerbrechen. Heute geht es nur um euch und euer Glück. Du siehst so schön aus, elegant. Und dein neuer Haarschnitt, auf der linken Seite kürzer als rechts. Ehrlich, Signe, das ist verrückt. Ich wette, es dauert nicht

283

mehr lange, bis alle Frauen es kopieren.« Wieder lachte sie. »Ich freue mich so für euch.« Sie drückte Signe an sich. »Masel tov«, flüsterte sie. »Das heißt: Viel Glück!«

Am nächsten Morgen brachen Signe und Einar auf. Hochzeitsreise nach Åsgårdstrand. Das hatte Signe sich gewünscht. Letztes Jahr hatte Einar ihr Tanum gezeigt, wo er als Junge sorglose Tage verbracht hatte, nun würde sie ihm zeigen können, wo sie als kleines Mädchen geschwommen war, wo sie mit anderen Kindern getobt und Muscheln und Steine gesammelt hatte. Signe hatte im Hotel Central reserviert. Sie wäre gern ins Grand gegangen, doch das war im letzten Jahr niedergebrannt, wie sie erfuhr. Das Central also. Es war womöglich ohnehin besser geeignet, denn man konzentrierte sich dort weniger auf den Glanz seiner Gäste als darauf, ihnen Ruhe und Entspannung zu geben. Bei Familie Blom, den Betreibern, fühlte man sich eher wie ein Freund denn als zahlender Gast. Drei Stunden hatte die Fahrt gedauert. Einar hatte eine hübsche Route gewählt, ein gutes Stück waren sie am Fjord von Holmestrand entlanggefahren. Nun erreichten sie das Seebad auf der nördlichen Straße. Wie viel sich verändert hatte! Früher kamen die Feriengäste mit dem Dampfer oder mit Pferd und Wagen, jetzt waren überall Automobile unterwegs. Man konnte kaum atmen, so viel Staub wirbelten sie auf. Nachdem Einar und sie den eigenen Wagen abgestellt hatten, machten sie sich auf zur ersten Erkundung. Ständig mussten sie zur Seite springen, weil wieder jemand die Straße entlanggerast kam.

»Sagtest du nicht, Åsgårdstrand sei ein beschaulicher verträumter Ort?« Einar lächelte ein wenig gequält. »Du musst in

Tanum das Gefühl gehabt haben, du seist aus der Welt gefallen.«

»Als ich zuletzt hier war, galt ein Automobil als Sensation«, sagte sie kopfschüttelnd. »Ich hoffe, es hat sich nicht alles so sehr verändert.«

Das war glücklicherweise nicht der Fall. Am zentralen Platz, den die Leute hier meinten, wenn sie sagten, sie gingen zum Einkaufen in die Stadt, gab es noch immer das Unterwäschegeschäft. Signe erinnerte sich, dass ihre Mutter einmal behauptet hatte, sie müsse zum Kolonialwaren- und Schlachterladen, der nur wenige Schritte daneben lag. Signe war auf dem Weg zu den Stenersens gewesen, um mit Stena zu spielen, da hatte sie gesehen, wie Anna Munch sich verstohlen umblickte, ehe sie eilig in den Unterwäscheladen verschwand.

»Sogar einen Frisör gibt es«, stellte Einar fest und lächelte amüsiert.

»Aber natürlich, was denkst du denn?« Signe gab sich entrüstet. »Die feinen Herrschaften, die früher im Grand oder im Hotel Central logiert haben, wollten wenigstens am Abend elegant und gut frisiert sein, wenn sie am Tag schon lächerliche Badehäubchen trugen.« Sie lachte. Im nächsten Augenblick drückte sie Einars Arm. »So ein Glück, Bäckerei Frantzen gibt es auch noch. Du brauchst also nicht darauf hoffen, dass ich für dich backe.«

»Das ist wirklich Glück.« Er schnupperte wie ein Kaninchen. »Hm, wie das duftet!«

»Ja, es duftet nach glücklicher Kindheit«, sagte Signe leise und schloss für einen Moment die Augen.

»Lass uns hineingehen und alles probieren, was sie haben«,

schlug er übermütig vor. Wenig später saßen sie an einem runden Tischchen mit schmiedeeisernen geschwungenen Beinen. Eine Dame, deren Haar schon an einigen Stellen grau schimmerte, servierte ihnen Kaffee und Zimtschnecken. »Jetzt kann ich mir vorstellen, wie die kleine Signe Munch ausgesehen hat, wenn sie nach dem Schwimmen oder Toben etwas Süßes bekam. Deine Augen leuchten jetzt noch wie die eines Kindes.«

»Signe Munch, die Nichte vom Maler!« Die Stimme knarzte wie die Bodenbretter des Ferienhauses in Tanum. Signe und Einar sahen sich überrascht um. Da saß eine winzige Frau mit weißem, in gleichmäßige Wellen gelegtem Haar. Die alte Frau Frantzen!

»Frau Frantzen, wie schön, Sie zu sehen. Wie geht es Ihnen denn?« Signes Herz machte einen Hüpfer. Ein liebes vertrautes Gesicht nach all den Jahren.

»Gut, gut.« Die Alte nickte und kicherte. »Der da oben hat mich glatt vergessen. Wäre doch eigentlich längst fällig, was? Aber nein, ich bin noch immer hier.« Wieder das heisere Kichern. »Und ich werde auch das nächste Mal hier sein, wenn du nach Åsgårdstrand kommst.«

»Ein guter Grund, um wieder öfter zu kommen.« Signe lächelte ihr noch einmal zu und drehte sich wieder um. »Sie hat schon Brot und Kuchen verkauft, lange bevor es das Ladengeschäft gab. Damals stand auf der anderen Straßenseite noch eine winzige Bäckerei, die mit der Qualität der alten Frantzen aber nicht mitgekommen ist«, erklärte sie Einar. »Als ich Kind war, ist sie mit einem Korb durch die Straßen gelaufen und hat ihre Ware angeboten.«

»Mich hat er vergessen«, murmelte die Alte. »Aber die Bjøl-stad, die hat er nu auch geholt.«

Signe erstarrte. Hatte sie richtig gehört?

»Was hat sie gesagt?«, wollte Einar wissen.

Die Kellnerin trat an ihren Tisch und räumte das Geschirr ab.

»Hätten Sie doch sagen können, dass Sie die Nichte vom Maler sind«, sagte sie freundlich.

»Wieso, gibt es dann einen Munch-Rabatt?« Einar zwinkerte ihr zu.

»Das nicht, aber anschreiben können Sie dann natürlich.«

»Das ist sehr nett, wird aber nicht nötig sein.« Einar holte die Geldbörse hervor.

»Mann gut, dass Sie da sind.« Die Frau mit den grauen Strähnen wandte sich an Signe. »Das macht Ihren Onkel ganz fertig, dass die Frau Bjølstad gestorben ist. Hat er kräftig dran zu kauen.«

»Tante Karen ist tot? Das wusste ich gar nicht.«

»Ja, ja.« Sie nickte eifrig. »Letzten Monat schon, glaube ich.«

Sie traten hinaus auf die staubige Straße. Einar hakte Signe unter.

»Hat dir diese Tante sehr nahegestanden?« Er sah sie an.

Sie seufzte schwer. »Im Grunde nicht, nein. Na ja, sie gehörte dazu, war immer dabei, wenn die Familie sich getroffen hat. In meiner Erinnerung war sie schon damals uralt.« Sie lächelte. »Wie das so ist aus der Perspektive eines Kindes. Tante Karen war nicht meine Tante, sondern die von Edvard. Er war fünf, als seine Mutter gestorben ist. Seine Tante Karen hat ihn aufgezogen wie einen eigenen Sohn.«

»Kein Wunder, wenn ihn der Verlust dann so hart trifft.«

»Ja, sie hatten eine sehr enge Bindung.« Nach einer Pause sagte sie: »Ich habe viel von ihr gelernt.« Sie sah ihn kurz an. »Boller backen, zum Beispiel.«

Sie spazierten die Bakkegate hinunter. Signe ließ die Meerluft in ihre Lungen strömen. Nun war Karen Bjølstad also nicht mehr. Der Lauf der Welt.

»Wir wollten doch sowieso zu ihm gehen.« Sie standen an der Mole und sahen den Möwen zu, die mit dem Wind segelten.

»Ich weiß nicht einmal, ob er zur Zeit hier ist. Vielleicht ist er auch in Deutschland, in Wismar vielleicht. Das soll auch so ein hübsches Seebad sein.«

»Wir sollten nachsehen.« Sie sah ihn überrascht an. »Nicht, ob Wismar hübsch ist.« Einar lachte fröhlich. »Wir sollten nachsehen, ob dein Onkel zu Hause ist. Ich nehme nicht an, dass du dich wieder von deiner Angst abhalten lässt, oder?«

»Auf keinen Fall.« Sie würde nicht noch einmal den gleichen Fehler machen, den sie nach Lauras Tod begangen hatte. Mit Einar an ihrer Seite war es leichter. »Aber erst morgen. Es war ein langer Tag, und es ist der erste Abend unserer Hochzeitsreise. Ich würde mich gern ein wenig ausruhen, frisch machen und umziehen und dann mit meinem Ehemann etwas essen gehen.«

Er küsste sie zärtlich. »Unersättlich, ich wusste es doch. Eben hast du noch Unmengen von Kuchen verdrückt, und jetzt denkst du schon wieder ans Essen.«

»Du nennst eine Zimtschnecke Unmengen? Ich wette, dein Magen knurrt spätestens in einer halben Stunde wieder.«

Am nächsten Morgen gingen sie gleich nach dem Frühstück die Nygaardsgaden entlang.

»Dort drüben ist es«, sagte sie und deutete auf den kleinen Bau, der in sonnigem Gelb leuchtete. »Edvards Glückshaus.« Sie lächelte. Schon von Weitem war zu erkennen, dass sich die Zweige seiner Apfelbäume unter der Last der Früchte bogen. Es würde eine gute Ernte geben. »Hoffentlich ist er da. Du musst ihn wirklich endlich kennenlernen.« Signe hatte sich bei Einar untergehakt. Warum klopfte ihr dummes Herz nur so? Wenn ihr Onkel da war, würde er sich über den Besuch freuen.

»Täusche ich mich, oder lehnt da ein Bild an der Mauer?«

Sie lachte. »Das ist gut, dann ist er zu Hause.« Sie steuerte auf die einstige Eingangstür zu, ging daran vorbei, den schmalen Pfad entlang, der um das Haus herum in den Garten führte.

»Wir klopfen nicht?« Einar schien ein wenig verunsichert.

»Edvard hat das Haus ein wenig umbauen lassen, als er das Atelier errichten ließ.« Sie deutete auf ein zweites Holzhaus, das kaum kleiner war als die eigentliche Ferienhütte. »Seitdem ist der Eingang hinten.« Auch an dem steinernen Sockel des Ateliers lehnten Bilder. Nebeneinander und hintereinander in dicken Reihen.

Einar blieb stehen. »Er hat extra ein Atelier bauen lassen, trotzdem stehen Gemälde draußen? Was ist, wenn es regnet?«

Sie blickte belustigt zum Himmel. »Keine Wolke, es wird nicht regnen.« Sie gab Einar einen Kuss, der sich noch immer nicht vom Fleck bewegte. »Seine Bilder sind überall«, erklärte sie. »Im Garten und auch in jedem Winkel des Hauses, im Schlafzimmer und im Gästezimmer, wo seine jüngere Schwester Inger immer schläft, wenn sie zu Besuch ist. Er lebt mit ihnen. So ist er eben.«

»Warum hat er sich nicht einfach ein größeres Atelier bauen lassen? Der Platz ist doch da, das Grundstück ist nicht gerade klein.«

»Das hätte nichts genützt. Kein Gebäude ist für meinen Onkel groß genug. Er sprengt mit seinem Fleiß und seinem unbändigen kreativen Drang alle Mauern. Außerdem hätte er dann einen Teil seines Gartens hergeben müssen, und das kommt für ihn nicht in Frage. Er liebt seine Levkojen und die Astern, die ihn bis in den Herbst begleiten.« Sie blickte verträumt über den Garten, der an einem Hang lag. Im Hintergrund glitzerte der Fjord in der Sonne. »Ich habe ihn nirgends so glücklich gesehen wie hier zwischen seinen Erdbeeren und Johannisbeeren. Am anderen Ende der Straße wohnt Carl Johan Book. Er ist Onkels bester Freund hier im Ort, denke ich. Book ist Schwede und betreibt eine kleine Gärtnerei. Er sorgt dafür, dass Edvard mit Gemüse und Salat versorgt ist, wenn er anreist. Mein Onkel bezeichnet seinen Küchengarten als Goldgrube. Keinen Zentimeter würde er davon hergeben.«

Gerade wollte Signe die Holzstufen zur Eingangstür hinaufsteigen, als es im Atelier gewaltig rumpelte.

»Au, verdammt!« Edvards Stimme.

»Onkel Edvard, ist etwas passiert?« Sie sprang die Stufen hinab, aber Einar war schneller. Er klopfte an die Tür des Ateliers und öffnete im nächsten Augenblick.

»Nichts ist passiert«, kam es knurrig aus dem Inneren. »Was soll denn noch alles passieren? Reicht's denn noch nicht?« Einar war unentschlossen am Eingang stehen geblieben, Signe wollte an ihm vorbei, doch da sah sie ihren Onkel. Missmutig schob er einen bespannten Rahmen, der ihm im Weg war, mit dem Fuß beiseite. »Wer sind Sie, was wollen Sie? Ich verkaufe keine Bilder.« Er war in keinem guten Zustand, das sah Signe sofort. Doch er war noch immer eine imposante Erscheinung. Aufrecht stand er da in Anzughose, Hemd und Jackett. Einar trat einen Schritt zurück.

»Ich bin's, Signe. Und das ist Einar Siebke.«

»Na so ein Unfug, als ob ich dich nicht erkennen würde.« Seine Hand griff nach dem Hut, der auf einem Tisch neben der Tür lag, verfehlte ihn, erwischte ihn beim zweiten Versuch. Edvard setzte sich den Hut auf den Kopf, als er ins Freie trat. »Aha und Einar Siebke. Guten Tag, mein Herr.«

»Guten Tag, Herr Munch. Es freut mich, Sie kennenzulernen.«

»Sie sind auch Maler?« Edvard schüttelte ihm die Hand.

Einar lachte. »Nein! Dafür fehlt mir die Begabung, fürchte ich.«

Signe trat zu ihrem Onkel, nahm seine Hand und umarmte ihn zaghaft. »Schön, dich zu sehen, Onkel Edvard«, sagte sie leise. »Ich habe gehört, was passiert ist. Tante Karen ... Es tut mir so leid.«

»Ja. Es ist ... Sie war alt. Der Lauf der Zeit, nicht?« Er schien kurz nicht zu wissen, was er tun sollte. Dann räusperte er sich.

»Also kein Maler«, sagte er und blickte in Einars Richtung. »Was dann?«

»Ich bin Musiklehrer. Gesang und Stimmbildung«, erklärte Einar.

»Und er ist mein Mann, Onkel Edvard. Wir haben kürzlich geheiratet. Ich hatte dir geschrieben, du erinnerst dich? Wir sind auf Hochzeitsreise hier.«

»Ach! Das ist schön. Aha, ja, das ist mal eine gute Nachricht.« Er strahlte. Endlich. Das erste Mal, seit er aus seinem Atelier getreten war. Er tätschelte Signes Schulter, dann schüttelte er Einar erneut die Hand. »Ich beglückwünsche Sie, Herr Siebke. Signe ist … Sie ist so ein sanftes Geschöpf. Sie müssen gut auf sie achtgeben.«

Signe wollte Einspruch erheben, sagen, dass sie sehr gut auf sich selbst aufpassen konnte.

»Das verspreche ich«, sagte Einar, und Signes Einspruch war hinfällig.

»Kommt, setzen wir uns ein bisschen. Habt ihr denn etwas Zeit mitgebracht?«

»Alle Zeit der Welt«, antwortete Einar, und Signe lächelte ihm dankbar zu.

»Gut, gut, ja. Ich hatte sowieso gerade vor, eine kleine Pause zu machen.« Edvard rieb sich über die Augen. Er ging voraus durch den abschüssigen Garten zu einem runden kleinen Tisch mit vier Stühlen drum herum. Blätter lagen auf den Sitzflächen und der Tischplatte, Algen wuchsen auf dem Holz. Hier hatte lange niemand mehr ausgeruht. »Setzt euch, Kinder!«, forderte er sie auf, während er die Hand auf einen Stuhl legte und sich dann niederließ. »Ich sollte euch etwas anbieten«, murmelte er. »Ich weiß gar nicht … etwas Limonade vielleicht.«

»Ich sehe mal in der Küche nach.« Signe ging zurück zum Haus.

Der Geruch von Ölfarbe und Terpentin schlug ihr entgegen.

292

Sie atmete ihn tief ein. Herrlich. Allmählich gewöhnten sich ihre Augen auch an die Dunkelheit. Draußen blendete sommerliche Helle, doch die kleinen Fenster ließen nur wenig davon hinein. Der Holzboden knarrte fast ein wenig anklagend unter ihren Füßen, als hätte sie kein Recht, allein hier zu sein. Sie sah sich um. Wie erwartet, lehnten in jedem Raum Skizzen und fertige Bilder an den Wänden und Möbeln. Wenn Edvard den großen Eckschrank neben dem Bett öffnen wollte, würde er zunächst einige davon zur Seite räumen müssen. Nur wohin? Auf jedem Stuhl stapelten sie sich, lehnten an dem Esstisch und an dem winzigen Hocker, der als Nachttisch diente. Signe lächelte, als sie das Telefon darauf sah. Typisch Onkel Edvard. Er war einer der Ersten im Ort gewesen, der einen eigenen Apparat besaß. Sie erinnerte sich gut, dass er ihr stolz den Eintrag ins Telefonbuch der Region gezeigt hatte.

»Siehst du hier: Edvard Munch, der Maler. Und dahinter meine Telefonnummer!«

Sie sollte die Männer nicht zu lange alleine lassen, dachte sie. Wo sollte sie bloß etwas zu trinken oder Gläser finden? Eine richtige Küche gab es nicht, nur den gemauerten Ofen mit zwei Feuerstellen. Onkel Edvard ging zum Essen in eins der drei großen Hotels, oder er bereitete sich einen Salat aus seinem Garten zu. Manchmal brachte ihm auch eine der Nachbarinnen etwas, die Wäscherin Björnson oder die Frau des Kapitäns Andersen.

Signe ließ ihren Blick durch das zweite Zimmer schweifen, das Gästezimmer, das er hatte anbauen lassen. Auch hier in jedem freien Winkel Gemälde, auch hier Zeitungsausschnitte an den Wänden. Das Holz zwischen zwei Artikeln der *Aftenposten* zog Signes Aufmerksamkeit auf sich. Da war ein Loch, da noch eins. Einschusslöcher. Hier also hatte sich tatsächlich die Geschichte mit Tulla Larsen abgespielt. Es gab so viele Gerüchte darüber. Mal hieß es, sie habe auf ihn geschossen, weil er sie nicht heiraten wollte. Sie hatte verbreitet, dass sie sich habe töten wollen, was ihr jedoch aufgrund der Menge Cognac, die sie gemeinsam getrunken hatten, nicht mehr gelang. Onkel Edvards Version dagegen war die, dass er ihr die Waffe abgenommen habe, wobei sich ein Schuss gelöst habe. Es musste mehr als einer gewesen sein, dachte sie, während sie mit dem Finger über das gesplitterte Holz strich. So wie es mehr als eine Geschichte über diesen Vorfall gab. Am Ende hatte Signe nicht einmal mehr geglaubt, dass er sich wirklich in Edvards Glückshaus abgespielt haben könnte. Signe fand einen Krug und Gläser. Sie füllte ihn mit Wasser und ging den Weg zurück durch den Garten.

»Wenn Ihre Bilder dort auch auf dem Boden stehen«, sagte Einar gerade, als sie alles auf dem Tischchen abstellte, »haben Sie dann keine Angst, dass Ihre Hunde Schaden daran anrichten?«

»Du hast Hunde?« Signe sah sich erstaunt um.

»Nicht hier, in Ekely. Ich hätte sie mitbringen sollen. Sie hätten sich hier genauso wohlgefühlt wie ich.« Edvard deutete auf den Krug. »Irgendwo müsste noch eine Flasche Wein sein. Und Cognac, hast du keinen Cognac gefunden?« Ehe sie antworten konnte, sagte er: »Ist wohl noch ein bisschen früh dafür. Also Wasser. Das Wasser ist gut in Åsgårdstrand, ganz klar.«

»Ich sehe mal, ob ich etwas Zitronenmelisse und Minze finde. Dann schmeckt es noch besser.« Signe ging hinüber zu den Kräutern.

294

»Gute Idee.« Edvard lächelte. »Das hast du von Karen gelernt«, sagte er leise. Er räusperte sich. »Ja, ich hätte meine
Hunde herbringen sollen. Sie halten Abstand zu meinen Bildern, das haben sie von Anfang an gelernt«, erklärte er Einar.
»Und wenn sie es einmal vergessen, wer weiß, vielleicht bringen
sie etwas zustande.« Er lachte, doch es klang nicht fröhlich.
»Mehr als ich im Moment«, fügte er leise hinzu und rieb sich
wieder über die geschlossenen Augen.

Über ihnen sprangen Vögel zwitschernd durch die Äste, der
Wind brachte den Geruch von Salz und Algen und etwas Ab-
kühlung vom Fjord mit hinauf. Die Worte sprudelten aus Edvard heraus wie der Wasserfall des Akerselva in Oslo. Er musste
in den letzten Tagen viel allein gewesen sein.

»In Ekely gibt es jetzt ein Atelier für den Winter. Erinnerst du
dich? Ich hatte vor, eines bauen zu lassen. Du warst lange nicht
da, Signe, es ist jetzt fertig.«

»Es war ja auch nicht auszuhalten. Er hatte draußen einen
Unterstand, in dem er gemalt hat«, erklärte sie Einar. »Sogar bei
Schnee und Frost! Eine wirklich gute Entscheidung, Onkel Ed-
vard.«

»Tja, zu spät womöglich.« Er richtete sich fahrig den Hut, obwohl der perfekt saß. »Wenn's noch schlechter wird mit den Augen, kann ich es nicht mehr nutzen.« Er trank einen Schluck.
»Mmh, köstlich. Schmeckt gleich viel besser, wenn eine Frau im
Haus ist und sich um die Getränke kümmert, was?« Signe bemerkte, dass Edvard immer unruhiger auf dem Stuhl herum-
rutschte. »Sie sind also Musiklehrer, ja? Schön. Sind Sie in Oslo
an der Schule?« Einar erzählte von den Schauspielern, mit denen er arbeitete, und vom Barratt-Due-Institut.

295

»Stell dir vor, es gibt dort sogar einen musikalischen Kindergarten.«

»Ach was, interessant.« Edvard nickte. »Das ist wirklich gut.
Ja, nun, ich will nicht unhöflich sein.« Hatte Signe es doch ge-
ahnt.

»Sie haben zu tun, stimmt's?« Einar sah ihn freundlich an.
»Wir haben Sie lange genug aufgehalten. Und dann auch noch
ohne Vorwarnung.«

»Ja, ja, eben. Ich komme nicht so voran, wie ich möchte. Die
verdammten Augen. Aber das wird schon wieder. Ja, bestimmt,
muss wieder werden«, sagte er atemlos. »Es muss ja weitergehen,
nicht wahr? Neue Ausstellungen. Mit deutschen Galeristen bin
ich vorsichtig geworden, vor Jahren schon. Aber dieser Flecht-
heim scheint mir in Ordnung zu sein. Kennst du ihn?«

»Hat er nicht eine Galerie in Berlin?«

»Mehrere, er hat mehrere Galerien. Fragt sich, wie lange noch.
Die Nationalsozialisten machen ihm Schwierigkeiten.«

»Seine Ausstellungseröffnungen und Bälle sollen große ge-
sellschaftliche Ereignisse sein«, sagte Signe.

»Ja, ja, das auch. Er hat gerade eine Einzelausstellung von mir
in Berlin gemacht. Jetzt ist Düsseldorf dran. Königsallee. Tja,
abwarten, wie lange noch.«

»Dann wollen wir dich nicht länger stören, Onkel Edvard.«

»Woran arbeiten Sie gerade?« Einar hatte sich erhoben und
blickte zum Wasser. »Die Sicht von hier oben ist unbeschreib-
lich. Ein wunderbares Motiv, kann ich mir vorstellen.«

»Ich habe hier schon alles gemalt, jedes Haus, jeden Stein, jede
Linie. Es ist ein Jammer. Sie haben recht, man findet hier die besten Motive.« Edvard sah sich um, als wäre er zum ersten Mal hier.

»Aber du kannst noch alles malen, Signe«, sagte er. »Verwendest du noch immer diese blassen Farben? Wenn du hier malst, musst du leuchtende Farben nehmen. Du musst das Licht einfangen, Signe. Es ist nirgends so wie hier.« Eine Weile schwiegen sie und hörten den Vögeln zu, dem leisen Rauschen des Windes, einem Ruderboot, das durch das Wasser glitt. »Du solltest das Licht malen, Signe«, sagte Edvard plötzlich leise. »Vielleicht nicht gleich heute, sondern später, wenn du Åsgårdstrand am meisten brauchst.«

———

Signe genoss ihre Hochzeitsreise aus vollem Herzen. Sie gingen schwimmen, spazierten so lange am Strand entlang, bis ihre Füße eine Pause brauchten. Sie lachten miteinander, redeten, liebten sich.

Und Signe malte! Sie malte die geschwungene Linie der Küste, Edvards Garten, den Liniendampfer, der jeden Abend gegen halb sechs an der Mole anlegte und neue Urlaubsgäste ausspuckte. Alles nur Skizzen. Wenn sie zurück war, würde sie die Bilder fertigstellen. Mit mehr Farbe als üblich. Vielleicht hatte Onkel Edvard recht, vielleicht konnte das Licht von Åsgårdstrand kräftige Farben gebrauchen. Wenn sie ihre acht *Laster* zu Ende gebracht und ausgestellt hatte, war Zeit für eine Åsgårdstrand-Reihe. Wieder etwas völlig anderes, das eine ganz andere Seite von Signe Munch zeigen würde. Wieder ein Thema für eine Einzelausstellung. Ein Bild würde sie dabei allerdings nicht zeigen. Das einzige, das sie noch während der Reise komplett fertigstellte. Sie hatte endlich Einar gemalt. Er war auf die Steinmole hinaus gegangen, vor der Segel- und Ruderboote vertäut lagen und auf den Wellen schaukelten. Ein Fischer hatte ein Netz auf eins der Boote gebracht, um am nächsten Morgen in aller Frühe herausfahren zu können wahrscheinlich. Einar kam mit ihm ins Gespräch, hockte sich auf die Mole, sodass Signe sein Profil betrachten konnte. Sie würde keine bessere Gelegenheit bekommen. Die Sonne ließ sein weizenblondes Haar leuchten, der Wind blies ihm eine Strähne in die hohe Stirn. Stand ihm gut, fand sie. Sonst achtete er immer darauf, die Haare streng nach hinten frisiert zu tragen. Die weichen vollen Lippen standen nicht still, aber das war keine Schwierigkeit für sie. Mit schnellen Strichen zeichnete sie die Linie seiner Nase und stellte sich vor, wie ihr Finger darüberstrich. Sie malte den Schwung seiner Augenbrauen und das energische Kinn, dann ein Ohr. Es machte ihn verrückt, wenn sie an seinem Ohrläppchen knabberte. Signe zeichnete den Hals mit der Kuhle über dem Schlüsselbein. Genau dort würden ihre Lippen nach dem Abendessen auf Entdeckungsreise gehen. Als er sich nach ihr umdrehte, war sie gerade fertig. Er verabschiedete sich von dem Fischer und kam auf sie zu. Noch immer wühlte dieses gelassen-amüsierte Lächeln sie auf. Ihr Blick schlang sich in den seiner blauen Augen. Die Skizze war gut geworden, sie hatte seinen typischen Ausdruck getroffen. Trotzdem. Es war nur ein Bild. Wer wollte sich damit aufhalten, wenn ihm das Original gegenüberstand? Kunst kommt von künstlich, Signe Munch, sie kann niemals über einem Menschen aus Fleisch und Blut stehen.

»Du hast mich gemalt«, stellte er fest, als er bei ihr war. Sie hatte den Block eilig zugeklappt, aber sie wusste natürlich, dass er sie erwischt hatte. Es würde keine Überraschung werden.

298

»Ich hätte eine Leinwand haben müssen.«

»Lass sehen!«

»Auf keinen Fall, es ist noch nicht fertig.«

»Du hast gesagt, du wirst die Skizzen erst zu Hause fertigstellen. So lange kann ich nicht warten.«

»Es kostet dich mindestens einen Kuss, wenn du die Zeichnung jetzt schon sehen willst.«

Er legte lächelnd den Kopf schief. »In aller Öffentlichkeit? Ich muss mich doch sehr wundern, Frau Siebke.«

»Wundern Sie sich ruhig, Herr Siebke«, sagte sie gelassen. »Ein Kuss, sonst gibt es nichts zu sehen.« Einar legte ihr den Arm um die Taille, zog sie fest an sich. Seine Lippen schmeckten zart nach Salz. Signe seufzte, schlang die Arme um ihn. Ihr Zeichenblock rutschte ihr aus der Hand, eine Windböe trug ihn über die Mole.

»Oh nein!«, rief sie.

»Das ist nicht gerecht, ich habe bezahlt, ich will es sehen«, beschwerte Einar sich und sprang dem Block hinterher. Der Fischer war schneller. Ihm war der Ausreißer fast direkt vor die Füße geweht worden, als er sein Boot verlassen hatte.

»Hoppla! Das wird wohl noch gebraucht, was?« Das Deckblatt war umgeschlagen, und der Mann betrachtete die erste Skizze. »Sie sind Maler! Hatten Sie nicht gesagt, Sie machen was mit Musik?«

»Meine Frau hat das gemacht, sie ist die Künstlerin in der Familie.«

Der Fischer kraulte sich den Bart. »So ist das, aha. Nicht übel für ein Frauenzimmer.« Er lächelte fröhlich. »Hier im Ort gibt es einen Maler. Ist ziemlich berühmt. Edvard Munch. Haben Sie vielleicht schon gehört.«

»Ja, der Name kommt mir ziemlich bekannt vor«, sagte Einar ernst.

»Kommt er nicht auch aus Oslo? Ich meine, ich hätte dort mal eine Ausstellung von ihm gesehen«, stimmte Signe ebenso ernsthaft zu.

»Malt 'ne Menge verrücktes Zeug, wenn Sie mich fragen. Sowas hier mag ich lieber.« Er reichte Signe den Block. »Schönen Tag noch!« Er tippte sich an die Stirn und ging an ihnen vorbei über die Mole und in Richtung Sägewerk davon.

»Er mag meine Bilder lieber als die von Onkel Edvard.« Signe sah Einar fröhlich an. »Etwas Netteres hätte er mir nicht sagen können. Ihnen auch einen schönen Tag!«, rief sie ihm übermütig hinterher, obwohl er längst außer Sicht war.

»Er ist nur ein Fischer, er versteht nichts davon«, entgegnete Einar und blickte mit Unschuldsmiene zum Himmel.

»Ich höre wohl nicht richtig!«, schimpfte Signe und musste sofort lachen. »Tja, wenn ich doch so viel schlechter bin als der Maler mit dem verrückten Zeug, dann lohnt es sicher nicht, sich etwas von mir anzusehen, nehme ich an.« Sie klemmte den Block fest unter den Arm und wandte sich zum Gehen.

»Halt, stehen geblieben!« Einar war mit einem Satz an ihrer Seite und hielt sie fest. »Ich habe dafür bezahlt.«

»Weil du so unverschämt warst, hat sich der Preis erhöht«, sagte sie kühl. Sein Gesicht kam ihrem näher, er sah ihr direkt in die Augen. Von ganz allein öffneten sich ihre Lippen in Erwartung eines weiteren zärtlichen Kusses.

Als sein Mund ihren beinahe berührte, flüsterte er: »Ich bin bereit, jeden Preis zu zahlen. Auf der Stelle. Aber nicht hier.«

Ein wohliges Ziehen schoss durch ihren Körper, längst vertraut und doch immer wieder aufregend neu.

Sie hatten sich gegenseitig ausgezogen, kaum dass die Tür ihres Zimmers hinter ihnen ins Schloss gefallen war. Dann hatten sie einander mit solcher Hingabe geliebt, dass Signe es beinahe nicht mehr ausgehalten hätte. Wie stellte er es nur an, dass sie jedes Mal noch neue Genüsse kennenlernte? Sie blieben hinterher noch eine Weile beieinander liegen, erschöpft und verschwitzt. Dann stand Signe auf, lehnte den Zeichenblock gegen den Stapel Bücher, den Einar mitgebracht hatte und unberührt wieder mit zurück nach Oslo nehmen würde, füllte ein Glas mit Wasser und drückte Farben auf ihre kleine Reisepalette. Sie stellte sein Porträt fertig, während er schlief. Als es getan war, trat sie zwei Schritte zurück, schloss die Augen, atmete durch und konzentrierte sich. Dann öffnete sie die Augen wieder, betrachtete ihr Werk lange, lächelte sehr zufrieden und ließ sich, nur ein Handtuch um den Körper geschlungen, in einen Sessel sinken, wo sie ebenfalls sofort einschlief.

Der Tag der Abreise kam für Signes Geschmack zu schnell. »Warum bleiben wir nicht einfach länger?«, fragte sie und meinte es ein wenig ernst.

»Warum nicht für immer?«, scherzte er. »Aus dem gleichen Grund, aus dem wir nicht in Tanum geblieben sind, nehme ich an. Oder?« Er sah sie zerknirscht an.

Sie nickte. »Jedenfalls müssten wir uns ein anderes Haus suchen als das von Onkel Edvard. Er hat einmal versucht, einen Winter hier zu verbringen, und ist kläglich gescheitert.«

Einar sah sich im Zimmer um, wo ihr Gepäck schon bereit stand. »Du wirst mich hierlassen müssen, wenn du alle Skizzen im Auto mit nach Oslo nehmen willst.« Sie hatte tatsächlich einige Leinwände und Keilrahmen besorgt.

»Ehe ich auf dich verzichte, lasse ich lieber alles hier, was ich gemalt habe.«

»Ich habe eine bessere Idee«, meinte er und griente frech. »Du bleibst hier, und ich fahre mit deinen Werken zurück. Ich verkaufe sie für viel Geld, komme wieder her und hole die nächsten, die du in meiner Abwesenheit gemalt hast.«

»So hast du dir unsere Ehe also vorgestellt.« Sie verschränkte die Arme. »Die Sache hat allerdings einen Haken. Es sind nur Skizzen, du wirst nichts dafür bekommen. Das Einzige, was du verkaufen könntest, ist dein Porträt. Glaubst du, jemand will es haben?«

»Du hast recht, mein Plan ist dumm. Das Porträt verkaufen wir auf keinen Fall. Es ist großartig geworden.« Das sagte er nicht zum ersten Mal, und sie freute sich doch jedes Mal wie ein Kind. Noch einmal sah er sich im Zimmer um, ehe er theatralisch seufzte. »Na schön, dann werde ich dir jetzt mal beweisen, dass du nicht nur einen äußerst patenten Mann geheiratet hast, sondern einen, der ein bisschen zaubern kann.« Er schnappte sich die großen Koffer und begann, den Wagen zu beladen.

Als sie wenig später die Toldergata entlangfuhren, und Åsgårdstrand sich allmählich hinter ihnen aufzulösen begann, war Signe schwer ums Herz. Sie waren noch zweimal bei Edvards Haus gewesen. Einmal war er nicht da, das andere Mal, als sie sich verabschieden wollten, hatte er auf einem Stuhl unter dem

Baum geschlafen, den Hut im Gesicht, und sie waren auf Zehenspitzen davongeschlichen. Signe hatte die Pforte hinter sich geschlossen und noch einmal zurückgesehen. Ein behagliches Brennen breitete sich in ihrer Brust aus. Welch ein schönes Bild, sie würde es irgendwann malen.

»Auf bald, Onkel Edvard, pass auf dich auf!«, flüsterte sie.

TEIL III

DER SCHREI

KAPITEL 15

Oslo, Sommer 1943

Das Haus auf der anderen Straßenseite leuchtete mit der Augustsonne um die Wette. Nachdem im Parkveien, wo Signe und Einar eine hübsche Wohnung gefunden hatten, immer mehr langjährige Nachbarn verschwunden und Deutsche eingezogen waren, hatten sie sich etwas anderes gesucht und waren in der Mariegate fündig geworden. Heiß war es an diesem Spätsommertag. Die vielen Besucher, die im Wohnzimmer um den großen Tisch herum saßen, taten ein Übriges. Signe öffnete das Fenster und blickte hinunter auf die große Kreuzung Neuberggata und Majorstuveien. Der Lärm der Automobile, ihr Hupen und Knattern, war jedoch nicht lange zu ertragen. Nur ein wenig Sauerstoff, dann würde Signe das Fenster wieder schließen.

»Ich bin voller Tatendrang, liebe Freunde«, rief Oscar und rieb sich die Hände. Er gehörte zu einer Gruppe von Einars Bekannten, die Signe erst kürzlich kennengelernt hatte. Wenn sie es richtig verstand, hatte Einar selbst erst in den letzten Jahren Kontakt zu ihnen gefunden.

»Unser guter Oscar, immer mit dem Kopf durch die Wand, was?« Jens Christian Hauge sah in die Runde. Selbst wenn er lächelte, wie jetzt, wirkte der junge Mann ernst.

»Oscar hat schon recht«, meldete sich Asael zu Wort. Lilla

war zu Signes Bedauern nicht mitgekommen. Tjorge musste für die Schule lernen, und die kleine Madita litt unter Kopfschmerzen. Seit ihrer Geburt war das Mädchen damit geschlagen. Mein Gott, sie war jetzt auch schon sieben, stellte Signe überrascht fest. Sie schloss das Fenster und holte eine weitere Kanne Kaffee aus der Küche, ehe sie sich wieder zu Einar setzte. Der griff sofort ihre Hand.

»Wisst ihr noch, unser kleiner Ausflug mit der Bahn?«, fragte ein weiterer Jungspund, der sich nur als Edgar vorgestellt hatte. Er blickte in die Runde und zwinkerte verschwörerisch.

»Ja, zum Beispiel«, stimmte Asael ihm zu. »Das wäre etwas, was wir unbedingt wiederholen sollten.« Auch er sah von einem zum anderen. Asbjørn Sunde und Magda, die immer ein wenig verbissen wirkte, damit war die Runde vollständig. Jeder von ihnen schien zu verstehen, nur Signe hatte keine Ahnung, von welchem Ausflug die Rede war. Es machte ihr nichts aus. Einar war in den letzten Monaten häufig alleine ausgegangen, während sie gemalt hatte. Sie freute sich, die Menschen nun auch zu kennen, mit denen er sich regelmäßig über dieses und jenes austauschte, sie freute sich ganz besonders, dass sie alle zu Besuch gekommen waren. Einar hatte gerne Menschen um sich. Ihr reichte es, einfach dabeizusitzen und ab und zu ein wenig zuzuhören. Es gefiel ihr, dass Einar nicht von ihr erwartete, in allem aufzugehen, was er tat.

»Wie wäre es, wenn wir als Nächstes mal ein Schiff nehmen würden statt der Bahn?« Oscar nahm einen Schluck Kaffee. »Der ist wirklich gut, Signe. Vielen Dank!«

»Gern geschehen. Ich mache auch gleich noch ein paar Häppchen.« Einar sah sie fragend von der Seite an. Sie lächelte. Sie hatte Freude daran, seine Gäste ein wenig zu verwöhnen. Signe legte ihm eine Hand auf sein Bein.

»Nur kein großer Aufwand«, sagte Asbjørn. »Das Gebäck war schon sehr gut und reichlich.« Er sah sie freundlich an.

»Sagte ich nicht, dass Signe die besten Boller backt?« Einar legte den Kopf zu Seite.

»Dabei sind wir doch nicht hier, um zu essen. Nicht nur. Dachte ich«, warf Magda stockend ein. Sie sprach so leise, dass Signe sie kaum verstand. »Wollten wir nicht über den Kurs sprechen, über Nynorsk?«

»Reine Zeitverschwendung«, polterte Oscar. »Was soll das bringen?«

Signe sah an die dem Fenster gegenüberliegende Wand. Dort hing das Porträt von Einar, das sie in Åsgårdstrand gemalt hatte. Glückliche Tage. Sie lächelte. Wie viel war seitdem geschehen. So viel Gutes und Schönes und auch Schweres. Es hatte Abschiede gegeben. Sie seufzte. Zeitverschwendung, hatte Oscar gerade gesagt. Signe hatte keine Ahnung, warum sie sich dafür interessierten, eine Variante der norwegischen Sprache zu lernen, die auf verschiedenen Mundarten der Landbevölkerung beruhte. Wahrscheinlich eine Modeerscheinung. In einem hatte er recht, Zeit hatte niemand zu verschwenden.

»Ich halte es aber doch für eine gute Methode, um sich zu unterhalten, ohne dass Fremde mithören können.« Erst die Stille, die plötzlich im Raum lag, holte Signe aus ihren Erinnerungen in die Gegenwart zurück. Sie blickte auf, Edgar sah schnell zur Seite, auch Jens wirkte, als wolle er Signe um keinen Preis ansehen. Jemand hüstelte. Signe konzentrierte sich. Was hatte Magda gerade gesagt?

»Nicht nur das, es wäre auch als Schriftsprache bestens geeignet. Wir schützen uns vor unerwünschtem Mitlesen«, erklärte Asael und zwinkerte nervös.

»Ist schon wahr«, stimmte Asbjørn ihm zu. »Unsere Buchsprache kann jeder entziffern, der Dänisch beherrscht.«

»Und Dänen sind ihre Nachbarn!«, zischte Magda.

Signe fühlte sich unbehaglich. Sie hörte die Gäste reden, verstand aber kaum ein Wort. Je mehr sie darüber grübelte, ob das, was um sie herum gerade geschah, das war, was sie befürchtete, desto mehr drang die Bedeutung ihrer Gespräche in ihr Bewusstsein. Es war unmöglich, Einar hätte diese Menschen nie eingeladen, wenn sie ernsthaft … Signe sah einen ockerfarbenen zähen Nebel über den Boden kriechen, einen Nebel der Ahnungslosigkeit. Worum ging es hier? Der Name Hamsun riss sie aus ihren Gedanken.

»Plötzlich feiern ihn alle, weil er Hitler brüskiert hat. Von wegen!« Oscar schnaubte. »Kann ja sein, dass er es gewagt hat, etwas gegen den Reichskommissar zu sagen, aber es bleibt doch auch eine Tatsache, dass er auf der Presse-Konferenz in Wien, bei der er unser Land höchst offiziell repräsentiert hat, für die Deutschen war und gegen den norwegischen Widerstand.« Seine Wangen glühten dunkelrot.

»Was regst du dich über einen Schriftsteller auf, der längst taub und fast blind ist. Sein Verstand ist wahrscheinlich auch schon …« Edgar hob den Zeigefinger vielsagend zur Schläfe.

»Es wird Zeit für die Häppchen«, verkündete Signe und bemerkte selbst, wie aufgesetzt das klang. Rasch stand sie auf und ging in die Küche. Sie stellte große Platten bereit. Sie wollte Einars Gäste beeindrucken.

»Wann willst du es ihr endlich sagen?« Das war Asaels Stimme. Gleich darauf ein Zischen, dann sprach er leiser weiter. »Sie wird es nie lernen. Sie ist ein wundervoller Mensch, aber es fehlt ihr einfach an politischer Überzeugung.«

»Das sehe ich auch so.« Oscar. Er bemühte sich nicht einmal, leise zu sprechen. »Den Typ Frau brauchen wir heutzutage nicht mehr, Einar. Sie ist vollkommen ungeeignet für unsere Sache. Wir sollten sie auch weiterhin raushalten.«

»Das kann ich nicht länger.« Einar klang verzweifelt. »Sie ist meine Frau, ich muss offen zu ihr sein können.«

»Und wenn sie uns in Gefahr bringt?« Das war Magda. Signe stand wie angewurzelt in der Küche, ein Paket geräucherten Fisch, das sie aus der Speisekammer geholt hatte, in der Hand. Sie wollte nicht lauschen, aber sie konnte nicht anders.

»Was kann sie dafür, dass sie ein durch und durch sanftes Wesen besitzt?«, fragte Einar jetzt. »Ich bin auch kein Kämpfer. Sie ist es noch weniger. Sie will niemanden hintergehen, ihr liegt jegliche Form von Gewalt fern.«

»Keiner von uns ist scharf drauf, Gewalt anzuwenden«, gab Asael zu bedenken. »Einar hat recht, wir können von ihm nicht erwarten, dass er hinter Signes Rücken agiert. Ich würde Lilla auch niemals hintergehen.«

»Es ist ihre Erziehung«, sagte Einar bedrückt. »Was an Streitlust oder Interesse an politischen Geschäften je in ihr gewesen sein mag, hat man erstickt. Aber sie weiß, was richtig und was falsch ist. Sie wird uns niemals in Gefahr bringen. Ich rede mit ihr. Sie wird verstehen, dass wir handeln müssen.«

Murmeln setzte ein, Signe verstand kein Wort mehr. Sie hörte

Schritte und löste sich aus ihrer Erstarrung. Eilig legte sie den Fisch auf eine Platte.

»Was tust du hier?« Einar trat zu ihr.

»Wonach sieht es denn aus?« Sie wollte nicht ruppig sein, nur hatte sie plötzlich das Gefühl, ihm nicht mehr hundertprozentig trauen zu können. Ihm, dem wichtigsten Menschen in ihrem Leben. Wenn sie ihm nicht trauen konnte …

»Einar, was ist hier los?«

»Es tut mir leid, ich hätte längst mit dir reden müssen. Bitte, entschuldige.«

»Worüber reden?«

»Wir sind im Widerstand, Signe. Ich bin im Widerstand. Irgendwie dachte ich, du hättest das begriffen.« Er lächelte sanft und trat noch einen Schritt näher. »Bitte, entschuldige!«, wiederholte er.

»Du willst mir sagen, diese Leute sind alles …?« Sie wagte nicht, es auszusprechen. Die Wohnung war hellhörig, die Wände konnten Ohren haben. »Und Asael ist auch dabei. Weiß Lilla darüber Bescheid?«, flüsterte sie.

Er ging nicht darauf ein. »Norwegen wollte diesen Krieg nicht, wir haben uns neutral verhalten. Aber die Deutschen kümmert es nicht. Sie besetzen unser Land, ein neutrales Land«, ereiferte er sich. »Das willst du dir doch nicht gefallen lassen.«

»Das kann nicht dein Ernst sein.« Sie musste sich am Tisch festhalten, der Boden unter ihren Füßen war nicht mehr stabil.

»Es tut mir so leid, Signe, ich glaubte wirklich, du wüsstest es längst. Immerhin bin ich in den letzten Monaten immer öfter bei der Gruppe gewesen. Und du und ich, wir haben immer

312

häufiger über die Deutschen und ihr schreckliches Treiben gesprochen. Also glaubte ich ...« Einar wirkte verunsichert, so kannte sie ihn nicht. Lieber Himmel, wenn er sich seiner Sache womöglich nicht sicher, wenn er selbst in diesen ganzen Schlamassel irgendwie hereingeraten war, dann konnte das böse enden. »Lass uns später darüber reden, ja?« Er küsste sie zärtlich auf die Wange. »Und jetzt komm wieder zu uns.«

»Ich muss noch die Platten richten.« Das war etwas Handfestes, woran sie sich festhalten konnte.

»Ich bitte dich, Signe, hör es dir doch wenigstens an.«

Zwei Stunden später fiel die Tür hinter Asael und Oscar ins Schloss, dann waren Signe und Einar allein. Signe atmete auf. Sie hatte sich so lange wie möglich in der Küche verkrochen, dann hatte sie mit einem Lächeln auf den Lippen die Häppchen serviert, Fisch, Käse, Schinken, hübsch in Mustern gelegt, zu Röllchen gedreht und mit Petersilie garniert. Die Gäste lobten sie und griffen zu. Ein ganz normaler Abend mit Freunden. Nur dass darüber geredet wurde, wie sich ein Radio am besten verstecken ließe, falls die Gestapo einen Wink bekäme und die Wohnung durchsuchen sollte. Sie unterhielten sich über unsichtbare Tinte, mit der man auf der Rückseite von harmlosen Briefen wichtige Nachrichten übermitteln könne, und über Wohnungen, die als geheime Briefkästen und Depot für Flugschriften gebraucht wurden. Sie sprachen auch über Fluchtmöglichkeiten, darüber, wie Personen über die Grenze ins neutrale Schweden gelangen konnten.

»Über Stockholm kann ich unbehelligt nach London reisen, um Nygaardsvold zu treffen«, sagte Hauge.

»Den Staatsminister?«, fragte Signe ungläubig und kam sich furchtbar dumm vor. Aber die Frage war ihr herausgerutscht, ehe sie weiter darüber hatte nachdenken können.

»Ja.« Hauge nickte. »Wir müssen weiter engen Kontakt halten und die Sabotageaktionen koordinieren.«

»Auf jeden Fall«, stimmte Edgar zu. »Eine gründliche Abstimmung mit allen Kräften ist das A und O. Nicht dass die Briten am Ende wieder unsere eigenen Leute umlegen, weil sie sie für Kollaborateure halten.«

Signe versteckte sich hinter eine Miene, aus der niemand etwas lesen konnte, wie sie hoffte. Warum hatte Einar sie nur in diese unmögliche Situation gebracht? Alle mussten sie für einfältig halten. Sieh sie dir nur an, die Künstlerin, lebt in ihrer eigenen Welt und bekommt nicht mit, was sich um sie herum abspielt. Wie kann man nur so naiv sein?

»Wie konntest du mich in diese Lage bringen?«, fragte sie zornig, nachdem die Schritte im Treppenhaus verhallt waren.

»Komm, setzen wir uns und reden in Ruhe darüber.«

»In Ruhe? Aber ich bin nicht ruhig. Weißt du denn nicht, was du da tust? Du riskierst dein Leben, unser Leben! Ihr alle tut das. Dieser Oscar hält das Ganze vielleicht für ein großes Abenteuer, aber die anderen scheinen doch vernünftige Menschen zu sein. Wie kann Asael so ruhig dabeisitzen, wenn von Sabotage und von Waffen die Rede ist?«

»Glaubst du, mir ist es recht, dass wir inzwischen Gewalt anwenden?« Statt sich zu setzen, lief er im Wohnzimmer auf und ab. Signes Blick fiel auf sein Porträt. Welch ein Unterschied! Dort auf dem gerahmten Bogen Papier sah er vollkommen zufrieden und entspannt aus, jetzt war der weiche Zug um seine

Lippen verschwunden, tiefe Falten gruben sich in seine Stirn, die Wangenknochen zeichneten sich deutlich unter der feinen Haut ab, und seine Augen waren verkniffen. Dass wir inzwischen Gewalt anwenden, sickerte in ihr Hirn.

»Du auch?« Ihre Stimme überschlug sich.

»Bisher war ich noch nicht an einer gewaltsamen Aktion beteiligt.« Er wählte seine Worte mit Bedacht.

»Dann belasse es auch dabei!« Sie ging zu ihm, ergriff seine Hände. »Ich meine, was hat das mit uns zu tun?«

Er entzog ihr seine Hände, als könne er ihre Berührung nicht ertragen. »Norwegens Freiheit hat alles mit uns zu tun!«, sagte er hart.

Signe lenkte ein: »Da hast du sicher recht, nur sind wir keine Politiker oder Militärs. Sie verstehen etwas davon, wir sollten ihnen die Sache überlassen.«

»Die Milorg trainiert Soldaten, bildet sie aus. Das ist das Militär des Widerstands«, erklärte er ihr. Und ehe sie nur die Chance hatte, zu argumentieren, sagte er: »Sie steht übrigens unter dem Kommando unserer Exilregierung. Es ist nicht so, dass irgendwelche Abenteurer Helden spielen wollen, Signe.« Seine Stimme wurde sanfter. »Wir sind viele, wir handeln im Auftrag der rechtmäßigen norwegischen Regierung, die vor über drei Jahren fliehen musste, und wir arbeiten mit den Briten zusammen, die gegen Deutschland im Krieg sind.« Er packte ihre Schultern und sah ihr in die Augen. »Es ist eine ernste Sache, Signe, und eine gute Sache.«

Sie spürte, wie die Wut dahinschmolz. Jetzt hatte die Angst freie Bahn.

»Warum wir? Wenn es doch schon so viele gibt, wie du sagst,

dann lass sie die Angelegenheit abschließen. Trainierte Soldaten. Du gehörst doch nicht etwa dazu, oder doch?«

Er führte sie zum Sofa. Sie ließ sich neben ihm auf das Polster sinken »Nein.« Er strich ihr eine Strähne aus dem Gesicht. »Mach dir keine Sorgen.«

»Ich soll mir keine Sorgen machen? Es war von Waffen die Rede, Einar. Allein auf den Besitz von Gewehren oder Munition steht die Todesstrafe. Wie sollte ich mir wohl keine Sorgen machen?«

»Das ist das deutsche Rechtssystem, das sie uns überstülpen wollen. Das lassen wir nicht zu. Was nach ihren Regeln illegal ist, trägt in den Augen aller norwegischen Patrioten das Siegel der Legalität.« Großer Gott, er klang so kämpferisch, dass sie das Schlimmste befürchtete. Was, wenn er sie belogen hatte, wenn er sich doch zum Soldaten ausbilden ließ? Dunkle olivgrüne Schwaden krochen aus ihren Eingeweiden den Hals hinauf, verdichteten sich, sie konnte nicht mehr atmen.

»Bitte nicht, Einar«, keuchte sie leise. »Wir können abwarten, es irgendwie überstehen. Wir müssen uns nicht auflehnen. Es geht uns doch nicht so schlecht, und die deutsche Besetzung wird vorübergehen.« Er wollte etwas sagen, doch sie nahm seine Hand, drückte sie, flehte ihn an: »Einar, ich habe dich so spät gefunden. Ich will mein Glück nicht schon wieder verlieren.«

»Wie weit, glaubst du, kommt ein Land, wenn seine Bürger nur ihr privates Glück im Sinn haben? Wer soll sein Glück für unsere Freiheit opfern, Signe? Sag es mir! Wer?«

Darauf hatte sie keine Antwort. Natürlich nicht, denn darauf gab es keine, und er wusste es. »Wir müssen entscheiden, ob wir die Fülle der Möglichkeiten nutzen wollen, die der menschliche Geist uns schenkt, oder ob wir uns schwach und fügsam ducken und vor diesen Möglichkeiten verstecken. Ich habe meine Wahl getroffen.« Sie hätte ihn anschreien mögen, schlagen. Sie wollte das alles nicht hören, wollte, dass er einlenkte. Denn sie wusste, dass er recht hatte. Sie wusste es, aber sie konnte doch unmöglich ihr Glück loslassen! Es war ihr nicht in den Schoß gefallen, sie hatte dafür kämpfen müssen. Auch nach der Hochzeit noch. Einar war alles, wofür sie leben wollte, doch er hatte sie immer wieder ermuntert, geradezu getrieben, ihre Kunst wichtiger zu nehmen.

Es war doch wirklich absurd, Johannes Landmark hatte sie nicht geliebt, aber sie sollte ihn zum Mittelpunkt ihres Lebens machen. Das konnte sie nicht, die Malerei hatte ihr Recht gefordert. Als sie sich dann ganz ihrer Kunst gewidmet hatte, lernte sie Einar kennen und damit die Liebe. Ihn wollte sie zum Mittelpunkt ihres Lebens machen, doch er ließ es nicht zu.

Sie erinnerte sich an einen Abend, es muss im Sommer 1940 gewesen sein. In der Zeit hatte Einar begonnen, einen Debatierzirkel zu besuchen. Es ging um die deutsche Besetzung, hatte er ihr erklärt. Wahrscheinlich war es schon damals eine Widerstandsgruppe gewesen. An diesem Abend kam er spät zurück. Es war nach zehn Uhr.

»Bist du mit deinen Bildern vorangekommen?«, hatte er gefragt, sobald er zur Tür herein war.

»Nein. Wann denn?« Signe hatte selbst bemerkt, wie schnippisch sie geklungen hatte, und es hatte ihr leidgetan. Gleichzeitig war sie wütend gewesen, diese Frage überhaupt beantworten zu müssen. Konnte er denn nicht von allein sehen, was sie alles

317

im Haushalt erledigt hatte, während er unterwegs war, um über die Welt zu reden?

»Ich war sechs Stunden fort. Erst der Unterricht, dann der Zirkel.«

»Und du denkst, ich sei in der Zeit untätig gewesen? Ich habe mich bestimmt nicht auf dem Sofa ausgeruht.«

»Das dachte ich auch nicht. Wenn du aber nicht untätig warst, warum bist du dann nicht mit deinen Bildern vorangekommen? Das frage ich mich.«

»Das ist leicht erklärt. Ich musste einkaufen, dann kochen. Gewischt habe ich auch.«

»Warum?«

»Warum?« Sie schnappte nach Luft. Wollte er sie auf den Arm nehmen? Sie sah ihm in die Augen. Nein, es war ihm wirklich ernst. »Hast du dir mal die Böden angesehen? Schwarz waren sie vor Dreck.« Warum sagte er nichts? Warum sah er sie nur so an? Unsicherheit drängte ihre Wut zur Seite. »Nicht schwarz, na gut, aber doch auch nicht sauber. Und wenn du nach Hause kommst, hast du Hunger. Das habe ich zumindest angenommen.«

»Wir haben doch schon darüber gesprochen«, setzte er traurig an, »so spät esse ich nichts mehr oder nur ein Stückchen Brot. Das kann ich mir selbst machen. Du bist dafür nicht zuständig.«

»Das sagt sich leicht, Einar, aber auch das Stück Brot muss besorgt werden. Würde ich mich um meine Bilder kümmern, bliebe die Speisekammer leer und wir würden in unserem Dreck umkommen.«

Seine Miene verdunkelte sich. »Als ich dich kennenlernte, als ich noch meine eigene Wohnung hatte, bin ich weder verhungert noch musste ich mich für den Schmutz in meinen vier Wänden schämen. Ich war in der Lage, mich zu versorgen und meine Sachen in Ordnung zu halten. Denkst du, man verlernt das, wenn man heiratet?« Immerhin, ein amüsiertes Lächeln. Signe wollte nicht streiten, sie hasste es, wenn er sie so enttäuscht ansah. »Warum traust du mir nicht zu, dass ich nicht wie dein erster Mann bin?«, wollte er plötzlich wissen.

»Was soll das, was meinst du? Du hast nicht einmal Ähnlichkeit mit ihm. Es hat überhaupt nichts mit ihm zu tun.« Sie konnte es nicht leiden, wenn Einar von Johannes sprach. Das war vorbei. Hatte nicht gerade er ihr gepredigt, sie solle mit der Vergangenheit abschließen?

»Mit wem dann?«

»Was spielt das für eine Rolle, Einar? Ich bin deine Frau, es gehört zu meinen Aufgaben, Essen auf den Tisch zu bringen. So einfach ist das!«

»Ich dachte wirklich, du wärst in diesem Punkt weiter.« Wieder diese Miene, die ihr sagte, wie unendlich enttäuscht er von ihr war. Das Gefühl, in einem Käfig zu sitzen, der so klein war, dass sie sich nicht aufrichten, nicht einmal die Arme zur Seite strecken konnte, kam so plötzlich, dass sie um Luft ringen musste. Panik stieg in ihr auf, Panik, ihn zu verlieren.

»Ich mache das nicht, weil ich glaube, es zu müssen. Ich tue das gern«, erklärte sie ihm verzweifelt.

»Irgendwann musst du dich entscheiden, Signe«, hörte sie ihn sagen, »für die Kunst oder gegen sie. Nebenbei kann sie nicht gedeihen, sondern nur kümmerlich existieren.«

So weit die schöne Theorie. Nur hatte Signe die Praxis am eigenen Leib erfahren. Sie hatte gesehen, was geschah, wenn eine Frau ihre Küche vergaß, ihren Mann vernachlässigte und sich vollkommen der Kunst widmete. Sie hatte bereits einmal eine Familie daran zerbrechen sehen. Niemand gewann in diesem Spiel. Alle verloren. Auch die Kunst. Sie wollte weglaufen, etwas zerschlagen. Sie wollte sich in seine Arme flüchten, an seiner Brust verkriechen. Natürlich traute sie Einar zu, dass er anders war, dass er sie ehrlich und aus tiefstem Herzen unterstützte. Daran hatte sie keinen Zweifel. Was aber würde geschehen, wenn sie mehr Bilder wie die *Laster* malte? Sie hatte gesehen, was geschah, wenn eine Frau etwas veröffentlichte, etwas, das ihre Gedanken sichtbar machte. Ihre Mutter hatte es getan, hatte einen Roman geschrieben, in dem sie und Knut Hamsun die Hauptrollen spielten. Natürlich hat sie diese Namen nicht genannt, aber alle wussten doch, wer gemeint war. Und dann war da die Sache mit den anonymen Briefen, die Hamsun der Polizei vorgelegt hatte, weil man ihn angeblich verfolgte. War es seine Rache? Was würde man ihr unterstellen, wenn sie weitere Gemälde schuf, die einen Blick in ihre Seele erlaubten? Sie würden behaupten, die frustrierte Frau meinte den ersten Ehemann, der kein Vierteljahr vergehen ließ, ehe er nach der Scheidung erneut heiratete. Was auch immer sie sich zusammenreimen würden, es ließe Signe in einem grässlichen Licht dastehen. Sie kannte das Künstlermilieu von Oslo. Wie die Hyänen würden sie über sie herfallen.

»Warum sagst du nichts, Signe?«, hatte er sie damals gefragt. Sie war abrupt stehen geblieben. Innerlich hatte sie geschrien, hatte gehofft, wenigstens Einar könne sie ohne Worte hören. Das war wohl zu viel verlangt. Und dann hatte sie Edvards Stimme in ihrem Kopf gehabt: »Das, mein Kind, ist der Kampf zwischen Mann und Frau, den man Liebe nennt.«

»Gehen wir ins Bett«, sagte Einar leise. »Ich bin vollkommen erledigt.«

Signe hatte in der Nacht kaum geschlafen und sich gleich am nächsten Morgen bei ihm entschuldigt.

»Es tut mir so leid, Einar. Aber verstehst du mich denn nicht? Ich will doch nur, dass es dir gut geht, dass du dich wohlfühlst. Du bist das Wichtigste in meinem Leben.«

»Es gibt nichts, wofür du dich entschuldigen musst. Du sollst nur verstehen, dass es mir mit dir gut geht. Ganz gleich, wie die Böden aussehen. Wenn mich in der Wohnung etwas stört, kann ich es ändern. Ich fühle mich am wohlsten, wenn ich dich malen sehe.«

Und jetzt sollte schon wieder alles anders sein? Signe war endlich im Gleichgewicht. An erster Stelle Einar, sofort gefolgt von ihren Bildern. Ihren neuen Bildern.

Sie sah ihm in die Augen. »Ich habe meine Wahl auch getroffen«, sagte sie ruhig. »Nachdem du mich die ganzen Jahre dazu ermuntert hast, meine Kunst obenan zu stellen. Du wolltest nicht hören, dass du für mich an erster Stelle stehst. Jetzt kümmere ich mich nicht mehr ums Putzen oder Einkaufen, sondern arbeite. Ich bereite eine neue Ausstellung vor. Und nun soll ich das alles wieder aufs Spiel setzen?«

»Das ist nicht gerecht, was?« Er strich ihr zärtlich über die Wange. »Leider geht es auf dieser Welt nicht immer gerecht zu. Ich wünschte, es wäre anders. Siehst du, und genau darum müssen wir uns entscheiden, ob wir als schwache Personen unser

321

Leben verbringen wollen, die Ungerechtigkeit hinnehmen, oder ob wir für unsere Überzeugungen und für eine bessere Welt einstehen. Das geschieht nicht von allein, Signe, wir müssen diese Entscheidung jeder bewusst treffen. Jeder für sich selbst. Es ist nicht leicht, ich weiß. Leider gibt es keinen anderen Weg. Ich hoffe von Herzen, dass dieser schreckliche Krieg bald vorüber ist und die Deutschen unser Land verlassen. Dann dürfen wir wieder an unser Glück denken.« Er lächelte matt. »Und an die Kunst. Wobei ... Wenn ich es mir recht überlege, widerspricht es sich gar nicht, für unsere Überzeugung einstehen und an die Kunst denken.« Seine Augen strahlten. »Überleg doch mal, die Nationalsozialisten haben schon vor Jahren die Gemälde deines Onkels als entartete Kunst bezeichnet.« Er schüttelte den Kopf. Das stimmte. Rund achtzig von Edvards Werken waren in Deutschland beschlagnahmt und für die Öffentlichkeit verboten worden. Ein Skandal! Und eine bodenlose Ungerechtigkeit. »Und das ist beinahe noch das Harmloseste, was man ihnen vorwerfen kann.« Auch da hatte er zweifellos recht. Mit Grauen dachte Signe an den November vor einigen Jahren, als in Deutschland, in Österreich und in der Tschechoslowakei Synagogen brannten, als Juden in ihren Geschäften und Wohnhäusern überfallen und einfach von der Straße weg verschleppt wurden. Nie würde sie die Panik in Lillas Augen vergessen, als sie damals beieinandergesessen hatten und darüber sprachen. Es war ein staatlich angeordneter Angriff auf alle Juden, ganz gleich, ob die sich etwas hatten zuschulden kommen lassen oder ob sie politisch aktiv waren. »Diese Leute haben ihren Krieg in unser neutrales Land gebracht. Damit kannst du dich nicht abfinden wollen, Signe!«

Sie seufzte. Natürlich wollte sie das nicht. Nur war da eben auch die Angst, alles zu verlieren, was sie liebte. »Ich bin so müde, immer wieder herauszufinden, was das Richtige ist. In der Kunst, im Leben …«

»Ich kann dir die Entscheidung nicht abnehmen, tut mir leid.«

Aus Rücksicht auf Signe verzichtete Einar in den nächsten Tagen darauf, Hauge, Edgar, Oscar und die anderen in ihre Wohnung einzuladen. Er machte ihr nichts vor. Natürlich waren diese Treffen ein Risiko.

»Ich kann dich nicht mit hineinziehen, wenn du es nicht willst«, hatte er gesagt. Die Einsamkeit, zu der sie dadurch an manchem Tag verdammt war, schlug ihr auf das Gemüt. Sie musste ihre Ausstellung vorbereiten, konnte sich allerdings weder auf ein neues Bild noch auf die Organisation konzentrieren. Brauchte sie noch neue Rahmen? Sie musste mit dem Galeristen über den Transport sprechen. Über zwanzig Werke stellte er sich vor. Die konnte sie schlecht unter dem Arm in die Tordenskioldsgate zu Blomqvist tragen.

Nachdem sie Stunden damit zugebracht hatte, eine neue Skizze zu beginnen, von der sie von Anfang an wusste, dass nichts daraus wurde, über Texte nachzudenken, die man den Reportern des *Dagbladet* und der *Aftenposten* zur Verfügung stellen konnte, ein Fenster zu putzen und am Ende den Lappen wütend in den Eimer zu werfen, zog sie sich an und verließ das Haus. Sie würde zu Blomqvist gehen, letzte offene Fragen klären und gleich ein wenig einkaufen. Was man in diesen Zeiten Einkaufen nannte. Schon seit Jahren waren Lebensmittel rationiert.

Signe würde sehen müssen, was überhaupt zu haben war. Am Ende des Uranienborgveien kam sie nicht weiter. Straßensperre.

»Was ist denn da los?«, fragte sie eine Frau, die, einen Korb über dem Arm, gerade kehrtmachte.

»Explosion im Parkveien.« Die Frau sah sich rasch um. »Die Deutschen behaupten, es war ein Anschlag. Jetzt suchen sie nach den Kommunisten, die's gewesen sein sollen.« Wieder blickte sie sich hektisch um. »Wird Zeit, dass das aufhört, was?«, wisperte sie und ging eilig davon.

Signe nickte. »Ja, es wird Zeit.« Sie drehte um und ging geradewegs zurück nach Hause. In der Wohnung schenkte sie sich ein Glas Aquavit ein und stürzte es herunter. Schon sechs Uhr. Noch zwei Stunden bis zur Ausgangssperre. Sie trat an das Porträt von Einar, das sie in Åsgårdstrand gemalt hatte. »Komm nach Hause, ich bitte dich!«, flüsterte sie. Wenn er sich nur nicht verspätete. Die Deutschen würden heute jeden besonders streng kontrollieren, der nach acht Uhr auf der Straße angetroffen wurde. Ihr Herz schlug schneller, ihr Atem ging stoßweise. Sie schenkte sich nach, nur noch ein halbes Glas, dann musste es genug sein. Was tust du nur, Signe Munch? Sorgst dich um deine Ausstellung, während da draußen der Krieg tobt. Einar hat völlig recht, du kannst dich nicht heraushalten. Seit der Eskalation im November 1938 fühlte Signe, dass man diesen Nationalsozialisten etwas entgegensetzen musste. Sie waren verheiratet. Sie würden es gemeinsam überstehen oder gemeinsam untergehen.

Je länger sie sein Porträt betrachtete, desto ruhiger wurde sie, versank in dem Anblick der weichen vollen Lippen, erinnerte sich, wie sie sich anfühlten. Auf ihrem Mund, auf ihrer Haut. Sie tauchte ein in das Blau seiner Augen, in dem vollkommene Zufriedenheit lag. Glückliche Jahre lagen hinter ihr. Glückliche Jahre mit Einar. Er ließ sie gewähren, wenn die drei Engel, die schon bei Edvards Geburt am Bett gestanden hatten, auch nach ihr griffen. Sorge, Schmerz und Tod. Einar stutzte ihnen die schwarzen Flügel. Er hatte sie darin bestärkt, endlich ihre *Laster* zu zeigen, in einer Einzelausstellung, wie Torstein es vorgehabt hatte. Er selbst hatte sich jedoch nicht darum kümmern können. Seine Krankheit machte es ihm unmöglich, sich länger für die Jungen Künstler einzusetzen oder auch nur sein eigenes Werk voranzutreiben. Für Einar war das kein Grund gewesen, von dem Plan Abstand zu nehmen.

»Du kennst Galeristen und die Direktoren der Museen. Die meisten von ihnen schätzen dich. Es dürfte nicht schwer sein, einen von ihnen für eine Einzelausstellung zu begeistern«, hatte er gesagt. »Noch weniger, wenn sie die acht Bilder erst zu sehen bekommen. Sie werden sich darum reißen.«

Ganz so war es zwar nicht gewesen. Vielleicht weil Signe diesen Zyklus, der eine ganz andere Signe Munch zeigen würde, nicht für die Herbstausstellung wählte oder einem der bedeutenden Kunsthäuser anbot. Sie entschied sich für eine kleine Galerie.

»Die pure Verschwendung«, schimpfte Lilla. Für Signe war der Rahmen gerade richtig. Sie freute sich über die Artikel, die nach der Vernissage in allen Osloer Zeitungen erschienen.

»Signe Munch überrascht Oslos Kunstexperten«, hieß es da. »Welch ein Ausdruck, welch eine Sprache!« Und jemand schrieb: »Dass Signe Munch handwerklich solide Arbeiten abliefert, ist nicht neu. Jetzt hat sie gezeigt, dass sie etwas zu sagen hat. Man darf gespannt sein, was wir von dieser Künstlerin noch sehen und hören werden.«

Einen Artikel las Einar ihr vor: »Signe Munch, in ihrem bunten Hosenanzug und mit dem auffallend kurzen, asymmetrisch geschnittenen Schopf, verzauberte mit ihrer sanften und gleichermaßen ungemein selbstbewussten Art.« Er ließ die Zeitung sinken. »Muss ich mir Sorgen machen? Dieser Reporter schwärmt zuerst von dir, ehe er überhaupt auf deine Kunst zu sprechen kommt.«

»Ist es nicht schrecklich?«, schimpfte sie. »Ich habe nicht meinen Hosenanzug oder meine Haare ausgestellt. Dazu war kein Wort zu sagen!«

Nach der Ausstellung häuften sich die Anfragen, ob sie nicht diesem Verein beitreten oder in jener Jury ein Stimmrecht wahrnehmen wolle. Auch als Kuratorin wurde sie angefragt und stellte eine Ausstellung zum Thema Heimat zusammen, die in Oslo Aufsehen erregte, weil naturalistische Werke neben abstrakten hingen, unbekannte Künstler neben den etablierten. Die Stimmen, die sich über Signes brave Bilder lustig gemacht hatten, waren längst verstummt. Niemand wagte mehr, ihr Können in Frage zu stellen. Zumindest nicht mehr offen und in ihrer Anwesenheit.

»Du hast dich sehr verändert«, sagte Lilla einmal zu ihr. »Nicht nur äußerlich, und allein das ist mehr als bemerkenswert. Du hast als Frau Siebke das Selbstbewusstsein, das ich bei der frisch geschiedenen Frau Ex-Landmark vermisst habe. Einar ist das Beste, was dir im Leben passieren konnte.«

Das war die Wahrheit. Signe und Einar gingen liebevoll miteinander um und zärtlich. Er brachte ihr einen Tee, wenn sie sich nicht von ihrer Staffelei lösen konnte. Sie reichte ihm lächelnd und wortlos die Brille, nach der er ständig auf der Suche war. Die Beklemmung, das Gefühl der Finsternis in ihrer Seele kam immer seltener. Wenn es sie doch noch einmal heimsuchte, wenn sie nicht wusste, wohin mit dieser Unruhe, der plötzlich über sie hereinbrechenden Panik, war Einar da. Es gelang ihm immer, sie zu beruhigen. Manchmal half er ihr auch, die Energie, die sich in ihr sammelte wie ein Feuerball, in eine Richtung zu lenken, in ein Bild etwa. Jetzt würde er ihr helfen, all ihre Kraft in den Kampf zu lenken, den es zu führen galt.

Wieder sah sie auf die Uhr. Halb neun! Um Gottes willen, er dürfte nicht mehr draußen sein. Wenn er nur anrufen würde. Wenn sie nur wüsste, wo er war. Er sollte auf jeden Fall dort bleiben, die Nacht bei Asbjørn verbringen oder bei Hauge, wo auch immer er steckte. Hoffentlich bei Lilla und Asael. Dort war er am besten aufgehoben. Andererseits … sie würden sich doch nicht wirklich bei den beiden treffen. Lilla und Asael hatten Kinder. Es war völlig inakzeptabel, sie in Gefahr zu bringen. Die beiden hatten ein Jahr nach Signe und Einar geheiratet. Wie lange das alles her war! Sie hatten einen Mittwoch gewählt, fiel Signe ein. Nicht Dienstag, wie es bei den Juden Brauch war, nicht Freitag, wie unter christlichen Norwegern üblich. Signe hätte schwören können, dass Lilla auf ein besonders prächtiges weißes Kleid mit viel Tüll und Spitze bestehen würde. Noch wichtiger der Kopfschmuck. Die traditionelle Krone einer norwegischen Braut verlangte nach unzähligen kleinen Anhängern aus Metall, die bei jedem ihrer Schritte klirrten und klapperten, um böse Geister zu vertreiben. Die beiden verzichteten auf all das. Notgedrungen. Sie gingen lediglich zum Standesamt. Damit waren sie Mann und Frau. Asaels Eltern ließen sich nicht blicken, sie konnten es ihrem Sohn einfach nicht verzeihen, eine Nichtjüdin geheiratet zu haben. Nicht einmal die Tatsache, dass Lilla ein Kind unter dem Herzen trug, die beiden also kaum eine Wahl hatten, konnte vor ihrer strengen Einstellung standhalten. Signe lächelte. Es war ein schönes Fest. Trotz allem. Signe und Einar brachten Hochzeitsbrot mit, Asaels Kollegen tanzten einen unfassbar komischen Schuh-Tanz, es wurde bis tief in die Nacht gesungen und gelacht. Hoffentlich war Einar jetzt bei ihnen. Sie widerstand der Versuchung, dort anzurufen. Tjorge und Madita schliefen bestimmt schon. Und wenn Einar nicht bei den beiden war, würden sich Lilla und Asael nur unnötig Sorgen machen. Gleich neun Uhr. Sie ging in die Küche. Eier waren noch da und ein bisschen Räucherfisch. Sie würde Rührei für ihn machen. Wenn nur ihr Herz nicht so rasen würde. Sie stellte eine Schüssel bereit, nahm die Eier aus dem Karton. Eins rutschte ihr aus den zitternden Händen.

»Verdammt!« Alles wurde rationiert, mit allem musste man sparsam sein, und ihr fiel ein Ei auf den Boden. »Das passiert, wenn man nicht immer gründlich saubermacht«, schimpfte sie und wischte sich mit dem Handrücken die Tränen aus dem Gesicht. »Dann kann man nur noch wegwerfen, was herunterfällt.« Das Ei wäre auch nicht zu retten gewesen, wenn der Boden blitzblank gewesen wäre. Sie hockte auf den Fliesen, den Wischlappen in der Hand, und musste daran denken, dass sie ihm Rührei mit Fisch gemacht hatte, als er vom Tod von Agnes Ekholm erfahren hatte. Mitte Oktober 1932 war das gewesen. Ekholm hatte seine Stimme geschult und zu dem gemacht, was

328

sie heute war. Er hatte in Stockholm für sie gearbeitet, war schließlich ihr Assistent und enger Vertrauter geworden. Damit hatte diese Frau den Grundstein für seine berufliche Laufbahn gelegt. Siebenundsechzig Jahre alt war sie geworden, ein stolzes Alter. Trotzdem war Einar untröstlich gewesen.

»Warum bin ich nicht nach Stockholm gefahren? Ich hätte sie wirklich gern noch einmal gesehen.«

»Du konntest nicht wissen, dass du dazu keine Gelegenheit mehr haben würdest«, versuchte Signe ihn zu trösten.

»Jeder weiß, dass wir alle sterben. Ich bitte dich, Signe, es ist nicht selbstverständlich, siebzig und älter zu werden.«

»Aber es ist auch keine Seltenheit.«

»Ja, du hast recht. Trotzdem.« Er rieb sich müde die Augen. »Es ist mein Fehler. Ich habe mich einfach nicht darum gekümmert.« Ein zartes Lächeln erschien auf seinen Lippen. »Du hättest sie kennenlernen sollen. Eine so engagierte Frau und so warmherzig. Du hättest sie gemocht.« Er presste kurz die Lippen aufeinander. »Zu spät.« Signe wünschte sich, sie könnte ihn in seiner Traurigkeit mit gutem Essen trösten. Als sie ihn fragte, was sie sonst noch für ihn tun könne, sagte er: »Bleibe einfach immer ein Teil meines Lebens und werde alt. Siebzig ist längst nicht genug.«

Signe warf die Schalen in den Abfall und spülte den Lappen gründlich aus.

»Erinnere dich an deine Worte, Einar Siebke, sie gelten auch umgekehrt«, flüsterte sie.

Um zehn Uhr hielt sie es nicht mehr aus. Sie goss sich einen weiteren Aquavit ein. Die Wirkung des ersten Glases war längst vorüber, sie musste sich betäuben, sonst würde sie noch den Verstand verlieren. Was sollte sie bloß machen? Zur Polizei gehen? Niemals! Sie durfte die Deutschen nicht auf Einar aufmerksam machen. Signe nahm einen Schluck, ging zu seinem Porträt.

»Wo steckst du nur?«, brach es aus ihr heraus.

»Verstehst du jetzt, dass man einen Mann mehr lieben kann als alles andere auf der Welt, mehr als sein eigenes Kind?« Die Stimme ihrer Mutter. So klar und deutlich, dass Signe zusammenzuckte.

»Du hast deine Wahl getroffen, aber sie hat dir kein Glück gebracht«, erwiderte Signe leise. Sie musste daran denken, was Einar gesagt hatte, nachdem er Anna Munch kennengelernt hatte. »Mir scheint, sie hat ihr Glück nie gefunden.«

Damals war Anna zurück nach Oslo gekommen. Einar hatte sie unbedingt kennenlernen wollen, und Signe erfüllte ihm den Wunsch natürlich. Es war allerhöchste Zeit, und auch Anna wollte ihren zweiten Schwiegersohn in Augenschein nehmen. Signe war hin- und hergerissen. Auf der einen Seite fühlte es sich richtig an, auf der anderen ahnte sie, dass es kein zwangloses harmonisches Beieinandersein werden würde. Es kam wie befürchtet. Anna schien nichts davon zu halten, dass auch ihre Tochter einen jüngeren Mann geheiratet hatte. Und sie machte keinen Hehl daraus.

»Warum nur musst du mir alles nachmachen?«, fragte sie. Dann wandte sie sich an Einar: »Auch ich war zweimal verheiratet, auch meine erste Ehe hielt zehn Jahre. Genau wie bei Signe. Wusstest du das?«

»Es mag Parallelen geben, Mutter, aber es gibt auch große Unterschiede.« Signe hatte Mühe, sich zu beherrschen.

»Auch mein zweiter Mann ist deutlich jünger. Hat's mir Glück gebracht?« Anna zog spöttisch die Augenbrauen in die Höhe.

»Ich habe Johannes nicht verlassen, um einem anderen …« nachzustellen, hätte Signe beinahe gesagt, doch schluckte es herunter. »Ich habe kein Kind bekommen, das ich bei einem Mann lassen musste, den ich nicht liebte.«

»Das ist wahr, das ist ein Unterschied. Um den ich dich nicht beneide.« Plötzlich war da der alte Glanz in ihren Augen, und Signe hätte sie beinahe in den Arm genommen, mit solcher Wucht war die Sehnsucht nach ihrer Mutter zurück, die ihr all die Jahre gefehlt hatte. »Ich hätte nicht darauf verzichten wollen, meine kleine Signe zu haben.«

Nach diesem kurzen Aufblitzen ließ Anna keinen weiteren Blick in ihr Herz zu. Hart war sie und sarkastisch, auch ein wenig durcheinander. Sie sah schlecht aus. Schatten unter den Augen, die Wangen eingefallen, die Haut wächsern und gleichzeitig durchscheinend, als könne mal alle Blutgefäße und Knöchelchen darunter sehen.

Nach dieser ersten Begegnung hatte Einar den Satz gesagt: »Sie hat ihr Glück nie gefunden, scheint mir. Im Grunde war sie wohl immer eine einsame Frau.« Signe war verblüfft. Da war sie wieder, Einars Fähigkeit, einem Menschen auf den Grund der Seele zu sehen. Er mochte recht haben. Augenblicklich tat es ihr leid, sich in den letzten Jahren nicht um mehr Kontakt bemüht zu haben. Sie bedauerte, ihre Mutter entgegen ihrem Impuls nicht in den Arm genommen zu haben. Vielleicht wäre Annas Panzer zersprungen.

»Manchmal denke ich, sie hat in der falschen Zeit gelebt. Zu früh. Denk nur, was Frauen heute vollkommen selbstverständlich tun können.«

Er sah sie verschmitzt an. »Sogar in der Öffentlichkeit einen Mann küssen?« Ein warmes Gefühl breitete sich in ihr aus, sie seufzte.

»Ja, selbst so etwas abgrundtief Verruchtes«, gab sie zurück und küsste ihn.

»Was hältst du davon, heute noch etwas Verruchtes zu tun?« Seine Hand glitt wie unabsichtlich über ihren Oberschenkel. »Oder sind wir womöglich zu alt dafür?«

»Ich ganz sicher nicht.« Sie hielt seine Hand auf ihrem Bein fest. Einar lachte. Der schönste Klang der Welt.

Wenige Tage später rief Anna Munch an. Ihre Stimme war nur noch ein schwaches Abbild von dem, was sie einmal gewesen war.

»Du musst kommen«, wisperte sie. »Ich brauche dich, Signe. Bitte, kannst du zu mir kommen?«

Zwei Minuten später verließ Signe das Haus. Sie hatte Einar eilig eine Nachricht auf einen Zettel gekritzelt und auf den großen runden Tisch im Wohnzimmer gelegt. Vor der Haustür mit den kleinen Scheiben darin blieb sie kurz unter dem schützenden Dach stehen. Regen peitschte fast waagerecht. Auf der anderen Straßenseite das zweistöckige rosafarbene Haus mit den weißen Fensterrahmen, das stattliche Haus daneben und das winzige Lokal, das dazwischen beinahe erdrückt zu werden drohte, verschwammen hinter dem grauen Schleier zu Schemen. Signe wickelte sich ihren Schal um den Kopf. Ein Schirm konnte diesem Tosen ohnehin nicht standhalten. Sie lief los. Nach wenigen Schritten klebte ihr die Hose an den Beinen, der Wollmantel wurde schwerer und schwerer. Ihre Mutter hatte am Rande der

332

Stadt eine Unterkunft gefunden. Signe musste die Straßenbahn nehmen. Anna hatte die Siebzig längst überschritten. Sechsundsiebzig müsste sie sein, überlegte Signe, während sie frierend und triefend durch Oslo schaukelte. Die Straßenbahn war ebenso praktisch wie laut. Gar nicht schlecht, so hörte nicht jeder ihr klopfendes Herz. Es ist nicht selbstverständlich, siebzig und älter zu werden, hatte Einar gesagt. Und: Sie hat ihr Glück nie gefunden. Das würde sie nun auch nicht mehr. Signe schluckte hart. Konnte doch sein, dass er sich irrte?, redete sie sich ein. Möglicherweise hatten ihre Bücher Anna Munch glücklich gemacht.

Das Zimmer, in dem sich Signes Mutter eingemietet hatte, lag im Erdgeschoss eines Gebäudes, das dringend frische Farbe gebraucht hätte. Und nicht nur das. Im Flur schlug ihr muffiger Geruch entgegen. Eine Mischung aus Unrat und Schimmel. Dem Gestank zum Trotz, der ihr den Atem raubte, sah das Treppenhaus überraschend sauber aus. Signe klopfte an die Tür, die ihre Mutter ihr beschrieben hatte. Nichts. Das Herz in ihrer Brust beschleunigte seinen Takt. Was, wenn sie gestorben war, still und einsam? Unfug, Signe Munch, male nicht gleich den Teufel an die Wand.

»Mutter? Ich bin es, Signe.« Sie klopfte erneut. Eine Tür hinter ihr öffnete sich.

»Wollen Sie zu Frau Munch?« Eine Frau von schätzungsweise vierzig Jahren sah sie fragend an.

»Ja, ich bin ihre Tochter.«

»Gut, dass Sie da sind.« Die Frau verschwand in ihrer Wohnung, war in der nächsten Sekunde aber schon wieder da. »Es geht ihr seit Tagen schlecht. Der Arzt war schon da. Aber was soll der machen? Gegen das Alter ist kein Kraut gewachsen.« Sie zuckte mit den Achseln, trat an Signe vorbei und schloss Annas Tür auf. »Besuch, Frau Munch«, rief sie laut, obwohl Signes Mutter trotz ihrer Jahre noch recht gut hörte. Niemand antwortete. Sie reckte den Hals und war für einen Moment hin- und hergerissen, ob sie ihrer Neugier nachkommen sollte, oder es lieber der Tochter überlassen, die Tote zu finden, falls der Sensenmann schon da gewesen sein sollte. Sie entschied sich wohl für einen Mittelweg, indem sie zur Seite trat, Signe den Vortritt ließ, aber mit gespitzten Ohren und weit geöffneten Augen in der Nähe blieb. Eine Tote machte sich immer gut beim nächsten Nachbarschaftstratsch. Diesen Plan durchkreuzte Signe.

»Danke«, sagte sie, schälte sich aus dem tropfenden Mantel und hängte ihn an die Garderobe. »Danke, ich komme jetzt allein zurecht.« Das war deutlich genug.

»Ist gut.« Die Frau trat den Rückzug an. »Ziehen Sie die Tür einfach zu, wenn Sie gehen.«

In der Wohnung war es warm. Immerhin. Trotzdem zitterte Signe.

»Mutter?« Anna hatte etwas davon gesagt, dass sie sich die kleine Wohnung mit einer anderen teilte. Welches der beiden Zimmer, die vom Flur abgingen, mochte das richtige sein? Ein Stöhnen wies ihr den Weg. Sie klopfte, drückte vorsichtig die Türklinke herunter und trat ein. Anna Munch lag in ihrem Bett, der Atem ging rasselnd. Mein Gott, sie sah noch schlechter aus als vor wenigen Tagen. Wie konnte ein Mensch so rasch verfallen? Hatte sie nicht noch volles Haar gehabt, als sie sich kürzlich gesehen hatten? Grau, ja, aber doch noch recht dicht. Jetzt schimmerte Kopfhaut durch die wenigen Büschel. Ein Totenschädel. Signe schauderte. Sie trat zu ihr.

»Wie geht es dir?«, fragte sie heiser und kam sich dumm vor. Anna wollte antworten, musste jedoch auf der Stelle erbärmlich husten.

»Ich bin so froh, dass du da bist«, krächzte sie schließlich. Ihre faltige Hand, übersät mit Altersflecken, kroch unter der Bettdecke hervor und winkte Signe, näher zu kommen.

»Soll ich nicht lieber den Arzt rufen?« Sie ging langsam auf das Bett zu.

Anna schüttelte energisch den Kopf. Woher kam auf einmal diese Kraft? »Der war schon da, der kann nichts mehr tun.« Sie atmete einige Male ein und aus, als müsse sie sich sammeln für das, was noch zu sagen oder zu tun war. »Sehen wir den Tatsachen ins Auge. Mein letztes Buch wird nicht mehr fertig werden.« Ein gurgelnder Laut drang aus ihrer Kehle. Lachen? Oder weinte sie? Signe setzte sich behutsam auf die Bettkante und nahm ihre Hand. Nur Haut und Knochen.

»Mach dir darum keine Gedanken. Du hast wunderbare mutige Bücher geschrieben, Mutter. Du kannst sehr stolz und zufrieden sein.« Wenn sie nur nicht anfangen würde zu weinen. Sie musste jetzt stark sein für ihre Mutter. Genau wie früher.

»Du hast recht, es gibt jetzt Wichtigeres zu bedenken.«

Signe streichelte die knochige Hand. »Du solltest dich ausruhen, Mutter. Schlaf ein bisschen, ich bleibe hier bei dir sitzen. Und später kann ich dir einen Tee machen oder eine Suppe.«

»Nein, Signe, dafür habe ich dich nicht gerufen.« Ihre Augen flackerten fiebrig. Automatisch fühlte Signe ihr die Stirn. Sie war eiskalt. Plötzlich krallten sich Annas Finger in ihren Oberschenkel. Signe hätte vor Schreck fast aufgeschrien. »Ich muss etwas in Ordnung bringen, solange ich noch kann.« Signe blin-

335

zelte, schluckte. Stark sein. Im gleichen Moment wusste sie, dass es damit vorbei war, wenn ihre Mutter sie jetzt um Verzeihung bitten würde.

»Ist schon gut, Mutter«, flüsterte sie. Natürlich würde sie ihr verzeihen, das hatte sie ja längst.

»Nein, du musst noch etwas für mich tun.« Anna keuchte, sprach schneller: »In dem Schrank, da, du musst ihn aufmachen. Die Schachtel, eine rote Schachtel. Hol sie heraus!« Signe verstand kein Wort. Sie tat, was ihre Mutter wollte.

»Richtig, sehr gut.« Das klang erleichtert. Tausend Gedanken schossen Signe durch den Kopf. Sie erinnerte sich an all die unschuldigen Kinderbilder, die sie ihrer Mutter gemalt hatte, an die Briefe, die sie ihr später geschrieben hatte, mit ungelenker Schrift zuerst. Hatte sie all das aufbewahrt? Der rote Karton verschwamm vor Signes Augen. »Na los, mach schon auf!«, forderte Anna. Signe löste eine Schleife, die darum gebunden war, und ließ sie achtlos zu Boden fallen. Dann hob sie den Deckel. Es waren Briefe. Signe erkannte die Schrift sofort: Es waren Hamsuns Briefe. Signe stand wie erstarrt, die Kälte war zurück, fror sie ein. Ihr Herz zuerst, das Gesicht, den ganzen Körper. »Du musst sie für mich verbrennen!« Die Stimme heiser, schrill, nicht menschlich, holte Signe langsam wieder zurück. »Ich will nicht, dass jemand seine Zeilen liest, die er nur für mich geschrieben hat. In der Küche ist ein Blecheimer. Den holst du, und dann verbrennst du sie alle. Hier vor meinen Augen!« Sie dachte nicht eine Sekunde daran, sich mit ihrer Tochter auszusprechen, auszusöhnen. Selbst jetzt hatte sie nur Knut Hamsun im Sinn. Nicht Signe, sondern den Mann, der dem Kind die Mutter nahm. Wie besessen musste sie von ihm sein? »Nun steh doch nicht lange herum. Oder willst du mir den Gefallen nicht tun?«

Signe wollte schreien: Was ist mit dir? Was hast du je für mich getan? Was hast du mir angetan? Hast du mich denn nie geliebt? Nicht mal ein kleines Bisschen? Das Kind in ihrem Inneren weinte bitterlich. Die erwachsene Frau hatte Mühe, ihren Zorn zu beherrschen. In dunklen Farben braute er sich zusammen, leuchtete von innen wie die Glut in einem Holzscheit. War da immer nur er in deinem Herzen? Doch die Worte blieben in ihrem Hals stecken und setzten ihn in Flammen. Wie aufgezogen ging sie hinaus, fand den Eimer in der Küche und Streichhölzer, kehrte zurück. Sie hörte ihre Mutter weinen, als das Papier knisternd zu Asche wurde, seine Worte zu bloßen Erinnerungen. Nun gab es keine Beweise mehr dafür, dass der große Dichter und Nobelpreisträger etwas für Anna Munch empfunden hatte. Nichts mehr, das ihn Lügen strafte, wenn er behauptete, sie sei irre und habe ihn gegen seinen Willen verfolgt und belästigt. Es musste ein schwerer Moment für sie sein. Signe trocknete ihre Tränen nicht, nahm sie auch dieses Mal nicht in den Arm. Sie öffnete nur kurz das Fenster und sah dem Qualm zu, wie er sich in die Kälte davonmachte und den Rest von Hamsuns süßen Worten vom Regen reinwaschen ließ. Als Signe das Fenster wieder schloss und sich zu ihrer Mutter umdrehte, lag die ganz ruhig da, die Augen geschlossen. Der Brustkorb hob sich so schwach unter der Decke, dass es kaum zu erkennen war. Signe ließ den Eimer mit den verkohlten Papierfetzen auf dem Tisch zurück und ging ohne einen Gruß.

Zu Hause hatte sich Signe in das kleine Zimmer verkrochen, in dem Einar seinen Schreibtisch und sie Staffelei, Palette und Farben hatte. Sie hatte kein Wort gesprochen, sondern die *Wollust* hervorgeholt, das letzte ihrer acht Bilder über die Laster, das sie bis dahin einfach nicht hatte beenden können. Sie arbeitete wie besessen daran, versuchte das Schreien und Weinen, das in ihr tobte, das erfolglos gegen die rauen Wände ihrer Seele trommelte, zum Schweigen zu bringen. Es war bereits tiefe Nacht, als Einar sie sanft in den Arm nahm und ins Schlafzimmer brachte.

»Willst du darüber reden?«, fragte er sie am nächsten Morgen. Signe schüttelte den Kopf. »Dachte ich mir. Es muss schlimm gewesen sein, denn du hast das Bild deines Lebens gemalt, denke ich.« Sie starrte ihn an, die Stirn gerunzelt. Dann stand sie auf und ging nach nebenan. Eine Frau, unverkennbar das Gesicht der jungen Anna Munch, zwischen ihren Lippen eine züngelnde Flamme. Um sie herum Männer mit hervorstehenden Augen, Speichel tropfte herab. Unzählige Hände, die mit jeder Berührung ein kleines Feuer entfachten. Da war nichts Schönes, keine Leidenschaft, keine Hingabe an einen Menschen, den man liebte, sondern nur unkontrolliertes gieriges Begehren, das sie alle zu Tieren machte.

Einen Tag später erfuhr Signe, dass ihre Mutter tot war.

KAPITEL 16

Oslo 1943

Es war beinahe Mitternacht, als Signe Geräusche hörte. Sie lag im Wohnzimmer auf dem Sofa und brauchte eine Weile, ehe sie wieder wusste, wo sie war, was geschehen war. Die Nadel sprang am Ende der Platte auf und nieder. Sie hatte sich Prokofjews Violinkonzert Nr. 1 aufgelegt, das sie zuverlässig besänftigen konnte. Sie musste eingeschlafen sein. Das Türschloss, jetzt ganz deutlich. Mit einem Satz sprang sie auf. Einar verriegelte die Tür hinter sich, drehte sich um, sah sie überrascht an.

»Du schläfst noch nicht?«

»Ich bin fast umgekommen vor Angst.« Sie warf sich in seine Arme. »Wie könnte ich einfach ins Bett gehen?«

»Du zitterst ja. Aber es ist doch alles gut, ich bin ja da.« Seine Hand auf ihrem Rücken. Signe spürte, wie all die angespannten Muskeln in ihrem Körper endlich wieder locker wurden. »Tut mir leid, ich hätte mich melden sollen, aber wir waren so in unsere Planungen vertieft. Ich habe viel zu spät auf die Uhr gesehen.« Er löste sich behutsam von ihr, zog den Mantel aus. »Ich wollte dich nicht stören. Ich dachte tatsächlich, du würdest schlafen. Das war dumm von mir.«

»Wie machst du das?« Er sah sie fragend an. »Es ist Ausgangs-

339

sperre. Niemand darf seine Wohnung nach acht verlassen. Wie schaffst du es, ungesehen durch Oslo zu spazieren?«

»Ich habe eine Sondergenehmigung.« Er rieb sich über die Augen. »Lass uns schlafen gehen, ich bin hundemüde.«

Einar schlief noch, als Signe am nächsten Morgen in die Küche ging, den Wasserkessel aufsetzte und Kaffee in den Filter gab. Warum besaß er eine Sondergenehmigung? Sie wurde den Gedanken einfach nicht los. Er war Musiklehrer, kein kriegswichtiger Beruf. Signe spitzte die Ohren, dann schlich sie in den Flur. Ihr Herz beschleunigte seinen Rhythmus. Sie tastete, dann griff sie in Einars Manteltasche. Ihre Finger berührten festes Papier. Sie zog es heraus. Wirklich, er hatte nicht geschwindelt, um sie zu beruhigen. Er war im Besitz einer Genehmigung, um nach acht Uhr das Haus zu verlassen. Beruf: Sanitäter, las sie. Eine Lüge, eine Fälschung. Sie ließ das Dokument schnell wieder in seine Tasche gleiten und ging zurück in die Küche, um das Frühstück herzurichten. So tief steckte er schon in der Sache. Signe musste schlucken. Sie würden es überstehen. Gemeinsam.

»Ich habe mich entschieden«, sagte sie, als sie kurz darauf zusammen am Tisch saßen. »Ich bin damit einverstanden, unsere Wohnung für eure Treffen zu nutzen, hier Flugblätter zu lagern. Was eben so nötig ist«, sagte sie zögerlich.

»Ich wusste es!« Er strahlte sie an, legte seine Hand auf ihre.

»Du hältst es für richtig, du bist mein Mann, also tue ich es.«

Einar zog die Hand so schnell zurück, dass Signes Tasse schwankte und beinahe umgefallen wäre. Kaffee schwappte auf das Tischtuch.

»Nein, Signe, so funktioniert es nicht. So will ich es nicht.«

340

Seine Wangenknochen zuckten. So aufgebracht hatte sie ihn selten gesehen. »Es muss deine Entscheidung sein!«

»Aber das ist es doch«, verteidigte sie sich.

»Du musst es für richtig halten. Aus tiefstem Herzen. Nicht, weil ich es tue. Es kann gefährlich werden, und das weißt du. Es wird nicht funktionieren, wenn du es nur für mich tust«, wiederholte er.

Signe wurde plötzlich ganz ruhig. »Erinnerst du dich an unsere Hochzeit?«

»Was soll das, Signe? Natürlich erinnere ich mich daran, an jeden Moment.« Sein Gesicht wurde sanfter.

»Ich habe dir versprochen, an deiner Seite zu sein, was immer auch kommt, auch wenn es mir nicht immer gefällt. So wie du mir versprochen hast, an meiner Seite zu sein. Du hast mich in all den Jahren unterstützt, hast mich gestärkt, damit ich als Künstlerin den bescheidenen Erfolg haben kann, den ich heute genieße. Nun bist du an der Reihe. Ich wünschte, ich könnte mich vor dieser Aufgabe drücken, denn sie macht mir mehr Angst, als ich dir sagen kann. Aber das werde ich nicht tun. Ich allein würde mich verkriechen und darauf hoffen, dass bald alles wieder gut ist. Aber wenn mein Ehemann sich dem Kampf stellt, dann werde das auch tun. Und zwar aus vollstem Herzen und mit ganzer Kraft.«

Seine Augen schimmerten. »Ich liebe dich, Signe«, sagte er heiser.

Sie lächelte. »Es wird vorübergehen, und dann dürfen wir wieder unser Glück genießen.« Sie blickte kurz auf den Tisch, dann sagte sie: »Ich bitte dich nur um eins, Einar, mir schlägt es auf das Gemüt, wenn ich mich zu sehr mit all diesen Dingen beschäftigen muss. Ich verschließe ja nicht meine Augen davor, ich mag nur nicht jede Einzelheit wissen. Das stehe ich nicht durch. Darum möchte ich nicht immer dabei sein müssen, wenn ihr euch trefft. Denkst du, das ist möglich?«

Signe war Einar sehr dankbar, dass er sie nicht drängte, ihn zu allen Treffen der Gruppe zu begleiten. Sie wusste, dass es ihm, sensibel, wie er war, auch nicht leichtfiel, sich mit all den unmenschlichen Einzelheiten zu konfrontieren. Also fasste sie sich immer wieder ein Herz und fragte ihn, damit er sich wenigstens alles von der Seele reden konnte. Gut so, denn dadurch war sie im Bilde, wenn Oscar, Edgar und die anderen zu ihnen kamen. So wie es auch an diesem Abend wieder der Fall sein würde. Es war Ende August und unangenehm schwül. Signe hielt Fenster und Vorhänge geschlossen, damit es in der Wohnung auszuhalten war. Wenn später der Abend ein bisschen Kühlung versprach, würde sie die Fenster aufreißen und gründlich lüften, ehe alle kamen. Signe hatte Zitronen und ein Töpfchen frische Minze ergattert und bereitete gerade Krüge mit Wasser vor, in die sie Zweige und Scheiben legte.

Es klingelte. Der Bote, der die Flugschriften abholen sollte. Hoffentlich gewöhnte sie sich irgendwann an diese Momente. Noch raste ihr Herz, und sie war sicher, man konnte ihr ansehen, wie nervös sie war und dass sie etwas zu verbergen hatte. Signe öffnete. Da stand ein blonder junger Mann, sportlich wirkte er, sein Lächeln nahm vermutlich jedermann für ihn ein. Signes wild pochendes Herz machte einen Freudenhüpfer und beruhigte sich.

»Ich soll die Prospekte für die Musikschule abholen«, sagte er, wie vereinbart.

»Komm doch kurz herein.« Das tat er, und Signe schloss schnell die Tür. Sie ging los, um den Karton zu holen, der in ihrem Arbeitszimmer bereit stand. Doch nach zwei Schritten blieb sie stehen und drehte sich zu dem jungen Mann um. »Wir kennen uns«, sagte sie überrascht von der plötzlichen Erkenntnis. Er runzelte die Stirn und sah sie nachdenklich an. »Eigil? Eigil Maartmann?« Er nickte. »Du bist also auch dabei.« Sie lächelte. »Du erkennst mich nicht?«

»Ich bin nicht sicher. Doch, die Stimme …« Er kratzte sich am Kopf. Der kleine Junge, den sie auf dem Holmenkollen kennengelernt, den sie in Tanum gemalt hatte. Nicht nur das.

»Signe Munch«, sagte sie und lächelte ihn an.

In Eigils Gesicht ging die Sonne auf. »Natürlich! Ich bin aber auch wirklich ein Trottel.«

»Nein, nein, es ist über zehn Jahre her. Du warst ein Kind.« Er runzelte die Stirn. »Der Name.« Er deutete zur Wohnungstür. »Da stand nicht …«

»Ich heiße jetzt Siebke. Der Name meines Mannes.«

Bei der Herbstausstellung 1932 hatte das Ehepaar Maartmann plötzlich vor ihr gestanden. »Hast du ein paar Minuten Zeit? Vielleicht möchtest du etwas mit mir trinken?«

»Gerne. Das ist wirklich ein Ding, dass wir uns hier wieder, treffen. Ich wollte mich eigentlich immer mal nach dir erkundigen. Ich war immer so gerne mit dir unterwegs.«

»Sogar auf dem Friedhof?«

Er lachte. »Da war ich besonders gern.«

»Da bin ich aber beruhigt.« Signe musste auch lachen. Sie setzten sich ins Wohnzimmer, Signe stellte ihm Wasser mit Zitrone und Minze hin. Seine Eltern hatten damals erzählt, ihr

Sohn würde sich noch immer lieber im Wald herumtreiben, als seine Nase in Bücher zu stecken. Da ging er wohl schon in die fünfte oder sechste Klasse und könne zwar ordentlich Skifahren, wie sie mit deutlichem Unbehagen sagten, mit der Mathematik oder dem Schreiben und Lesen hapere es dagegen noch sehr. Signe fand, dass neun kein Alter sei. Sollte er doch Kind sein, fand Signe, solange es ging.

»Mein Porträt, das du gemalt hast, hängt noch in meinem Zimmer. Ich sehe es jeden Tag. Deswegen denke ich auch jeden Tag an dich.«

Signe ging das Herz auf. »Bist du noch immer so ein unruhiger Geist? Ich kann mich entsinnen, dass deine Eltern ziemlich überrascht waren, weil du für mich so stillgesessen hast.«

»Es war ja draußen im Wald. Da bin ich noch immer am liebsten. Und da sitze ich manchmal stundenlang ganz still, wenn ich Rehe beobachte oder Vögel.«

»Deine Eltern dachten damals, du würdest insgesamt ruhiger werden und dich besser konzentrieren, wenn du Zeichenunterricht bekämst. Deshalb haben sie mich während der Herbstausstellung aufgesucht.«

»Das wusste ich gar nicht.« Er strich sich durch die blonden Locken, die feucht von der Hitze waren. »Aber Zeichenunterricht hatte ich doch nie«, sagte er verwirrt. »Jedenfalls kann ich mich nicht daran erinnern.«

»So hat es angefangen. Sie dachten, es wäre mein guter Einfluss gewesen, der deinen Bewegungsdrang gebremst hat.«

Eigil griente. »Sie haben wirklich gedacht, wenn ich mit dir unterwegs bin, werde ich von alleine besser in der Schule? Ein ziemlich verdrehter Gedanke.«

344

»Ich sollte dir das Malen beibringen und damit deine Konzentration schulen. Aber das wollte ich nicht. Zumindest wollte ich dich nicht zwingen. Ich habe ihnen vorgeschlagen, dich mitzunehmen, wenn ich in die Natur ging, um Skizzen zu machen. Greifst du freiwillig zum Pinsel, ist es gut. Hast du keine Lust, werde ich dich nicht drängen. Das war die Abmachung.«

»Ich hatte wohl keine Lust, was?« Er setzte eine zerknirschte Miene auf.

»Nicht besonders, nein.« Für Signe war es eine wundervolle Zeit gewesen. Einmal pro Woche waren sie gemeinsam mit der Bahn in Richtung Holmenkollen gefahren oder sogar bis nach Tanum. Manchmal blieben sie auch in der Nähe seines Elternhauses, gingen in den Park, in den St. Hanshaugen oder den Stensparken etwa. Und hin und wieder war Signe mit ihm eben auch auf den Vår-Frelsers-Friedhof gegangen. Erst hinterher hatte sie sich gefragt, ob das ein geeigneter Ort für ein Kind sei. Eigil schien sich nicht daran zu stören, für ihn schien jeder Ort recht zu sein, an dem es etwas zu entdecken gab. »Mal hast du einen besonderen Käfer gefunden, den du vorher noch nie gesehen hattest, dann hast du Kleeblätter gesammelt. Die Insekten oder Pflanzen zu malen, hat dich weniger interessiert. Ich weiß noch, dass ich dich ab und zu ermutigt habe. Du hast es auch probiert, aber mir dann erklärt, ich könnte das viel besser als du. Dafür kannst du besser auf Bäume klettern.« Sie lachte. »Wie hätte ich dir da widersprechen können?«

»Wir hatten viel Spaß. Warum haben wir irgendwann aufgehört, zusammen loszuziehen?«

»Der Erfolg, den sich deine Eltern erhofft hatten, ist ausgeblieben.« Sie zwinkerte ihm zu. »Ich nehme an, sie haben nach anderen Wegen gesucht, dich mehr für Bücher als für Bäume zu begeistern.«

»Allerdings.« Er schnitt eine Grimasse. Ein erwachsener junger Mann, und doch noch immer der kleine Junge.

»Was tust du jetzt? Außer Prospekte für die Musikschule besorgen. Willst du noch immer Forscher werden?«

»Das wäre was!« Seine Augen leuchteten. »Fridtjof Nansen ist mein großes Vorbild. Und Helge Ingstad. Hast du *Mein Leben in der Wildnis* gelesen?« Sie schüttelte den Kopf. »Das möchte ich auch machen: wie ein Trapper draußen sein, mich um die Natur kümmern. Jura und das ganze Zeug ist nichts für mich.« Sie hingen beide kurz ihren Gedanken nach. »Freiheit ist das Wichtigste, was wir haben«, sagte er mit einem Mal ganz ernst. »Freiheit, alles zu tun und zu sagen, was wir wollen. Dafür müssen wir kämpfen. Und gegen Menschen, die uns diese Freiheit nehmen wollen. Denen dürfen wir nicht die Macht überlassen.«

»Da hast du völlig recht. Leider ist die Sache ziemlich gefährlich. Du bist noch so jung, trotzdem riskierst du dein Leben«, sagte sie leise.

»Im Gegenteil.« Plötzlich lag eine Entschlossenheit in seinen Augen, die sie an ihm noch nicht kannte. »Ich will ein Leben in Freiheit führen, ich will tun und sagen können, was immer ich will. Wenn ich nicht bei der Gruppe mitmachen würde, dann hätte ich mein Leben schon verloren.«

Dieser Junge, der seine Eltern zur Verzweiflung getrieben hatte, weil er die Art von Bildung nicht wollte, die sie sich für ihn vorgestellt hatten, war so viel klüger als Signe. Ein gutes Gefühl, mit ihm auf der gleichen Seite zu stehen.

»Pass auf dich auf!«, sagte sie zum Abschied und freute sich, ihn in ihrem Leben zurückzuhaben.

Der Abend brachte Gewitter. Als das Blitzen seltener und der Donner leiser wurde, öffnete Signe die Fenster. Die Luft roch nach Regen und Klarheit. Sie schloss kurz die Augen. Der Wind rauschte noch immer lauter als der Verkehr unten auf der Kreuzung. Signe mochte das Geräusch.

»Alles in Ordnung?« Sie hatte Einar gar nicht kommen hören, so hatte sie sich auf den Wind konzentriert.

»Ja, alles bestens.« Das war nicht gelogen. Noch immer fürchtete sie sich, aber es gab kein besseres Gefühl, als das Richtige zu tun. Gerade sie hätte das längst wissen können. Nun hatte das Gespräch mit Eigil die letzten Zweifel fortgejagt. Schon klingelte es, ihnen blieb nur noch Zeit für einen flüchtigen Kuss.

»Ich habe in Stockholm einen britischen Offizier getroffen«, begann Hauge ohne Umschweife, als alle versammelt waren. »Wir wissen aus zuverlässiger Quelle, dass die Deutschen in Vemork wieder Schwerwasser produzieren.« Signe hatte das Wort schon gehört, wusste aber nicht genau, was darunter zu verstehen war. Sie würde Einar später fragen. Jetzt hätte ihr ohnehin niemand zugehört.

»Verdammt noch mal, wie ist das möglich?« Oscar bekam einen hochroten Kopf. »Hieß es nicht, die Sprengung sei erfolgreich gewesen? Überall hat man das gelesen.«

»Nach all der Zeit, nach all den Verlusten«, sagte Magda und sah noch elender aus als sonst. »Doch kein Treffer?«

»Doch, nur ist die Anlage nicht zerstört worden. Die Produktion konnte wieder aufgenommen werden.«

347

»Verdammt!«, sagte Edgar leise.

»Das kannst du aber laut sagen«, stimmte Asbjørn zu.

»Lieber nicht.« Einar lächelte gequält.

»Und jetzt?« Oscar sah in die Runde. »Die Aktion vorzubereiten, hat fast ein halbes Jahr gedauert. Was hat's gebracht? Nichts. Außer dass die Deutschen die Sicherheitsvorkehrungen noch einmal erhöhen werden.«

»Die Briten und die Amerikaner denken über einen weiteren Sabotageakt nach«, berichtete Hauge in seiner ruhigen Art, die Signe sehr mochte. Bei ihm hatte sie das Gefühl, er habe die Situation unter Kontrolle.

»Wofür?«, schrie Oscar. »Das dauert wieder Monate. Bis dahin haben die längst die Atombombe.« Eine Sekunde war es totenstill. Selbst der Wind hinter den geschlossenen Fenstern schien den Atem anzuhalten.

»So weit darf es niemals kommen«, sagte Einar düster.

»Ganz so einfach ist es glücklicherweise auch nicht«, lenkte Hauge ein. »Das angereicherte Wasser spielt im Prozess der Kernspaltung zwar eine entscheidende Rolle. Sollte die Spaltung gelingen, müssen die Deutschen aber erst noch atomaren Sprengstoff entwickeln. Das ist eine ziemlich komplizierte Angelegenheit.« Oscars Gesicht färbte sich noch ein wenig dunkler. Hauge ließ ihn nicht zu Wort kommen: »Es ist allen bewusst, wie groß die Gefahr ist, Oscar. Darum wird auch über eine Alternative nachgedacht.« Er sah in die Runde. »Das wäre eine massive Bombardierung durch die Alliierten. Diesen Schritt will aber niemand leichtfertig gehen.«

»Natürlich nicht. Das muss sehr gründlich überlegt sein.« Magda nickte und senkte den Blick.

Signe hörte atemlos zu.

»Ist das nicht alles ein paar Nummern zu groß für uns?«, brach es aus ihr heraus. »Sollte eine so riskante Aktion nicht sowieso in der Hand der Alliierten bleiben? Die sind für so etwas ausgebildet.«

»Signe hat recht«, sagte Edgar. Sie atmete auf. Zumindest er schien zur Vernunft zu kommen.

»Was können wir tun? Darum sollten wir uns kümmern.«

Auch Asbjørn stimmte zu: »Genau, besinnen wir uns auf Aktionen, die in unserer Verantwortung liegen. Wenn wir in Vemork gebraucht werden, werde ich ganz sicher nicht zögern, hinzugehen. Uns nur die Köpfe darüber heißzureden, führt zu nichts.«

»Wollten wir nicht Terboven Feuer unter dem Hintern machen?«, fragte Oscar. Signe stutzte. Terboven? Das war doch ...

»Das ist ein scharfer Hund. Wenn wir ihn ausschalten, würden alle unsere Aktionen deutlich leichter werden.«

»Oder an seine Stelle tritt ein noch schärferer Hund«, gab Magda finster zu bedenken.

»Josef Terboven?« Signe sah fragend von einem zum anderen.

»Der Reichskommissar, ja.« Einar ließ sie nicht mehr aus den Augen.

»Den kenne ich.« Jetzt starrten sie alle an. Hauge stellte gerade sein Glas auf den Tisch, ein unpassend lautes Geräusch in der plötzlichen Stille. »Birger Lasson hat ihn mir vorgestellt. Terboven war sehr angetan von meinem Zyklus über die Laster und stellte mir einen Auftrag in Aussicht.«

»Wer ist dieser Birger Lasson?«, wollte Hauge wissen.

349

»Ein Bildhauer. Er macht Skulpturen aus Sandstein. Das heißt, er hat früher welche gemacht. Irgendwann ist er umgestiegen auf die Malerei. Ich mag seine Bilder nicht sonderlich. Ich finde sie kitschig. Sosehr ich unser Land liebe, aber sie verherrlichen unsere Heimat in schrecklich übertriebener Weise.«

»Wollen wir über Kunst plaudern oder neue Taten planen?« Oscars Augen funkelten.

»Je mehr wir über unseren Feind wissen, desto besser. Oder sieht das jemand anders?« Hauge sah seine Mitstreiter ruhig an. Sie nickten. »Ist Lasson ein Freund der Deutschen?«

Eine schwierige Frage. »Er ist jedenfalls schon sehr lange mit Josef Terboven befreundet«, gab sie zurück. »Über ihn hat Birger schon vor Jahren Sandstein vom Main bekommen.«

»Ist Lasson unser Feind, oder könnte er auf unserer Seite sein?« Hauge sah sie konzentriert an. Auch die anderen beobachteten sie. Signe fühlte sich nicht wohl in ihrer Haut. Zumal diese Frage mindestens ebenso kompliziert war wie die erste.

Ihr fiel eine Situation ein, in der sie beinahe Angst vor Birger gehabt hatte. Allein die Erinnerung brachte das Unbehagen zurück. Birger hatte mit seinen Bildern an der Herbstausstellung teilnehmen wollen.

»Das ist nicht so einfach«, hatte sie ihm erklärt. Sie hätte ja schlecht sagen können, dass sie die Qualität seiner Arbeiten für völlig ungeeignet hielt. »Vor allem habe ich diesbezüglich leider keinen Einfluss.«

»Wie das?« Seine Augen waren zu Schlitzen geworden. Er hatte sie regelrecht belauert. »Der große Edvard Munch wird doch gewiss Einfluss nehmen können. Und über diesen familiären Umweg Sie, Teuerste.«

»Tut mir leid, Sie enttäuschen zu müssen. Da überschätzen Sie uns beide, meinen Onkel und mich. Seien Sie nicht traurig«, hatte sie gesagt, »Sie stehen gerade am Anfang mit Ihrer Malerei.« Und dann hatte er gesagt, was sie bis heute schaudern ließ. »Er ist nicht auf unserer Seite, sondern viel eher ein Freund der Deutschen. Vielleicht ist er auch nur der Freund desjenigen, der ihm nützlich ist«, sagte sie leise.

»Was genau meinst du damit?«, fragte Einar sanft.

Sie erzählte von Birgers Wunsch, auf der Herbstausstellung zu präsentieren. »Als ich ihm erklärte, dass weder Edvard noch ich ihm behilflich sein können, da sagte er, seine Bilder seien jedenfalls nicht entartet. Ihr werter Onkel sollte diesbezüglich übrigens auf der Hut sein, das waren seine Worte. Ich wollte von ihm wissen, was er damit meinte. Ich konnte mir nicht vorstellen, dass man Edvards Bilder beschlagnahmen oder verbieten würde.«

»Aber genau das ist passiert«, sagte Einar.

Sie nickte traurig. »Birger sagte, seine Bilder würden die Natur so wiedergeben, wie sie ist, ihren Glanz, ihre Großartigkeit. Sie drücken seine Heimatliebe aus, sagte er. Und dass es Menschen gebe, die das zu schätzen wüssten.«

»Deutsche«, sagte Edgar bitter.

»Gut möglich. Jedenfalls sind seine Gemälde inzwischen ziemlich gefragt. Ich traf ihn erst kürzlich, und er sagte, es ginge ihm ausgesprochen gut.«

»Und du hast Terboven persönlich kennengelernt?« Einar nahm ihre Hand. Er kannte sie in- und auswendig, wusste genau, wie aufgewühlt sie war.

»Ja, Birger hat mir Terboven vorgestellt. Er hatte gute Manieren und interessierte sich sehr für die *Laster*. Also haben wir uns verabredet, und ich habe sie ihm gezeigt. Er war vollkommen begeistert.«

»Wie alle, die deine Bilder gesehen haben«, warf Hauge ein. »Du hast damit zu Recht eine Menge Aufsehen erregt.«

Sie lächelte kurz, dann sprach sie weiter: »Je länger die Begegnung dauerte, desto unangenehmer wurde mir der Mann. Er sagte, er sei früher ein kleiner Bankbeamter gewesen. Und jetzt das, ich könnte mir Bilder von Signe Munch kaufen«, ahmte sie ihn nach. »Ich könnte sie auch einfach beschlagnahmen. Ist das nichts?«

»Das hast du mir gar nicht erzählt.« Einar drückte ihre Hand.

Edgar ersparte ihr eine Antwort. »Du hast gesagt, er hat dir einen Auftrag in Aussicht gestellt. Was war das für ein Auftrag?«

Ein Schaudern kroch ihr über die Haut. Sie hatte Einar nichts davon erzählt, weil sie damals begriffen hatte, dass sie die Deutschen in ihrem Land nicht länger gewähren lassen durfte. Und doch hatte sie sich vor der Verantwortung versteckt.

»Signe?« Einar klang besorgt.

»Er wollte, dass ich Plakate für die Deutschen male. Alle schlechten Eigenschaften sollte ich als Juden malen. ›Sie wissen schon, hat er zu mir gesagt, spitze Nase, verschlagener Blick. Na, wie dieses Judenpack eben aussieht‹«, schloss sie leise.

»Pfui, Teufel!« Asbjørn schüttelte den Kopf.

»Er sagte, meine norwegischen Landsleute sollten gewarnt werden. Über den Zeichnungen hätte stehen sollen: Achtung, Juden sind neidisch! Oder: Juden sind faul!« Signe holte tief Luft. »Ich habe das natürlich abgelehnt.«

»Bravo! Das hätte ich dir nicht zugetraut.« Zum ersten Mal

352

sah Magda sie wirklich freundlich an. »Entschuldige«, sagte sie schnell, »ich habe es nicht so gemeint, wie es sich anhörte. Ich bin nur ...«

»Schon gut, ich war selbst ein wenig überrascht von mir«, entgegnete Signe ernst. »Ich habe ihm gesagt, dass ich Künstlerin bin, dass ich mir nicht vorgeben lasse, wie meine Bilder auszusehen haben. Und schon gar nicht käme es in Frage, dass jemand etwas darauf schreibt. Ganz egal, was es ist.«

»Wie lange ist das her?«, fragte Hauge jetzt. »Könntest du Kontakt zu ihm aufnehmen und behaupten, du hättest es dir überlegt? In diesen Zeiten kann jeder einen lukrativen Auftrag gebrauchen, und er würde wahrscheinlich gut zahlen, oder?«

»Auf keinen Fall.« Signe verschränkte die Arme vor der Brust.

»Nur zum Schein«, erklärte Hauge, »damit wir an ihn rankommen.«

Jetzt ging es drunter und drüber. Alle redeten durcheinander. Stimmen wie viel zu grelle Farben in ihren Ohren.

»Wir könnten ihn abfangen. Du müsstest ihm nicht einmal begegnen«, hörte sie. Und: »Das Risiko ist auf jeden Fall überschaubar.«

»Du musst das nicht tun«, sagte Einar. »Wir kommen auch anders an ihn heran.«

»Ich mache das!«, erklärte sie bestimmt. »Es gibt keine bessere Gelegenheit.«

Als die Letzten gegangen waren, leuchtete der Mond am Himmel. Gelb wie ein Käse. Signe stand am offenen Fenster und nahm ein paar tiefe Atemzüge. Grillen zirpten leise und gleichmäßig, irgendwo schrie ein Nachtvogel. Plötzlich war Einar hinter ihr und legte die Arme um sie. Sie schloss die Augen, genoss die Ruhe, seine Wärme und seinen Geruch.

»Eigil Maartmann war vorhin hier, um die Flugschriften abzuholen«, sagte sie in die Stille. »Wusstest du, dass er zur Gruppe gehört?«

»Der kleine Maartmann, dem du das Stillsitzen beibringen solltest?« Er lachte leise an ihrem Ohr.

»Ja. Er stand heute Nachmittag einfach vor mir.«

»Nein, das wusste ich nicht. Die Boten werden nicht von unserer Gruppe koordiniert. Es ist sicherer, wenn sich nicht alle kennen.« Sie nickte, ließ sich in den Moment fallen. Es würde noch viele schöne Augenblicke geben. Trotz der Gefahr. Sie seufzte zufrieden. »Ich bin sehr stolz auf dich, Signe.« Einar drückte sie fester an sich.

»Ich habe dir gesagt, dass ich mich dafür entschieden habe. Wir beide oder keiner von uns.«

»Das meine ich nicht. Nicht nur. Natürlich finde ich es gut, dass du den Lockvogel spielen wirst. Was ich aber meinte, war, dass du Terboven schon früher so deutlich eine Absage erteilt hast, das war sehr mutig von dir.«

Sie dachte kurz nach. »Nein, Einar. Mutig wäre ich gewesen, wenn ich gesagt hätte, dass ein guter Freund von uns ein Jude ist und dass er keine dieser schlechten Eigenschaften hat.«

»Das wäre nicht mutig, das wäre höchst leichtsinnig gewesen«, korrigierte er, strich ihr Haar zur Seite und küsste sie auf den Hals. Wieder seufzte sie, tiefer dieses Mal.

»Wo war Asael heute überhaupt? Ich habe ihn vermisst.«

Sie spürte, wie Spannung in seinen Körper trat. »Es tut mir leid, Signe, ich wollte es dir schon gestern sagen.«

Sie drehte sich zu ihm um. »Was ist passiert?«

»Lilla und Asael verlassen Norwegen. Sie gehen nach Amerika.«

Signe blieb kaum Zeit, die furchtbare Nachricht zu verkraften. Es war ja nicht so, dass die beiden nicht schon früher darüber nachgedacht hatten. Immer wieder hatten sie zu viert beieinandergesessen und sich über die beängstigenden Neuigkeiten aus Deutschland ausgetauscht, die regelmäßig im *Dagbladet* und in der *Aftenposten* standen.

»Das ist doch unglaublich«, hatte Einar eines Tages geschimpft und mit dem Handrücken auf die Zeitung geschlagen. »Von Hindenburg hat diesen Adolf Hitler zum Reichskanzler ernannt. Und ich habe wirklich geglaubt, die Deutschen seien zu klug, um es so weit kommen zu lassen. Ich habe mich wohl geirrt.« Signe erinnerte sich noch gut, wie sehr seine Stimme gezittert hatte. Nie zuvor hatte sie ihn so besorgt gesehen. Auch Lilla und Asael waren alarmiert. Bis zur Niederkunft ihres ersten Kindes war es nicht mehr lange hin gewesen.

»Ich habe früher schon gesagt, wir sollten nach Amerika auswandern«, meinte Lilla, die Stirn in tiefe Falten gelegt, die Hände auf der mächtigen Wölbung ihres Bauchs. »Asael hat Familie dort.«

»Entfernte Cousins«, wandte er ein.

»Jemand, zu dem wir gehen können. Ich mache mir Sorgen. Wenn das Kind einer Nichtjüdin auch kein Jude ist, reicht es doch, einen Juden in der Familie zu haben, und man wird uns alle drangsalieren.«

»Ihr könnt doch nicht einfach fortgehen.« Schon die Vorstellung machte Signe zu schaffen. Sie wollte doch ihr Kind aufwachsen sehen, wollte sich ohne großen Aufwand mit ihr und Asael treffen können. Schon wenn sie nach Norden gehen würden, nach Trondheim oder gar hinauf bis nach Tromsø, wäre das ein schrecklicher Verlust. Aber Amerika? »Irgendwann werden auch die Deutschen wieder zur Vernunft kommen. Sie werden diesen Hitler schon in seine Schranken weisen. Mit Norwegen hat das doch nichts zu tun.« Sie brauchte die Blicke der anderen nicht, um zu wissen, dass das Unfug war. Aber sie wollte es so gerne glauben!

»In Finnland findet die vaterländische Volksbewegung immer mehr Anhänger«, sagte Asael finster. »Da dachte man, bei unseren Nachbarn im Osten wird es besser, weil diese Lapua-Faschisten sich aufgelöst haben. Und dann das. Als hätte sich der Wind nur gelegt, um einem Sturm Platz zu machen.«

»Italien, Ungarn, Frankreich, diese völkisch-nationalistischen Strömungen gewinnen einfach überall Anhänger«, sagte Einar wütend. »Ich kann ja verstehen, dass ein Familienvater, der keine Arbeit bekommt und nicht weiß, wie er seine Kinder satt kriegen soll, Angst hat. Dafür, dass er Juden, Homosexuelle, Andersdenkende für sein Unglück verantwortlich machen will, fehlt mir hingegen jedes Verständnis. Sogar Kranke werden angefeindet«, ereiferte er sich, »Menschen mit psychischen Störungen oder körperlichen Behinderungen. Was geht nur in einem Kopf vor, der sie zu seinem Feindbild erklärt? Wo sind Herz und Seele eines Menschen geblieben, der so niedere Gefühle entwickelt?«

»Wenn das nur alles bald vorbei wäre«, sagte Signe und versuchte, die düsteren Wolken zu vertreiben, die sich in ihr zu einem schmerzhaften schwarzen Klumpen verdichteten.

»Es wird eher noch schlimmer.« Das war Lilla, ganz leise. »Unser ehrenwerter Kriegsminister Vidkun Quisling fängt mit seiner Partei doch gerade erst an. Wehe, wenn er bei der nächsten Wahl viele Stimmen kassiert.«

Natürlich hatte Signe mitbekommen, dass der angesehene Politiker und Militärmann seinen Posten niedergelegt hatte, um die *Nationale Einheit* zu gründen. Aus seiner Sympathie zu Adolf Hitler machte er keinen Hehl. Es war erbärmlich.

»Quisling wird es nie so weit bringen wie Hitler«, sagte Signe und wünschte sich von Herzen, dass sie wenigstens damit recht behielt.

Irgendwann hatten sie endlich wieder das Thema gewechselt. Signes Beklommenheit war jedoch geblieben. Allzu deutlich hatte sie gespürt, dass Lilla nur auf den richtigen Moment wartete, um mit Asael und dem Kind Europa zu verlassen. Lilla hatte viel Geduld bewiesen, hatte Tjorge und später dann auch Madita in ständiger Angst aufgezogen. Doch nun war es so weit. Sie würden Abschied nehmen müssen.

Signe und Einar gingen am letzten Tag im August 1943 zu ihnen. Lilla öffnete ihnen und fiel Signe sofort um den Hals. Asael zog die Frauen in die Wohnung. Es musste niemand sehen, dass hier etwas nicht stimmte. Lilla schluchzte und klammerte sich geradezu an Signe fest. Auch Signe verlor augenblicklich die Beherrschung.

»Bitte, Lilla, die Kinder«, zischte Asael. Er hatte recht, lange würde Einar die beiden nicht ablenken können. Sie sollten ihre Mutter und Tante Signe, wie sie sie nannten, nicht weinen sehen. Sie sollten glauben, alles wäre in Ordnung. Aber nichts war

in Ordnung. Keiner von ihnen war in der Lage, wie sonst unbekümmert zu plaudern. Die Männer versuchten, mit den Kindern ein wenig zu scherzen, doch insgesamt drückte die Stille,
das Flüstern wie eine riesige Faust auf Signes Brust. Den anderen ging es, ihren bekümmerten Mienen nach zu urteilen, nicht
anders.

»Ich habe Schaf mit Kohl gemacht«, verkündete Lilla. »Ich
weiß, es ist noch ein bisschen früh dafür. Aber Ende September
werden wir schon drüben sein.« Sie verschwand eilig in Richtung Küche. Signe sah, wie sie ein Taschentuch zum Gesicht hob.
Sie folgte ihrer Freundin. »Eigentlich ist es nicht mal Schaf, sondern Rind. Ich habe nichts anderes bekommen.« Sie schluchzte
schon wieder.

Signe nahm sie in den Arm. »Ihr tut das Richtige. Es zerreißt
mir das Herz, aber es ist gut, dass ihr eure Kinder und euch in
Sicherheit bringt.« Signe streichelte Lilla über das Haar. Als sie
einander endlich losließen, waren ihre Gesichter beide tränennass.

»Asaels Laden wurde schon zum zweiten Mal verwüstet. Wer
macht so etwas nur?«, sagte Lilla böse und probierte den Ein-
topf. »Asael hat niemandem etwas getan.«

»Dumme Menschen machen so etwas, Lilla. Nur dumme
Menschen ohne Herz und ohne Verstand. Wir werden sie aus
unserem Land jagen, und dann könnt ihr zurückkommen.«

Lilla lächelte schwach, ihre Lippen zitterten. »Ich habe schon
gehört, dass du dich im Widerstand engagierst. Wer hätte das
gedacht?« Sie setzte den Deckel zurück auf den Topf und legte
den Kochlöffel beiseite. Dann nahm sie Signe fest in den Arm.
»Pass auf dich auf, hörst du? Auf euch beide!« Sie war kaum zu
verstehen, so leise sprach sie.

Es war ein furchtbarer Abend, ein inniger schöner Abend. Signe brachte kaum einen Bissen hinunter, obwohl das Essen köstlich war. Als die Kinder schlafen gingen, krampfte sich ihr Herz zusammen.

»Gute Nacht, Tante Signe! Gute Nacht, Onkel Einar!«, riefen sie fröhlich. Für sie war das alles ein großes Abenteuer, das sie vor sich hatten. »Kommt ihr uns auch ganz bestimmt in Amerika besuchen?«

»Natürlich tun wir das. Und wenn wir nicht kommen können, dann besucht ihr uns einfach.« Einars Augen hatten verräterisch geglänzt. Signe hatte erst gar kein Wort herausgebracht. Lilla brachte die beiden zu Bett, und Asael holte Wein.

»Wir trinken so viel, wie wir schaffen. Denen soll nichts in die Hände fallen, wenn sie sich unsere Wohnung vornehmen.«

Das taten sie. Ganz langsam entstand eine gequälte Fröhlichkeit, als wären alle Farben fort und einem schmutzigen Grau gewichen.

»Erinnerst du dich, es muss jetzt fünf oder sechs Jahre her sein, dieser Mann, der bei den Jungen Künstlern auftauchte, weil er ein Bild kaufen wollte.« Lillas Lachen klang ein wenig bemüht, tat aber trotzdem gut. »Und dann stand der Maler höchstpersönlich vor ihm. Ausgerechnet Knud Bakke. Ich dachte, Sie wären alle junge Künstler, sagte der arme Kerl ganz irritiert.«

»Dabei war Knud schon sechsundfünfzig«, erklärte Signe den Männern, die den Witz noch nicht ganz begriffen hatten. »Er war ein Künstler der ersten Stunde und bei Gründung der Vereinigung schon neununddreißig Jahre alt.«

»Er ist also sozusagen in der letzten Sekunde Mitglied geworden. Mit vierzig wäre es zu spät gewesen, so waren die Regeln.«

»Und weißt du noch, diese schrecklichen Frauenzimmer im Grand Café? Silvester 1925 muss das gewesen sein.« Signe wollte noch einmal mit den beiden so tun, als könnte keine Macht ihre Freundschaft gefährden.

»Was meinst du?« Lilla sah sie an.

»Die beide Tänzerinnen in ihren Seidenkleidern, die ihnen eben über die Knie reichten. Beide hatten die Haare mit Brennscheren in akkurate glänzende Wellen gelegt, beide trugen samtene Stirnbänder, über und über mit Perlen besetzt. Weißt du nicht mehr?«

»Natürlich! Ach du liebe Güte, stimmt, an die habe ich ewig nicht gedacht.« Lilla kicherte. »Sie hielten sich für ungeheuer stilvoll, weil sie sich ganz nach der Mode kleideten. Dabei haben sie nur kopiert, was andere ihnen vorgemacht haben.«

»Schrecklich, Knochengerüste mit wenig Fleisch, noch weniger Grips und umso mehr Pomp drum herum«, behauptete Signe. Einar und Asael sahen sich an und grinsten.

»Wie kann man nur so wenig wagen?«, imitierte Lilla eine der beiden Frauen affektiert.

Signe seufzte. »Das alte Lied über meine Feigheit, was die Kunst angeht. Sie meinten, wenn es nach mir ginge, würden sie noch immer durch diese unsäglichen Repertoireballette hüpfen und nichts anderes tanzen dürfen als Schwanensee.«

»Und dann unterhielten sie sich über Mary Wigman und ihr Tanztheater, weißt du noch?«

»Ja, richtig«, rief Signe so laut, dass Einar ihr Zeichen machte, leiser zu sein. Die Kinder schliefen gleich nebenan.

»Sie haben geschnattert wie Gänse und wussten nicht einmal,

dass die Wigman, die sie doch in höchsten Tönen gelobt hatten, Deutsche ist.«

»Gar nichts wussten sie«, erklärte Signe kopfschüttelnd.

»Das hielt sie aber nicht davon ab, über jemanden herzuziehen, der wirklich etwas kann, über Signe.«

»Wussten sie denn nicht, dass ihr sie hören könnt?« Über Einars Nasenwurzel bildete sich eine Falte.

»Nein, sie hatten mich wohl gesehen, als Lilla und ich das Grand betreten haben. Dann sind wir mit dem Strom der Gäste irgendwie in ihre Nähe gespült worden und standen hinter ihren Rücken.«

»Und habt sie belauscht«, stellte Asael fest und schenkte die Gläser wieder voll.

»Das war gar nicht nötig«, verteidigte sich Lilla. »Sie haben sich lauthals darüber lustig gemacht, dass Signe vermutlich auch etwas für Prokofjews Violinkonzert Nr. 1 übrig habe. Wo das doch bei der Premiere in Paris komplett durchgefallen sei.«

»Sie wussten, dass ich ein Stipendium in Paris hatte. Natürlich nur dank meiner Beziehungen! Wäre der berühmte Edvard Munch nicht mein Onkel, hätte ich es nie bekommen.« Sie machte eine wegwerfende Handbewegung. »Dumme Hühner, wirklich.«

»Aber ihr hättet hören sollen, wie sie plötzlich Süßholz geraspelt haben, als sie sich umdrehten und uns direkt hinter sich entdeckt haben.«

»Das waren noch Zeiten.« Lilla wurde mit einem Mal ernst.
»Heute kann man sich gar nicht mehr vorstellen, dass Signe als Künstlerin nicht immer ganz ernstgenommen wurde, oder?« Sie

sah die Männer an, der Blick schon ziemlich glasig. »Aber so war es. Sie hat ziemlich lange um Anerkennung gekämpft.« Lilla legte den Kopf schief und sah in die rote Flüssigkeit, in die das Kerzenlicht funkelnde Reflexe malte. »Um ehrlich zu sein, hat sie spät damit angefangen, sich ihren Platz zu erstreiten.« Jetzt sah sie Einar direkt in die Augen. »Erst seit sie mit dir zusammen ist.«

»Dann hat die Kunstwelt mir einiges zu verdanken«, erklärte er fröhlich. Signe legte ihre Hand in seine und lächelte ihn an.

»Dir und Signe«, sagte Lilla. »Nicht nur als Künstlerin hat sie Oslo einiges geschenkt, auch im Hintergrund war sie unverzichtbar.«

»Nun hör schon auf.« Signe beugte sich zu ihr herüber und stupste sie freundschaftlich.

»Es ist aber wahr!« Lilla hatte Schwierigkeiten, die Worte fehlerfrei herauszubringen. Asael zwinkerte Signe und Einar zu. »Wenn ich daran denke, was du allein für die Vereinigung der Jungen Künstler getan hast. *Kunst gegen Ware* ist heute eine eigenständige Institution, eine erfolgreiche noch dazu. Wessen Idee war das noch gleich?«

»Wir sind wirklich ein gutes Stück vorangekommen. Wie sehr haben wir jahrelang nach Räumen gesucht. Es war ein so großes Glück, im alten Garnisonskrankenhaus in der Rådhusgata kostenfrei unterzukommen.«

»Nicht nur das, sondern es gab noch eine Zahlung von zweitausend Kronen im Jahr für eine Bürohilfe obendrauf.« Lilla deutete auf Signe.

»Nein, meine Liebe, das ist nun wirklich nicht alles mein Verdienst. Torstein hat mindestens ebenso viel Anteil an dem Erfolg.«

»Wie geht es ihm eigentlich?«, wollte Asael wissen.

»Besser, sehr viel besser.« Signe lächelte. »Er ist wohl viel in seinem Sommerhaus in der Nähe von Risør. Anscheinend erholt er sich am Meer gut. Er sagte mir gerade neulich, dass er langsam wieder anfängt zu malen.«

»Das sind gute Nachrichten.« Asael nickte, Lilla fielen die Augen zu.

»Komm, Signe, es wird Zeit zu gehen.« Einar streichelte ihr über den Arm und erhob sich.

Signe traten die Tränen in die Augen, als sie Lilla und Asael noch einmal in die Arme nahm. Wie weh das tat!

Die Wohnung sah aus wie immer, als würden sie nur für ein paar Tage fort sein. Natürlich, sie konnten nur das Nötigste mitnehmen, was sie in zwei oder drei Koffern tragen konnten. Die Tür fiel hinter Einar und ihr ins Schloss. Ein Dröhnen in Signes Ohren. Eine Stufe, dann wurde die Tür wieder aufgerissen. Lilla. Auch ihr rannen Tränen über die Wangen, sie hielt ein Bild im Arm. Zwei Mädchen am Strand.

»Nehmt es mit. Es wollte niemand kaufen. Keine Angst, ihr müsst es nicht aufhängen. Ist nur eine kleine Erinnerung an mich.« Sie reichte Einar das Bild, drückte Signe einen Kuss auf die Wange und stolperte hinein.

363

KAPITEL 17
Oslo 1943

»Mir gefällt nicht, dass du ihn triffst. Das ist nicht nötig.« Einar legte die Zeitung beiseite. Er hatte sowieso nicht darin gelesen, sondern ständig nur auf die Buchstaben gestarrt, umgeblättert, wieder gestarrt. »Ihr hättet euch nur verabreden müssen, und Oscar oder wer auch immer hätte ihn abgefangen. Fertig. Ende der Geschichte.«

»Du bist aber nicht eifersüchtig, oder?« Signe sah von ihrer Näharbeit auf und lächelte. Ihr war ja selbst nicht wohl bei der Sache.

»Du weißt, dass es damit nichts zu tun hat.« Unruhig rutschte er auf dem Sessel herum. »Josef Terboven ist gefährlich. Nicht nur, weil er ein guter Freund von Goebbels und Hitler ist. Hitler und Göring waren übrigens seine Trauzeugen, hat mir Hauge erzählt.«

Signe schauderte. »Mehr muss man über diesen Menschen im Grunde nicht wissen«, sagte sie leise.

»Es heißt, er zieht nicht nur die Strippen im Hintergrund, sondern mischt noch immer gern ganz vorne mit.«

»Was soll das heißen?« Sie ließ Hemd und Nadel sinken.

»Er scheut sich nicht, körperliche Gewalt anzuwenden, geht keiner Prügelei aus dem Weg.«

Signe schluckte ihre Furcht herunter. »Ich werde ihm keinen Grund geben, mich zu schlagen«, sagte sie so ruhig wie möglich.

»Im Ernst: Warum willst du unbedingt zwei Verabredungen? Je mehr Zeit, desto größer das Risiko, dass du auffliegst. Terboven zieht auch in Oslo die Fäden. Wer weiß, wen er alles kennt. Du kannst mit niemandem mehr reden, ohne dass er davon erfährt.«

»Wir haben doch schon darüber gesprochen.« Sie seufzte. Am liebsten würde sie alles abblasen. Stattdessen musste sie ihn auch noch überzeugen. »Wenn ich mich bei ihm melde und ihm sage, dass ich nun doch bereit wäre, eine Auftragsarbeit zu übernehmen und Plakate für ihn zu malen, und er auf dem Weg zu unserem Treffen überfallen wird, auf wen wird der Verdacht fallen?« Sie sah ihn an.

Einar nickte langsam. »Du hast ja recht. Sie würden dich auf jeden Fall in die Mangel nehmen.«

»Eben.« Sie zog den Faden ein letztes Mal durch den Knopf und wickelte das Ende fest. »Ich weiß nicht, ob ich einem Verhör standhalten kann. Ich würde es mir nie verzeihen, wenn mir etwas herausrutscht, das dich und die anderen in Gefahr bringt.«

Am Nachmittag rief Signe Birger an.

»Ich denke über eine Ausstellung drüben auf Bygdø nach«, erzählte sie ihm. »Das wäre etwas völlig Neues, moderne Bilder in den Räumen der historischen Gebäude. Was halten Sie von der Idee?« Er zögerte. Sie hatte ihn noch nie nach seiner Meinung gefragt. Sie hatten sich eine Weile über Kunst ausgetauscht,

365

wenn es sich ergeben hatte, aber nie hatte sie aktiv den Kontakt zu ihm gesucht, geschweige denn ihn um seine Meinung zu ihren Projekten gebeten. Vielleicht hätte sie es vorsichtiger angehen lassen sollen, statt mit der Tür ins Haus zu fallen.

»Das wäre sicher originell«, antwortete er.

»Danke. Freut mich, dass Sie es so sehen. Nun, ich habe überlegt, dass die Exponate auch zu dem ungewöhnlichen Rahmen passen sollten. Im Nationalmuseum kann man alles zeigen, aber inmitten von so viel Natur ...«

Er biss an. »Ich gebe Ihnen absolut recht, gnädige Frau, auf diesem idyllischen Fleckchen kann man unmöglich diese abstrakten Schmierereien zeigen, die einige Kunst nennen.« Signe dachte an seine Bilder, die er ihr gezeigt hatte. Picasso-Kopien. Sie hätte ihn liebend gern daran erinnert.

»Ich hatte eher an Landschaftsbilder gedacht. Landschaften der unterschiedlichsten Art«, sagte sie.

»Damit werden Sie ganz sicher viele Menschen anlocken und begeistern können. Haben Sie denn auch schon bestimmte Künstler im Kopf?«

»Bisher ist das alles nur eine vage Idee. Darum steht noch nichts fest. Natürlich habe ich mir so meine Gedanken gemacht.« Sie tat es nicht gerne, aber in Anbetracht der Tatsache, dass es nie zu dieser Ausstellung kommen würde, fiel es ihr leichter. »Sie sind mit Ihren Bildern von unserer norwegischen Heimat sehr erfolgreich. Wenn es für Sie in Frage käme, würde ich mich sehr freuen, Sie dazuzählen zu dürfen.«

»Aber liebste Signe, wenn Sie anfragen, sage ich immer Ja.« Er lachte. Sie verdrehte die Augen.

»Danke, das höre ich sehr gern.« Signe holte Luft, jetzt kam es

366

darauf an. »Die Zeiten werden nicht gerade leichter für Künstler. Wie ich höre, verkaufen Sie Ihre Bilder ganz gut.«

»Das kann man so sagen.« Wenn er nur nicht vor Stolz platzte.

»Da sind Sie einer der wenigen im Moment.« Sie lachte leise. »Ich habe wirklich schon bereut, dass ich Ihrem Freund so vorschnell abgesagt habe. Zu dumm, jetzt ist mir sein Name entfallen.«

»Terboven. Josef Terboven. Diesen Namen sollten Sie sich lieber merken, liebe Frau Munch. Wissen Sie denn nicht, dass Goebbels ihn als unbeschränkten Herrn von Norwegen tituliert?«

Signe ballte eine Faust. »Nein, das wusste ich nicht«, gab sie gelassen zurück. »Große Worte. Dann scheint Herr Terboven ja wirklich großen Einfluss zu haben. Umso ärgerlicher für mich, dass ich so voreilig war. Na ja, Sie wissen ja, ich gehöre zu den Künstlern, die sich nicht sonderlich um Politik kümmern. Das ist womöglich ein Fehler.«

»Fehler kann man korrigieren. Josef war natürlich sehr enttäuscht, dass Sie ihm eine Abfuhr erteilt haben. Er wird sich freuen, wenn Sie Ihre Meinung geändert haben sollten.«

»Meinen Sie wirklich?«

»Aber ja, er ist nicht nachtragend. Passen Sie auf, ich mache etwas mit ihm aus und gebe Ihnen Nachricht. Und dann gehen wir zu dritt zum Abendessen ins Grand Café. Was sagen Sie dazu?« Er wollte dabei sein? Was ging es ihn an, wenn sie mit Terboven etwas zu besprechen hatte? Andererseits war es nicht schlecht. Birger würde bezeugen können, dass sie sich aus rein beruflichen Gründen getroffen hatten. Das stärkte ihre Glaubwürdigkeit, wenn sie bei der zweiten Verabredung, mit ersten Skizzen in der Tasche, vergeblich auf den Reichskommissar warten würde. »Signe?«

»Verzeihung, die Leitung war gerade schlecht. Das wäre schön, ich würde mich sehr freuen.«

»Also ist es abgemacht. Dann können wir auch gleich über die Ausstellung auf Bygdø reden.«

Signe war lange nicht mehr im Grand Café gewesen, nicht mehr seit der Renovierung. Sie musste sofort an Lilla denken, und ihr Herz wurde schwer, als hätte jemand ein Stück Blei darangehängt. Hoffentlich hatten sie es nach Schweden geschafft. Dort sollte es auf das Schiff gehen. Sie trat ein, sah sich um. Alles neu. An einer Wand ein riesiges Gemälde, das das Grand zeigte, wie es in seiner Glanzzeit ausgesehen hatte. Signe hatte davon gehört, dass Per Krohg, Sohn von Oda und Christian Krohg, dem Lokal ein Bild gemalt hat, auf dem alle zu sehen waren, die hier ein und aus gingen. Ibsen, die Krohgs, Gustav Vigeland, Roald Amundsen und Knut Hamsun natürlich. Ein eigenartiges Gefühl, eine Szene voller Menschen zu sehen, von denen sie so viele gekannt hatte. Edvard war auch darunter. Sie lächelte. Er hatte einmal ein Bild für hundert Steaks geboten. Die Kellnerin hatte abgelehnt.

»Da sind Sie ja, wie schön.« Birger nahm ihre Hand. Er trug die Haare jetzt sehr kurz, erste Silberfäden glänzten in dem flammenden Rot. Den albernen Schal, den er bei seinem letzten Besuch in ihrer Wohnung nicht abgenommen hatte, trug er auch jetzt wieder. Selbst hier im Restaurant legte er ihn nicht ab.

»Guten Abend.«

Er führte sie zu ihrem Tisch. Alles kam ihr so fremd vor. Die neuen Decken und Ornamente, alles Artdéco. Terboven erhob sich. Feine Gesichtszüge, Brille, freundliches Lächeln.

»Wie schön, Sie wiederzusehen, Frau Munch. Bitte!« Er deutete auf den freien Stuhl, den Birger ihr zurechtschob.

»Ich freue mich auch.« Signe war bloß froh, dass ihr Platz in einem diskreten Winkel des Cafés lag. Wenn jemand sie mit diesem Nazi zusammen sah, war ihr der Ruf als Kollaborateurin und Verräterin sicher.

»Man trinkt hier Pjolter, habe ich mir sagen lassen«, begann Terboven. »So heißt es doch?« Er sah Birger an.

»Ganz genau. Whisky oder Cognac mit Soda.« Birger beugte sich vertraulich vor und flüsterte: »Einige sollen es mit Absinth getrunken haben. Ich bin nicht sicher, ob wir den heute noch bekommen.« Er lachte.

»Liebe Frau Munch, womit nehmen Sie Ihren Pjolter?« Dieser Terboven schien sich in der Rolle des Kenners der Oslo-Bohème zu gefallen. Als ob ihn das zum Freund dieses Landes machen würde.

»Ich denke, ich nehme ihn mit Cognac.« Sie lächelte schmal.

Nachdem sie das Essen bestellt hatten und Birger über Signes geplante Ausstellung auf Bygdø schwadroniert hatte, als wäre er schon tief in die Planungen eingestiegen, kam Terboven auf den Punkt.

»Sie haben sich mein Angebot also noch einmal durch den Kopf gehen lassen, Frau Munch?« Sein Blick bohrte sich in ihren. Ihr fielen all die Dinge wieder ein, die sie über ihn gehört hatte, und sie merkte, wie sie innerlich zu zittern begann.

»Nun ja, ich musste mich wohl erst an den Gedanken gewöhnen, nicht völlig frei in der Gestaltung meiner Bilder zu sein.«

»Natürlich, das kann ich nachvollziehen.«

»Die Freiheit eines Künstlers ist das höchste Gut«, meldete

sich Birger zu Wort. »Nur wenn man einer so kostbaren Sache dienen kann, wie unsere liebe Frau Munch in diesem Fall, kann man sich davon trennen.« Signe konnte sein hochgestochenes Geschwätz kaum noch ertragen.

»Dazu kommt, dass ich meine eigenen Bilder für gewöhnlich nicht kopiere. Die anderer Maler natürlich auch nicht.« Sie lächelte. »Wenn ich Sie richtig verstanden habe, ist es aber das, was Sie möchten. Ich soll meine *Laster* noch einmal malen, nur eben ...« Sie mochte es nicht einmal aussprechen.

»Ich lasse Ihnen da gerne freie Hand«, sagte Terboven überraschenderweise. »Der Geiz sollte schon dabei sein, denn das ist unbestritten eine ganz typische Eigenschaft der Juden.« Signes Herz krampfte sich zusammen, sie musste tief und ruhig atmen. »Aber sonst ... Eitelkeit, Völlerei, Wollust ...« Er hielt den Blick. »Meinetwegen müssen Sie das nicht alles wiederholen. Malen Sie stattdessen Betrug, Geldgier, Verschlagenheit. Es geht nur darum, Ihre geschätzten Landsleute vor den Juden zu warnen.« Er nahm sein Glas, betrachtete die helle trübe Flüssigkeit darin. Dann sah er ihr wieder in die Augen. »Einige Norweger sind womöglich mit Juden befreundet, weil sie auf deren Tarnung hereinfallen. Verschlagenheit ist auch eine Eigenschaft, die Sie unbedingt zu Papier bringen sollten. Denn das sind sie bis zur Perfektion. Geben sich freundlich und höflich, gewinnen das Vertrauen Ihrer anständigen Landsleute, doch hinter ihrem Rücken vergiften sie die Brunnen. Wir müssen doch zusammenhalten, nicht wahr? Auch wenn es einige nicht verstanden haben und wir immer mehr in Schutzhaft nehmen müssen ...« Tausend Lehrer, dachte Signe bitter. »So sind und bleiben Sie doch unser nordisches Brudervolk«, beendete er seine Anspra-

370

che. Signe musste gegen einen Würgereiz kämpfen, der immer stärker wurde. Am liebsten hätte sie ihm ihren Pjolter ins Gesicht geschüttet. Stattdessen trank sie einen Schluck.

Während des Essens sprach vor allem Birger. Seine Skulpturen und Bilder waren sein liebstes Thema. Signe war nur froh, dass sie kaum reden musste. Schlimm genug, dass sie dauernd das Gefühl hatte, jemand würde sie beobachten. Mal hielt sie einen Mann, der an einem Tisch alleine Whisky trank, für den Maler Håkon Tomter, dann glaubte sie, Anitas Stimme zu hören. Signe sprach leise, wenn sie einmal etwas sagen musste, und sie senkte den Kopf. Wenn sie nur niemand mit diesem Nazi erkannte.

Irgendwie überstand sie den Abend und atmete auf, als Terboven nach einem Blick auf die Uhr meinte: »Ich muss mich verabschieden, meine liebe Ilse wartet zu Hause auf mich.« Wie konnte einer, der so durch und durch schlecht war, so warm lächeln? »Ich bewundere starke Frauen, wie Sie eine sind, liebe Frau Munch. Meine Frau Ilse ist ebenfalls ein gestandenes Frauenzimmer, wenn ich das so sagen darf. Wussten Sie, dass sie die Sekretärin von Joseph Goebbels war?«

»Nein, das wusste ich nicht.«

»Jetzt muss sie natürlich nicht mehr arbeiten. Aber ich bin sehr stolz darauf, dass sie es so weit gebracht hatte.«

»Sie ist jetzt mit dem Reichskommissar verheiratet«, verkündete Birger laut, als wolle er gerade, dass alle ihn mit Terboven zusammen sahen. »Mit dem Herrn über Norwegen. Weiter kann eine Frau es kaum bringen, denke ich.«

»Er übertreibt gerne ein wenig.« Terboven lächelte bescheiden und zwinkerte Signe zu. Plötzlich veränderte sich sein Gesichtsausdruck. »Würden Sie sie malen? Liebe Frau Munch, das wäre wundervoll. Ein Porträt meiner Frau, von Ihnen angefertigt.« Seine Augen strahlten.

Birgers Mundwinkel zuckten. Er hätte diese Aufgabe vermutlich gern übernommen. »Warum nicht ein Bild von euch beiden?«, schlug er vor.

»Nein, nur meine Ilse«, antwortete Terboven sofort. Seine Stimme war sanft wie Veilchen, als er ihren Namen aussprach. »Würden Sie das tun, bitte?«

»Zunächst kümmere ich mich um die Skizzen für Ihre Plakate, wenn es Ihnen recht ist. Sprechen wir doch danach über alles Weitere.«

»Gern. Ich danke Ihnen, Frau Munch.« Er drückte ihre Hand zum Abschied und deutete eine Verbeugung an.

»Ich danke Ihnen«, sagte sie leise.

Er war kein Monster. Er war ein Mann, der seine Frau liebte, der wahrscheinlich geliebt wurde. Er hatte gute Manieren, konnte sich ausdrücken, wenn er auch kein brillanter Redner war. Er sollte sterben. Und Signe war die, die ihn in die Falle lockte.

»Ich kann das nicht tun!« Sie hatte eine Skizze fertiggestellt. Verschlagenheit. Ein Mann, die Lippen zu einem Lächeln verzogen, den Blick leicht gesenkt, eine Hand hinter dem Rücken, darin ein Messer. Nur wenige Striche. »Es ist schrecklich.« Signe warf die Skizze auf den Esstisch.

»Es geht nur darum, dass du eine Arbeitsprobe dabeihast. Nur falls irgendetwas schiefgeht und es doch zum Treffen kommt«, beruhigte Einar sie. Er sah auf den aufgeschlagenen Zeichenblock. »Es ist wunderbar, Signe, es wird ihm gefallen. Würde«, korrigierte er.

»Das meine ich nicht. Die Skizze ist … sie hat keine Bedeutung. Ich habe beim Zeichnen in keiner Sekunde an Juden gedacht. Ich hatte eher Birger vor Augen«, sagte sie leise.

»Was macht dir dann solche Sorgen?« Er kam zu ihr, nahm ihre beiden Hände in seine. »Das Schlimmste hast du schon überstanden, das Abendessen mit diesem Kerl. Du brauchst nur noch im Kleinen Café sitzen, warten, dich möglichst laut beim Kellner beschweren, dass Terboven schon eine halbe Stunde über die Zeit ist, und gehen. Das ist alles.«

»Das ist alles? Ich werde wissen, dass er auf dem Weg zu mir ermordet wird.«

»Psst!« Er nahm ihre Hände an seine Lippen und küsste sie.

»Als ich mich entschieden habe, etwas gegen die Deutschen zu unternehmen, war davon die Rede, Flugschriften in unserer Wohnung zu deponieren. Ich war damit einverstanden, dass hier Treffen der Gruppe stattfinden.« Vor ihren Augen flackerte es grün und violett. Sie musste sich an Einar festhalten. »Ich habe Nachrichten in tote Briefkästen gelegt. Alles in Ordnung. Aber ich wollte nie für den Tod eines Menschen verantwortlich sein.«

»Du tötest ihn nicht, Signe. Du wirst nie erfahren, wer es getan hat. Oscar geht mit einem Mann, den wir beide nicht einmal kennen.«

»Das spielt keine Rolle«, rief sie und zog ihre Hände zurück. Sie brauchte Luft, Abstand. »Wenn eine Mausefalle einem Tier das Genick bricht, wer ist dann verantwortlich? Derjenige, der die tödliche Konstruktion entwickelt hat? Nein, sondern der, der die Falle aufstellt und scharf macht.«

Einar kam einen Schritt hinter ihr her, ließ ihr jedoch mehr

Raum. »Ich wünschte auch, wir müssten nicht so weit gehen, Signe. Aber Terboven ist kein harmloses kleines Tier. Er setzt die Interessen der Nazis rücksichtslos und mit aller Macht durch. Polizei und SS verhaften, foltern und töten auf seinen Befehl Menschen, die Widerstand leisten. Sein Leben für das unzähliger anderer, Signe!«

Das Kleine Café lag am Kopf eines Sportplatzes an einer Ecke, an der sich vier Straßen kreuzten. Terboven würde die Theresesgate entlang kommen, da waren sich Hauge, Oscar und die anderen sicher.

»Mehr brauchst du nicht zu wissen«, hatte Hauge ihr gesagt.

»Was ist, wenn er vorher noch etwas anderes zu erledigen hat und aus diesem Grund einen anderen Weg nimmt?«

»Dann erwischt ihn einer der Männer, die in den anderen Gassen postiert sind. Alles wird gut gehen.«

Es war der siebzehnte September. Ein nasskalter windiger Tag. In der Nacht hatte Signe geträumt, dass ein Fremder sie ins tosende Meer gestoßen hatte. Schwimm, Signe! Sie konnte schwimmen, sie hatte es früh gelernt. Aber doch nicht hier, nicht in dieser brodelnden Hölle. Vor ihrem inneren Auge türmten sich meterhohe Wellen, die mit brutaler Härte über sie hereinbrachen. Das rettende Ufer und der Fremde waren mit einem Mal verschwunden. Um sie herum nur schäumendes schwarzes Wasser. Was konnte sie anderes tun, als hilflos mit den Armen zu rudern, bis die Kraft sie verlassen würde und sie verloren war? Plötzlich sah sie ein Schiff. Hoffnung keimte in ihr auf. Sie wollte schreien. Da sah sie, wie eine Welle über den Dampfer hinwegrollte und das Meer ihn verschlang. Sie war mit einem schrecklichen Druck auf der Brust erwacht und musste sofort an Lilla, Asael und die Kinder denken. Sie hatten ihre Heimat verlassen. Wegen Kerlen wie Terboven. Sie tat das Richtige. Das sagte sie sich noch einmal, als sie das Café betrat. Zehn Minuten vor der Zeit, wie es besprochen war. Sie schüttelte ihren Schirm aus und sah sich nach einem Tisch um. Signe erstarrte in der Bewegung. Terboven sah von seinen Unterlagen auf und lächelte.

»Bin ich zu spät?«, stammelte sie.

Er erhob sich. »Aber nein, machen Sie sich keine Gedanken, Sie sind mehr als pünktlich.« Freundliche Augen. Kein Vorwurf, kein Ärger. »Bitte, setzen Sie sich doch. Sie sind ein wenig blass. Fühlen Sie sich nicht wohl?«

»Doch, doch, alles bestens.« Sie musste ihre Stimme unter Kontrolle bringen und das Zittern. »Der Herbst«, sagte sie, »da bekomme ich zuverlässig eine Erkältung. Wahrscheinlich geht es schon los.« Sie sah sich um, blickte zur Tür. Niemand da, der ihr helfen konnte.

»Das kenne ich. Mich erwischt es auch jedes Jahr.« Er räumte einen Stapel Dokumente zusammen, der verstreut vor ihm gelegen hatte, klopfte den Stapel dreimal zackig auf die Tischplatte und legte alles in eine Ledermappe. »Lästige Schreibarbeiten«, erklärte er. »Müssen erledigt werden, machen aber keine Freude, gelinde ausgedrückt.« Wieder lächelte er. »Ich benutze einen Trick und erledige solche Dinge hin und wieder in einem Café. Erstaunlicherweise bin ich in der ungewohnten Umgebung meist schneller fertig, als hätte ich an meinem Schreibtisch gesessen. Erstaunlich, was?«

»Dann sind Sie schon lange hier«, sagte sie matt.

Er sah auf seine goldene Armbanduhr. »Seit zweieinhalb

Stunden, um genau zu sein.« Er sah sie fröhlich an. »Und ich bin fast fertig geworden. Im Büro hätte ich den ganzen Tag dafür gebraucht. Dann lassen Sie mal sehen, was Sie für mich haben! Kaffee?«

Gott sei Dank hatte sie eine zweite Skizze gemacht, sodass sie den Anschein erwecken konnte, sie nehme seinen Auftrag ernst.

Auf dem Heimweg drehten sich ihre Gedanken wie ein Kreisel. Er lebte. Ein winziger Teil ihrer Seele war erleichtert, doch der Rest versank in tiefschwarzer Angst. Sie musste ihn wiedersehen. Sie musste die Plakate für ihn malen. Niemals, das konnte sie nicht tun. Was dann? Sie konnte ebenso wenig absagen. Immer wieder drehte sie sich um, während sie den Majorstuveien hinauflief. Die Absätze ihrer Stiefeletten knallten viel zu laut auf den Gehwegplatten, die kürzlich frisch verlegt worden waren. Oslo wurde mehr und mehr Großstadt. So wie alles groß und gewaltig sein musste, was die Deutschen anpackten. Es war schiefgegangen. Hatte sie etwas falsch gemacht? Hätte sie Terboven noch einmal anrufen sollen, nachfragen, ob es bei der Uhrzeit bliebe? Vielleicht hätte er von seinen Plänen erzählt, schon früher ins Café zu kommen. Ohne es zu merken, war sie immer schneller geworden. Schweiß stand ihr auf der Stirn. Sie wollte zu Einar. Bei ihm würde sie sich beruhigen. Aber sie musste sich gedulden. Noch eine Stunde, ehe er im Musikinstitut fertig war.

Als sie seine Schlüssel hörte, sprang Signe auf und ging ihm entgegen. Er schloss die Wohnungstür hinter sich und nahm sie in den Arm.

»Er war da. Schon über zwei Stunden vor der Zeit«, sagte sie.
»Ich weiß, Hauge hat mir eine Nachricht geschickt.« Sie standen im Flur, hielten sich fest. Einar war ganz nass, es regnete also immer noch.

»Hauge geht es also gut? Und Oscar?«

»Sie haben sich nur kalte Füße geholt.«

»Gott sei Dank!«

Einar putzte seine Brillengläser und rieb sich mit einem Handtuch die Haare trocken. »Im Grunde ist nichts passiert«, sagte er. »So sieht Hauge das auch. Niemand ist verhaftet worden, das ist die Hauptsache.«

»Terboven hat mir eine Nummer gegeben, unter der ich ihn erreichen kann. Ich muss ihn nur anrufen, und wir verabreden uns ein weiteres Mal. Vielleicht ganz früh dieses Mal, damit er nicht vorher wieder etwas anderes tut.« Ganz langsam fand ihr Puls seinen Takt wieder. »Wir haben eine zweite Chance.« Herrje, würde sie es noch einmal durchstehen? Sie musste es.

»Hauge wird sich um alles kümmern. Nimm du dir so viel Zeit, wie du bräuchtest, um ihm weitere Skizzen oder ein fertiges Bild vorzulegen. Wir richten uns da ganz nach dir.«

Sie nickte. »Ist gut, ja.«

»Ich bereite schnell die Unterlagen für den Unterricht morgen vor, und danach möchte ich mit meiner Frau ein Glas Wein trinken. Das können wir beide gut gebrauchen nach diesem Tag, denke ich.« Er sah sie an. Da war etwas in seinem Blick, das sie nicht kannte. »Ich werde dich in den Arm nehmen und nie wieder loslassen.« Er küsste sie zärtlich, ehe er in dem kleinen Arbeitszimmer verschwand, das sie sich teilten.

Ein warmes Gefühl machte sich in ihr breit und vertrieb die

letzten düsteren Gedanken. Sie holte die Weingläser heraus, stellte sie auf dem Tisch bereit, ging in die Küche und holte die Flasche. Als sie das erste Glas eingeschenkt hatte, entdeckte sie einen hässlichen Fleck auf dem zweiten. Sie schüttelte den Kopf. Nein, das konnte nicht so bleiben. Alles sollte hübsch aussehen. Signe ging wieder in die Küche und tauchte den Kristallkelch in das Wasser. Sie hörte die Haustür. Kurz vor acht, jemand von den Nachbarn kam gerade noch rechtzeitig vor der Ausgangssperre nach Hause. Schritte von schweren Stiefeln auf der Treppe, von vielen Stiefeln. Das waren keine Nachbarn. Sie hielt die Luft an. Plötzlich Hämmern an der Wohnungstür. Signe hätte beinahe das Glas fallen gelassen.

»Ich komme ja!«, rief Einar. Am liebsten hätte Signe ihn zurückgehalten. Sie waren aufgeflogen, sie mussten fliehen. Ihr wurde schwindelig. Hirnriss, sie kämen hier nicht raus, nicht aus dem dritten Stock.

»Einar Siebke?«

»Ja, der bin ich.« Er hatte Angst, sie konnte es hören. »Was ...?« Ein dumpfer Schlag, Poltern. Mehrere Personen kamen in die Wohnung. »Was soll das? Wir haben uns nichts zuschulden kommen lassen!« Einar bebte, aber er gab sich Mühe, fest zu klingen.

»Das sieht Kommandeur Fehlis anders.«

»Ich kenne keinen Mann, der so heißt.«

»Sie werden ihn schon noch kennenlernen.« Ein Mann lachte. Es klang durch und durch böse. Verschlagenheit.

»Ist noch jemand in der Wohnung?«, fragte eine andere Stimme.

Zögern. Dann: »Nein, ich bin alleine.« Um Himmels willen,

378

was tat er denn? Vielleicht war alles nur ein Missverständnis. Vielleicht würden sie einfach wieder gehen, wenn sie nicht fanden, was sie zu finden hofften. Jetzt hatte er gelogen und würde das erklären müssen.

»Nachsehen!«

Wohin? Signe sah die niedrige Tür der Speisekammer. Mit einem Schritt war sie dort, riss die Tür auf, kroch in die Kammer. Ihre Knie schmerzten von der ungewohnten ruppigen Bewegung. Sie konnte keine Rücksicht darauf nehmen. Sie schob sich so weit nach hinten, bis sie die Wand spürte. Dunkel war es hier, es roch nach Trockenfleisch und Feuchtigkeit. Sie schob einen Sack Äpfel, den sie gegen ein kleines Landschaftsbild getauscht hatte, gerade vor sich, als sie die Küchentür hörte.

»Wollen Sie sich nicht setzen, dann sagen Sie mir in Ruhe, worum es überhaupt geht.« Einars Stimme wurde kurz lauter, kam dann wieder gedämpft zu ihr, weil die Küchentür wieder geschlossen worden war. Sie war unentdeckt.

»Er sagt die Wahrheit, keiner da.«

»Tatsächlich, nur ein Glas Wein«, hörte Signe den Mann, der das Wort führte. Sie musste die Ohren spitzen.

»Warum sollte ich lügen? Ich habe nichts zu verbergen.«

»Und was ist das hier?« Signe schob die Äpfel zurück, kroch bis zur Tür. Sie musste hören, was da vor sich ging. Ein Krachen, als sei etwas Schweres umgefallen. Sie hätte fast geschrien vor Schreck.

»Hiergeblieben, Freundchen!« Ein Rumpeln und Poltern, dazwischen immer wieder Stimmen. Signe meinte Einar zu erkennen, der stöhnte. Lieber Gott, sie brachten ihn womöglich um. Sie musste etwas tun!

379

»Du brauchst uns doch nur ein paar Namen nennen, dann kannst du gleich ganz gemütlich deinen Wein trinken.« Zerberstendes Glas. »Hoppla, wie ungeschickt von mir.«

»Ich kann Ihnen nicht helfen«, presste Einar hervor. Ein lautes klatschendes Geräusch, Einar schrie, dann ein dumpfer Schlag. Signe öffnete die Tür, richtete sich auf. Ihr Blick fiel auf das Fleischermesser, das sie gerade frisch geschärft hatte. Wenn sie die Überraschung ausnutzte, käme sie vielleicht nah genug an den Anführer heran. Sie griff nach dem Messer. Ihre Hand zitterte so sehr, dass die Klinge mit hellem Ton gegen die Emaille des Spülbeckens stieß.

»Du willst uns nicht helfen, so sieht es aus!« Gurgelnde würgende Laute. Hör auf, dich zu verkriechen, Signe! Wenn du jetzt nicht da rausgehst, bringen sie ihn um. »Kommandeur Fehlis wird dich zum Reden bringen, da kannst du sicher sein. Der ist nicht so zimperlich wie wir.« Mehrere Männer lachten. Wieder dumpfe Geräusche, wie Schläge. Dann ein Fauchen und ein Knallen wie von einer Peitsche. Signe hielt es nicht länger aus. Ihre Finger legten sich um den Griff des Messers. Dieses Mal würde sie besser aufpassen. »Nee, der will vor Terboven gut dastehen.« Signe zog die Hand zurück. Terboven, natürlich, das war ihre Chance. Sie schluckte, holte tief Luft und verließ die Küche.

»Was war das?«, fragte einer und tauchte auch gleich im Flur auf, eine Pistole im Anschlag. »Wer sind Sie?«

Signe hob beide Hände über den Kopf. »Signe Siebke. Ich lebe hier mit meinem Mann zusammen. Vielleicht kann ich …«

»Los, rein da!«, kommandierte der Kerl. Er war höchstens zwanzig, schätzte sie. Wahrscheinlich hatte er genauso viel Angst wie sie.

»Ich denke, da ist keiner«, fauchte der Anführer, ein Mann, etwa einen halben Kopf kleiner als Signe, wie sie jetzt sah. Er hatte einen Gürtel in der Hand. »Seine Frau. Keine Ahnung, woher die auf einmal kommt.« »Guten Tag. Vielleicht kann ich das erklären.« In Zeitlupe nahm sie die Hände herunter. Die Männer steckten ihre Waffen weg. Erst jetzt wagte sie es, sich umzusehen. Ein Sessel war umgerissen, auch ein Stuhl lag am Boden, er war zerbrochen. Überall Scherben und Wein, der rot wie Blut in den Teppich sickerte. Auf dem anderen Stuhl saß Einar. Seine Beine waren an die Stuhlbeine gefesselt, seine Hände offenbar hinter seinem Rücken zusammengebunden. Die vollen weichen Lippen waren aufgesprungen, Blut lief daran hinab über sein Kinn. Auch an der Schläfe klaffte eine Wunde. Sie spürte den Schmerz in ihren Eingeweiden. Hätte sie doch nur das Messer mitgenommen. Einmal durchatmen. Ein scharfer Verstand war mehr wert als ein scharfes Messer. Sie sah in Einars Augen, erkannte seine alte Entschlossenheit. »Ja, wir werden das überstehen. Beide!«, sagte sie ihm in Gedanken.

Der Anführer schlug den Gürtel spielerisch in seine Handfläche. »Auf die Erklärung bin ich gespannt.« Er kniff die Augen zu schmalen Schlitzen zusammen.

»Ich habe mich versteckt, weil mir das Getöse Angst eingejagt hat, was Sie hier veranstaltet haben.« Ihre Stimme war brüchig, wie das Eis auf einem Teich im März. Aber sie hielt. »Ich dachte an Kerle, die anständige Leute überfallen, Juden vielleicht«, setzte sie hinzu und fühlte sich elend. »Dann hörte ich, dass von Kommandeur Fehlis die Rede ist und von Reichskommissar Terboven.« Ihr gelang sogar ein kleines Lächeln. »Ich kenne Herrn Terboven gut. Gerade heute habe ich mich mit ihm ge-

381

troffen.« Die Männer wechselten überraschte Blicke. Signes Hoffnung wuchs, sie war auf dem richtigen Weg.

»Sie und der Reichskommissar?« Der Anführer betrachtete sie skeptisch. »Was soll er mit Ihnen wohl zu schaffen haben?«

»Das will ich Ihnen sagen. Es wäre sehr nett, wenn Sie vorher meinen Mann losmachen könnten.« Und Sie sollten sich auf der Stelle bei ihm entschuldigen. Noch musste sie vorsichtig sein, sie verzichtete darauf, zu forsch vorzugehen. »Ich gehe in die Küche und hole ein feuchtes Tuch, damit ich seine Wunden versorgen kann.« Sie machte Anstalten, sich umzudrehen.

»Das werden Sie bleiben lassen. Überschätzen Sie sich nicht, Frau Siebke«, flüsterte er.

Sie seufzte. »Sie kennen mich möglicherweise unter meinem Mädchennamen. Ich bin Signe Munch.« Der junge Kerl, der ihr im Flur entgegengekommen war, zog die Augenbrauen hoch, trat zu dem Anführer und murmelte etwas in sein Ohr. Signe und Einar tauschten schnelle Blicke.

»Aha, Malerin!«, stellte der Anführer fest.

»So ist es. Herr Terboven hat mich beauftragt, eine Reihe von Bildern für ihn anzufertigen. Für eine Aufklärungskampagne, wenn ich das richtig sehe.« Sie zwang sich zu lächeln. »Ich bin Künstlerin, von Politik verstehe ich nichts.« Sie räusperte sich. »Jedenfalls bin ich Herrn Terboven selbstverständlich gern zu Diensten. Wenn der Auftrag erledigt ist, soll ich noch Ilse porträtieren.« Sie ließ eine Sekunde verstreichen, blickte dann in die leeren Gesichter. »Seine Frau. Die werden Sie doch kennen, meine Herren.«

»Ich verstehe.« Der Anführer hüstelte und zog den Gürtel wieder durch die Schlaufen seines Mantels.

382

Signes Hirn arbeitete fieberhaft. »Ich bin wegen des Auftrags ein wenig in Eile«, begann sie. »Ich habe den Eindruck, der Reichskommissar möchte nicht lange darauf warten. Aber eine Künstlerin ist nun mal keine Maschine. Wenn Sie meinen Mann so zurichten, wofür es keine Rechtfertigung geben kann, dann kann ich mich unmöglich auf meine Arbeit konzentrieren. Ich brauche bestimmte Rahmenbedingungen. Das verstehen Sie sicher. Ich würde Sie jetzt wirklich bitten, meinen Mann loszubinden. Dann rufe ich gern Herrn Terboven an. Ich bin sicher, es wird sich alles aufklären.« Die Telefonnummer, die sie von ihm hatte, war sicher nicht seine private, sondern die seines Büros. Um diese Zeit konnte sie ihn wohl kaum erreichen. Ihr blieb nichts anderes übrig, als zu bluffen.

Der junge Kerl flüsterte dem Anführer wieder etwas zu. Der nickte, machte eine Handbewegung, woraufhin einer der anderen zu Einar trat und seine Fesseln löste. Signe fiel ein Stein vom Herzen, und sie sah auch Einar aufatmen.

»Abmarsch«, erklärte der Anführer. Er kam um den Tisch herum und blieb vor Signe stehen. »Entschuldigen Sie die Unannehmlichkeiten, Frau Munch. Bitte, gehen Sie in Ruhe wieder an Ihre Arbeit. Der Reichskommissar kann es bestimmt nicht mehr abwarten, Ihre Bilder in den Händen zu haben.« Er sah ihr in die Augen, ein Blick wie aus Eis. »Ich werde höchstpersönlich dafür Sorge tragen, dass Sie nicht gestört werden.«

»Das ist sehr freundlich«, sagte sie leise.

Er sah zwei seiner Männer an und deutete mit dem Kopf auf Einar. »Mitnehmen!«

KAPITEL 18

Oslo 1943

Jeden Tag war jemand bei ihr, Jens Christian Hauge, Asbjørn Sunde oder der Mann, den sie nur unter dem Namen Edgar kannte. Am häufigsten kam Magda.

»Meinen Mann haben sie am ersten Tag getötet, deiner wird zurückkehren«, sagte sie so sanft, wie Signe sie nie vorher erlebt hatte. Es war gut gemeint, doch es tröstete oder beruhigte sie nicht. Und mit jedem Tag, der verstrich, an dem sie keine Nachricht von Einar bekam, konnte sie Magdas immer gleiche Geschichte von den achtzehn Fallschirmjägern und fünfzig Infanteristen weniger ertragen, die am neunten April 1940 mit zwei Maschinen den Flughafen Fornebu eingenommen und ihren Mann erschossen hatten.

Signe wusste genau, warum sich alle so um sie kümmerten. Sie wollten sichergehen, dass sie nicht durchdrehte und alle in Gefahr brachte. Und sie war wirklich ganz kurz davor. Gleich am nächsten Tag hatte sie versucht, Terboven zu erreichen. Zum ersten Mal in ihrem Leben konnte ihre Malerei wirkliche Bedeutung haben. Sie musste diese Chance nutzen. Unbedingt. Mit zitternden Händen hielt sie den Telefonhörer, doch entweder hörte sie minutenlang dem Freizeichen zu. Oder eine Frauenstimme teilte ihr mit, Herr Terboven sei leider nicht zu sprechen.

»Soll er sich bei Ihnen melden?«

»Bitte, ja, es ist wirklich dringend!«

»Wie geht es dir?«, wollte Hauge wissen, als er sie besuchen kam. »Entschuldige, das ist eine ziemlich dumme Frage. Wir wissen jetzt, dass er zum Verhör in die Møllergata gebracht wurde.« Die Polizeistation. Immerhin nicht Victoria Terrasse. Das war das Hauptquartier der Sicherheitspolizei. Jeder wusste, dass dort gefoltert wurde. »Sie werden ihn gehen lassen, Signe.« Hauge sah nicht so aus, als ob er daran glaubte. Man hörte nie von Menschen, die verhaftet und verhört wurden und anschließend einfach nach Hause kamen.

Zwei Tage später eine Nachricht in ihrem Briefkasten: *An der Nationalgalerie morgen um zwölf Uhr. Edgar*

Sie war eine halbe Stunde vor der Zeit da, lief in einigem Abstand auf und ab, zwang sich, langsam zu gehen, damit sie nicht auffiel. Als sie Edgar endlich entdeckte, rannte sie fast los. Sie sah, wie er ein Päckchen Zigaretten aus der Innentasche seines Mantels zog. Das Zeichen, das sie in der Gruppe ausgemacht hatten. Signe kam es vor, als sei das in einem anderen Leben gewesen. Sie ging an ihm vorbei, streifte seine Schulter, das Päckchen fiel zu Boden. Beide bückten sich.

»Er ist aus dem Fenster gesprungen, um zu fliehen«, wisperte er. Signe blieb beinahe das Herz stehen. Sie klaubte eine Zigarette auf und reichte sie ihm. Ihre Hand zitterte so sehr, dass sie sie fast wieder fallen gelassen hätte. »Er hat Glück gehabt«, zischte Edgar zwischen den Zähnen und nickte ihr freundlich zu, als sie ihm die Zigarette reichte. »Viele sind dabei gestorben. Er hat sich nur Brüche zugezogen.« Damit tippte er sich an den Hut und ging.

Wo ist er jetzt? Wie geht es ihm? Was werfen sie ihm denn nur vor? Tausend Fragen, keine Antwort. Sie betrat die Nationalgalerie, als sei nichts geschehen. Drinnen lief sie zu den Toiletten, schloss hinter sich ab und ließ ihren Tränen freien Lauf.

»Es ist nicht deine Schuld. Du hast alles richtig gemacht.« Asbjørn hatte am nächsten Tag einfach vor der Tür gestanden und sich an ihr vorbei in die Wohnung geschlängelt, ehe sie auch nur ein Wort sagen konnte.

»Woher willst du das wissen?«

»Lars Gulbrandsen ist auch verhaftet worden«, sagte er leise, als sei damit alles klar.

»Wer soll das sein?«

»Er hat die Sondergenehmigungen für die Ausgangssperre gedruckt. Unter anderem. Jemand hat ihn verpfiffen.« Er zuckte mit den Achseln. »Gulbrandsen hat seine Abnehmer verpfiffen, um das Leben seiner Familie zu retten.« Das war es also. Es hatte nichts mit dem fehlgeschlagenen Attentat auf Terboven zu tun. Es war trotzdem keine gute Nachricht, denn es bedeutete, dass sie etwas gegen Einar in der Hand hatten. »Ich muss wieder los. Wir müssen noch vorsichtiger sein als vorher. Wenn du etwas brauchst oder wir etwas für dich tun können, melde dich einfach. Du weißt, wie du uns erreichst.« Er drückte sie flüchtig an sich und ging.

Signe bekam kaum Luft, hatte Schmerzen in der Brust, fühlte sich in einer Sekunde bleiern müde, und in der nächsten raste ihr Puls. Alle Farben waren aus ihrem Leben gewichen, alles war farblos, selbst Grau wäre besser gewesen. Sie hatte Terboven zugesagt, eine der Skizzen fertigzustellen und ihm zu zeigen, ehe sie mit ihrer Arbeit weitermachte. Wenn sie das tat, hatte sie einen Vorwand, ihn zu treffen. Sie würde ihn zur Not auf Knien bitten, Einar gehen zu lassen. Er hatte die Macht dazu. Unmöglich, sie war nicht in der Lage zu malen. Nur gab es keinen anderen Weg. Signe nahm die Palette, drückte auf eine Farbtube. Ein jämmerliches kleines Würmchen. Was sollte das sein? Blau vielleicht oder Rot? Sie hatte beinah das Gefühl, sie könne durch die Masse hindurchsehen, so wenig Substanz hatte sie. Reiß dich zusammen, Signe, sieh hin! Sie starrte auf den Kasten mit ihren Farben. Alle Schraubdeckel gleich. Violett, Grün, Türkis, alles hatte sich aufgelöst. Was war mit ihren Augen los? Eine Frau, die ihren Ehemann verloren hatte, eine Malerin, die keine Farben mehr erkannte? Sie sollte es Einar nachmachen und sich aus dem Fenster stürzen. Mit einem Schlag fiel ihr ein, was Einar zu ihr gesagt hatte, ehe die Polizei die Wohnung gestürmt hatte:»Ich werde dich in den Arm nehmen und nie wieder loslassen.«

»Ich nehme dich beim Wort, Einar Siebke«, flüsterte sie. Er würde durchhalten und nach Hause kommen, und bis dahin würde sie da sein und es ebenfalls durchstehen. Was auch käme.

Signe rief Birger an. Sie erklärte ihm, dass sie Terboven nicht erreichen könne.

»Es ist aber dringend, ich komme mit den Bildern nicht voran, er muss mir helfen«, sprudelte sie los.

»Ich kümmere mich darum. Sagen wir morgen Nachmittag um drei Uhr im Justisen?«

»Nein!« Im Justisen hatte Einar ihr den Heiratsantrag gemacht, dort hatten sie mit Lilla und Asael und den anderen Gästen gefeiert. Das würde sie nicht schaffen. »Lieber im Kleinen Café. Das hat dem Reichskommissar so gut gefallen.«

»Warum nicht? Dann bis morgen.«

Nachdem sie aufgelegt hatte, stand sie eine Weile im Flur und starrte vor sich hin. Bis morgen? Was wollte er schon wieder dabei? Und wie konnte er überhaupt einen Termin ausmachen, ohne sich mit Terboven abzusprechen?

Wie in den Nächten davor fand Signe kaum Schlaf. Sie lag wach, ihre Augen wanderten durch die Dunkelheit. Ihr war eiskalt, sie schlotterte am ganzen Körper und zog sich Einars Bettdecke über ihre eigene. Es wurde nicht besser. Wenn sie doch einmal einnickte, fuhr sie nach wenigen Minuten wieder hoch, weil sie sicher war, jemand hätte gesprochen. Ganz nah. Hier im Zimmer. Mal träumte sie, dass sie Einar auf der Straße fand, die Arme und Beine unnatürlich abgewinkelt, als hätte man eine Marionette hingeworfen. Der Schädel zertrümmert. Dann wieder meinte sie von Hämmern auf Holz wach geworden zu sein. Als sie in den Flur trat, krachte eine Axt durch die Wohnungstür. Sie waren gekommen, um auch Signe zu holen. Der Anführer grinste dreckig, holte mit dem Gürtel aus, da schreckte sie hoch. Niemand war da. Alles nur ein böser Traum.

Vollkommen erledigt, dachte Signe am nächsten Morgen darüber nach, Birger abzusagen. Es konnte eine Falle sein. Sie probierte es noch einmal bei Terboven.

»Tut mir sehr leid, der Herr Reichskommissar ist nicht zu erreichen. Kann ich etwas …« Signe hatte aufgelegt. Ihr blieb nichts anderes übrig. Fünf Minuten vor drei betrat sie das Café.

Wenn sie Glück hatte, kamen sie zu zweit. Sie hatte kein Glück.

Birger war pünktlich. Er kam mit ausgebreiteten Armen auf sie zu, die Augen stechender denn je. Wie hatte sie mit ihm nur einige Male ausgehen können?

»Liebe verehrte Frau Munch. Verzeihung, an Siebke kann ich mich einfach nicht gewöhnen.« Seine Lippen verzogen sich zu einem bösen Grinsen. Er sprach sie seit langem mit ihrem Vornamen an. Was sollte das also? Sie schluckte. Er wusste, was geschehen war. Er wusste alles. Womöglich war er es, der Gulbrandsen, den Fälscher, angeschwärzt hatte. »Sie sagten am Telefon, Sie kämen mit der Arbeit nicht gut voran. Ich kann mir nicht vorstellen, wie Josef Ihnen da helfen sollte. Ich bin doch wohl der Fachmann, und ich helfe gern.«

»Da haben Sie mich falsch verstanden«, sagte sie kühl. »Die Hilfe, die ich brauche, ist anderer Art.«

»So?« Er wusste ganz genau, was sie meinte. Sie hätte Einars Porträt darauf verwettet. »Das ist bedauerlich, denn der Reichskommissar ist gerade nicht abkömmlich. Ich bin so froh, dass Josef nichts geschehen ist. Für mich ist er ja nicht nur der uneingeschränkte Herr über Norwegen.« Er lachte leise. »Für mich ist er ein Freund.«

Sie hatte Mühe, sich auf sein Geschwafel zu konzentrieren. »Wieso, was ist passiert?«, fragte sie, als seine Worte in ihrem Verstand angekommen waren.

»Haben Sie denn nicht gehört? Es hat einen Anschlag gegeben.« Birger begann sich vor ihren Augen zu drehen. Sie griff nach der Tischplatte. »Nicht wahr? Es ist furchtbar. Aber machen Sie sich keine Sorgen, er ist mit dem Schrecken davongekommen.« Sein Gesicht verzog sich zu einer hässlichen Fratze.

»Dieses Pack! Hoffentlich wird man sie für ihren feigen Mord-anschlag erschießen.«

»Wie können Sie nur so reden?«, schrie sie. Hälse reckten sich. Es war ihr gleich. »Dieses Pack sind Ihre Landsleute, Birger Lasson.«

»Feige Verräter sind es. Übrigens sollten Sie aufpassen, was Sie sagen, meine Beste. Am Ende glaubt noch jemand, dass Sie mit den Aufständischen sympathisieren.« Seine grauen Augen bohrten sich in ihre. Grelles Orangerot loderte vor ihr auf.

»Sie wissen, dass mein Mann verhaftet wurde. Er hat einen Fehler gemacht, ja. Aber doch nur, damit er seine Schüler am Theater auch am Abend unterstützen kann, wenn sie sein Stimmtraining brauchen«, log sie. »Dafür wurde er brutal zu-sammengeschlagen und verhaftet. Von norwegischen Polizis-ten, die dem Befehl von Herrn Terboven folgen. Finden Sie das richtig, Herr Lasson?«

»Ein feiger Mordanschlag auf einen höchst anständigen Mann ist durch nichts zu rechtfertigen.«

»Da gebe ich Ihnen recht«, sagte sie versöhnlich, ohne ihm in die Augen zu sehen.

»Mal etwas ganz anderes: Erinnern Sie sich an die großartige Ausstellung von Harald Oskar Sohlberg, die wir vor Jahren ge-meinsam besucht haben?« *Winternacht in Rondane.* Natürlich erinnerte sie sich. Von einem gemeinsamen Besuch konnte keine Rede sein, sie waren sich dort zufällig begegnet. Und überhaupt, was sollte das jetzt? »Ich sagte Ihnen damals, dass ich es als Ritterschlag empfände, wenn die Nationalgalerie ein Bild von mir kaufen würde. Das sehe ich noch immer so. Und inzwischen ist meine Qualität so hoch, dass es an der Zeit ist.«

390

»Nun ja, wenn es an der Zeit wäre, würde man auf Sie zukommen«, gab sie hart zurück. »Ich weiß nicht, was das jetzt …«
»Jemand müsste die Herrschaften gewissermaßen anstupsen, auf den Gedanken bringen.« Er sah ihr in die Augen.

»Sie überschätzen mich. Genau wie damals, als ich Sie für die Herbstausstellung vorschlagen sollte. Sie überschätzen meinen Einfluss bei Weitem.« Die Wut in seinem Blick ließ sie schaudern. Nur weg hier. Sie wollte aufstehen, doch er griff blitzschnell nach ihrem Handgelenk und hielt sie fest.

»Sagen Sie mir einfach, wer am empfänglichsten für eine kleine Aufmerksamkeit ist«, zischte er. »Das ist das Mindeste.«

»Niemand wird ein Bild von Ihnen kaufen.« Sie wusste, dass es dumm war und gefährlich, doch seine entsetzte Miene war es wert. »Es ist keine Frage des Preises.«

»Alles ist eine Frage des Preises.«

»Dann versuchen Sie Ihr Glück, Herr Lasson.« Sie sah auf seine Hand, die ihre noch immer festhielt.

»Sie sollten gründlich überlegen. Ein Wort von mir, und die Deutschen werden Sie auch verhaften.« Signe wand sich aus seinem Griff und funkelte ihn an.

»Das wird Ihnen auch kein Angebot der Nationalgalerie einbringen.« Sie stand auf und verließ erhobenen Hauptes das Café. Sie wünschte, sie wäre nur halb so mutig, wie es denn Anschein erwecken mochte.

KAPITEL 19
Oslo 1944/1945

Das Licht, dieses Licht! Wie konnte sie es einfangen? Nirgendwo sonst auf der Welt hatte es die Klarheit wie in Åsgårdstrand. Das fast weiße Gelb im Kontrast zum blendenden Blau, funkelnd, flirrend und gleichzeitig klirrend wie Eis. Nirgendwo, nicht in Paris, nicht in Kopenhagen oder in Tanum über den Dächern Kristianias, das schon so lange Oslo heißt. Nur an diesem Platz am Fjord gab es das. Als ob alles in diesem Licht enthalten wäre, der Geruch des Wassers, die Rufe der Seevögel, das Murmeln und Tuscheln der Wellen, die sacht auf die Steine des Strandes rollen. Die Segelschiffchen so schmerzhaft weiß. Sie zuerst. Nur feine Konturen, nicht leicht mit vor Kälte steifen Fingern. Die Masten zarte Striche vor blassem Schleier, die Bootsleiber bloß hohle Umrisse vor den bewegten Linien des Wassers.

Manchmal bedeutete ein Bleistiftstummel das größte Glück. Sie hatte ihn gegen eine Scheibe Brot eingetauscht. Keine Farbe, nur ein kurzer Bleistift. Mehr als genug. Für kräftige Farben war sie nie besonders zu haben. Je nachdem, wie sie schraffierte, wie stark sie aufdrückte, konnte sie die Flächen hell andeuten, wie einen kaum wahrnehmbaren Hauch. Oder dunkel und kraftvoll setzen, wie hier bei den Hügeln am Horizont. Die bunten Häuschen, die sich an den Hang krallen, senkrecht gestrichelte Holzverschalung. Für den Schatten in jeder Nut die Mine mit Druck über das Papier führen, nur nicht zu stark, dass die Spitze nicht abbrach. Sie hatte nichts zu verschwenden. Ihre Hand eilte mit dem Stift über die Rückseite eines Zettels, der in irgendeiner Lebensmittelkiste gelegen hatte. Abfall. Randi, die in der Küche arbeitete, hatte ihn ihr zugesteckt. Signe hatte ihn sich aufgehoben bis Sonntag. Am Sonntag hatten die Frauen nach der Putz- und Flickstunde Freizeit. Manchmal spielten sie Karten. Maria hatte ein Quartett hineingeschmuggelt. Sie war eine Meisterin in *Orge*. Das Grini-Wort für das Organisieren von Dingen, also für Stehlen und Schmuggeln. Es war gut, Maria in ihrer kleinen Gruppe zu haben, die sich von ganz allein zusammengefunden hatte. Sechs Frauen in zwei direkt nebeneinanderstehenden Stockbetten. Wie eine Familie. Maria war so, wie sich Signe eine Mutter gewünscht hatte. Nicht, dass sie ihre Mutter nicht geliebt hätte, nur war sie eben nicht da gewesen, wenn Signe sie gebraucht hatte. Außerdem war sie so schwach, Maria war ganz anders. Schon ihr Körperbau, so kräftig, fleischig. Obendrein hatte sie diese tiefe reine Stimme. Wie dunkelblauer Samt. Alle wurden immer ganz ruhig, wenn Maria ein Gute-Nacht-Lied anstimmte.

Ihre Verhaftung lag jetzt ungefähr einen Monat zurück. Inzwischen hatte sich Signe eingelebt, sie hatte sogar Freundschaften geschlossen. Das machte es leichter, durchzuhalten, bis Einar und sie wieder frei waren. Es würde nicht mehr lange dauern, die Deutschen müssten an allen Fronten Rückschläge und Niederlagen einstecken, hieß es hinter vorgehaltener Hand. Gute Nachrichten. Und es war in dem Polizeihäftlingslager Grini auch nicht so schlimm, wie man es von den Konzentrationslagern immer hörte. In Grini konnte man überleben. Auch ihre Festnahme am siebzehnten Dezember 1943 war mit der von Einar nicht zu vergleichen. Sie hatten ihr kein Haar gekrümmt, sie nur höflich gebeten, mit ihnen zu kommen. Deutsche waren es gewesen, nicht wie vorher bei Einar Norweger. Das Schlimmste war die Ungewissheit gewesen. Sie brachten sie in die Møllergate. Die Polizeistation wie eine kleine Burg, ein Türmchen in der Mitte mit Zinnen. Sie schauderte bei dem Gedanken, dass Einar von irgendwo dort oben gesprungen war. Hier vor ihren Füßen könnte er gelegen haben. War der Asphalt dort nicht etwas dunkler? Nur ein Schatten. Einar lebt, sagte sie sich. Sie hatten sie in eine Zelle gebracht. Einen Mantel hatte sie mitnehmen dürfen. Trotzdem war es eiskalt, ihre Lippen spannten, ihre Glieder wurden steif. In der Zelle nur eine Pritsche. Die Wolldecke darauf war schmutzig. War das Blut? Signe rührte sie nicht an. Niemand kümmerte sich um sie, niemand stellte ihr Fragen. Sie hatte sich überlegt, nach Terboven zu fragen, zu verlangen, dass man sie zu ihm brachte. Nur konnte sie gar nichts verlangen, weil niemand da war. Als es Abend wurde, konnte sie nicht mehr stehen. Sie schob die Decke mit dem Ärmel ihres Mantels beiseite und setzte sich auf den Rand der Pritsche. Plötzlich Schreie. Von nebenan womöglich. Jemand fluchte auf Deutsch, kurz darauf hörte sie jemanden weinen. Die Angst nahm ihr die Luft, die Kälte kroch unter ihre Haut, zwischen die Eingeweide. Ihre Zähne schlugen laut aufeinander. Den gesamten nächsten Tag und eine weitere Nacht blieb sie in der Zelle, ohne dass jemand mit ihr gesprochen hätte. Einmal hatte sich eine Klappe in der Tür geöffnet. Ein Wärter schob ihr einen Teller mit einem trockenen Stück Brot und ein

Glas mit kaltem Wasser hinein. In der zweiten Nacht schlief Signe vor Erschöpfung schnell ein, wälzte sich aber hin und her, nahm sich im Halbschlaf die Decke. Endlich wurde ihr wärmer, und sie fiel in einen tiefen Schlaf, aus dem sie in aller Frühe gerissen wurde. Durch das Fenster, das ihr am Tag nur den Blick in einen grauen Innenhof ohne Menschen gewährt hatte, kam noch kein Lichtstrahl.

»Hoch mit dir. Los!«, brüllte sie ein Mann an und zerrte an ihrem Arm, ehe sie von alleine auf die Füße kam. Sie stolperte neben ihm her, die Stufen herunter, auf die Straße. Dort standen schon sechs oder sieben andere Frauen vor einem Lastwagen. Ihr Atem hing eisig vor ihren Mündern. Eine nach der anderen wurde in den Wagen gestoßen und in enge Verschläge gezwungen. Für jede von ihnen einen. Holzkisten, als würden sie Vieh transportieren.

»Wo bringen die uns hin?«, fragte eine mit hagerem Gesicht. Keine antwortete. »Bringen die uns um?«, kreischte sie. »Ich will nicht sterben!«

»Halt die Klappe!«, fauchte eine andere. »Du bringst uns nur in Teufels Küche.«

»Wir sind direkt auf dem Weg dorthin«, sagte eine Dritte heiser. Signe sah, dass die Frau im Verschlag neben ihr, die bisher kein Wort von sich gegeben hatte, durch einen Spalt nach draußen sehen konnte.

»Wohin fahren wir?«, fragte sie sie leise.

»Nach Norden.«

»Oh Gott, raus nach Trandumskogen?«, wollte eine wissen. »Dann sind wir tot.«

»Was? Nein!« Die Hagere schluchzte auf.

395

»Trandumskogen ist der Erschießungsplatz«, sagte die neben Signe leise. Signe schluckte. Sie konnten sie doch nicht einfach ohne Verhör und Verhandlung aus dem Wagen werfen und abknallen. Im nächsten Augenblick wurde sie zur Seite geworfen und stieß hart gegen ihren Käfig. Die Frauen schrien.

»Glück gehabt«, sagte die neben Signe. Eine Träne lief ihr über die Wange und hinterließ einen hellen Streifen in dem Schmutz auf ihrem Gesicht. »Wir sind nach Westen abgebogen. Wir fahren nach Grini. Vielleicht bleiben uns noch ein paar Jahre.«

Auch die ersten Nächte im Lager waren schlimm. Man hatte sie in ein mehrstöckiges Gebäude gebracht. Eine Aufseherin, Norwegerin, wie Signe erstaunt bemerkte, tastete sie von oben bis unten ab.

»Der Frauentrakt ist voll«, erklärte sie ungerührt. »Hier ist deine Matratze.« Sie reichte ihr ein fleckiges durchgelegenes Monstrum. »Pass drauf auf, eine neue gibt's nicht. Und die Damen sind alle scharf drauf, wie Prinzessin auf der Erbse zu liegen«, sagte sie mit unverhohlenem Spott. »Die Zellenordnung hängt an der Wand. Lies sie durch und halte dich dran. Ab morgen wird gearbeitet. Du bist der Wäscherei zugeteilt. Noch Fragen?«

»Wo soll ich …?« Signe deutete auf die Matratze.

»Irgendwo im Gang. Aber komm bloß nicht auf dumme Ideen, Zugang zum Männertrakt gibt's nicht.« Ihr Blick wanderte kurz herüber zu einer Tür, die offenbar zur anderen Seite des Gebäudes führte. »Du musst dich schon selber wärmen oder mit einer der Hübschen hier näher anfreunden.«

»Die Eule ist nicht so schlimm, wie man am Anfang denkt.«

Signe blickte sich erschrocken um und wäre fast über die unförmige Matte in ihrem Arm gestolpert. Sie sah in ein fröhliches Gesicht voller Sommersprossen. »Ich bin Randi.« Das junge Mädchen streckte ihr die Hand hin.

»Signe.«

»Ich arbeite in der Küche. Schade, dass du nicht auch für die Küche eingeteilt bist. Du kannst nicht zufällig besonders gut kochen?«

»Meine Boller sind ganz gut, aber sonst ...«

»Ich fürchte, damit kannst du die Eule nicht überzeugen«, meinte Randi unbekümmert.

»Die Eule?«

Randi lachte. »Alle Aufseherinnen haben einen Spitznamen. Hast du nicht ihre Brille gesehen?« Sie formte Daumen und Zeigefinger zu Ringen, legte sie um die Augen und machte: »Schuhuuu.« Wieder lachte sie fröhlich. »Ich zeige dir, wo du deine Matratze am Tag lassen kannst.«

Die Enge war beinahe unerträglich. Die Frauen schliefen in den Räumen auf den Tischen und darunter. Einige der mehrstöckigen Betten, die so dicht nebeneinander standen, dass man kaum aufstehen konnte, ohne auf dem Schlafplatz nebenan zu landen, waren doppelt belegt. Signe musste die erste Nacht tatsächlich im Flur verbringen. Sie hatte jedoch Glück, weil Randi sie unter ihre Fittiche nahm und ihr ein Fleckchen in ihrem Gang, wie sie sagte, überließ. Er lag am Ende des langen Flurs hinter einer Biegung. Randi und Signe richteten sich vor der Tür zu einem Materiallager ein. Hier war es deutlich leiser als in dem langen Gang, in dem die Frauen dicht an dicht schliefen und schnarchten. Trotzdem bekam Signe kein Auge zu. Kaum, dass sie sich hingelegt hatte, krabbelte etwas über ihren Fuß. Sie schrie auf.

»Ruhe dahinten!«, kam es aus der Dunkelheit.

»Wenn du Glück hast, sind es nur Kakerlaken«, flüsterte Randi bereits schlaftrunken. »Die sind eigentlich ganz nett, wenn man sich mal an sie gewöhnt hat. Wirst sehen, man kann sogar mit ihnen spielen.«

Signe schluckte. »Und was war das, wenn ich kein Glück habe?«

»Wanzen. Die kann ich nicht leiden. Haben genauso viel Hunger wie ich. Es gibt hässliche Schwellungen, wenn sie dich beißen, um dir das Blut auszusaugen. Die jucken höllisch. Gute Nacht!«

Einen Monat war das jetzt her. Ein Monat in Gefangenschaft. Und sie saß hier, mit ihrem Bleistiftstummel und einem Fetzen Papier, träumte sich nach Åsgårdstrand und war für einen kleinen Moment glücklich.

»Ach, unsere Malerin!« Signe hatte Ella gar nicht bemerkt, die an den weiß getünchten Holztisch getreten war, an dem man sich ständig Splitter in die Haut riss. »Wofür zeichnest du das?« Ellas Hand flog zu Signes Skizze. »Glaubst du, du kommst hier bald raus, kannst gleich wieder eine Ausstellung organisieren?« Sie wartete auf eine Antwort, aber was sollte Signe schon sagen? Wie sollte sie ihr erklären, was sie malte? Ella würde es nicht verstehen. Sie hatte auf eine Antwort gewartet, nun war sie ärgerlich. »Du solltest unsere Hütte abbilden, den Hof, andere Gefangene. Für die Nachwelt, damit später alle wissen, wie wir hier gehaust haben, in Grini.« Sie sah sich um, hoffte wohl, dass die übrigen sechzehn Frauen in der Baracke sie unterstützten. Wenigstens die anderen vier aus ihrer Gruppe. »Lass sie in Ruhe«, sagte Maria, die am Ofen stand. Sie bereitete Tee aus Kräutern zu, die sie am Rand des Lagers gesammelt und getrocknet hatte. Immer sieben oder acht Stiele mit einem Faden zusammengebunden, der in der Wäscherei übrig gewesen war oder den sie beim Nähen der Häftlingskleidung abgezweigt hatte. Der Tee würde guttun, wenn sie nach dem Zählappell, der die Sonntags-Freizeit unterbrach, zurück in ihre Baracke durften. Am Sonntag waren sie immer nur sehr kurz draußen an der frischen Luft. Keine Möglichkeit, einen Blick über den Zaun zur Männerabteilung zu erhaschen. Signe sah herüber zu Maria und lächelte ihr dankbar zu. Der Ofen war klein, eine einzige Herdplatte nur. Aber er war ein Segen. Der Wind pfiff manchmal eisig durch die Bretter, aus denen die Deutschen eilig die Hütten zusammengezimmert hatten. Musste eben schnell gehen, weil sie immer mehr Männer und Frauen einsperrten.

»Ich verstehe nur nicht, warum sie nicht einfach das malt, was sie sieht! Mehr verlange ich gar nicht.« Ellas Ton war gereizt, sie kletterte die Sprossen hinauf, hockte sich mit krummem Rücken auf ihre Matratze und blickte herausfordernd in die Runde. Signe musste über sich selber lächeln. Nicht einmal das würde sie sich trauen. Laut Zellenordnung war es verboten, das Bett am Tag zu benutzen. Sie hielt sich an die Regeln. Nichts riskieren. Sie wollte heil hier herauskommen. Sie wollte noch viele Jahre in Frieden mit Einar leben. Dafür würde sie alles tun, was man von ihr verlangte. Ella schlief in der Mitte zwi-

399

schen Maria, die unten lag, und Randi, die ganz oben war. Gottlob war Randi in die gleiche Baracke verlegt worden. Im Bett daneben schlief Signe unten, darüber Sidsel aus Kragerø. Man hatte angeblich Mikrofilme im Absatz ihrer Winterstiefel gefunden. Oben hatte Berit ihr Nachtlager. Signe wusste nie, was in Berit vorging. Sie wirkte immer so verträumt, als wäre sie mit ihren Gedanken woanders. Aber einmal hatte Signe sie mit einem Fotoapparat erwischt. Keine Ahnung, wie sie den ins Lager geschmuggelt hatte. Sie machte Aufnahmen von allem, hatte sie Signe anvertraut, von den Baracken, dem Hof, den Zäunen und den Schildern mit dem Totenkopf darauf, die in deutscher Sprache vor Minen warnte. Bilder für die Nachwelt. Das würde Ella gefallen. Signe sah zu Ella hinauf. Die taxierte sie noch immer.

»Ich male nicht, was ich sehe«, erklärte Signe ihr sanft, »nicht, was ich jetzt sehe, sondern das, was in meinem Kopf ist, weil ich es gesehen habe.« Ella verdrehte die Augen und ließ sich auf ihr Kissen fallen.

Onkel Edvard hatte sie angesehen, als er das gesagt hatte, vor unendlich vielen Jahren in Åsgårdstrand. Wo die Familie zusammenkam, um den Sommer am Fjord zu verbringen. Signe träumte sich fort von den fleckigen Matratzen in den Stockbetten, von dem stinkenden Notdurftkübel, der soldatischen Haltung, die sie einzunehmen hatten, wenn eine Aufseherin die Kammer betrat. Fort von dem Geräusch des Schlüssels, mit dem die Tür zur Nacht verriegelt wurde, und dem nie endenden Knarzen von Holz, wenn achtzehn Frauen sich im Schlaf wälzten oder die Leitern herabstiegen, ihre Notdurft auf dem Eimer

verrichteten und wieder hinaufstiegen. Sie floh nach Åsgårdstrand. Wo sie so unendlich viele Jahre später mit Einar beim
Bäcker gesessen und warme Zimtschnecken gegessen hatte.
Manchmal hatte sie Glück, und sie konnte den herrlichen Duft
heraufbeschwören! Sie erinnerte sich an die Wäscheleinen im
Garten der Björnsons in der Nygaardsgaden 9, an Mathilde
Björnson, die Frau des Schusters, die Wasch- und Bügelaufträge
für die Sommergäste erledigte. Die Frau des Schusters. Asael
war auch Schuhmacher. Wie es ihnen wohl erging? Hoffentlich
waren er, Lilla und die Kinder wohlbehalten in Amerika angekommen. Hier in Grini war viel Zeit, von der Vergangenheit zu
träumen, an geliebte Menschen zu denken. Onkel Edvard war
nicht gerade in bester Verfassung gewesen, als sie ihn das letzte
Mal gesehen hatte. Doch vor allem war ihr sein zufriedener Gesichtsausdruck im Gedächtnis geblieben, als sie ihn schlafend
unter einem Baum vorgefunden hatten. Nirgends auf der Welt
hatte er sich wohler gefühlt als in seinem Glückshaus, wie er es
nannte. Ganz aufgekratzt war er gewesen, als er es damals gekauft hatte. Signe war noch ein Kind gewesen und mit der Familie zu Besuch.

»Ist es nicht furchtbar gemütlich?«, hatte er gefragt und ihr
zugezwinkert. Zwischen Levkojen und Astern, Erdbeeren und
Johannisbeeren. Dort hatte er auch den Satz zu ihr gesagt: »Ich
male nicht, was ich sehe, sondern was ich gesehen habe, vor
Jahren vielleicht. Der Anblick hat sich in meinen Kopf gebrannt,
ist gereift, verstehst du? Male nicht, was du siehst, Signe, sondern das, was in deinem Kopf ist.« Sie war höchstens fünf Jahre
alt gewesen, aber sie hatte ihn sofort verstanden. Erschreckt
hatte sie der Satz erst viel später, als sie eine Vorstellung davon

401

bekam, welche Bilder in Edvards Kopf waren. Hier in Grini halfen ihr Edvards Worte, sie brachten sie fort von hier.

Signe betrachtete die Bleistiftskizze von Åsgårdstrand.

»Male den Ort, wenn du ihn am meisten brauchst«, hatte er bei ihrer letzten Begegnung gesagt. Der Zeitpunkt war gut gewählt. Sie würde das Blatt später nach dem Zählappell unter das lose Brett im Boden schieben. Einar würde die Zeichnung mögen, das wusste sie. Sie würde sie ihm mitbringen, wenn sie hier herauskam. Signe lächelte. Und dann würden sie noch einmal zusammen hinfahren und Edvard besuchen. In seinem Sommerhaus oder in Ekely. Das nahm sie sich ganz fest vor. Edvard war alt. Sie wollte nicht, dass es ihr erging wie Einar mit seiner Musiklehrerin aus Stockholm. Wieder musste sie lächeln. So selten sie sich auch gesehen hatten, Edvard war immer da. Ihr Ratgeber, ihr guter Geist, dessen Worte ihr in den Sinn kamen, wenn sie sie brauchte. Eigentlich müsste sie ständig nur ihn malen, denn Edvard hatte schon immer in ihrem Kopf gewohnt.

Dunkelheit. Schwarz, undurchdringlich. Signe blinzelte, öffnete die Augen. Kein Unterschied. Kein Lichtstrahl, nicht mal ein Schimmer. Was hatte sie geweckt? War da etwas am Fenster? Sie blinzelte wieder, versuchte etwas zu erkennen. Plötzlich ein Klopfen, ganz deutlich. Sie hielt die Luft an, lauschte. Aus den anderen Betten Schnarchen oder ruhiges gleichmäßiges Atmen. Hatte denn keine der Frauen etwas gehört? Es klopfte wieder, das Geräusch kam vom Fenster. Ein Gedanke, und sie war hellwach. Konnte es ein Häftling aus der Männerbaracke sein? Hatte er eine Nachricht von Einar? Oder war es Einar selbst? Sie richtete sich auf, kniff die Augen zusammen, blickte konzentriert nach oben, wo der kleine Ausguck war. Wie aus dem Nichts eine Fratze, bleich mit blutunterlaufenen Augen, bläulichen schmalen Lippen. Ganz nah an der Scheibe. Signe erstarrte. Sie konnte ihren Blick nicht abwenden, obwohl sie das pure Grauen ergriff. Aus den Tiefen der Pupillen ein Funkeln, dunkelgrün. Der Mund öffnete sich, Speichelfäden zwischen den rissigen Lippen wie Spinnweben, dahinter ein eingefallener Kiefer ohne Zähne. Signe zog Millimeter für Millimeter die Decke höher zu ihrem Kinn, wie früher, wenn sie als kleines Kind nachts von einem schlechten Traum erwacht war. Sie würde jetzt gerne aufwachen. Nie vorher hatte sie etwas Grauenvolleres gesehen. War das ein Geist oder der Tod? Kalter Schweiß stand ihr auf der Stirn und im Nacken, sie fröstelte. Gott sei Dank war die Tür abgeschlossen, und durch das winzige Fenster kam diese Schauergestalt auch nicht herein. Die grünen Augen suchten die Baracke ab, hatten Signe gefunden, glühten wie Kohlen. Dann veränderten sie sich, bekamen einen sanften Ausdruck. Das ganze Gesicht veränderte sich, wurde zum Antlitz eines alten Mannes. Sie erkannte ihn sofort. Edvard. Das Selbstporträt, das in Ekely in den Schnee gefallen war. Ein Lächeln trat auf seine Lippen. Seine knochigen Finger streckten sich nach ihr aus, klopften an die Scheibe, glitten durch sie hindurch, um nach Signe zu greifen. Erschrocken schrie sie auf. Dunkelheit.

»Ruhe!«, murmelte jemand. Aus den anderen Betten nur schlaftrunkenes unverständliches Nuscheln. Signe starrte in Richtung Fenster. Nichts. Nur ein Traum.

Es dauerte Tage, ehe Signes Alptraum verblasste und die Sehnsucht nach ihrem Onkel allmählich nachließ. Sie hatte seine

403

Nähe so deutlich gespürt, dass sie ihn beim Erwachen umso schmerzlicher vermisste. Wie gut, dass sie an Marias Singkreis teilnehmen konnte. Die Ablenkung kam ihr jetzt sehr recht. In der ersten Zeit ihrer Haft hatte sie es nicht gewagt, denn die Zellenordnung besagte, dass die Häftlinge sich lautlos zu verhalten hätten. Jeder Verstoß werde unnachsichtig bestraft, im schlimmsten Fall mit Haftverlängerung. Signes einziges Ziel war, so schnell wie möglich nach Hause zu kommen, also hatte sie beschlossen, ein vorbildlicher Häftling zu sein. Doch dann hatte sie schnell festgestellt, dass die Aufseherin, die für ihre Baracke zuständig war, über bestimmte Dinge hinwegsah. Das Singen gehörte dazu. Darum beschloss Signe, sich Maria und den anderen anzuschließen. Sie würde Einar damit überraschen, dass sie ihre Stimme während der Haft geschult hatte. Für gemeinsames Singen mit ihm im Chor würde es wohl nicht reichen. Aber das machte ihr nichts aus.

»Das erste Lied, das ich für heute herausgesucht habe, singen wir alle für Signe.« Maria lächelte sie an. Signe verstand kein Wort. Warum sollte sie nicht mitsingen? Wie immer während des Singkreises hockten die Frauen auf dem Tisch und im Schneidersitz davor auf dem Boden. Einige standen, um ihren Stimmen mehr Raum zu geben. Maria stellte den einzigen Hocker zwischen Tisch und Ofen. »Bitte Platz zu nehmen, Signe.«

»Aber ...«

»Keine Widerrede!« Randi kicherte. Signe setzte sich, und Maria hob die Hände.

Dann zählte sie leise: »Eins, zwei, drei!«

Auf ihr Zeichen stimmten die Frauen an:

»An deinem Geburtstag ein Hurra auf dich.
Ja, dazu möchten wir dir gratulieren.
Alle, die wir hier im Kreis um dich stehen,
tanzen für dich ein Ringelreihen.«

Während der letzten Zeile fassten sich die Stehenden an den Händen und tanzten umeinander, wobei sie ständig gegen den Tisch, ein Stockbett oder eine der anderen stießen und lachen mussten.

»Wir verbeugen uns, nicken und knicksen für dich, dreh'n uns dazu im Kreis.« Auch das untermalten sie mit Gesten. Selbst diejenigen, die saßen, verbeugten sich. Sidsel war so schwungvoll, dass sie mit der Stirn auf den Boden kam. Der Rest der Strophe ging in heillosem Gekicher unter.

»Alles Liebe zum Geburtstag!« Maria blickte schnell zur Tür, dann zur Fensterluke, ehe sie zwei Buntstifte aus ihrer Matratze zauberte, einen roten und einen grünen. Randi holte ein Riegelchen Schokolade hervor. »Für dich von uns!«, sagte Maria feierlich. »Wir wünschen dir noch sehr viele Geburtstage in Freiheit.«

»Heute ist mein Geburtstag?« Sie sah in die Runde. Freundliche lächelnde Gesichter. Fremde Menschen, die sie erst seit knapp einem Monat kannte. »Ich hätte nicht daran gedacht. Aber ihr ...« Sie wusste nicht, was sie sagen sollte. Am liebsten hätte sie Berit gebeten, ein Foto von ihnen allen zu machen. Nur war sie nicht sicher, ob alle von dem Apparat wussten. Bei allem Zusammenhalt konnte man nicht sicher sein, ob nicht eine bereit wäre, zum eigenen Vorteil zu plaudern. »Und so schöne Geschenke.« Stifte und Schokolade verschwammen vor ihren Augen. »Den Riegel teilen wir. Hat eine von euch ein Messer?«

»Da bleibt für dich doch nichts übrig«, wandte Randi halb-herzig ein.

»Tut's auch eine Rasierklinge?« Ella griff in ihre Matratze. Jede der achtzehn Frauen bekam nur ein winziges Stück, aber es reichte, um den Geschmack auf die Zunge zu zaubern.

»Oh Gott, ist das gut«, stöhnte eine. »Das ist seit bestimmt anderthalb Jahren meine erste Schokolade!« Sie verdrehte die Augen, als würde sie das Bewusstsein verlieren. Signe konnte es noch immer nicht glauben.

»Und es ist ganz sicher der siebenundzwanzigste Januar?« Ihr sechzigster Geburtstag.

»Klar doch.« Randi wedelte mit einem Bogen Zeitungspapier. »In einer Gemüsekiste war doch tatsächlich eine Seite von heute.« Sie machte Anstalten, das Papier in den Ofen zu werfen. Signe erkannte gerade noch den Namen Hamsun.

»Warte!« Sie riss Randi die Zeitung förmlich aus der Hand.

»Steht nicht viel drin, glaube ich, sonst wär's nicht in den Rü-ben gelandet.«

Dein Mut war großartig, las sie. Mit jedem Wort schwappte mehr graue Traurigkeit aus der Druckerschwärze in ihre Seele, drückte gegen ihre Brust. *Du wirst für immer sein!*

Darunter hieß es: »Nobelpreisträger Knut Hamsun zum Tode von Edvard Munch, der am 23.01.1944 gestorben ist.« Tropfen auf Zeitungspapier. Alles verschwamm wie dunkle Farben im Wasserglas.

»Signe, was ist los?«

Dreiundzwanzigster Januar. Vor vier Tagen. In der Nacht zu-vor hatte Signe den Geist am Fenster gesehen.

406

Jeder Tag gleich. Um sieben Uhr brüllte die Wachhabende, die sie Hexe nannten:»Aufstehen!«, und knallte mit dem mächtigen Schlüsselbund an die Wand. Es gab trockenes Brot, dazu Sumpfwasser. Das sagten sie zu der trüben Brühe. Signe besaß inzwischen einen Becher. Der Vorteil, wenn man länger hier war. Die Neuen musste mit einer Fischbüchse vorliebnehmen. Um acht ging es in die Wäscherei. Dort musste sie bis abends um sieben die Häftlingskleidung in riesigen Zubern schrubben. Schwere Arbeit, vor allem wenn man nur wenig zu essen bekam. Einmal am Tag Pause und raus an die frische Luft. Signes Glieder fühlten sich an, als hätte sie jemand mit Blei ausgegossen. Nach wenigen Minuten über dem dampfenden Wasser tropfte ihr die Feuchtigkeit aus dem Haar. Der Dunst konnte nicht raus, keine offenen Fenster, nur die Abzugsschächte unter der Decke. Sie ertrug es ergeben. Seit der Nachricht von Edvards Tod hatte sie jeden Mut verloren. Die Welt war nicht so, wie sie es sich wünschte. Es gab kein Danach. Wofür also an die Regeln halten, wofür jeden Morgen aufstehen? Sie konnte ebenso gut tot sein. ›Ich will dich in den Arm nehmen und nie mehr loslassen.‹ Reiß dich zusammen, Signe. Es gibt sehr wohl ein Danach. Für dich und deinen Mann. Dafür wirst du weiter jeden Morgen aufstehen, tun, was man dir sagt, durchhalten.

»So, Nachschub!« Ein junges Mädchen, das Signe noch nie gesehen hatte, brachte einen Korb. Gestreifte Jacken mit Nummern darauf, gestreifte Hosen, es nahm kein Ende.»Von der Krankenstation«, verkündete sie laut. Dann sah sie sich kurz um und flüsterte Signe zu:»Gefangener 10397. E. S.!« Einar Siebke! Er war noch am Leben! Er war noch hier in Grini. Sofort schossen ihr Tränen in die Augen. Sie wischte sie mit dem Handrücken weg, wischte den Schweiß von der Stirn.

»Danke.«

»Ist ein Kommen und Gehen auf der Station«, plauderte das Mädchen, als sei nichts geschehen. »Raus aus dem Krankenbett, rein in Baracke 13. Dann sollen Hemd und Hose schön sauber sein.«

»So, Kaffeekränzchen beendet«, ordnete die Wäscherei-Aufseherin an, die alle Großmutter nannten, weil sie hier eine der Ältesten war, ein von Falten zerfurchtes gütiges Gesicht hatte und die Frauen nachsichtig wie ihre Kinder und Enkelkinder behandelte. »Ihr seid zum Arbeiten hier!«

Am Abend schloss sich Signe endlich wieder dem Singkreis an.

»Na, hast du dich berappelt?«, fragte Randi hinterher. Die langen blonden Haare zu einem dicken Zopf geflochten, sah sie aus wie eines der Mädchen auf Lillas Strand-Bild.

»Mein Mann lebt«, flüsterte sie.

Randi strahlte. »Das ist mal eine gute Nachricht. Siehst du, es lohnt sich immer, durchzuhalten. Ihr kommt hier beide raus. Der Krieg ist sowieso bald vorbei.« Wenn sie nur recht hatte.

»Er wird in Baracke 13 verlegt.«

»Die 13? Da habt ihr wirklich Glück. Die ist gleich da drüben.« Sie deutete mit dem Kopf in eine Richtung. »Hinter dem Zaun. Den haben sie gerade erhöht, aber man kann trotzdem raufsteigen.« Randi grinste. Dann legte sie die Stirn in Falten. »In deinem Alter könnte es vielleicht schwierig werden.« Sofort war das Blitzen in ihren Augen zurück. »Ich gehe für dich. Du sagst mir, wie er aussieht, und ich überbringe ihm deine Nachrichten.«

408

»Würdest du das wirklich tun?«

»Na hör mal! Wir halten zusammen, oder?«

»Randi, ich weiß gar nicht, wie ich dir danken kann.« Signe schluckte.

»Ich hätte schon eine Idee.« Sie legte den Kopf schief und blickte demonstrativ auf den Fußboden. Dort war ein Brett lose.

»Falls du das Bild nicht für eine Ausstellung brauchst ...«

»Es gehört dir!« Einar würde es mögen, aber für ihn konnte sie noch unzählige Zeichnungen von Åsgårdstrand anfertigen.

Zum ersten Mal hatte Signe wieder ein Lächeln auf den Lippen, als Maria das Gute-Nacht-Lied sang. Sie würden es überstehen, sie konnte noch ein paar wunderbare Jahre mit Einar haben.

Der Sommer kam und vertrieb die Kälte aus der Baracke. Die Regelmäßigkeit, der feste Rhythmus und vor allem die Frauen, von denen längst einige Freundinnen geworden waren, gaben Signe Halt und halfen ihr, die Tage, Wochen und Monate zu überstehen. Sie sangen gemeinsam, spielten Karten, bastelten aus Blättern und Gräsern, die sie bei den Gängen über den Hof gesammelt hatten, kleine Bilder. Glücksmomente hatte Signe, wenn sie etwas von Einar hörte. Randi kletterte regelmäßig für einen Plausch mit den Männern auf den Zaun. Die Häftlinge hatten eine Fingersprache entwickelt, mit der sie sich stumm verständigen konnten. Und zum Flirten brauchte Randi ohnehin keine Worte.

»Seine Verletzungen heilen gut«, erzählte sie mal. Ein anderes Mal berichtete sie, dass er nicht im Steinbruch schuften musste, sondern auf dem Hof eines Landwirts. »Dein Einar arbeitet auf

Grini. Die Deutschen haben noch immer nicht kapiert, dass das Gefängnis, das sie sich unter den Nagel gerissen haben, Ila heißt, und Grini der Hof ist. Sie sind einfach zu dumm.«

Manchmal hörten sie von Erschießungen, bekamen auf verschlungenen Pfaden heraus, welche Männer weggebracht worden waren aus dem Fallschirm, wie die Todeszelle genannt wurde, ganz oben im Hauptgebäude. Der Hunger war allgegenwärtig, aber mit ihm kam Signe gut zurecht. Auch die Angst war immer da. Davor, dass man plötzlich zum Verhör gebracht wurde oder dass es eine kollektive Strafe für alle gab. Am meisten Angst hatte Signe davor, dass jemand ihr sagte, Häftling 10397 sei für den Deutschlandtransport eingeteilt. Das kam einem Todesurteil gleich.

Herbst und Winter kamen und gingen. Und wieder ein neues Frühjahr. Bunt und voller Hoffnung, wenn auch außerhalb der Zäune und Gitterstäbe. Trotzdem stand Signe an jedem Morgen ein kleines bisschen vergnügter auf. An jedem neuen Tag rückte das Ende ihrer Gefangenschaft und damit das Ende der Zeit ohne Einar näher. Sie überwand die Müdigkeit und schenkte den schmerzenden Gelenken keine Aufmerksamkeit. Die Deutschen würden bald kapitulieren, hieß es. Dass davon auch schon vor einem Jahr die Rede war, kümmerte sie nicht. Dieses Mal stimmte es, alle Zeichen sprachen dafür. Die Gefangenen wurden immer besser behandelt, bekamen mehr zu essen. Eine Bibliothek wurde eingerichtet und stolz präsentiert. Auf dem Appellplatz standen eines Morgens Masten, an denen Lautsprecher montiert waren. Johann Strauß, Johann Sebastian Bach. Musik, nach Monaten oder Jahren die erste Musik. Signe liefen die Tränen über das lachende Gesicht. Wie glücklich musste Einar erst sein! Die Aufseherinnen drückten manches Mal beide Augen zu. So riskierte Signe es sogar einmal, hinter der Baracke zu verschwinden und auf den Zaun zu klettern. Ihr Herz schlug vor Aufregung und Anstrengung. Lange konnte sie sich nicht halten. Nicht lange genug, um Einar zu sehen. Trotzdem fühlte sie sich großartig. So nah war sie ihm schon ewig nicht gewesen, das spürte sie überdeutlich.

Berit sagte eines Abends, es war Anfang April: »Wusstet ihr, dass hier auch Deutsche eingesperrt sind?« Randi bekam einen Lachanfall.

Maria zuckte die Achseln. »Ja, natürlich.«

»Ich habe heute im Hof mit einem gesprochen. Er war sehr nett.« Sie wirkte ganz nachdenklich. Berit, die sonst kaum sprach, schien aufgewühlt zu sein.

»Oh, ja, die Deutschen sind dafür bekannt, ungeheuer nett zu sein.« Ella schnitt eine Grimasse.

»Berit hat schon recht, nicht alle von ihnen sind böse. Es gibt überall diese und jene«, meinte Maria. Sie nähte gerade einen Knopf ihrer Bluse an.

»Wenn du lieb bettelst, singen sie dir vielleicht noch ein Lied, ehe sie dich erschießen.« Damit war für Ella das Thema erledigt. Sie kroch auf ihr Bett.

»Der Mann auf dem Hof ist ein Gefangener wie wir.« Berit fuhr sich durch das kurze Haar. »Das müsst ihr euch vorstellen: Nur weil er nicht in die Partei eintreten und auch nicht zu den Veranstaltungen der Partei gehen wollte, haben sie ihn verhaftet. Angeblich wegen Sabotage. Zu Hause in Deutschland hat er eine Tochter. Ihr hättet ihn sehen müssen, wie verzweifelt er war. Sein Haus in Deutschland ist im Bombenhagel zerstört worden. Er weiß nicht, ob er seine Frau und sein Kind lebend wiedersieht. Er ist ein Opfer, wie wir auch. Trotzdem schämt er sich zu Tode für seine Landsleute. Er hat mich angefleht, nicht zu glauben, dass die Deutschen, die in Norwegen ihr Unwesen treiben, die Menschen seines Landes repräsentieren.« Sie holte tief Luft. Eine Träne lief ihr über die Wange. »Wisst ihr, was seine größte Sorge ist? Er sagte: Wenn ich nach Hause komme und meine kleine Tochter lebt, dann wird sie mich fragen: Hast du mir etwas mitgebracht, Papi? Er würde ihr wahnsinnig gerne eine Puppe schenken. Aber er sagte, er kann froh sein, wenn er sein nacktes Leben rettet.«

»Der hat Sorgen«, kam es von Ellas Bett.

»Sollen wir ihm eine machen?« Maria sah sich um.

»Was?« Randi legte die Stirn in Falten.

»Eine Puppe für seine Tochter. Wir könnten eine hinkriegen. Was meint ihr?«

Am nächsten Tag schob sich Signe in einem unbeobachteten Moment eine Häftlingshose unter ihren Pullover und steckte später noch eine Socke ein. Randi besorgte Watte und zwei kleine Knöpfe. Nadel und Faden hatten sich einige schon vor geraumer Zeit organisiert und in ihren Matratzen deponiert. Nachdem die Baracke abends abgeschlossen worden war, warteten sie noch einige Minuten. Dann kletterten sie aus den Betten, zündeten eine Kerze an und nähten. Signe ribbelte die Wollsocke auf, die einzelnen Fäden ergaben eine herrlich lockige Haarpracht.

»Die wird richtig schön. Ich glaube, ich hätte selbst gern so eine.« Randi warf einen ihrer Zöpfe nach hinten.

»Du willst ernsthaft eine Puppe aus Sträflingskleidung haben?« Sidsel zog die Augenbrauen hoch. »Ich bin froh, wenn mich nichts mehr an Grini erinnert.«

»Wir werden uns alle für den Rest unseres Lebens an die Zeit hier erinnern«, sagte Maria, die bisher eine Melodie gesummt hatte. »Das ist jetzt ein Teil von uns.«

»Habt ihr schon gehört?« Eine Frau mit schlohweißem Haar, die Signe manchmal auf dem Hof, aber noch nie in der Wäscherei gesehen hatte, trat am nächsten Tag aufgeregt zu Randi und ihr an den dampfenden Zuber. »Heute früh sind Schweden ins Lager gekommen. Politiker angeblich. Ich habe gehört, die Amerikaner rücken immer weiter in Deutschland vor. Die Briten und Franzosen auch, die nehmen die Deutschen ganz schön in die Mangel.«

»Dann ist der Krieg wirklich bald vorbei?«, fragte Randi ungläubig.

»Und wir kommen hier raus. Ich habe gehört, die Deutschen sind ganz kurz davor, zu kapitulieren. Angeblich sind die Schweden hier, um uns zu befreien«, wisperte sie.

Freiheit, alles überstanden, nach Hause. Die Freude nahm Signe fast den Atem. Bunt wie ihre Palette zu Hause malte sie ihr die schönsten Bilder. Vielleicht nur noch wenige Tage, bis sie Einar wiedersehen durfte. Das Einzige, was sie wollte.

Die Schlohweiße ging, eine andere Frau kam herein, einen Korb mit Sträflingsuniformen unter dem Arm.

»Einmal gründlich durchwaschen, bitte«, rief sie fröhlich.

»Die Nummern braucht ihr nicht mehr abtrennen. Wie es aussieht, werden die Hosen und Jacken sowieso nicht mehr gebraucht, wenn die das Lager hier endlich auflösen.«

»Alle reden davon«, sagte Signe lächelnd und nahm die gestreiften Kleidungsstücke entgegen. »Dann dauert es wohl wirklich nicht mehr lange.«

»Hoffen wir das Beste.« Sie zwinkerte. Eine Aufseherin trat zu ihnen, die von den Hafterleichterungen und dem Wegsehen ihrer Kolleginnen nichts hielt. Sie war schon immer bekannt dafür, die Frauen zu drangsalieren, wo sie nur konnte. Daran hatte sich nichts geändert.

»Willst du hier anwachsen? Du stehst schon viel zu lange rum.« Sie griff in den Korb. »Wo kommt das überhaupt her? Das ist doch uralt. Warum ist das nicht längst gewaschen?«

»Ich habe die Sachen eben erst bekommen. Keine Ahnung, woher die kommen.«

»Jetzt aber zack, zack!« Am anderen Ende der Wäscherei klatschte es laut, einige lachten. »Das gibt es doch nicht. Seid ihr denn zu dämlich, zwei Füße zu sortieren?« Sie stapfte los. Die Frau, die über eine der Schüsseln gestolpert war, rappelte sich gerade auf. Das Wasser lief ihr aus den Haaren und den Kleidern.

»Muss wohl tatsächlich jemand übersehen haben«, sagte die Frau zu Signe, die den Korb gebracht hatte. »Die Sachen stammen von ein paar Burschen, die mächtig Glück gehabt haben.« Sie nickte, drehte sich um und ging.

Signe schnappte sich die erste Jacke. 10397. Schwarze Buchstaben auf weißem Stoff. Einars Nummer. Glück? Dann war er womöglich schon frei?

»Warte!« Signe musste schlucken, sie sah herüber zur Aufseherin, doch die war noch damit beschäftigt, das Chaos in Ordnung zu bringen, das um sie herum herrschte. Die andere kam
noch mal zurück. »Du sagst, die Burschen haben Glück gehabt.
Was ist mit ihnen?«, fragte sie atemlos.

»Deutschlandtransport. Die sollten ins Konzentrationslager
gebracht werden. Aber der Kahn ist untergegangen. Mit Mann
und Maus. Denen ist bestimmt 'ne Menge erspart geblieben.«
Rote und grell gelbe Blitze zuckten wild vor ihren Augen. Völlig unmöglich. Einige hatten überlebt. Einar hatte überlebt. Ganz
sicher. Sie würde doch spüren, wenn ... Weißes Licht, so blen-
dend, dass ihre Augen wehtaten. Dann Schwärze. Ohne Vorwarnung. Von einer Sekunde auf die andere. Signe rang nach Luft.
Ein grässlicher Sog zog sie in einen finsteren Schlund. Eiskalt,
unendlich tief. Sie trudelte, fand keinen Halt, schlug hart auf den
Boden auf. Ein Schmerz in ihrem Inneren, als würde ein frisch
geschärftes Messer in ihren Eingeweiden stecken. Rauschen in
ihren Ohren, Dröhnen. Irgendwann nur noch schwarze Stille.

»Guten Morgen, die Damen! Bitte versammeln Sie sich alle auf
dem Appellplatz!«

Randi war sofort hellwach. »Nicht einfach nur: Aufstehen?
Guten Morgen, die Damen«, imitierte sie die Aufseherin. »Mä-
dels, das kann nur eins bedeuten! Die lassen uns frei. Heute!«
Sie sprang mit einem Satz vom obersten Bett auf den Boden und
stürzte zu Signe. »Hast du gehört? Wir werden befreit!«

»Sie spricht seit gestern nicht, seit sie in der Wäscherei einfach vom Stuhl gefallen ist«, stellte Berit fest.

Maria trat zu ihnen. »Signe? Was ist denn nur los?«

415

Er ist tot. Mein Mann ist ertrunken. Mein Leben ist vorbei. Worte in schmutzigem Grau, die es nicht über ihre zitternden Lippen schafften. Sie blieb einfach liegen. Es war ihr gleichgültig, alles.

Randi wischte ihr die Tränen von den Wangen. »Sag uns doch, was passiert ist.«

»Was wird wohl passiert sein?« Ella schlüpfte in Hose und Hemd. »Ihr Mann war auf der *Westfalen*. Ist untergegangen. Keiner hat's überlebt.«

Signe sah den Schmerz und das Mitgefühl in den Gesichtern der Frauen. Sie fühlte nichts.

»Das kann nicht sein. Ich habe doch erst kürzlich … Wann war denn das?« Randi legte die Stirn in Falten und wischte sich eilig über die feuchten Augen.

»Vielleicht hat eure tolle Fingersprache nicht so gut funktioniert, wie du dachtest. Und mit ihm selbst hast du doch sowieso ewig nicht mehr gesprochen, oder?« Ella trat an Signes Bett. »Ist ein großer Mist, Signe. Tut mir sehr leid für dich.« Plötzlich setzte sie sich auf die Bettkante und legte ihren Kopf auf Signes Brust. Sie bebte am ganzen Leib. Ausgerechnet die ruppige, die freche Ella, die keine Gefühle zu haben schien, krallte sich geradezu an ihr fest. Während die anderen sich mühsam und mehr schlecht als recht beherrschten, ließ Ella ihren Emotionen freien Lauf. »Es tut mir so leid«, flüsterte sie. Ganz langsam bewegten sich Signes Arme, legten sich um den zitternden Körper.

»Ist schon gut, Ella, ist gut.« Signe erkannte ihre eigene Stimme kaum, heiser war sie und fremd. »Die Aufseherin hat schon zum zweiten Mal gerufen. Wir müssen gehen.« Sie schob Ella sanft zur Seite.

Wenige Minuten später standen sie in Reihen auf dem Appellplatz. Ein Mann trat auf eine Tribüne. Sein Akzent verriet, dass er Schwede war.

»Ihr seid frei!«, rief er. Es war totenstill. Kein Scharren von Schuhen, kein Husten, nicht einmal der Wind traute sich, einen Laut von sich zu geben. »Ihr seid alle frei!« Er fing an zu lachen. Es klang, als würden seine Emotionen ihn übermannen. In diesem Moment wussten sie, dass es die Wahrheit war.

Tosender Jubel setzte ein. Häftlinge fielen sich in die Arme. Die Männer – es waren wahrhaftig Männer und Frauen gleichzeitig auf dem Platz! – warfen ihre Mützen in die Luft. »Einige von euch werden noch ein oder zwei Tage bleiben, damit wir dokumentieren können, wer bis zuletzt in Grini war«, schrie der Schwede in das Mikrofon. Man konnte ihn kaum verstehen. »Alles muss geordnet ablaufen. Wir hoffen auf eure Mithilfe.« Signe hörte ihm nicht mehr zu. Sie sah zum Himmel, wo ein Seeadler über dem Lager seine Kreise zog. Einar. Der Einzelkämpfer. Dabei warst du nie ein Krieger. Du warst ein Mann der Musik, des Humors, der Gerechtigkeit. Du wolltest eine bessere Zukunft, und du hast gewonnen. Aus der Ferne hörte sie ihren Namen: Siebke.

»Du bist dabei, Signe, du gehörst zu den Ersten, die gehen dürfen.« Randi drückte sie an sich. Signe ließ es geschehen. Es war, als würde sie zwei Frauen zusehen, die sich voneinander verabschiedeten, die sich versprachen, dass sie sich wiedersehen würden. Nachdem ihr auch die anderen Lebewohl gesagt hatten, ließ sich Signe von der ersten Gruppe, wie alle sagten, in das Hauptgebäude treiben. Dort ging es in die Zivilkammer, wo die wenigen privaten Dinge aufbewahrt wurden, die sie nach

ihrer Verhaftung hatten abgeben müssen und die sie nun zu-
rückbekamen. Signe hatte nichts abgegeben außer ihrem Mantel. Sie glaubte nicht, dass man ihr den wieder aushändigte. Es
war April, sie würde ihn sowieso nicht mehr lange brauchen.
Außerdem hatte sie sich daran gewöhnt zu frieren. Mit gesenk-
tem Blick trottete sie den anderen hinterher.

»Signe Munch!« Sie blickte auf in ein freundliches jungenhaf-
tes Gesicht.

»Eigil! Was machst du hier?«

»Sie haben mich mit einer Tasche voller Flugblätter erwischt.«
Er zuckte die Achseln. »Was soll's, jetzt haben wir es alle geschafft.«

»Nicht alle«, sagte sie leise und sah zu Boden.

»Ihr Mann?« Sie nickte. »Das tut mir leid. Er war ein netter
Kerl, ich mochte ihn wirklich.« Er legte ihr eine Hand auf den
Arm. »Aber du lässt dich nicht unterkriegen, was, nette Frau?«
Seine Stimme hörte sich traurig an. »Nicht weinen, Signe! Das
Leben ist schön. Wir brauchen nur ein bisschen Zeit, um das
wieder zu erkennen.« Sie blickte auf. »Ich hatte eine Freundin,
die wollte ich heiraten. Sie ist tot. Bei einem Anschlag unserer
eigenen Leute gestorben.« Für eine Sekunde verschwand sein
Lächeln. »Zur falschen Zeit am falschen Ort.« Er schluckte
seine Trauer herunter und strahlte sie an. »Meine Freundin
habe ich verloren, die Natur nicht. Ich will Forstwirt werden,
habe ich mir überlegt. Ich kann es gar nicht mehr abwarten,
endlich wieder durch die Wälder zu streifen. Ich werde wandern, jagen, angeln, und im Winter werde ich Ski fahren.«

»Geht's da vorne mal weiter? Der Bus fährt noch ohne uns
ab!«

»Das Leben ist schön, Signe Munch. Es ist stärker als alle Traurigkeit.«

Die vertrauten Straßen Oslos waren ihr fremd geworden. Trotz des Frühlings wirkte alles blass, wie hinter einem Schleier. Das Leben ist schön. Ja, Eigil, und es wollte fertig gelebt werden.

Signe hatte erwartet, die Wohnung in der Mariegate so vorzufinden, wie sie sie verlassen hatte. Doch was sie sah, als sie die Tür öffnete, war ein Durcheinander, das ihr den Atem verschlug. Einars Bücher lagen kreuz und quer im Wohnzimmer herum. Alle Schubladen waren aufgerissen und umgekippt worden. Signes Bilder, die sie für die nächste Ausstellung zusammengetragen hatte, waren fort. Sie räumte ein paar Bücher zurück in das Regal, stapelte andere zu kleinen Türmen, zwischen denen sie sich bewegen konnte. Die Scherben zerbrochener Teller und Tassen warf sie in den Abfalleimer. Immer wieder sah sie sich um, fassungslos, und doch machte es ihr nichts aus. Ihr Blick fiel an die Wand. Ein Viereck, eine Nuance heller als die übrige Tapete. Einars Porträt! Sie hatte es versteckt, nachdem Birger ihr gedroht hatte. Schon war sie auf dem Weg zur Küche. Damals hatte sie nicht wirklich geglaubt, dass er seine Drohung wahr machen könnte. Und doch … Sie ging hinein, öffnete die niedrige Tür zur Speisekammer, kroch in das finstere muffige Loch. Es war noch da! Sie krabbelte rückwärts, richtete sich auf, wickelte das Bild aus dem alten Laken und betrachtete das geliebte Gesicht. Der Schmerz kam ohne Vorwarnung. Signe krümmte sich um das Porträt, das sie fest an sich presste, fiel auf die Knie, weinte, bekam keine Luft, musste würgen. Sie weinte, bis in ihr keine Träne mehr war. Dann zog sie sich am Küchentisch auf die Beine, ging mit schweren Schritten ins Wohnzimmer, legte sich hin, zusammengekrümmt wie ein Kleinkind, und schlief ein.

Die Tage verstrichen in blasser Eintönigkeit. Signe verließ das Haus nur, um den Müll herunterzutragen oder sich etwas zu essen zu besorgen. Am siebten Mai las sie den Namen Hamsun in der *Aftenposten* und kaufte sich eine Ausgabe. Signe schlug die Zeitung auf, las.

»Jetzt hör dir das an!« Sie sah herüber zu Einars Porträt, das wieder an seinem Platz hing. »Er hat doch tatsächlich einen Nachruf auf Adolf Hitler geschrieben!« Sie spuckte die Worte aus. Natürlich hatte Signe gehört, dass Hitler tot war. Aber sie hatte es nicht für nötig befunden, sich deswegen eine Zeitung zu kaufen. Er war es nicht wert. Und jetzt das. »Er war ein Krieger, ein Krieger für die Menschheit«, las sie vor. Sie musste das Papier ein gutes Stück von sich weghalten, die Augen wollten nicht mehr so. »Und ein Verkünder des Evangeliums vom Recht für alle Völker. Pfui Teufel! Knut Hamsun muss den Verstand verloren haben.« Sie überflog die Zeilen, Ekel stieg ihr giftgrün den Hals hinauf. »Wir jedoch, seine Anhänger, verneigen unser Haupt vor seinem Tod.« Sie knüllte die Seite zusammen und warf sie auf den Boden. »Ist es zu fassen? Kannst du verstehen, dass ein gebildeter Mann so missgeleitet sein kann, Einar?« Sie sah ihn an, die klugen blauen Augen. »Ja, du hast recht, er hat schon immer auf der falschen Seite gestanden. Er war ein Kaputtmacher. Du hast auf der richtigen Seite gekämpft. Wir waren auf der richtigen Seite.«

Es sprach sich immer mehr herum, dass Signe zurück in Freiheit war. Immer häufiger kam eine Anfrage, ob sie nun nicht ihre Ausstellung nachholen wolle. Sie könne ja neue Bilder malen. Lassen Sie sich so viel Zeit, wie Sie brauchen. »Mal abwarten«, erwiderte sie, ohne zu wissen, worauf sie wartete. Am siebzehnten Mai, dem Verfassungstag, ging sie in die Karl Johans Gate. Die Menschen jubelten wie nie, schwenkten Fähnchen. Ganz Oslo war rot-weiß-blau. Sie schmetterten die Nationalhymne. Kinder, Alte, Männer und Frauen. Signe konnte nichts damit anfangen. Sie gehörte nicht dazu, denn eine Stimme fehlte.

Der Sommer verstrich. Und Signe wartete noch immer. Ihr fehlte die Regelmäßigkeit von Grini, der vorgegebene Tagesablauf. Ihr fehlten die Frauen. Randi, Maria, Sidsel, Berit und Ella. Ihr fehlte Einar. Sein Bild war Trost und verschlimmerte die Sehnsucht gleichermaßen. Ihr fehlte seine Wärme, seine Nähe, sein Rat, sein Geruch, seine Stimme. Diese Stimme! Manchmal glaubte sie, ihn zu hören. Auf der Treppe, an der Wohnungstür. Nachts manchmal direkt neben sich. Sein Atem. Nach solchen Augenblicken tat es besonders weh. Aber da war auch etwas Neues, ein kleiner Knoten irgendwo in Herznähe, der mit jedem Tag reifte.

Als der Herbst Oslo golden und orange färbte, wusste Signe eines Morgens endlich, was zu tun war. Sie stand auf, zog sich an, ging in den kleinen Raum, in dem ihre Staffelei stand. Das Leben ist schön. Meine Freundin habe ich verloren, die Natur nicht, hatte Eigil gesagt. Kluger Bursche. Sie hatte Einar verloren, aber nicht die Malerei. Wie sehr hatte ihr geliebter Mann sie immer wieder ermutigt, angetrieben.

»Ich hätte längst wieder anfangen sollen, hast ja recht.« Er war bestimmt nicht damit einverstanden, dass sie Leinwand und Farbtuben so lange den Rücken gekehrt hatte. Ihre Hand mit dem Bleistift eilte von ganz allein über das Papier. Ein gutes Gefühl, warm und vertraut.

»Siehst du, Einar, es geht noch.« Sie lächelte. Selten hatte sie eine Skizze so rasch beendet. Male, was du gesehen hast. Sie holte ein Glas Wasser aus der Küche, legte alles bereit. Das Tuch auf den Boden, die Palette, die schon ganz verkrustet war und längst hätte gereinigt werden müssen, Pinsel, Tuben. Sie brauchte Blau. Ob die Farbe noch zu gebrauchen war? Sie drehte die Kappe auf, schloss die Augen, atmete den Duft ein. Vorsichtiger Druck. Ganz weich kroch das Blau über die eingetrockneten bunten Reste. Signe klopfte mit dem Pinsel an das Holz der Staffelei, vertrautes Geräusch. Erste behutsame Striche. Es fühlte sich fast wie etwas Verbotenes an. Es fühlte sich gut an. Mehr Farben auf die Palette, einige waren etwas störrisch, nahmen ihr übel, dass sie so lange fort gewesen war. Eine Hütte, wenige Schritte entfernt eine weitere, dazu Bäume, ein Küchengarten mit Zitronenmelisse und Minze. Ihre Finger krampften ein wenig, sie musste sie immer wieder ausschütteln, aber sie konnte doch keine Pause machen. Ein Tischchen, darauf ein Krug, daneben Gläser. Vier Stühle unter grün beblätterten Zweigen, zwei Männer und eine Frau.

»Wie hast du das gemacht? Man kann uns drei eindeutig erkennen, obwohl wir keine Gesichter haben.« Einars Stimme. Immer wieder lief sie in die Küche, wechselte das Wasser, kam zurück, drückte Farbe auf das Holz. Ihr Magen knurrte, doch sie konnte sich nicht darum kümmern.

»Ruh dich aus!«

»Später, mein Lieber!« Es war jetzt in ihrem Kopf, sie musste es jetzt malen. Unterhalb des Grundstücks das glitzernde Meer, Schiffchen, hingetupfte Wolken am knallblauen Himmel.

»Vergiss im Garten die Bilder nicht, überall Bilder.«

»Wie könnte ich die vergessen?« Sie lächelte. Schweiß stand ihr auf der Stirn, obwohl es kühl war in der Wohnung. Sie hustete, keuchte. Würden die Farben reichen? Hier noch ein Klecks, dort ein Strich, fein wie eine Feder. Als sie fertig war, ging sie zum Fenster, lehnte erschöpft die Stirn gegen das Glas. Nur ein wenig abkühlen. Sie atmete ein und aus, holte tief Luft.

»Sieh es dir an!«

Sie drehte sich mit geschlossenen Augen um, öffnete sie.

»Es ist perfekt«, flüsterten sie gemeinsam.

»Wie wird es heißen?«

»Hochzeitsreise«, antwortete sie sofort. Sie hätte es nicht erklären können, aber sie war vollkommen sicher, dass jeder erkannte: Dort saß ein frisch verheiratetes Paar unter einem Baum. Dieses Bild erzählte eine Geschichte, die den Betrachter augenblicklich in ihren Bann zog. Alles Glück von Edvards Haus, seinem Garten war darin eingeschlossen. Es erzählte von fröhlichen Familientreffen, von liebenswerten Nachbarn, von überwundenen Ängsten und von rotgolden strahlender Zufriedenheit. Es sprach eine deutliche Sprache, und es war von atemberaubender Schönheit! Aus dem Bild leuchtete das Licht von Åsgårdstrand.

»Wenn man ein perfektes Gemälde geschaffen hat, muss man sich umbringen.« Signe sah die dunkelhaarige Studentin mit den eingefallenen Wangen und den Augen in tiefen Höhlen, die sie während ihres Stipendiums in Kopenhagen kennengelernt hatte, mit einem Schlag so klar vor sich, als sei sie hier bei ihr in der Mariegate zu Gast. Ein kluges Geschöpf, dachte Signe.

EPILOG

Sie steigt die knarzenden Stufen hinauf. Das Holz könnte ein wenig Farbe gebrauchen. Signe legt das Paket, in ein Stück Leinen gewickelt, zur Seite, das sie unter dem Arm getragen hat. Bis hier herauf nach Tanum. Sie bückt sich, stöhnt. Ihre Knie wollen nicht mehr so. Der Schlüssel ist da. Tatsächlich, er liegt auf der Verlattung der Treppe zwischen dem hinteren Brett und der Hauswand. Da, wo Einar ihn hingelegt hatte, als sie damals zurückgefahren waren nach den ersten gemeinsamen Tagen. Nach der ersten gemeinsamen Nacht. Das Schloss ziert sich ein wenig, sie muss Kraft aufwenden. Klack, geschafft. Sie tritt ein. Es riecht nach altem Staub und nach Geschichten. Der Boden unter ihren Füßen beschwert sich knarrend, dass es mit der Ruhe jetzt vorbei ist. Keine Sorge, ich werde deine Ruhe nicht stören. Ich bin ja hier, um Ruhe zu finden. Sie lässt die Tücher auf den Möbeln, geht in das Schlafzimmer mit dem Doppelbett. Ein gemütlicher kleiner Raum, eine zierliche Kommode, ein schmaler Kleiderschrank.

Die dunklen Holzdielen, die Spitzengardinen, denen ein Grauschleier das Strahlen nimmt, die Möbel, dunkel und derb wie aus einer Bauernstube, mit dicken Federbetten und mehreren Kissen, die so einladend aussehen, dass sie sich am liebsten sofort hinlegen möchte. Aber noch ist etwas zu tun. Sie geht in die Küche, nimmt ein Glas aus dem Schrank. Erst kommt kein Wasser, doch dann hustet die Leitung doch etwas aus. Signe geht zurück ins Schlafzimmer, wickelt das Paket aus, das sie mitgebracht hat. Sein Porträt. Signe ist angefüllt mit sanften Linien und Formen, mit den schönsten Farben, die sie sich je erträumt hat. Perfekte Harmonie, gestochen scharfer Ausdruck. Genau, wie es sein muss. Einar ist vorgegangen, jetzt darf sie ihm endlich folgen, weil alles getan ist. Sie lächelt, leert das Wasserglas in einem Zug und stellt es neben die leere Tablettenschachtel. Einars Porträt ganz fest im Arm, legt sie sich auf das Bett, in dem sie zum ersten Mal mit ihm geschlafen hat. Man darf nicht mit dem Schicksal hadern, man muss es einfach schlucken. Signe schließt die Augen. Sie liebt den Moment, wenn ein Bild fertig gemalt ist. Sie liebt den Moment, in dem ihr Leben fertig gelebt ist.

Signe Munch wurde im Jagdhaus Tanum von ihrer Schwägerin am 3. Oktober 1945 tot aufgefunden. Sie hatte eine Menge Tabletten geschluckt. Im Arm hielt sie ein Bild von Einar.

Aftenposten, 27.11.1946

Heute eröffnet der Kunstverein eine Gedenkausstellung mit den Werken aus Signe Munchs Nachlass. Die 17 Gemälde hängen im innersten Raum. Dabei handelt es sich um die einzigen Gemälde, die aus dem geplünderten Haus gerettet wurden. Die Gemälde stammen aus der Zeit zwischen den 1920er Jahren bis in das Jahr 1943. Sie weisen sanfte Farben auf, die so charakteristisch für ihre Künstlerpersönlichkeit sind. Hier sieht man

Pferde unter einer Scheunenbrücke, einen alten Rendalshof, einen Treppenaufgang, Interieur, ein Porträt – höchst unterschiedliche Motive. Es handelt sich hierbei um eine recht zufällige Sammlung, jedoch gibt diese einen Einblick in ihre Eigenart als Künstlerin.

Das letzte Gemälde ist ein Porträt ihres Mannes Einar Siebke, der mit der *Westfalen* unterging.

(Zusammenfassung eines Original-Artikels sowie einer Bildunterschrift in *Aftenposten*)

NACHWORT

Die Norweger sind weniger förmlich als beispielsweise die Deutschen. Sie duzen einander und sprechen sich mit Vornamen an. Mit wenigen Ausnahmen werden in Norwegen nur die Mitglieder des Königshauses gesiezt, wenn man denn einen solchen Umgang pflegt. Trotzdem habe ich mich entschieden, die im deutschsprachigen Raum übliche Sie-Form zu verwenden. Ich hatte den Eindruck, es würde sonst eine falsche Atmosphäre entstehen.

Wie immer war ich sehr um historische Richtigkeit bemüht. Die Vereinigung Junger Künstler, deren Mitbegründer Torstein Rusdal war, hieß UKS = Unge Kunstneres Samfund, gegründet am 28. Oktober 1921 als Fortführung des Kunstnerklubben. Signe Munch war Mitglied und zeitweise auch Schatzmeisterin und Sekretärin. Sie hat sich erfolgreich um die beiden Stipendien in Paris und Kopenhagen beworben und diese auch wahrgenommen.

Wie oft Signe ihren angeheirateten Onkel Edvard Munch getroffen hat, ob sie sich in fortgeschrittenem Alter noch begegnet sind, ist nicht belegt. Vieles spricht dafür, dass ihr Kontakt nicht besonders intensiv war. Das leite ich daraus ab, dass selbst Munch-Kennern, die ich um Informationen gebeten habe, der Namen Signe Munch nicht geläufig war. Und das, obwohl Edvard Mengen an Briefen und Notizen hinterlassen hat, die gut ausgewertet sind und weiter ausgewertet werden. Die beiden haben sich nicht geschrieben, er hat sie nach meinem Kenntnisstand kaum erwähnt. Den Brief an sie und auch das Treffen in Ekely, wie ich es beschreibe, hat es nicht gegeben.

Doch ich bin während meiner Recherchen über Edvard Munch und vor allem über Signe Munch Siebke auf Parallelen gestoßen, die auf eine große Seelenverwandtschaft hindeuten. Diese mag daher rühren, dass er ein Vorbild für sie war.

Mir liegt ein Brief von Edvards Schwester Inger vor, in dem sie Signe beschreibt, als diese noch ein Kind war. Hinzu kommt die Lebensgeschichte, von der Mutter verlassen, beim Vater aufgewachsen, der streng, zum Teil sogar despotisch war. Sie hat einen Mann geheiratet, den man ihr vorgeschlagen hat. Niemand konnte sie zwingen. Sie hat getan, was man von ihr erwartete. Solche Details und Erwähnungen haben mein Bild von Signe Munch Siebke gespeist. Vielleicht war sie ganz anders, vielleicht gefiel es ihr irgendwann, zu provozieren und aufzufallen. Allerdings gibt es darauf keinerlei Hinweise. Wohl aber darauf, dass sie sich erst spät offen der Kunst zugewandt hat, dass sie ihrem Mann in den Widerstand folgte, ohne an vorderster Front zu kämpfen.

Aus der Tatsache, dass Signe Munch von vielen Menschen umgeben war, die künstlerisches Talent und Kreativität, aber eben auch Schwermut in sich hatten, und aus dem Gedanken, dass sie sich erst spät als Malerin an die Öffentlichkeit gewagt hat, dass sie natürlich immer mit ihrem Onkel verglichen wurde und dass sie – im kompletten Gegensatz zu ihm – mit ihrer Kunst nicht provoziert hat, habe ich den Schluss gezogen, dass es für sie eine Phase des Zweifelns, eine Krise gegeben haben könnte. Dass Signe Munch 1928 einen anderen Wohnsitz hatte als etwa 1925, ist verbürgt. Wann genau sie umgezogen ist, kann ich nicht sagen. Vor allem ist nicht bekannt, ob eine Krise der Grund dafür war, dass sie das Haus in der Keysersgate verlassen hat. Die gesamte Zuspitzung ist eine schlüssige Variante, wie sie sich abgespielt haben könnte, dafür liegen mir allerdings keine stichhaltigen Hinweise vor.

Welche Rolle Signe und ihr Mann Einar im Widerstand genau gespielt haben, ist nicht sicher. Ein Verhaftungsschreiben lag im Museum des damaligen Polizeihäftlingslagers Grini zur Zeit meiner Recherchen nicht vor. Es ist aber an verschiedenen Stellen die Rede davon, die beiden hätten ihre Wohnung zur Verfügung gestellt, um dort Flugblätter zu deponieren und Treffen abzuhalten.

Was aus Signes Bildern geworden ist, ist unklar. Nach dem Krieg hat es offenbar noch siebzehn Gemälde gegeben, wie die Ankündigung einer Ausstellung sagt. Der Zyklus über die Laster ist reine Erfindung. Signe Munch ist für Landschaftsbilder und Porträts bekannt.

Viele der auftretenden Figuren haben gelebt. So auch Reichskommissar Josef Terboven. Er wurde am 7. Mai 1945 von Karl Dönitz aus seinem Amt entlassen, weil er nicht kapitulieren, sondern den Kampf »bis zum letzten Mann« fortsetzen wollte. Einen Tag nach seiner Entlassung beging Terboven Selbstmord.

Eigil Maartmann und auch der deutsche Häftling in Grini haben existiert. Ich habe nur ganz wenige Informationen über die beiden, wollte sie aber aus persönlichen Gründen gern auftreten lassen. Sie waren zur gleichen Zeit wie Signe inhaftiert. Gut

431

möglich, dass sie sich tatsächlich getroffen haben. Die Begegnungen zwischen ihr und Eigil als Kind bzw. junger Mann, wie in dem Buch beschrieben, haben nicht stattgefunden.

Dieses Buch ist ein Roman und keine wissenschaftlich ermittelte Biographie. Viele Wissenslücken habe ich mit Phantasie gefüllt, und selbstverständlich sind Elemente ins Buch gekommen, die für Spannung sorgen sollen. Auch rein fiktive Figuren sind entstanden, dazu gehören Lilla Schweigaard und Birger Lasson.

Ich habe meinem Roman die Bitte an Signe vorangestellt, sie möge meine Hand führen und mein Herz. Ich weiß nicht, ob sie mich erhört hat. Was ich weiß: Die unzähligen Mosaiksteinchen, die ich im »literarischen Bergbau«, wie es jemand genannt hat, zutage fördern konnte oder die mir jemand geschenkt hat, ergaben ein stimmiges Ganzes, das von irgendeinem Moment die Regie übernahm. In diesem magischen Augenblick kippte mein Schreiben vom mühevollen Ringen um jeden Satz zu einem Rausch, in dem ich nur noch festhalten musste, was wie ein Film in meinem Geist ablief.

DANKSAGUNG

Die Beschäftigung mit Signe Munch Siebke war vom ersten Tag ein großes Abenteuer und eine große Aufgabe, vor der ich sehr viel Respekt hatte. Es geht immerhin um einen Menschen, dem ich unbedingt gerecht werden wollte. Alleine hätte ich gar nicht erst anfangen brauchen. Ich hatte unglaublich viel Unterstützung, für die ich mich bedanken möchte.

Selma Lønning Aarøs biographischer Roman über Signes Mutter Anna war eine wertvolle Hilfe. Danke, Selma, dass du mir das Manuskript zur Verfügung gestellt und am Telefon erzählt hast, wie ein Verwandter Signe erlebt hat, nachdem sie aus der Haft nach Hause kam.

Vielen Dank an Britta Garbers von Innovation Norway, an das Thon Hotel in Oslo, das Grand Hotel in Åsgårdstrand und das Hotel Fredrikstad für das Entgegenkommen.

Dank auch an Diplom-Translatorin Wencke Gubisch für die Übersetzung alter Dokumente und Zeitungsausschnitte.

Gaby Hasenjürgen hat mir mit Ausschnitten aus ihrem Buch *Memories of Our Fathers* und unendlich vielen Informationen bezüglich der Haftbedingungen in Grini sehr geholfen, die letzten Szenen des Buchs authentisch zu schreiben.

Johan Storm Munch, entfernter Verwandter von Edvard Munch, erzählte mir bei unserem sehr angenehmen Treffen tausend kleine Details und überreichte mir ein Exemplar des Munch-Familienstammbuchs. Danke!

Ein besonderer Dank geht an Camilla Maartmann von MiA (Museene i Akershus), die uns das Grini-Museum gezeigt, unzählige Bücher aufgeschlagen und nicht zuletzt spannende Geschichten erzählt hat. Danke für eine sehr angenehme Zeit!

Line Berg Härström danke ich für die sehr persönliche deutschsprachige Führung durch Munchs Haus in Åsgårdstrand, Mette Dahl Madsen, deren Großvater Signes Cousin war, für das Foto von Signe, Jan Vohnsen für das Bild eines Gemäldes und Informationen über Signes ersten Mann Johannes Landmark.

Danke an Marianne Seid von Musikverket (Swedish Performing Arts Agency), die mir wunderbare Fotos von und einen Nachruf auf Einar Siebke geschickt hat, ebenso an Unge Kunstneres Samfund/Young Artists Society und an das Nationalmuseum in Oslo.

Dem Aufbau Verlag danke ich dafür, dass ich dieses großartige Projekt umsetzen durfte, und meiner Lektorin Anne Sudmann dafür, dass ich jederzeit anrufen konnte und sie immer einen Tipp für mich parat hatte. Auch meinen Agenten Dirk Meynecke möchte ich nicht vergessen. Ohne Sie könnte ich das alles nicht machen. Danke!

Zuletzt danke ich von ganzem Herzen meinem Mann, der nicht nur meine zeitweise Verzweiflung und mein akribisches Bohren und Wühlen auch an Sonn- und Feiertagen oder spätabends ertragen hat. (An dieser Stelle muss ich mich auch unbedingt bei meiner Mutter, meiner Schwester und bei Freunden bedanken, die hingenommen haben, dass meine Zeit für sie knapp bemessen war!)

Meinem Mann ein Extra-Dankeschön. Er war mit mir in
Norwegen, hat mich mit dem Motorrad von einer Station zur
anderen gefahren, sodass ich die Landschaft, die Gerüche und
Geräusche genießen und meine Geschichte im Kopf weiter-
spinnen konnte, während wir zu Edvards Geburtshaus, nach
Åsgårdstrand oder nach Tanum fuhren. Ich bin so froh, dass wir
uns nicht so spät gefunden haben wie Signe und Einar. Tausend
Dank, ohne dich wäre das alles nicht möglich!

LESEPROBE

PROLOG
1937

»Mon légionnaire«

Moral ist, wenn man so lebt,
dass es gar keinen Spaß macht,
so zu leben.

Édith Piaf

Paris

Der größte Trubel hatte sich gelegt. In dem kleinen Bistro an der Place Pigalle saßen nur noch ein paar übrig gebliebene Nachtschwärmer bei dämmriger Beleuchtung. Merkwürdig deplaziert wirkten die beiden Herren im eleganten Frack, die nach einem wohl langen Bummel durch die Vergnügungslokale ihren kleinen, starken Kaffee nippten und frische Croissants eintunkten. In der Ecke neben der Kellertür hatte sich eine Gruppe junger Leute um einen Tisch versammelt, junge Männer mit Schiebermütze aus dem Milieu und schäbig gekleidete Künstler, die so ausgelassen feierten, als gebe es niemals ein Morgen, an dem sie in ihren sorgenvollen Alltag zurückkehren mussten. Diese jungen Menschen gehörten ganz offensichtlich hierher, sie bewegten sich in dem Lokal wie in ihrem eigenen Salon. Dabei umringten sie eine junge Frau, deren Stimme lauter war als alle anderen, sie redete un-

unterbrochen – und leerte schneller als jeder andere die Gläser. Zu ihr flogen die Blicke der vornehmen Herren ebenso wie die des leichten Mädchens, das mit verschmierter Schminke ihre Nachtarbeit mit einem Pastis beendete und dabei die Scheine auf die Theke zählte, die sie ihren Freiern abgenommen hatte und nun an ihren Zuhälter weiterreichte. Man kannte sich, wenn auch nur vom Sehen.

Édith Gassion, die junge Frau im Zentrum, war ein winziges Persönchen, gerade einundzwanzig Jahre alt, nicht einmal eineinhalb Meter groß und alles andere als eine auffallend attraktive Frau. Ihre Stirn war zu hoch, die Nase zu schmal und zu lang, ihr dunkles Haar widerspenstig und nur halbwegs gepflegt. In ihren braunen Augen lagen jedoch Schalk, Trotz und Traurigkeit dicht beieinander und zogen jeden, der hineinschaute, in ihren Bann. Neben ihrer Stimme war es die Magie dieser Augen, die sie als Schönheit erstrahlen ließ. Es war, als funkelten sie in der Nacht besonders hell, gleich Sternen, die aufgingen, wenn die Bourgeoisie schläfrig wurde. Die Stunden zwischen elf Uhr abends und sechs Uhr morgens waren Édiths liebste Zeit. Da feierte sie endlose Freudenfeste, deren einziger Anlass darin bestand, den Tag zuvor überlebt zu haben. Und obwohl sie nicht viel Geld besaß, bezahlte sie fast immer für all ihre Freunde.

Als die Tür aufgestoßen wurde, wehte ein kalter Luftzug herein. Im ersten Moment achtete niemand darauf, denn in den Morgenstunden mischten sich für gewöhnlich die ersten Frühaufsteher mit den Nachtschwärmern, Männer in Arbeitskleidung begannen hier ihren Tag mit einem Kaffee und einem Cognac. Doch der große, hagere Mittdreißiger, der in den Gastraum trat, gehörte zu einer anderen Klientel. Er war gut gekleidet, auf den Schultern seines eleganten Mantels schmolzen die Flocken des Schneetreibens draußen. Offenbar wollte er weder einen Absacker noch einen Wachmacher: Er sah sich kurz um und schritt dann mit zusammengepressten Lippen und finsterem Blick auf den Ecktisch zu. Hinter Édiths Stuhl blieb er stehen.

»Du musst dich ändern«, stieß er hervor. »Sofort! Hörst du?«

Sie hörte ihn wohl, verstand ihn jedoch nicht. Was weder an dem Trubel um sie herum lag noch an dem Wein oder dem Cognac, die sie abwechselnd trank. Beschäftigt mit der Frage, warum er sich zu dieser Uhrzeit nicht im Bett bei seiner Frau befand, drehte sie sich zu ihm um. »Lass mich in Frieden, Raymond. Ändere du doch erst einmal was in deinem Leben!«

Einer ihrer Freunde blickte über den Rand seines Weinglases zu dem Fremden. »Wer is'n das?«

»Darf ich vorstellen?« In Imitation einer vornehmen Geste ruderte Édith übertrieben mit den Armen. »Das ist Raymond Asso, Textdichter und Liebhaber, Fremdenlegionär und ...« Sie zögerte und fügte dann leise mit gesenkten Lidern hinzu: »Freund und Lehrmeister.« Fast hätte sie auch *große Liebe* gesagt, aber auf gewisse Weise war jeder neue Mann in ihrem Leben eine große Liebe. So einen wie diesen hatte sie allerdings noch nie gehabt, der war etwas Besonderes. Dennoch ließ sie den Zusatz weg. In diesem Augenblick versuchte sie,

Raymond ein bisschen weniger zu lieben – sein Auftritt ärgerte sie.

Mehrstimmiges Gejohle war die Antwort auf ihre Vorstellung.

Nun ging ein Ruck durch ihren kleinen, mageren Körper, sie richtete sich auf und legte sich fast auf den Tisch, um die Flasche in dem schäbigen, vergilbten Weinkühler, der einst versilbert gewesen sein mochte, zu erreichen. Durch die Bewegung rutschte ihr bunter Rüschenrock hoch und entblößte ihre Schenkel. »Willst du mit uns trinken?«, rief sie über die Schulter.

»Du benimmst dich wie eine *putain*«, schimpfte Raymond und drückte sie energisch auf ihren Stuhl zurück.

Achselzuckend ließ Édith ihn gewähren. Seine Worte trafen sie nicht. Generell interessierte sie nicht, was andere Menschen über sie sagten. *Putain* – Hure – war nicht einmal die übelste Beleidigung. Da, wo sie herkam, gab es ganz andere Bezeichnungen für eine Frau, da wurde niemand mit Samthandschuhen angefasst. Ihre Mutter hatte sie auf einem Treppenaufgang im Arbeiterviertel Belleville zur Welt gebracht. Als Säugling hatte Édith bei der Großmutter mütterlicherseits gelebt, die sie fast verhungern ließ, dann war sie im Bordell der Großmutter väterlicherseits bei Rouen aufgewachsen. Und ausgerechnet in diesem Etablissement hatte Édith erstmals so etwas wie Liebe erlebt. Doch in dem Alter, in dem andere Mädchen in die Schule kamen, hatte der Vater sie der Fürsorge der Prostituierten entrissen. Mit ihm hatte sie im Wanderzirkus gelebt, später auf der Straße. Dagegen war das Zimmer im Piccadilly, einer schäbigen Pension an der Place Blanche mit immerhin relativ anständigen Bewohnern, eine deutliche Verbesserung. Raymond hatte sie dort seit kurzem untergebracht. Raymond, der sie zu einem besseren Menschen zu formen versuchte – und von dem sie wusste, dass er es nicht so meinte, wenn er mit ihr schimpfte.

Die verwirrten und bedrohlichen Blicke der jungen Männer in ihrem Kreis ignorierte er ebenso wie Édiths Gleichmut. Er sprach zu ihr, als wären sie allein: »Diese nächtlichen Gelage müssen aufhören, wenn du etwas aus dir machen willst. Diese Schmarotzer sollen verschwinden, und mit dem vielen Trinken ist es ab sofort auch vorbei.«

»Soll ich ihn rauswerfen?«, rief einer ihrer Freunde, der sich ebenso gut mit den Regeln der Straße auskannte wie Édith. Seine jugendlich helle Männerstimme überschlug sich fast vor Vorfreude auf eine Prügelei mit dem feinen Monsieur.

»Lass ihn«, mischte sich Simone Berteaut ein, Édiths Freundin und Schwester im Geiste. Sie stammte wie Édith von der Straße, und die beiden jungen Frauen teilten ihr Leben seit etwa fünf Jahren, gaben einander Sicherheit, Halt und Geborgenheit. Und Simone kannte jeden Mann, mit dem Édith ins Bett ging. »Gegen den hast du keine Chance. Er war nicht nur Fremdenlegionär, sondern auch bei den *Spahis*, du weißt schon, diesem algerischen Kavallerieregiment.«

»Aber er trägt keine Uniform …«

»Nicht mehr, Dummkopf. Jetzt ist er Zivilist und schreibt

Chansons für Marie Dubas. Er ist ihr Privatsekretär.« Simone sprach ziemlich laut – und der Name der berühmten Sängerin ließ auch den letzten von Édiths Zechbrüdern verstummen. Wer nicht schon von Raymond Assos heroischer Vergangenheit in Nordafrika beeindruckt war, empfand nun tiefe Bewunderung angesichts seiner Bekanntschaft mit Marie Dubas.

Inzwischen waren auch die anderen Gäste auf das Spektakel aufmerksam geworden. Neugierig starrten und lauschten sie. Allein der Wirt hinter der Theke trocknete die zuvor gespülten Mokkatassen ab, als gehe ihn das Geschehen in seinem Lokal nichts an. Scheppernd räumte er die Tassen in das Regal.

»Wenn du dich nicht änderst, wirst du niemals im ABC auftreten können«, verkündete Raymond.

Es wurde so still, dass man eine Stecknadel hätte fallen hören. Sogar der Wirt hielt kurz in der Bewegung inne.

Das ABC war eine andere Welt. Ein Ehrfurcht einflößender Ort, den jeder zumindest dem Namen nach kannte. Nicht nur, dass sich das Musiktheater in einem besseren Bezirk an einem der Grands Boulevards befand. Mehr noch als das legendäre Moulin Rouge war es *der* Ort für die Großen der Musikbranche. Für fast alle Sänger war es ein Traum, auf dieser Bühne die Weihen des Erfolgs zu empfangen. Wer im ABC auftreten durfte, war längst ein Star oder auf dem besten Wege dorthin. Jeder Pariser wusste das. Und natürlich kannte auch Édith das ABC. Vom Vorbeigehen, von sehnsüchtigen Blicken zu den Plakaten und Ankündigungen der Konzerte. Doch nicht einmal als Zuschauerin war sie bisher dort gewesen, der

Preis für die Eintrittskarte lag außerhalb ihrer Möglichkeiten. So blieb das ABC ebenso ein Traum wie die Hoffnung auf ein sorgloseres Leben.

Édith sang vor Publikum, seit sie zehn Jahre alt war. Damals hatte der Vater ihr erklärt, sie müsse sich ihr Essen fortan selbst verdienen. Also hatte sie auf der Straße zu singen begonnen, während er als Akrobat seine Kunststücke zeigte. Sie tingelten durch die Provinz, meist verdiente die Tochter mit ihrer klaren Stimme mehr als der Vater mit seinen Muskeln und seiner Geschicklichkeit. Sie sang, was ihr in den Sinn kam, hauptsächlich die Chansons, die ihre liederliche Mutter in ebensolchen Kaffeehäusern zum Besten gab, und dann noch die »Marseillaise«. Denn für die französische Nationalhymne warfen die Leute immer ein paar Münzen extra in ihren Hut. Ihre Einnahmen wären ausreichend für sie gewesen, hätte der Vater ihr nicht alles abgenommen. Und sie geschlagen, wenn es nicht genug war für ihn. In dieser Zeit lernte Édith jedoch nicht nur die Brutalität des Lebens auf der Straße kennen, sie begriff auch, dass sie singen *musste*. Denn die Tonfolgen taten so viel mehr, als nur für ihr materielles Überleben zu sorgen – sie schenkten ihr Geborgenheit. Die Musik vermittelte ihr eine Wärme, die sie vergessen ließ, dass sie keine zärtlichen Umarmungen von Mutter oder Vater kannte. Und dann war da der Applaus, die Anerkennung, die sie schon als kleines Mädchen in eine Ekstase versetzte, die nicht annähernd vergleichbar war mit dem Rausch, den sie später erlebte, wenn sie sich betrank.